CRIME À TARSIS

La Trilogie des Mystères est une série transversale, composée de trois romans policiers de Fantasy dont deux se passent dans *les Royaumes Oubliés* (*Meurtre au Cormyr* – 53 et *Assassinat à Halruaa* – 54) et le troisième (*Crime à Tarsis* – 41) sur la planète Krinn (l'univers de *Lancedragon*). Nous tenons à faire connaître à nos lecteurs cette initiative très originale de l'éditeur américain – d'autant que les romans nous ont paru très bons –, mais qu'on se le dise : comme tout polar digne de ce nom, ces livres sont complets en un volume. C'est le temps qu'il faut pour trouver le coupable. Quant à la Fantasy, elle joue son rôle habituel d'ingrédient exotique, pour pimenter l'action. Le tout forme un plat insolite et réjouissant dont on pourra se gorger.

Jacques Goimard

LES ROYAUMES OUBLIÉS

Entre parenthèses, après chaque titre, figure son numéro dans la collection ou (pour les ouvrages grand format) la mention GF.

I. La séquence des Avatars

Valombre, par Richard Awlinson (1)
Tantras, par Richard Awlinson (2)
Eau Profonde, par Richard Awlinson (3)
Le Prince des mensonges, par James Lowder (21)
Les Ombres de l'Apocalypse, par Ed Greenwood (34)
Le Manteau des Ombres, par Ed Greenwood (35)
… Et les Ombres s'enfuirent, par Ed Greenwood (36)

Les dieux ont été chassés du Panthéon et se mêlent aux humains. L'histoire de Minuit et de Cynric, appelés à devenir de nouvelles divinités, a pour cadre trois villes légendaires et pour chef d'orchestre le sage Elminster, dont on reparlera dans la trilogie des Ombres, où il vole au secours de la déesse Mystra, menacée de perdre son pouvoir…

II. La séquence d'Ombre-Terre et du Val Bise

Terre natale, par R.A. Salvatore (4)
Terre d'exil, par R.A. Salvatore (5)
Terre promise, par R.A. Salvatore (6)
L'Eclat de cristal, par R.A. Salvatore (15)
Les Torrents d'argent, par R.A. Salvatore (16)
Le Joyau du petit homme, par R.A. Salvatore (17)
Les Revenants du fond du gouffre, par R.A. Salvatore (18)
La Nuit éteinte, par R.A. Salvatore (19)
Les Compagnons du renouveau, par R.A. Salvatore (20)
Vers la lumière, par R.A. Salvatore (37)
La Fille du sorcier drow, par Elaine Cunningham (38)
L'Etreinte de l'Araignée, par Elaine Cunningham (39)
Retour à la clarté, par R.A. Salvatore (43)
L'Epine Dorsale du Monde, par R.A. Salvatore (GF)

Deux apports majeurs dus à R.A. Salvatore . le monde souterrain habité par les Drows, et Drizzt Do'Urden, l'inoubliable Elfe Noir. Le parcours initiatique d'un héros (d'Ombre-Terre au Val Bise), l'histoire d'une société hyperviolente (avec la contribution d'Elaine Cunningham) et une ode à l'amitié (Wulfgar, Catie-Brie, Bruenor Battlehammer…). Cerise sur le gâteau, l'aventure continue !

VIII. La séquence des Sélénæ

Un autre auteur majeur et un autre domaine réservé : les Iles Sélénæ, fabuleux archipel perdu dans un océan peuplé de monstres et de merveilles.

IX. La séquence des Ménestrels

La saga de l'organisation secrète qui intervient partout où le mal menace de l'emporter dans les Royaumes. Chaque roman se passe dans un pays distinct, avec un ou des héros différents. Une séquence en cours de publication qui réserve encore de grands moments.

X. La Trilogie des Mystères (octobre, novembre, décembre 2001)

XI. Les romans transversaux

Des livres moins indépendants qu'on ne pourrait le croire : tout en précisant certains points de l'histoire des Royaumes, ils font reparaître nombre de héros des séquences ci-dessus.

JOHN MADDOX ROBERTS

CRIME À TARSIS

Couverture de
LARRY ELMORE

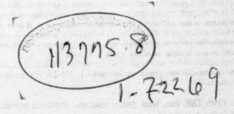

FLEUVE NOIR

Titre original :
Murder in Tarsis
Traduit de l'américain par
Isabelle Troin

Collection dirigée par
Patrice Duvic et Jacques Goimard

Représentation en Europe :
Wizards of the Coast, Belgique, P.B. 34,
2300 Turnhout, Belgique. Tél : 32-14-44-30-44.
Bureau français :
Wizards of the Coast, France, BP 103,
94222 Charenton Cedex, France. Tél : 33-(0)1-43-96-35-65.
Internet : www.tsrinc.com.
America Online : Mot de passe : TSR
Email US : ConSvc@aol.com.

© 1996 TSR Inc. Tous droits réservés. Première publication aux U.S.A.
TSR Stock N° 8656.
TSR Inc est une filiale de Wizards of the Coast, Inc.
ISBN : 2-265-07097-1
ISSN : 1257-9920

CHAPITRE PREMIER

Un fin manteau de neige recouvrait la ville. Reflétant le clair de lune, il nimbait d'une aura argentée ses tours, ses manoirs et ses imposants bâtiments publics. Derrière certaines fenêtres brillait la douce lueur jaune de lampes ; derrière d'autres, les minuscules flammes vives de bougies ou celles, orange et dansantes, de feux de cheminée. Au-dessus des toits, de minces colonnes de fumée blanche s'élevaient dans l'air nocturne.

L'homme qui contemplait cette scène paisible la trouvait tout à fait charmante, bien qu'empreinte d'une irrépressible mélancolie, car des quartiers entiers de la ville étaient en ruine et plongés dans les ténèbres. Il ne s'en dégageait aucune lueur rassurante, nulle bonne odeur de ragoût en train de mijoter sur le feu. Mais cette tristesse ne lui déplaisait pas, car il se targuait d'appartenir à la grande confrérie des poètes, et la mélancolie n'est-elle pas leur élément naturel ?

Il se tenait debout devant la fenêtre de sa chambre, sous le toit de l'auberge du *Joyeux Retour*, ainsi baptisée du temps où la ville était l'un des plus grands ports du continent et où ses navires arpentaient les océans. A l'époque, tout retour était forcément joyeux... surtout comparé à la seule alternative : le naufrage ! L'établissement se dressait au sommet d'une butte dans le quartier sud-ouest, près du fort rectangulaire qui montait la garde sur la rade. Au troisième étage, l'homme dominait la ville entière, à l'exception de ses plus hautes tours.

Autrefois, on l'appelait Tarsis la Fière, Tarsis la Magnifique ou encore Tarsis aux Dix Mille Navires… bien que ce fût certainement une exagération. A présent, il aurait fallu la surnommer Tarsis l'Agonisante, songeat-il. Lors du Grand Cataclysme, la mer s'était retirée, l'abandonnant telle une fiancée rejetée par son amant sur les marches de l'église. Le commerce terrestre permettait à ses habitants de survivre, mais pas dans la prospérité qui avait jadis fait d'elle, sinon la reine du monde, au moins l'une de ses princesses.

L'homme sentit l'inspiration lui venir et composa un poème sur cette fameuse tragédie. Mais il avait à peine fini les deux premiers vers quand des coups retentirent à sa porte.

— Entrez, murmura-t-il sans se retourner.

L'aubergiste était un homme replet, vêtu d'un tablier et d'un bonnet de nuit dont le pompon pendait sur le côté de son visage joufflu barré par une moustache en bataille.

— Vous avez un visiteur, annonça-t-il.

L'homme qui entra dans la pièce sur ses talons était un personnage trop important pour s'abaisser à frapper aux portes. Ses vêtements de velours noir s'ornaient de broderies argentées. Ses gants et ses bottes étaient du cuir le plus fin, et il portait le loup qu'affectionnaient les membres de la haute société. Une fine épée et une dague pendaient à sa ceinture.

— Attisez le feu, aubergiste, ordonna-t-il sans même daigner regarder l'âtre, et fermez les volets.

— Je trouve l'air de la nuit vivifiant, dit le poète sur un ton aimable. (L'aubergiste se figea.) Mais ça ne me dérange pas que vous attisiez le feu.

Pendant que l'aubergiste s'emparait d'un tisonnier et remettait du bois dans la cheminée, les deux hommes gardèrent le silence. Une servante vêtue d'une jupe tachée et d'un corset dont sa graisse débordait de toutes parts leur apporta un plateau chargé d'un pichet, de deux gobelets et d'un assortiment de biscuits et de fruits secs. Elle remplit les gobelets, puis se retira sans mot dire.

Satisfait par le résultat de son travail, l'aubergiste se releva.

— Aurez-vous besoin d'autre chose, maîtres ? demanda-t-il avec un sourire plein d'espoir.

Ne recevant pas de réponse, il s'inclina et sortit de la chambre en refermant la porte derrière lui.

L'aristocrate saisit un gobelet de sa main gantée et but.

— Vous êtes Nistur, affirma-t-il.

— C'est bien moi, dit le poète en prenant l'autre gobelet.

— Vous m'avez été chaudement recommandé.

— J'ai toujours donné entière satisfaction à mes clients.

— Mon nom à moi ne vous concerne pas.

— C'est pour ça que je ne vous l'ai pas demandé.

L'aristocrate eut l'air vexé, car il avait l'habitude que ses inférieurs courbent l'échine devant lui, même ceux qui avaient une réputation aussi effrayante que le poète. Son interlocuteur n'était pas du tout tel qu'il s'y attendait, et il l'étudia soigneusement, réfléchissant à sa phrase suivante.

Nistur était petit et plutôt replet. Son pourpoint de cuir brun était tendu à craquer sur son estomac, et constellé de taches luisantes. Ses bottes jaunes, de bonne qualité mais usées jusqu'à la corde, lui montaient à mi-cuisse, et il en avait rabattu le revers. Dessous, il portait des hauts-de-chausse noirs à rayures orange. Sa chemise de lin blanc aux manches en peau d'agneau s'effilochait au col et aux poignets.

Et pourtant, il se dégageait de cet homme un sentiment de méticulosité et de précision. Ses mains aux longs doigts étaient impeccablement manucurées, les extrémités de sa moustache retroussées avec soin, sa barbe taillée en une pointe à la symétrie parfaite. Son abondante chevelure noire et bouclée s'arrêtait un pouce au-dessus de ses oreilles, dévoilant un crâne sphérique qui reflétait la lueur du feu. Sous ses sourcils, ses yeux sombres au regard pénétrant ne cillaient pas.

— J'étais en train de composer un poème sur la chute semi-tragique de votre cité quand vous êtes entré, révéla-t-il.

— De meilleurs poètes que vous en ont fait l'œuvre de toute leur vie, répliqua l'aristocrate, dédaigneux. Et comment se fait-il que vous considérez ce sujet comme *semi-tragique* seulement ?

Ces mots n'avaient pas plus tôt franchi ses lèvres qu'il se reprocha de manifester quelque intérêt pour les pensées de son interlocuteur.

— Dans les grandes tragédies, les cités disparaissent au faîte de leur gloire, comme ce fut le cas d'Istar. Celles qui survivent ainsi diminuées deviennent la proie de l'ignominie, et ne peuvent donc fournir matière à une véritable œuvre épique.

— Je ne suis pas venu parler de poésie, coupa sèchement l'aristocrate. Je souhaite la mort d'un homme. C'est bien votre spécialité ?

— En effet. L'époque n'est guère favorable à ceux qui souhaiteraient vivre de leur don artistique. Comme il faut bien que je gagne ma croûte, j'ai choisi d'exercer la noble et ancienne profession d'assassin.

— Si c'est ainsi que vous voulez la considérer…, lâcha l'aristocrate. (Il lissa sa moustache grisonnante d'un doigt où brillait un anneau d'or en forme de dragon, une grosse perle bleue entre ses serres.) L'homme qui doit mourir se nomme Ferbois. C'est un mercenaire qui réside actuellement dans une auberge de l'ancien quar-

10

tier du port. La raison pour laquelle je souhaite me débarrasser de lui…

— … ne me concerne pas, coupa Nistur. Je le sais. Si vous ne vous sentez pas obligé de vous justifier, ne vous sentez pas non plus contraint de me le rappeler constamment. Vous n'êtes pas mon premier client.

Choqué par son insolence, l'aristocrate s'apprêtait à le remettre à sa place lorsqu'ils furent interrompus par des bruits montant de la rue. Un échange de cris à demi étouffés par les murs de l'étroite rue, fut suivi par le fracas métallique d'armes qui s'entrechoquaient.

Poussés chacun par leurs propres motivations, les deux hommes s'approchèrent de la fenêtre pour observer la scène. L'aristocrate releva son loup afin de mieux y voir, mais détourna son visage et leva une main gantée de velours pour se protéger du regard de Nistur. Celui-ci ne chercha pas à l'identifier : en ce qui le concernait, moins il en savait au sujet de ses employeurs, mieux il se portait.

Dans la rue, une douzaine d'hommes se battaient avec des épées à deux mains, et plus d'enthousiasme que de talent. L'un d'eux s'effondra, puis un autre. Du sang assombri par la lueur de Solinari coula dans la neige.

Le combat continua une ou deux minutes. Puis les survivants de l'une des factions jugèrent qu'ils en avaient assez ; ils se dégagèrent et s'enfuirent. Pareils à des chiens de chasse sur la piste du gibier, leurs adversaires se lancèrent à leur poursuite. Deux hommes gisaient immobiles au milieu de la rue, une tache sombre s'élargissant sous eux. Un troisième s'éloigna en s'appuyant sur son épée en guise de béquille. De sa main libre, il compressait une vilaine plaie, sur sa cuisse.

L'aristocrate et l'assassin se détournèrent de la fenêtre.

— Des ruffians qui cherchent la bagarre, commenta le premier. La ville en regorge depuis quelques mois. Ils utilisent tous les mêmes hachoirs. De mon temps, on se battait en duel.

Il effleura la lame fine qui lui battait la hanche.

— C'était une époque où on se souciait davantage d'élégance, dit Nistur. Le seul avantage de ce type d'épée, c'est qu'elle permet d'infliger un maximum de dégâts avec un minimum de savoir-faire, ce qui en fait l'arme idéale des bagarreurs de rues.

Du menton, il désigna un coin de la petite pièce où reposait une épée rangée dans son fourreau. Ce n'était ni une lame fine comme celle de l'aristocrate, ni l'espèce de hachoir des ruffians, ni un cimeterre de marin, ni une de ces épées larges qu'affectionnaient les soldats. Elle mesurait environ deux pieds de long, la garde couvrant toute la main du porteur. Un petit bouclier d'acier cabossé, garni d'une pointe au centre, était posé à côté.

— Ce genre de garde est passé de mode, déclara l'aristocrate. Mais ça reste une arme de gentilhomme. Tranchant simple ou double ?

Les nobles de Tarsis aimaient à se considérer comme une aristocratie guerrière, même si, depuis plusieurs générations, ils confiaient à des professionnels le soin de livrer leurs batailles. Ici, la pratique de l'escrime figurait toujours en tête de la liste des activités les plus respectables pour un gentilhomme.

— Tranchant simple, répondit Nistur. Elle a été forgée voilà deux siècles par les nains du clan Brisenclume.

— Ils ont produit quelques armes légendaires. J'en ai deux ou trois spécimens dans l'armurerie familiale. Mais revenons à nos moutons. Vous semblez maîtriser votre art, et je vous ai donné le nom de votre vic… de votre sujet. Aurez-vous besoin de quelque chose d'autre ?

— Navré de vous importuner avec des questions aussi mondaines, dit Nistur avec une trace de moquerie dans la voix, mais nous n'avons pas encore parlé de ma récompense.

12

— Ah, oui. (L'aristocrate prit une bourse à sa ceinture et la jeta sur la table avec une grimace de dégoût.) En voici la moitié, comme d'habitude. Quand vous aurez accompli votre mission, faites-le savoir à l'aubergiste, et vous recevrez le reste.

Aucun marchandage n'était permis : le prix de ce service était fixé par une coutume très ancienne.

— Encore une chose, ajouta l'aristocrate. Une chose assez triviale, mais à laquelle je tiens beaucoup.

— De quoi s'agit-il ? demanda Nistur.

— L'homme porte une armure assez… inhabituelle. Ayez la bonté de la lui enlever et de la remettre à l'aubergiste quand vous viendrez chercher l'autre moitié de votre paye.

— Messire, vous m'insultez ! s'écria Nistur, frémissant d'indignation. Je suis un assassin réputé, pas un détrousseur de cadavres. Je sais bien qu'il est normal pour un héros voire pour un roi de s'emparer de l'armure d'un ennemi de haut rang vaincu sur le champ de bataille, mais pour un homme de ma profession, ce serait dégradant ! Vous avez sûrement des serviteurs qui pourront s'en charger après que j'aurai rempli mon contrat !

L'aristocrate sembla sur le point de se fâcher, mais il se retint.

— Si vous avez une aussi haute opinion de vous-même… Très bien. Contentez-vous de le tuer et de venir chercher votre paye.

Nistur se radoucit.

— Je ne vois pas pourquoi je passerais par l'aubergiste, ajouta-t-il néanmoins. Vous avez des yeux et des oreilles partout dans cette ville. Vous n'aurez qu'à m'envoyer le reste de la somme ici.

— Comme vous voudrez. (L'aristocrate rajusta son loup.) Je ne pense pas que nous nous reverrons. Mieux vaudrait que vous quittiez la ville après avoir collecté le prix du sang.

— Privé du plaisir de votre compagnie, je ne vois pas ce qui me retiendrait ici, seigneur, railla Nistur.

L'aristocrate tourna les talons, ouvrit la porte et disparut dans un tourbillon de velours noir strié d'argent.

Nistur soupira. En optant pour cette carrière, il savait qu'il serait amené à servir ce genre d'homme. Tout comme il savait que son hautain visiteur tenterait de le faire éliminer dès qu'il aurait rempli sa mission, sans doute par l'homme de main qu'il enverrait lui livrer la seconde moitié de sa récompense. Les membres de la bonne société parlaient beaucoup de leur honneur, mais ils n'en faisaient usage qu'envers leurs égaux ou leurs supérieurs. Et encore, seulement quand ça pouvait les servir.

Nistur remplit de nouveau son gobelet et se tourna vers la fenêtre. Tout en sirotant son vin, il chercha à se souvenir des deux premiers vers du poème commencé un peu plus tôt. Sans succès. Il haussa les épaules. Peu importait. La ville de Tarsis lui semblait désormais indigne de son attention. Qu'elle meure donc et sombre dans l'oubli.

Une patrouille avait déjà emporté les cadavres. Dans la rue enneigée, il ne restait que des taches sombres et une traînée de sang sur un mur blanchi à la chaux. Solinari éclairait la scène en la dépouillant de toute couleur. Nistur sentit venir l'inspiration pour un autre poème, dans le style sobre et élégant des Istariens disparus.

> *Du sang sur la neige*
> *Le doux visage de la lune argentée*
> *Se penche sur le sang des infidèles*
> *Les ténèbres ou les rayons du soleil*
> *Verront-ils couler le mien ?*

14

Ravi par cette nouvelle composition, il s'apprêta à sortir pour remplir la mission qui venait de lui être confiée. Par habitude, il glissa une main dans son pourpoint afin de s'assurer que sa dague à double tranchant reposait à sa place habituelle, pendue autour de son cou au bout d'une lanière de cuir. Puis il tâta le manche en os du long poignard niché contre sa cuisse droite, sous le revers de sa botte. Tout était en ordre.

Nistur ceignit son épée et fixa le petit bouclier au crochet du fourreau. Sur la patère, à côté de la porte, il prit son large chapeau orné de plumes. Des stylets étaient dissimulés sous le bord plat. Enfin, il jeta une cape de fourrure sur ses épaules et enfila une paire de gants en peau de chevreau.

Ainsi attifé, il quitta sa chambre, descendit les escaliers, traversa la salle commune et sortit dans l'air glacial de la nuit, offrant l'apparence d'un passant ordinaire muni d'une seule arme : l'épée sans grâce des citadins que méprisaient les aristocrates et les soldats.

La taverne du *Marin Noyé* avait été bâtie avec des pierres et du bois récupéré sur les carcasses de bateaux naufragés. Bien que la mer qui léchait autrefois les quais à un jet de couteau de là eût disparu depuis longtemps, l'endroit avait en partie conservé son panache. De vieilles lampes maritimes éclairaient les reproductions de navires pendues aux poutres, et des tableaux représentant des batailles navales décoraient les murs. L'omoplate d'un dragon des mers faisait office de comptoir... Au moins, selon le patron. En tout cas, c'était l'omoplate d'une créature énorme.

Malgré l'absence de marins, une foule se pressait dans la taverne. Les conducteurs et les gardes de caravanes abondaient dans le coin, à cause des nombreuses routes commerciales qui convergeaient vers Tarsis. Il y avait également bon nombre de mercenaires au bout du rouleau après avoir livré quantité de guerres locales.

La plupart étaient des humains, car la cité ne se montrait guère hospitalière envers les membres d'autres races. Autrefois port cosmopolite, elle s'était repliée sur elle-même, y gagnant un tempérament aussi insulaire que sa nouvelle position géographique. Même aux voyageurs humains, les habitants faisaient bien sentir qu'ils ne seraient les bienvenus que tant qu'ils auraient de l'argent à dépenser.

En dépit de cela, les clients du *Marin Noyé* semblaient d'humeur joviale, n'hésitant pas à boire ou à jouer le contenu de leur bourse. Ils venaient là pour se reposer et se distraire après les rigueurs d'un long voyage, avant de se remettre en route vers la mer, vers Thorbardin en traversant les Plaines de Poussière ou vers d'autres destinations lointaines. Le vin et la bière coulaient à flots, et les chansons, dans une demi-douzaine de langues, étaient ponctuées par le roulement incessant des dés.

Au milieu de tous ces gens d'humeur conviviale, un homme se distinguait par son mutisme. Assis à une table minuscule, dans le coin le plus éloigné du feu, il semblait encore assez jeune, mais l'expression de son visage buriné était de celles que confère l'amertume des ans. Des cheveux noirs, raides et gras, pendaient sur ses épaules. Il fixait d'un air maussade le fond de sa chope presque vide. Quand il la souleva pour la porter à ses lèvres, sa main trembla et il la reposa hâtivement, jetant à ses doigts un regard haineux comme s'ils venaient de le trahir.

A cet instant, la porte s'ouvrit, livrant passage à un petit homme replet coiffé d'un chapeau à plumes, dont l'apparence presque délicate contrastait avec celle des habitués du *Marin Noyé*. Il s'entretint un moment avec le patron, qui désigna l'homme solitaire d'un signe du menton. Le nouveau venu traversa la grande salle et resta immobile devant la table jusqu'à ce que son occupant lève les yeux vers lui.

— Pardonnez-moi, messire, mais je me suis laissé dire que vous apparteniez au corps des mercenaires.

— C'est exact, concéda le solitaire de mauvaise grâce.

— Je m'appelle Nistur. Me permettez-vous de me joindre à vous ?

— Allez-y, grommela l'homme.

Il leva de nouveau sa chope. Sa main tremblait toujours autant.

Nistur s'assit.

— Si je puis me permettre, vous tirez la tête de quelqu'un qui contemple sa dernière chope de bière.

— Et alors ?

— Je pourrais peut-être vous en offrir une autre.

Comme par miracle, le patron approcha avec deux énormes chopes.

— Deux pintes de ma meilleure bière, comme vous me l'avez demandé, annonça-t-il fièrement.

Tandis qu'il les posait sur la table, une petite silhouette enveloppée d'une cape se faufila derrière lui. Avec une rapidité admirable pour quelqu'un d'aussi grassouillet, il fit volte-face et lui arracha sa capuche, révélant le visage fin et barbouillé d'une jeune personne de sexe indéterminé.

— Ecaille ! cria-t-il. Combien de fois t'ai-je demandé de ne plus remettre les pieds ici ? Je ne veux pas que tu embêtes mes clients !

Deux grands yeux gris s'écarquillèrent, pleins d'innocence offensée.

— Je suis seulement venue m'abriter du froid. Tu ne me jetterais pas dehors par un temps pareil ?

La voix aurait pu être celle d'un jeune garçon ou

d'une adolescente. Les cheveux roux en bataille, coupés à la diable, ne permettaient pas davantage de l'identifier.

— Et comment ! s'exclama le tavernier. Fiche le camp, ou j'appelle la garde !

Ecaille détala. Le tavernier reporta son attention sur les deux hommes.

— Désolé, messires. J'essaye de maintenir la vermine à distance, mais comme les courants d'air, elle trouve toujours un moyen de se faufiler.

Puis il s'éloigna pour servir ses autres clients, laissant les deux hommes isolés au milieu de la foule.

— Merci, grommela le mercenaire à contrecœur.

Il leva la chope pleine et but. Cette fois, sa main ne tremblait presque pas.

— Alors, qu'avez-vous à me proposer ? demanda-t-il.

— A vous proposer ? répéta Nistur, pris au dépourvu par cette entrée en matière.

— Vous cherchiez un mercenaire, non ? Vous devez savoir que nous sommes uniquement motivés par l'argent. Donc, je suppose que vous allez m'en offrir.

— Ah, oui, marmonna Nistur en examinant son compagnon par-dessus le bord de sa chope.

Il devait reconnaître que le tavernier n'avait pas menti : cette bière était excellente.

L'homme assis en face de lui devait avoir vingt-cinq ans environ, mais quelque chose dans la forme de ses yeux et de ses oreilles suggérait des traces de sang elfique, donc un âge sans doute plus élevé. Les mains qui serraient sa chope étaient larges et épaisses comme celles d'un nain, avec des jointures proéminentes. Un anneau d'or brillait à l'un de ses doigts. Quel genre de personne était-ce donc ?

Avant tout un mercenaire, cela ne faisait pas le moindre doute. Mais il portait une armure assez inhabituelle. Faite de minuscules écailles luisantes, elle le recouvrait du cou jusqu'aux poignets et aux genoux. Nistur n'aurait su dire s'il s'agissait de la peau d'un reptile ou de métal. Des gantelets du même matériau étaient accrochés à sa ceinture, à laquelle pendaient également une épée courte et une dague. Un petit casque d'acier était posé sur la table à côté de sa chope.

— En effet, je souhaite vous engager. Voyez-vous, je suis marchand et je dois aller à Zeriak pour savoir s'il serait possible d'y vendre certaines teintures et épices pour le compte du syndicat que je représente.

— Zeriak ? C'est très loin d'ici, et la route qui y conduit n'est guère fréquentée.

— Voilà pourquoi j'ai besoin d'un garde du corps expérimenté. Vous me semblez faire l'affaire.

— Certes… Mais c'est aussi le cas de la moitié des clients de cette taverne. Pourquoi vous être adressé à moi en particulier ?

— Les autres travaillent en bande, expliqua Nistur. Il ne me faut qu'une personne. Le tavernier m'a assuré que vous étiez seul.

L'homme éclata d'un rire sans joie.

— Ah ça, pour être seul… J'ai toutes les raisons du monde de l'être.

— Vous ne semblez guère désireux de travailler. Je croyais qu'en temps de paix, les mercenaires avaient du mal à trouver un emploi. Je vais donc m'adresser à quelqu'un d'autre.

Il fit mine de se lever.

— Attendez ! cria l'homme. Votre proposition m'intéresse, mais je suis de nature assez méfiante. Si la paye me convient, je vous accompagnerai. Tout me paraît tentant, du moment que ça m'éloignera de cette ville sinistre.

Nistur se rassit.

— Parfait. Comment puis-je vous appeler ?

— Ferbois.

— Et d'où venez-vous donc ?

— De nulle part. J'ai renoncé à mon passé en devenant mercenaire.

— Comme la plupart de vos collègues, dit Nistur. Mais vous n'êtes pas les seuls à préférer vous forger une existence bien à vous plutôt que de vivre celle qui vous était destinée. (Il but une gorgée de bière.) Très bien. J'aimerais partir tôt demain matin. Pouvez-vous venir avec moi dès maintenant ?

Ferbois vida sa chope et se leva.

— Je suis prêt.

— N'avez-vous pas de bagages à rassembler ?

— Rien de plus que ce que je porte sur moi. Le gîte et la nourriture ne sont pas bon marché à Tarsis. J'ai vendu ou parié tout ce que je possédais, à l'exception de l'équipement qui doit me servir à gagner ma vie. (Il enfonça son casque sur sa tête.) Allons-y.

Ils sortirent de la taverne. Nistur vit que Ferbois n'avait même pas de cape. Son armure ne devait pas beaucoup le protéger du froid, et un vent glacial soulevait les flocons de neige le long des rues étroites. Un instant, le cœur de l'assassin se serra : il n'avait rien contre ce malheureux qui semblait avoir subi un sérieux revers de fortune. Mais il se reprit très vite. La compassion n'était pas une qualité très prisée chez les membres de sa profession. Il devait se soucier uniquement d'accomplir avec élégance la mission confiée par son client.

Alors que les deux hommes dépassaient la fontaine d'une petite place, ils entendirent un bruit étrange au-dessus de leur tête. On aurait dit le grondement lointain du tonnerre. Fronçant les sourcils, Nistur sonda les nuages argentés qui venaient du sud.

— Ils vont nous donner de la neige, pas de la pluie, murmura-t-il. C'est bizarre d'entendre le tonnerre en cette saison.

— Ce n'est pas le tonnerre, le détrompa Ferbois.

Etonné par son ton lugubre, Nistur le dévisagea et vit qu'il semblait extrêmement troublé. Suivant son regard, il crut apercevoir une monstrueuse forme ailée entre deux tours.

L'assassin secoua la tête. Le moment était mal choisi pour se laisser distraire par une apparition céleste.

— Venez, dit-il en s'engageant dans une rue.

Brillant entre les toits, la lune transformait la chaussée en un étroit ruban argenté. Nistur s'arrêta à un endroit où elle s'élargissait légèrement.

— Ici, ça ira, déclara-t-il.

— Ça ira pour quoi ? demanda Ferbois, soupçonneux. Et d'abord, où allons-nous ?

Nistur s'inclina devant lui.

— Mon ami, une certaine personne souhaite votre disparition, et j'ai été engagé pour satisfaire ce désir. Ça n'a rien de personnel, croyez-moi. Considérez-vous désormais comme en danger mortel.

Ayant énoncé son avertissement, il dégaina.

— Un assassin, hein ? grogna Ferbois sur un ton méprisant, mais guère surpris. (Il avait l'air de quelqu'un qui a reçu beaucoup plus de mauvaises nouvelles que de bonnes au long de sa vie.) Et vous voulez qu'on se batte ? D'habitude, les types de votre genre préfèrent planter une dague dans le dos de leur victime, ou empoisonner sa nourriture.

— Seulement les plus grossiers, lui assura Nistur. Ils nous font une mauvaise réputation à tous.

Il se débarrassa de sa cape d'un coup d'épaules et s'avança, son petit bouclier brandi devant lui.

D'un mouvement fluide, Ferbois enfonça les mains dans les gantelets pendus à sa ceinture, puis dégaina son épée courte et sa dague. Nistur remarqua que ses armes étaient aussi peu conventionnelles que les siennes.

Le combat promettait d'être intéressant, mais il ne

pouvait avoir qu'une seule issue. Nistur était un excellent bretteur, et il n'avait jamais rencontré de mercenaire dont le talent soit plus que passable. Les guerriers professionnels s'en remettaient à leur force, à leur courage et à la protection conférée par leur armure ; très peu d'entre eux avaient les capacités de spécialistes qui passaient chaque jour plusieurs heures à s'entraîner.

Le mercenaire dévia l'épée de Nistur avec sa dague, puis projeta sa lame vers la tête, le genou et le flanc de son adversaire. Chaque fois, la pointe alla s'écraser sur le minuscule bouclier que l'assassin maniait avec une habileté confinant au miracle. Ils ne faisaient presque pas de bruit : leurs armes s'entrechoquaient avec le tintement cristallin de l'acier bien trempé, mais on ne les aurait pas entendues à plus de vingt pas. Les deux adversaires étaient des experts, pas des bagarreurs de rue.

Nistur fut stupéfié par le talent du mercenaire. Jamais il n'avait rencontré de professionnel qui maîtrisât aussi bien l'usage de ses armes. Pourtant, ses parades perdaient en précision. Par deux fois, la dague manqua l'épée de Nistur, que Ferbois dut dévier de l'avant-bras. La lame érafla à peine son armure, mais visiblement, il ne tarderait plus à avoir le dessous.

Nistur voyait bien que cette armure allait lui poser un problème. Il finirait par la découper s'il s'acharnait assez longtemps, mais cela manquerait de finesse et endommagerait certainement son épée. Jusqu'ici, il n'avait utilisé que le tranchant de sa lame, bien que son arme soit également conçue pour les attaques de pointe.

Dès qu'il en aurait l'occasion, il frapperait son adversaire au cou, juste au-dessus du bord de l'armure, pour conclure en beauté leur duel.

Nistur préparait la combinaison d'attaques et de parades qui s'achèverait par le coup fatal quand Ferbois tituba. La main qui tenait son épée tremblait violemment.

Il serra les dents et jura dans une langue inconnue de Nistur.

— Pas maintenant, grogna-t-il alors que son genou droit se dérobait.

Nistur fut tenté de se jeter sur lui pour en finir, mais la prudence le retint. Beaucoup de combattants recouraient à des ruses pour amener leur adversaire à se découvrir : ils faisaient semblant de vaciller, de souffrir atrocement à cause d'une égratignure, ou de se laisser distraire par quelque chose. Les attaques les plus meurtrières exposaient toujours celui qui les portait à une contre-attaque, et il ne fallait pas y recourir à moins d'avoir la certitude que l'autre n'était pas en état de tirer parti de cette ouverture.

Au lieu de plonger sur Ferbois, Nistur abattit donc violemment son épée sur celle du mercenaire. L'arme vola de sa main, qui ne semblait plus en état de s'y agripper. Visiblement, Ferbois avait toutes les peines du monde à rester debout. Mais Nistur savait que sa dague pouvait aussi bien s'enfoncer dans son cœur. Tout en menaçant son adversaire de la pointe de l'épée, il glissa le bord de son bouclier entre la main gauche de Ferbois et la garde de l'arme pour la lui arracher. La dague tomba sur les pavés avec un tintement musical.

Les genoux de Ferbois cédèrent et il roula sur le sol, son armure émettant un crissement d'écailles. Ainsi, c'était de la peau de reptile et pas du métal, constata Nistur. Du bout du pied, il retourna son adversaire, qui le foudroya du regard.

— Je crains de devoir vous achever, mon ami, soupira Nistur en rengainant son épée. Ne le prenez pas trop mal. J'ignore de quelle affliction vous souffrez, mais dans cet état, vous n'aviez pas grand avenir comme mercenaire, de toute façon. Je comprends maintenant pourquoi vous étiez si seul.

Il tira le poignard de sa botte, la lame polie de dix

pouces de long scintillant au clair de lune. Comme son épée, elle n'avait qu'un seul tranchant, ce qui en faisait une arme de taille plutôt que de pointe.

Alors qu'il s'agenouillait près du mercenaire tombé à terre, Nistur frémit intérieurement. Ce qu'il s'apprêtait à faire n'avait rien d'honorable. Ferbois ne pouvait pas se défendre, et ce n'était ni de sa faute ni à cause des efforts de l'assassin. Un bretteur doué mais malchanceux allait mourir sur l'ordre d'un répugnant aristocrate qui le détestait et méprisait Nistur, mais ne voulait pas salir ses mains gantées de velours.

Il ne servirait à rien de s'attendrir, songea l'assassin en appuyant la pointe de son épée contre la gorge de Ferbois. A cet instant, celui-ci tendit son bras gauche. Nistur eut le temps de voir quelque chose briller dans sa main. Puis il sentit un choc sous son menton, et un engourdissement qui se propagea rapidement dans son corps.

Il voulut trancher la gorge de Ferbois mais n'y parvint pas.

Une dague dissimulée ! Quelle infamie !

Nistur tomba lourdement sur l'arrière-train et sentit l'humidité de la neige traverser ses hauts-de-chausse.

— Ma lamentable hésitation va me coûter la vie, dit-il, souhaitant avoir pensé à quelque chose de plus mémorable en guise de dernières paroles. (Une omission impardonnable de la part d'un poète.) Néanmoins, cette attaque était totalement déshonorante, même pour un mercenaire tel que vous. J'attendais mieux de votre part, messire.

Ferbois eut un rire grinçant.

— Si ça avait été une dague, seriez-vous en train de me parler ? dit-il avec difficulté, comme si son larynx était à demi paralysé. Non, car votre langue serait clouée à votre palais. Voilà la donzelle qui vous a donné un baiser.

Bien que la main du mercenaire tremblât, Nistur distinguait clairement l'anneau d'or qu'il portait au petit doigt. Celui-ci avait tourné, révélant des filaments d'or entrelacés que l'assassin identifia aussitôt.

— Le Nœud de Thanalus ! siffla-t-il.

— Oui. Même un homme comme moi se ménage un dernier recours. A présent, tu es lié à moi et ne peux plus me faire aucun mal.

Ferbois tenta de rire, mais ne réussit qu'à s'étrangler. Il semblait avoir perdu le contrôle de ses membres. Nistur s'attendait à voir ses yeux rouler dans leurs orbites, mais ils continuèrent à lui obéir alors que le reste de son corps le trahissait. L'attaque avec le Nœud de Thanalus avait dû lui coûter ses dernières forces et mobiliser toute sa volonté.

Nistur se trouvait face à un grave dilemme. Désormais, il devrait servir l'homme qu'il avait tenté de tuer. Il ne remettait pas cette réalité en question : si le sort avait été moins puissant, il aurait réussi à trancher la gorge de son adversaire, même après avoir reçu une blessure mortelle. Mais que pouvait-il faire pour lui ? Il n'avait aucune idée de la nature de son affliction. Ferbois risquait-il de mourir, ou faisait-il juste une crise qui finirait par passer ? Dans un cas comme dans l'autre, une ruelle glaciale n'était pas l'endroit idéal pour passer la nuit.

Nistur se releva et récupéra sa cape, puis ramassa l'épée et la dague de Ferbois. Pivotant, il aperçut une silhouette penchée sur son ex-victime et nouveau maître.

— Qui êtes-vous ? Ecartez-vous de cet homme !

La silhouette leva la tête. Sous les plis de sa capuche, Nistur reconnut le visage de la créature appelée Ecaille, que le tavernier du *Marin Noyé* avait chassée de son établissement.

— Il a besoin d'aide, répliqua-t-elle.

— Vraiment ? Je ne m'en serais jamais douté, railla Nistur.

— Je vais aller chercher des secours, proposa Ecaille.

En se relevant, la petite créature bouscula l'assassin qui s'approchait pour la chasser.

— Oups ! Excusez-moi. Je reviens tout de suite.

Avant qu'elle puisse faire deux pas, Nistur la saisit par l'épaule pour la forcer à pivoter vers lui. Il palpa ses vêtements. Cette rapide inspection l'éclaira sur deux points. D'abord, sur le sexe de la créature : Ecaille était une femelle, bien qu'encore jeune et presque émaciée. Ensuite, sur la nature de sa profession.

Nistur lui agita deux bourses sous le nez, l'une rebondie et l'autre vide. Leurs cordons avaient été tranchés.

— Il n'a pas dû être difficile de t'emparer de la sienne, mais je te félicite de m'avoir pris la mienne. Je n'ai rien senti.

— Dans ce cas, comment avez-vous deviné ? demanda Ecaille avec curiosité et sans la moindre honte.

— D'une part, les actes de charité désintéressée se font plutôt rares ces temps-ci. D'autre part, j'ai vu avec quelle agilité tu te déplaces, et il m'aurait étonné que tu me bouscules sans le faire exprès. (Nistur désigna le mercenaire du menton.) Je suis surpris que tu ne lui aies pas pris son anneau.

— J'ai essayé, admit Ecaille, mais je n'ai pas pu le lui enlever.

— Beaucoup de gens lui auraient coupé le doigt pour se l'approprier.

— Pour quoi me prenez-vous ? s'offusqua la jeune fille.

— Laissons un silence diplomatique répondre à cette question. Connais-tu un endroit où je pourrais emmener mon ami ?

Ecaille observa la silhouette immobile du mercenaire en fronçant les sourcils.

— C'est votre ami ? J'aurais pourtant juré le contraire.

— Il l'est maintenant, et j'ai un besoin pressant de l'aider. Je peux te payer…

— Je connais un bon guérisseur. Il vit dans le quartier du vieux port. Et vous n'avez pas besoin de me payer, déclara Ecaille sur un ton hautain. Je peux voler ce dont j'ai besoin.

— Je ne voulais pas t'insulter ! Tiens, prends ses armes et son casque. Je vais le porter. Montre-moi le chemin, mais ne t'éloigne pas trop.

— Vous comptez le porter ? Il est deux fois plus costaud que vous !

— Les apparences sont parfois trompeuses, répliqua Nistur. (Il s'accroupit et saisit le mercenaire par un bras, puis se redressa en le chargeant sur son épaule.) Par exemple, je parie que tu n'aurais jamais deviné que je suis un poète.

— Sans doute pas, reconnut Ecaille.

Tandis qu'ils rebroussaient chemin vers le port, la neige commença à tomber.

CHAPITRE II

— C'est encore loin ? demanda Nistur.

Il essayait de ne pas montrer de signes de fatigue,
mais sa respiration sifflante faisait jaillir deux nuages de
vapeur jumeaux de ses narines. Sur son épaule, l'homme
en armure se faisait un peu plus lourd à chaque seconde.

— Pas très. Il habite dans l'une de ces coques, expliqua Ecaille. Quelque part dans le coin.

Quand la mer s'était retirée de Tarsis des années
auparavant, elle avait laissé une flotte considérable
échouée dans la rade. Le Cataclysme avait frappé à la
fin de la bonne saison, quand tous les bateaux – des
barques de pêche jusqu'aux galions – étaient rentrés au
port. La plupart étaient des vaisseaux marchands dont la
coque rebondie pouvait abriter d'importantes cargai-
sons, ainsi que bon nombre de cabines destinées aux
passagers et à l'équipage. Ils s'étaient posés sur le fond
sablonneux, en équilibre sur leur quille, et n'avaient
plus bougé depuis.

Au fil des ans, les plus petites épaves avaient été
démontées pour servir de bois de construction ou de
chauffage. Quelques-unes avaient pourri, et il n'en restait que des amas de pulpe malodorante. Mais beaucoup
servaient désormais de refuge aux pauvres et aux
exclus. Dans cette région, le Cataclysme s'était mani-
festé sous la forme d'un monstrueux séisme. Des milliers de gens avaient péri ensevelis sous les décombres

de leur maison. La plupart des survivants ne se sentiraient plus jamais à l'abri dans des maisons de pierre ; les coques leur apportaient un sentiment de sécurité.

Les bateaux utilisés comme logement étaient maintenus en place par de longues poutres qui les empêchaient de basculer sur le côté. Certains avaient été agrandis par leurs occupants. Avec le bois volé sur d'autres navires, ils avaient construit des étages supplémentaires au-dessus de leur pont. D'autres avaient été peints de couleurs vives et arboraient des enseignes d'auberges, de tavernes ou de magasins. Mais la plupart restaient des bicoques qui pourrissaient au soleil estival ou se fendillaient sous l'action du gel en hiver, le vent sifflant entre les planches dont le goudron qui assurait l'étanchéité s'était envolé depuis longtemps.

Les habitants du port étaient théoriquement des Tarsiens, mais les gens de la ville ne les considéraient pas comme des citoyens à part entière et les traitaient avec autant de mépris que les non-humains et les étrangers, ce qui ne les encourageait pas à rechercher leur compagnie.

— C'est là ! s'exclama triomphalement Ecaille.

Elle se tenait devant la coque d'un vaisseau marchand de taille modeste, mais à l'air douillet et bien entretenu. A la place des mâts depuis longtemps disparus se dressait une petite cheminée qui crachait une fumée d'autant plus accueillante que Nistur était frigorifié et épuisé d'avoir porté Ferbois dans la neige. Une pâle lueur jaune brillait à travers les vitres serties de plomb du carré.

Ecaille tambourina à la porte.

— Vieil homme ! Laisse-moi entrer !

La porte s'ouvrit, dessinant un rectangle lumineux sur la neige.

— Qui est-ce ? Ecaille ? Tu as besoin d'aide ?

Nistur ne parvint pas à voir la personne qui venait de parler.

— Pas moi, mais un homme qui est dans un drôle d'état. Tu peux l'examiner ?

— Je suppose. Fais-le entrer.

Ecaille franchit le seuil. Nistur la suivit, mais il dut se baisser et se contorsionner pour faire passer son fardeau.

Ils entrèrent dans une pièce spacieuse qui avait dû être la cale avant du navire. Des arceaux de bois pareils à une cage thoracique géante s'incurvaient sur les côtés, et des poutres massives soutenaient le plafond. La lumière provenait de lampes à huile fixées sur des supports muraux.

— Il a reçu un coup de couteau dans une taverne ? demanda un homme à la barbe et aux cheveux blancs, vêtu d'une austère robe de tissu brun.

— Il n'est pas blessé, le détrompa Nistur. Mais il semble affligé d'une étrange maladie, et ma nouvelle amie m'a dit que vous étiez doué pour les arts de la guérison.

— J'ai quelques modestes talents, dit le vieil homme. Je m'appelle Stunbog.

— Le petit gros a de quoi payer, déclara Ecaille. C'est un ass… Aïe !

La main de Nistur venait de s'abattre avec rudesse sur son épaule osseuse.

— Je suis Nistur, poète et ami de ce malheureux. Je vous serais reconnaissant de faire votre possible pour l'aider.

— Argent ou pas, vous pouvez compter sur moi, assura Stunbog. Myrsa, emmène cet homme à l'infirmerie et ôte-lui sa peau de lézard.

Une femme sortit d'un recoin d'ombre. Elle était bien plus grande que Nistur. Deux tresses de cheveux dorés encadraient son large visage aux traits harmonieux. Sans doute une barbare, songea l'assassin. Mais il n'aurait su

30

dire d'où elle venait, bien qu'il connût la plupart des tribus d'Ansalonie.

Il fut stupéfait par la facilité avec laquelle elle le déchargea de son fardeau. Son corps puissant, aux muscles qu'on aurait dit sculptés dans de la pierre, était enveloppé de splendides vêtements de peau si moulants que leurs broderies ressemblaient presque à des tatouages. Aussi imposante soit-elle, ses bottes doublées de fourrure ne firent aucun bruit sur le plancher de bois quand elle se dirigea vers une petite pièce et en referma la porte derrière elle.

— Je vais l'examiner tout de suite, annonça Stunbog. Venez vous réchauffer pendant que Myrsa le prépare.

Nistur et Ecaille le suivirent vers le fond de l'ancienne cale et gravirent un escalier conduisant à ce qui avait dû être autrefois la cabine du capitaine. Elle était meublée d'une solide table flanquée de deux bancs. A une de ses extrémités, un feu brûlait joyeusement dans un âtre de brique.

Il régnait une agréable tiédeur dans la pièce. Nistur ôta sa cape et son chapeau pour les suspendre à une patère. Stunbog saisit un pichet de cuivre et versa du vin dans des coupes de terre cuite.

— Merci beaucoup, dit Nistur tandis que l'alcool répandait une plaisante chaleur dans ses membres et soulageait son épaule endolorie. J'ignore ce qui est arrivé à mon ami. Il allait très bien, et tout à coup il s'est mis à trembler. Il a d'abord perdu l'usage de ses membres, puis celui de sa voix. A présent, bien qu'il n'ait pas perdu connaissance, il semble à peine capable de respirer.

— Je vois. Et il ne présentait aucun signe d'infirmité avant sa crise ?

— Au début de la soirée, j'ai vu trembler une de ses mains. Et un peu plus tard…

L'assassin hésita.

— Un peu plus tard… ? le pressa Stunbog.

— Ça n'a sans doute aucun rapport, mais nous avons entendu un bruit qui ressemblait à celui du tonnerre. Il a levé la tête vers le ciel, et il semblait presque terrifié. Pourtant, un mercenaire endurci comme lui ne devrait pas avoir peur d'un orage. Peut-être avait-il eu une hallucination…

— Un bruit qui ressemblait à celui du tonnerre… Et vous, vous n'avez rien vu ?

— Un moment, j'ai cru… (Embarrassé, Nistur se reprit.) Non, je n'ai rien vu.

— Mouais, marmonna Stunbog d'un air pensif.

La barbare entra dans la cabine.

— Il est prêt, dit-elle avec un accent si épais que Nistur eut du mal à la comprendre.

— Je dois vous laisser. N'hésitez pas à vous resservir du vin. Myrsa, trouve-leur quelque chose à manger. Il ne faut pas rester l'estomac vide par une nuit comme celle-là.

Le guérisseur sortit de la pièce, et la barbare se dirigea vers une autre porte qui devait être celle de la cuisine. Tandis qu'Ecaille s'installait confortablement parmi les coussins d'une banquette posée sous la fenêtre, avec un vif intérêt, Nistur examina tout ce qui l'entourait. Les voyages avaient affûté sa curiosité naturelle et son goût pour tout ce qui sortait de l'ordinaire ; or, il avait rarement été dans un endroit aussi excentrique.

Des herbes en train de sécher au-dessus de la cheminée et de petits sachets suspendus aux poutres répandaient dans la pièce une plaisante odeur. Des grimoires s'alignaient sur les étagères, voisinant avec des instruments de métal, de verre et de cristal tous ornés de symboles magiques. Il y avait également des présentoirs remplis de bocaux étiquetés dans différentes langues. Des os étranges étaient éparpillés çà et là ; certains, fixés sur une armature, formaient des squelettes complets dans des positions réalistes. Plusieurs mortiers contenaient des herbes et des minéraux pulvérisés.

— Un humble guérisseur… Mais bien sûr, murmura Nistur.

Il s'approcha d'un miroir rond fixé à la cloison. Soulevant sa barbe soigneusement taillée, il se tordit le cou pour examiner la chair ainsi exposée. Sous sa mâchoire, il distingua une marque qui ressemblait à celle d'un fer chauffé au rouge. Pourtant, il n'éprouvait aucune douleur, et même la sensation d'engourdissement se dissipait peu à peu. Le motif aux traits rouges entrelacés, gros comme l'empreinte d'un pouce, reproduisait le Nœud de Thanalus.

Nistur se détourna. Combien de temps serait-il lié par ce sort ?

La barbare revint.

— Tenez. Ne vous laissez pas mourir de faim.

Elle posa sur la table un plateau chargé d'une miche plate, de fromage, de fruits secs et de rubans de poisson salé : une chiche nourriture, mais en cette saison, seuls les riches pouvaient s'offrir des denrées fraîches.

Ecaille abandonna sa banquette pour venir s'asseoir sur un banc et dévora à belles dents. Nistur mangea en faisant preuve de meilleures manières, mais de tout aussi bon cœur. Conscient de la précarité de sa situation, il se disait qu'il ferait mieux de prendre des forces pendant qu'il en avait l'occasion. Qui savait quand elle se présenterait de nouveau ?

— Vous ne vous joignez pas à nous ? demanda-t-il à Myrsa.

— Je n'ai pas faim, répondit la barbare, sur un ton sans équivoque.

Même si ça avait été le cas, elle ne se serait pas abaissée à s'asseoir en sa compagnie.

Nistur était certain de n'avoir rien fait pour l'offenser, mais ce n'était pas la première fois qu'il se heurtait à une hostilité dépourvue de raison. Il savait accepter que les autres le rejettent avec toute la dignité seyant à un poète philosophe.

— Ne fais pas tant de manières, Myrsa, intervint Ecaille. Il n'est pas si méchant. Il m'a attrapée alors que je venais de lui voler sa bourse, et il ne m'a même pas donné un coup de pied.

Elle posa un morceau de fromage sur une épaisse tranche de pain et mordit dedans.

— Si tu le dis, petite.

Au grand étonnement de Nistur, la barbare ébouriffa gentiment les cheveux roux d'Ecaille. Mais son expression se durcit de nouveau quand elle posa les yeux sur lui.

— Je ne saurais dire à quelle tribu vous appartenez, déclara poliment Nistur. Les broderies de votre tunique me rappellent celles qu'arborent certains montagnards, mais la coupe de vos hauts-de-chausse évoque le peuple des glaces. Dans un cas comme dans l'autre, vous semblez bien loin de chez vous.

— Qui a dit que j'avais un chez-moi ? répliqua Myrsa.

Elle se détourna et s'éloigna, laissant voir l'aigle aux ailes déployées dessiné sur son large dos.

— Pas très amicale, hein ? lança Nistur quand elle fut sortie.

— Ne faites pas attention à elle. Elle déteste tout le monde sauf Stunbog et moi. Mais quand elle est de mauvaise humeur, il vaut mieux que je ne traîne pas dans ses pattes.

— Les barbares ont la réputation d'être féroces, dit Nistur, mais en général, ils réservent leur hostilité à leurs ennemis héréditaires, et se contentent de témoigner du mépris au reste du monde.

— Je ne crois pas que Myrsa ait une tribu, dit pensivement Ecaille. C'est plutôt une solitaire, comme moi.

Cela parut encore plus étrange à Nistur, car les barbares et autres peuplades primitives étaient farouchement attachés à leur tribu ou à leur clan. Ceux qu'ils bannissaient finissaient par se laisser mourir de chagrin. Ils considéraient la mort et les blessures de guerre comme de simples inconvénients, mais l'exil leur était une punition insupportable. Si cette femme avait été rejetée par les siens, pas étonnant qu'elle soit en permanence d'une humeur de chien !

Le guérisseur les rejoignit quelques minutes plus tard. Il se versa une coupe de vin et s'assit à la table en ôtant ses lorgnons.

— Votre ami est hors de danger, déclara-t-il. Il sera sur pied d'ici deux ou trois jours. Mais il souffre d'une affliction mortelle, qui le tuera probablement dans un an ou deux.

Ayant fait part de cette affreuse nouvelle, il sirota son vin d'un air satisfait.

— De quoi souffre-t-il exactement ? demanda Nistur. Je le connais depuis peu, et je n'avais jamais vu personne faire une telle crise.

— Je pense que c'est un homme intrépide et extrêmement malchanceux.

— Intrépide, ça coule de source : il est rare de rencontrer des mercenaires timorés. La malchance est plus difficile à diagnostiquer, à moins d'avoir observé le comportement d'un sujet pendant longtemps.

— Je sais que votre ami est intrépide parce qu'il a autrefois combattu un dragon noir. Et je sais qu'il est malchanceux parce que ce dragon l'a mordu.

— Il s'est fait mordre par un dragon ? s'étonna Nistur. Je trouve qu'avoir survécu à une telle mésaventure dénote une sacrée dose de chance.

Stunbog secoua la tête.

— Non. Malgré leur gueule et leurs crocs impressionnants, les dragons n'ont pas des morsures très efficaces. Leur souffle et leurs griffes sont bien plus redoutables. Celui qui a attaqué votre ami devait être un jeune spécimen dont le poison n'avait pas encore développé toute sa puissance, sinon il serait mort sur le coup. Au lieu de ça, il a été affligé d'une paralysie récurrente. A ce stade, chaque crise lui fait seulement perdre l'usage de ses membres. Mais elle finira par atteindre son cœur et ses poumons, et il en mourra.

— Comment savez-vous qu'il s'agissait d'un dragon noir ?

— Parce que tous les ouvrages que j'ai lus au sujet de ces créatures mentionnent la propriété paralysante de leur poison. En outre, votre ami porte la peau de cette bête.

— Il aurait pu la voler, avança Ecaille.

Elle tenait un morceau de poisson dans une main et une poire séchée dans l'autre, et semblait avoir du mal à décider ce qu'elle mangerait en premier.

— Non : cette armure a été taillée à ses mesures. Elle le moule aussi étroitement que les peaux de Myrsa. Il arrive qu'un soldat fasse ajuster l'armure d'un autre pour la porter, mais elle ne lui ira jamais parfaitement. Cette peau de dragon a été prélevée il y a moins de cinq ans, comme l'indique l'état des écailles. Cela concorde avec la progression de la maladie. Votre ami est donc bien la personne qui a tué le dragon et pris sa peau pour s'en faire une armure.

— En dépit de cela, il n'a pu échapper à la vengeance de son adversaire, murmura Nistur. Il y aurait là matière à un excellent poème. La poésie épique est justement l'une de mes spécialités.

— Vraiment ? s'étonna Stunbog. Je vous aurais cru membre d'une profession… Disons, plus agressive.

— C'est amusant, parce qu'à voir l'endroit où vous vivez et à vous écouter parler si savamment des dragons,

36

j'aurais pensé que vous étiez bien davantage qu'un humble guérisseur.

Stunbog essuya les verres de ses lorgnons.

— Il est vrai que j'étudie la magie et que beaucoup de gens me considèrent comme un érudit. Mais je ne pratique que les arts de la guérison.

— Dans ce cas, vous devez avoir une force de caractère exceptionnelle.

— Pourquoi donc ?

— Rares sont les personnes qui, maîtrisant l'art de la magie, ne sont pas tentées de le mettre en pratique. Il est de notoriété publique que l'étude de la magie éveille chez toutes les races un besoin irrépressible de manipuler les énergies thaumaturgiques.

— J'ai entendu cette rumeur, mais je n'y ajoute guère foi. Ne prétend-on pas également que ceux qui ont passé des années à apprendre le maniement des armes ne peuvent s'empêcher de les utiliser, voire de gagner leur vie grâce à elles ? Et pourtant, vous et moi savons bien que c'est une fable.

— En effet.

Durant ce dialogue, le regard d'Ecaille était passé de l'un à l'autre, comme si elle assistait à un duel. Seule sa présence d'esprit lui avait permis de survivre dans des circonstances souvent difficiles, et elle était capable de reconnaître une situation où deux personnes prenaient leur mesure, chacune essayant d'en apprendre davantage sur l'autre sans trop en dévoiler sur elle.

Des coups frappés à la porte d'en bas brisèrent le silence.

— Encore ? soupira Stunbog.

— Les nuits blanches font partie des inconvénients du métier de guérisseur, compatit Nistur.

La barbare réapparut, une petite silhouette sur ses talons.

— Pioche est ici, annonça-t-elle, laconique.

Elle fit un pas sur le côté, révélant un nain comme Nistur n'en avait encore jamais rencontré. Bien qu'il ne semblât pas particulièrement vieux selon les critères de sa race, sa barbe et ses cheveux étaient d'une blancheur immaculée, et sa peau aussi rose que celle d'une jouvencelle. Des veines bleu foncé striaient le dos de ses mains, et il plissait les yeux comme si la lumière des lampes l'éblouissait.

— Que se passe-t-il, mon ami ? demanda Stunbog.

— Encore une épidémie de colique chez les petits, répondit le nain d'une voix qui évoquait le grincement d'une meule. Certains risquent d'en mourir. Pourriez-vous venir ?

— Si tu penses que c'est aussi grave… Myrsa, tu veux bien m'apporter ma sacoche ?

La barbare sortit et revint quelques instants plus tard avec un sac en peau de phoque.

— Il est dangereux de sortir par une nuit pareille, bougonna-t-elle.

— Je vais vous attendre dehors, dit le nain, qui semblait incommodé par la lumière.

— Tu peux m'accompagner si tu t'inquiètes à ce point, lança Stunbog à Myrsa.

— Pour les laisser seuls ici ? demanda la barbare en désignant Ecaille et Nistur.

Le guérisseur sourit.

— Tu sais bien qu'Ecaille ne vole jamais rien ici, et je t'assure que notre nouvel ami a trop le sens de l'honneur pour s'abaisser à ça. C'est un poète.

Myrsa lâcha un grognement peu convaincu.

— D'où vient ce… Pioche ? demanda Nistur. Je n'ai vu aucun nain à Tarsis jusqu'ici. Est-ce un voyageur ?

— Non. Son peuple vit ici depuis la création de la ville, le détrompa Stunbog. Lui et les siens descendent du clan engagé pour creuser les fondations. Beaucoup des bâtiments les plus anciens ont plusieurs sous-sols ;

c'est là que vivent les nains. Ils ne sont plus très nombreux à présent. Faute de sang neuf, ils souffrent d'un grand nombre de tares congénitales. Je crains qu'ils ne s'éteignent d'ici quelques générations. Mais vu leur longévité, ça ne se produira pas avant un bon moment.

— Etonnant. Et moi qui prenais Tarsis pour une cité exclusivement humaine…

— Peu d'endroits sont aussi faciles à comprendre qu'ils le semblent au premier abord. Tarsis ne fait pas exception à cette règle. Elle regroupe plusieurs villes en une : l'ancienne, la nouvelle, les souterrains, le port… Et bien d'autres encore. A présent, si vous voulez bien m'excuser… Je dois y aller. Il y a des cabines libres où vous pourrez vous reposer. Je rendrai visite à votre ami demain matin de bonne heure.

— Ma gratitude la plus profonde vous est acquise, affirma Nistur.

— Vous me remercierez quand votre ami sera guéri.

Stunbog enfila une cape et rabattit la capuche sur sa tête. La barbare le suivit en portant sa sacoche. Sur le seuil de la pièce, elle regarda Nistur par-dessus son épaule, comme pour lui promettre toutes sortes de choses déplaisantes si elle ne retrouvait pas le bateau dans l'état où elle l'avait laissé. Puis ils s'en allèrent.

— Ta cité est bien plus intéressante que je ne l'aurais cru, dit Nistur. Quel étrange couple ! Et ce nain… Tous les autres sont-ils comme lui ?

— Plus ou moins. Ils vivent sous terre et ne supportent pas la lumière. Ils ne font jamais de mal à personne, mais les gens ont peur d'eux : ils les prennent pour des fantômes ou un truc dans le genre.

— Je crains que le traitement de mon ami ne soit très onéreux, et j'ignore comment je vais le payer, avoua Nistur.

Ecaille écarquilla les yeux.

— La bourse que je vous ai prise était très lourde. Le vieux Stunbog ne réclame jamais autant d'argent.

— Oh, je dois restituer cette bourse à son propriétaire. C'était une partie de ma paye, et j'ai saboté ma mission, soupira Nistur.

— La restituer ? s'étrangla Ecaille. Vous êtes fou ?

— Non : je suis un homme de principe. Tu as déjà entendu parler d'éthique professionnelle ?

— Je ne vous comprends pas. D'abord, vous essayez de tuer cet homme, et quand il semble que les dieux vous l'offrent sur un plateau, vous renoncez. Puis vous l'emmenez chez un guérisseur, et maintenant, vous voulez rendre son argent au lâche qui vous a engagé pour le zigouiller !

— S'il te plaît, s'offensa Nistur. Je ne suis pas un vulgaire « zigouilleur », mais un assassin.

— Vous parlez d'une différence !

— Je ne m'attends pas à ce que tu comprennes… Bien que tu sois toi aussi une étrange petite personne. Tu portes un très joli nom. D'où te vient-il ?

— De mon métier, dit Ecaille.

A cause de la chaleur qui régnait dans la pièce, elle avait d'abord ôté sa cape, puis son gilet, de sorte qu'elle ne portait plus qu'une légère tunique de cuir. Nistur vit qu'elle n'était pas aussi émaciée qu'il l'avait cru : seulement mince et musclée comme une acrobate.

Plongeant une main dans sa poche, la jeune fille en sortit un large anneau d'écaille conçu pour recouvrir la première phalange du pouce. Dans le pli de ses doigts reposait un minuscule couteau dont la lame ne devait pas mesurer plus de deux pouces.

— C'est ainsi que travaillent les voleurs de cette cité. Vous distrayez votre cible, ou un ami s'en charge à votre place. Puis vous coincez les cordons de sa bourse entre la lame et l'anneau, et vous les tranchez. Comme ça, la victime ne sent rien.

— Je connais cette technique, dit Nistur. Dans mon royaume natal, les voleurs utilisent le même type d'outil, mais en corne.

— Où est-ce ?

— Loin d'ici. Comment t'appelait-on avant que tu n'acquières ce sobriquet ?

— Par le nom que les gens voulaient me donner. Rien de très agréable, la plupart du temps. Vous voulez savoir beaucoup de choses, et vous n'en révélez guère à votre sujet...

— Je suis naturellement curieux, et naturellement avare d'informations. Mais j'aime bien réciter mes poèmes. Tu veux en écouter quelques-uns ?

— Peut-être une autre fois, répondit Ecaille en bâillant à se décrocher la mâchoire. Je pense que je vais aller dormir. Voilà plusieurs jours que je n'avais pas eu l'estomac plein. Venez, je vais vous montrer où sont les cabines.

Nistur se leva pour la suivre.

— Tu dors souvent ici ?

— Je ne l'ai fait qu'une fois, il y a environ un an. J'ai été prise dans une bagarre et j'ai reçu un coup de couteau dans la jambe. A l'époque, je vivais dans une cave de la vieille ville. Je m'y suis terrée en attendant que ça guérisse, mais la plaie s'est infectée. Une colporteuse qui passait par là a vu dans quel état j'étais, et elle m'a parlé du guérisseur qui vivait dans une des coques du port. J'ai réussi à me traîner jusqu'ici, et Stunbog m'a recueillie. Il a sauvé ma vie et ma jambe, m'a laissée rester chez lui presque un mois et ne m'a jamais rien demandé en échange. Voilà pourquoi je ne suis pas revenue depuis.

Ils descendirent un escalier qui débouchait sur un étroit couloir, le long duquel s'alignaient plusieurs portes.

— Je ne comprends pas.

— Quand quelqu'un vous traite ainsi, le moins que vous puissiez faire, c'est de ne pas en abuser, pas vrai ? Si j'étais revenue trop souvent, Stunbog aurait pensé que je cherchais à profiter de lui.

— Je vois.

Ecaille précéda Nistur dans une petite pièce équipée d'une couche, d'un coffre et d'un chandelier qui avait dû être jadis la cabine d'un matelot.

— Je suis navré de t'avoir parlé de façon condescendante ce soir, s'excusa Nistur. Je me rends compte à présent que tu as ton propre sens de l'honneur.

— Sans compter que Myrsa pourrait croire que je cherche à profiter de Stunbog, et je n'ai aucune envie de me la mettre à dos. Elle le couve comme une mère poule.

— Ils forment un couple étrange, dit Nistur en étouffant un bâillement. (La journée avait été longue et riche en rebondissements.) Je me demande comment ils se sont rencontrés...

— Ils ne me l'ont jamais dit, mais je suis sûre que c'est une histoire intéressante.

Il courait à travers un village dévasté. De tous côtés, ce n'étaient que bâtiments en ruine, toits de chaume enflammés et murs pulvérisés. Et pourtant, il ne s'agissait pas des ravages provoqués par une bataille, mais de quelque chose d'infiniment plus redoutable. Jamais il n'avait fui une bataille, alors qu'il courait de toute la vitesse de ses jambes pour échapper à la créature monstrueuse qui le poursuivait. Ses poumons le brûlaient, car l'air était chargé d'émanations gazeuses étouffantes, pareilles à celles que libère l'acide en rongeant des minéraux. Le sol était jonché de villageois morts, tous calcinés ou asphyxiés et affichant une expression horrifiée.

Devant lui, une ombre gigantesque assombrissait le

paysage : celle de la créature qui le poursuivait, le monstre qu'il n'osait pas apercevoir en se retournant. Il lui semblait que, s'il réussissait à se débarrasser de son armure, il aurait une chance de s'en sortir. Il l'agrippa à pleines mains et s'aperçut avec effroi qu'il ne pouvait pas la retirer : la peau du reptile était devenue la sienne. Les battements d'un cœur monstrueux résonnèrent dans ses oreilles tandis que l'ombre de ses ailes fondait sur lui.

Ferbois se réveilla en sursaut, couvert de sueur froide et roulant des yeux terrifiés. Où était-il ? Le cœur qui cognait à tout rompre était le sien, mais aucune autre partie de son corps n'avait plus la moindre force. C'était tout juste s'il pouvait respirer et tourner la tête. Bien qu'encore faibles et inertes, ses membres n'étaient plus paralysés.

Le souvenir de son cauchemar s'estompa, ne laissant derrière lui qu'une impression pénible mais distante.

Il savait qu'il se remettait tout juste d'une nouvelle attaque. Celle-ci avait été terrible, la pire d'entre toutes. Il distinguait des poutres au-dessus de sa tête et sentait une vague odeur de poix. Etait-il à bord d'un navire ? Et comment était-il arrivé là ? Où était passé l'assassin ? Leur combat était la dernière chose dont il se souvenait.

Ferbois était si épuisé qu'il ne pouvait rien faire, pas même appeler au secours. Il sentit le sommeil le gagner, et sombra dans l'inconscience en marmonnant des incantations apprises bien des années plus tôt et destinées à le protéger des songes maléfiques.

CHAPITRE III

Le seigneur de Tarsis était en grande discussion avec son Conseil Intérieur. Obéissant à une antique coutume, tous ses membres portaient un masque censé permettre le vote anonyme, même si en réalité, chaque homme présent connaissait l'identité de tous les autres.

Seul le seigneur – un grand homme aux traits saturnins – siégeait à visage découvert. Il n'avait pas hérité de son titre, mais avait été élu au Conseil Intérieur par le Grand Conseil composé de deux cents aristocrates. L'obtention d'un siège au Conseil Intérieur, qui comptait seulement dix membres, nécessitait force manigances et l'élection au poste de seigneur de Tarsis davantage encore. Ainsi, chaque dirigeant de la ville était le plus capable et aussi le plus impitoyable représentant de sa noblesse.

Le petit peuple ne se préoccupait pas de ces questions. Certaines personnes naissaient au sein de l'aristocratie, et leur chef était le seigneur de Tarsis. Les gens du commun connaissaient rarement son nom, et on ne prenait pas la peine de les informer quand il était remplacé pour une raison ou pour une autre. En ce qui les concernait, la même personne aurait pu occuper ce poste depuis la fondation de la ville.

Contrairement à ceux de la plupart des nations, les aristocrates de Tarsis ne devaient pas leur titre à la possession de vastes domaines terriens, de troupeaux et de serviteurs. Ils descendaient des grandes familles marchandes de la cité. Bien que beaucoup aient connu de sérieux revers de fortune, ils luttaient pour préserver la pompe associée à leur statut. Quand l'un d'eux n'en était plus capable, il préférait quitter la ville avec sa famille plutôt que de subir l'humiliation de redevenir un simple manant.

Car les terres qui entouraient Tarsis étaient si pauvres que les fermes parvenaient tout juste à produire assez de nourriture pour alimenter sa population. Les plaines étaient essentiellement habitées par du bétail capable de résister aux hivers rigoureux et de subsister en broutant l'herbe rase. Les troupeaux appartenaient à des nomades belliqueux et imprévisibles, tout aussi susceptibles de piller la cité que de commercer avec elle. Parfois, ils rompaient leurs accords de négoce par simple ennui, et auraient détruit Tarsis bien des années auparavant s'ils n'avaient pas été trop occupés à livrer entre eux des guerres incessantes.

Ce soir-là, ils étaient le principal sujet de préoccupation du seigneur de Tarsis.

— Messires, commença-t-il, le moment est venu de prendre une décision concernant la délégation envoyée par Kyaga Arcfort, le nouveau chef des tribus nomades.

— « Délégation » est un bien grand mot pour désigner ces sauvages crasseux, dit le conseiller Rukh, son principal rival lors des dernières élections.

— La coutume diplomatique veut que nous traitions tous les envoyés de la même manière, qu'ils représentent de grandes nations civilisées ou des tribus primitives. C'est une pure illusion, mais qui nous sert depuis des siècles. Le chef de cette délégation est l'ambassadeur Yalmuk Sang-Flèche, et nous tolérerons sa suite tant qu'elle ne nous causera pas de problèmes.

— Ce qui ne saurait tarder, lança un autre homme dont le masque jaune dissimulait le visage du conseiller

Blasim : un homme gras et paresseux qui devait son siège au Conseil Intérieur à sa richesse. Ces barbares ignorants ne savent pas se retenir. D'ici peu, ils se soûleront et déclencheront des bagarres.

— Si tel est le cas, nous les chasserons. Allons, s'impatienta le seigneur, que nous appréciions ces gens ou pas n'a guère d'importance. Nous devons traiter avec eux, et nous y arriverons en leur présentant un front uni. Ce sont peut-être des primitifs, mais s'ils perçoivent le moindre signe de discorde entre nous, ils s'engouffreront dans la brèche pour en tirer parti. Est-ce bien compris ?

— Oui, seigneur, répondirent tous les conseillers d'une seule voix.

Il dut s'en satisfaire, même s'il savait ne pas pouvoir leur faire confiance.

Un instant, il souhaita que Tarsis ait une véritable royauté, et que son aristocratie fasse preuve d'une loyauté indéfectible envers son souverain. Mais ce n'était qu'un vœu pieux. La cité avait été fondée par des familles marchandes, toutes dévorées de jalousie les unes à l'égard des autres. Elles s'étaient arrangées pour qu'aucune ne puisse s'emparer du pouvoir à long terme. Ainsi, le seigneur qui représentait la plus haute autorité était entouré de rivaux envieux plutôt que de fidèles vassaux.

— Conseiller Melkar, vous avez effectué une reconnaissance du domaine d'Arcfort. Quelle menace représente-t-il ?

Melkar portait une robe blanche et un masque rouge.

— Une menace très réelle, répondit-il franchement. Depuis plusieurs générations, personne n'était parvenu à unir sous son commandement toutes les tribus des Plaines de Poussière. Pendant longtemps, celles-ci se sont battues entre elles, se contentant de venir ici pour échanger leur viande, leur lait, leurs peaux et leur laine contre les produits dont elles avaient besoin. Mais

Kyaga Arcfort pense que le moment est venu d'*exiger* toutes ces choses et il dispose d'une véritable armée pour appuyer sa demande.

Les autres sursautèrent.

— Vous avez vu cette armée de vos propres yeux ? demanda un homme au masque bleu.

— Oui. Cinq mille cavaliers expérimentés, tous excellents archers, disposant chacun de quatre ou cinq montures de premier choix. Et ils sont loyaux envers Arcfort, car ils pensent que celui-ci dispose d'une puissante magie.

— Des archers, cracha le conseiller Rukh sur un ton méprisant. Tout le monde sait qu'il ne fait pas bon s'aventurer dans les plaines pour s'exposer à leurs traits. Mais ils ne peuvent pas grand-chose contre les fortifications de cette ville.

— Certes, concéda le seigneur, mais mieux vaudrait éliminer la menace avant qu'ils n'assiègent Tarsis.

Ses paroles confiantes masquaient une certaine inquiétude : les murs de Tarsis avaient été érigés du temps où la population était dix fois plus nombreuse et où on pouvait compter sur les habitants de quantité de villages voisins pour lui prêter main-forte. A présent, de grands pans de murs tombaient en ruine, et Melkar doutait de disposer d'assez d'hommes pour défendre le tiers de ce qui tenait encore debout.

— Vous comptez semer la dissension parmi les tribus ? demanda le conseiller Blasim.

— Telle a toujours été notre politique, lui rappela le seigneur. Prenez à part les membres les plus éminents de la délégation et tâchez d'éprouver leur loyauté. Certains se laisseront peut-être soudoyer. Les simples guerriers prennent sans doute Arcfort pour un dieu, mais ses pairs savent sûrement à quoi s'en tenir. Sans compter que beaucoup d'entre eux doivent être jaloux. J'ai rencontré peu d'hommes qui n'étaient pas prêts à trahir pour peu qu'on y mette le prix. Parfois, ils acceptent de le faire pour rien.

— Toujours aussi sagace, seigneur, dit Blasim. Pour autant que cela me répugne, je tisserai donc des liens avec ces hommes et les inciterai à coopérer avec nous.

— Ces bandits campent sous nos murs. Je veux que vous leur rendiez visite et que vous feigniez de les prendre en amitié. Interrogez-les discrètement. Découvrez lesquels d'entre eux ont une faiblesse pour l'or, pour les belles armes et autres objets de valeur. Conseiller Rukh...

— Oui, seigneur ?

— En tant que responsable de la sécurité de Tarsis, je veux que vous vérifiiez l'état de ses fortifications, mais discrètement afin de ne pas alarmer la population. Engagez les mercenaires qui fréquentent les tavernes de l'ancien quartier du port pour une prétendue expédition punitive contre les bandits qui harcèlent les caravanes venues de la Baie des Glaciers. Logez-les dans le fort, aussi loin que possible du camp des nomades. S'il doit y avoir un combat, je préfère sacrifier des étrangers plutôt que nos citoyens.

— Comme vous voudrez, seigneur, dit Rukh sur un ton à la limite de l'insolence.

— Qui paiera pour tout ça ? s'inquiéta le conseiller Mede, un banquier au masque brodé de fils d'or.

Le seigneur de Tarsis serra les dents. Ces marchands craignaient pour leur argent davantage que pour leur sécurité. Mais il devait les satisfaire, s'il ne voulait pas se retrouver dans une position encore plus précaire.

— Nous prélèverons une taxe supplémentaire sur les marchandises qui transitent par notre cité. Si un combat éclate, nous nous arrangerons pour que la plupart des mercenaires périssent aux mains des nomades, ce qui nous fera économiser leur salaire. Avez-vous d'autres

48

questions ? Non ? Parfait. Vous savez tous comment vous comporter envers ces sauvages.

Saisissant un marteau sur l'accoudoir de son trône, il frappa le gong suspendu sur sa droite. Tandis que l'écho se dissipait, les conseillers prirent place dans les chaises qui flanquaient son trône.

A l'extrémité de la pièce, une porte massive s'ouvrit. Le chambellan entra et frappa avec son bâton sur le sol de marbre poli.

— Que désire mon seigneur ?

— Faites venir les envoyés de Kyaga Arcfort, ordonna le seigneur de Tarsis.

Le domestique s'inclina et se retira.

Quelques instants plus tard, un curieux petit groupe entra dans la pièce. A sa tête marchait un homme vêtu de peaux de chèvre rongées par la vermine, qui se déplaçait sur ses courtes jambes arquées avec l'arrogance d'un prince. Une multitude de tresses pendouillaient sur ses épaules. Son visage couturé de cicatrices était tatoué de motifs sinueux et orné d'une longue moustache qui dissimulait sa bouche aux lèvres quasi inexistantes.

Ses yeux d'un bleu vif se posèrent sur les conseillers avec un mépris non dissimulé. Il portait un chapeau plat entouré d'une bande de fourrure d'où pendaient des mèches de cheveux qui ressemblaient étonnamment à des scalps humains.

Derrière lui avançait un homme encore plus étrange. Ses vêtements en peau de daim tannée étaient constellés d'amulettes : colliers d'os humains et animaux, clochettes, figurines de bronze ou de fer, perles d'ambre, de corail et de lapis-lazuli. Un tambourin et un cor étaient accrochés à sa ceinture. Il portait un couvre-chef de fourrure conique garni de tant d'amulettes qu'elles lui masquaient presque le visage.

Le reste de la délégation se composait d'une douzaine de nomades : des guerriers typiques aux vêtements de cuir et de fourrure, aux bottes pointues et aux larges ceintures incrustées de pointes métalliques ou de pierres colorées. La complexité de leurs tatouages faciaux bleus, rouges et verts signalait leur rang de chef de tribu. Aucun n'avait amené d'armes, mais à l'exception du chamane, tous portaient des fourreaux et des carquois vides.

Le chambellan avança de nouveau et frappa trois coups avec son bâton.

— Oyez, oyez ! dit-il d'une voix forte. Le seigneur de Tarsis et son Conseil Intérieur reçoivent la délégation du chef Kyaga Arcfort des Plaines de Poussière. Yalmuk Sang-Flèche a présenté son accréditation au Grand Conseil, en accord avec les lois et les coutumes de Tarsis ; il est reconnu comme l'envoyé du chef Kyaga Arcfort et jouit de tous les privilèges accordés aux ambassadeurs.

— Yalmuk Sang-Flèche a également dû se défaire de son épée et de sa dague, de son arc et de ses excellentes flèches, s'indigna l'homme. C'est une insulte. Un guerrier des plaines ne doit jamais se séparer de ses armes.

Le seigneur de Tarsis étouffa avec difficulté une réplique mordante face à une grossièreté sans précédent.

— Je suis navré que vous le preniez ainsi, mais c'est la coutume de notre cour. Les étrangers se présentent-ils armés devant votre chef ?

— Bien sûr que non ! ricana Yalmuk. Mais Kyaga Arcfort est le maître du monde, et en tant que tel, il peut exiger ce que bon lui semble.

Le reste des envoyés lâchèrent des grognements approbateurs.

— Avant de commencer les négociations, nous devons éclaircir la question du rang, déclara le seigneur de Tarsis.

— Qui a parlé de négociations ? riposta Yalmuk. Je suis venu ici sur ordre de mon chef !

— Dans ce cas, vous devez comprendre que je refuse de traiter sur ces bases. Dans tous les royaumes, y compris ceux des tribus nomades, la coutume veut que les souverains se considèrent comme des égaux. Faute de quoi, cette audience tournera court très rapidement.

Yalmuk leva le menton.

— Mon chef m'a permis de me prêter à cette mascarade. A titre exceptionnel, il consent à vous appeler frère et collègue.

— Très bien, dit le seigneur de Tarsis avec un petit sourire.

Comme il s'en doutait, cette brute était en train de le tester pour voir jusqu'où elle pourrait aller avant que ses hôtes ne la rappellent à l'ordre. C'était une tactique assez courante, même si les diplomates civilisés la mettaient en œuvre avec davantage de subtilité.

— Présentez-moi donc les requêtes de mon frère, le chef Kyaga Arcfort.

— Ses exigences sont les suivantes. Par le passé, les hommes des plaines sont venus à Tarsis pour échanger les riches produits de leurs troupeaux contre les insignifiantes commodités de cette ville. Désormais, à chaque Solstice d'Eté, Tarsis enverra à titre de tribut à la cour de Kyaga Arcfort un millier de selles de la meilleure qualité, un millier d'épées en acier forgé et autant de dagues, dix mille têtes de flèches du même matériau, un millier de rouleaux de soie tissée, dix mille rouleaux de laine et dix mille pièces d'acier.

Un silence stupéfait s'abattit sur la pièce.

— Je vois, dit enfin le seigneur de Tarsis. Mis à part le fait que c'est hors de question, Kyaga a-t-il songé combien il serait difficile de tisser de la laine sans la matière première que vous nous fournissez ?

Yalmuk eut un geste insouciant, faisant osciller la cravache qui pendait à son poignet.

— Bien entendu, vous serez libre de continuer à nous

acheter de la laine. Seul le prix changera. Autrefois d'une once d'argent les cent livres, il passe désormais à dix onces d'argent.

— Ces demandes sont irrecevables, déclara le seigneur de Tarsis. Nous ne voyons pas pourquoi les relations entre notre cité et votre peuple ne pourraient pas continuer sur le même mode que depuis des siècles. Toutefois, si vous jugez nos taux de change abusifs, nous sommes prêts à négocier.

— Vous vous méprenez sur les intentions de Kyaga Arcfort. Il ne souhaite pas négocier. Acceptez ses conditions, ou ce sera la guerre, le siège et l'extermination !

Le reste de la délégation poussa des vivats enthousiastes.

— Je comprends. Mais nous devons en discuter entre nous. En attendant que nous prenions une décision, j'ai organisé un banquet qui aura lieu demain soir, afin de célébrer l'arrivée de la première délégation du nouveau souverain des plaines.

— Nous acceptons votre invitation. Mais ne mettez pas trop longtemps à vous décider. Mon chef nous rejoindra dans trois levers de soleil, et si votre réponse ne le satisfait pas, il détruira Tarsis.

Yalmuk tourna les talons et sortit de la salle d'audience.

Quand les portes se furent refermées derrière les barbares, les conseillers marmonnèrent entre eux.

— Ai-je bien entendu ? s'indigna le conseiller Rukh. Ce sauvage grouillant de puces vient de réclamer notre soumission inconditionnelle ?

— Calmez-vous, ordonna le seigneur de Tarsis. C'est le début des négociations. Ce nouveau chef nomade a commencé par exposer ses requêtes les plus outrancières. Ainsi, il semblera généreux et raisonnable quand il exigera quelque chose d'à peine moins absurde.

— Je pense que vous vous méprenez sur le compte

de Kyaga, intervint le conseiller Melkar. A mon avis, il pense chaque mot que Yalmuk vient de nous rapporter. Nous devons commencer sur-le-champ nos préparatifs de défense de la cité.

— J'ai déjà donné des ordres dans ce sens. Mais je crois qu'ils s'avéreront inutiles. Demain, pendant le banquet, vous vous efforcerez de pervertir ces barbares. Nous avons trois jours pour les convaincre de trahir leur chef. Ça devrait être plus que suffisant.

Le seigneur de Tarsis promena un regard satisfait sur la salle de banquet. Jusque-là, tout se passait comme prévu. Les sauvages se goinfraient de manière répugnante, parlaient trop fort et puaient plus encore, mais n'avaient frappé personne...

Des gardes armés de hallebardes se tenaient tout autour de la salle, mais le seigneur n'avait guère confiance en eux : Tarsis n'avait pas de véritable armée ; ces hommes étaient mal entraînés et se montreraient à coup sûr inefficaces.

Tous les membres du Conseil Intérieur, qui avaient abandonné leur masque et souriaient comme s'ils festoyaient avec leurs meilleurs amis, s'étaient assis au milieu des envoyés. Les nobles mineurs de la ville occupaient le reste de l'immense table.

Le seigneur de Tarsis était entouré par Yalmuk Sang-Flèche et par le chamane. Celui-ci communiquait avec les morts, ainsi qu'avec les milliers d'esprits et de divinités des hommes des plaines. Il semblait avoir un rang important parmi les siens, car Yalmuk le consultait fréquemment du regard. Donc, il serait bon de s'assurer son soutien. Le seul problème, c'était que le seigneur de Tarsis n'avait pas la moindre idée de la façon dont on pouvait bien corrompre un chamane.

— Saint Parlombre, est-ce par votre volonté que

Kyaga Arcfort a été sacré grand chef des tribus des Plaines de Poussière ? demanda-t-il.

Le chamane l'observa entre les breloques qui lui pendouillaient devant le visage. Son expression était d'autant plus difficile à déchiffrer qu'il s'était barbouillé de teinture vert vif.

— Les esprits de nos ancêtres sont venus à moi et m'ont révélé que Kyaga était destiné à nous gouverner.

— Je vois. Donc, c'est à vous qu'il doit son statut de chef.

— Il le doit aux ancêtres et à sa propre volonté. Il a dû se battre pendant des années pour rassembler toutes les tribus sous son commandement.

Splendide, songea le seigneur de Tarsis. Si le chamane pensait que c'était grâce à ses communications avec les esprits que Kyaga avait obtenu son poste, il se considérait sans doute comme l'égal du nouveau chef, et éprouverait du ressentiment au cas où celui-ci ne le traiterait pas avec tous les égards qu'il estimait lui être dus.

— Votre seigneur doit vous accorder davantage de valeur qu'à ses autres sujets…

— Il m'écoute quand je parle, répondit laconiquement le chamane.

— Il écoute son sorcier, intervint Yalmuk, mais il sait bien que sa gloire repose sur les épées, les arcs et le cœur de ses guerriers !

Le barbare planta ses dents dans un morceau de tourte à la viande, qu'il fit descendre à l'aide d'un demi-pichet de vin.

— Un chef a besoin de guerriers, dit Parlombre, mais les meilleurs ne peuvent lui servir à rien s'il ne bénéficie pas de la faveur des dieux et des ancêtres.

— Si tu le dis, marmonna Yalmuk.

Quelques minutes plus tard, il quitta la table, et le seigneur de Tarsis put s'adresser tranquillement au chamane.

54

— On dirait que l'ambassadeur se juge supérieur à vous…

Le chamane effleura du bout des doigts la peau tendue de son tambourin.

— C'est un grand chef de tribu. Il ne répond de ses actes que devant Kyaga, qui le respecte plus que tous les autres.

— Cette place devrait pourtant revenir à l'homme qui lui a permis d'accéder au pouvoir en révélant à toutes les tribus qu'il était leur légitime dirigeant…

— Kyaga Arcfort fait ce que bon lui semble. Il n'appartient pas aux hommes ordinaires de contester ses décisions.

— Evidemment. Mais ici, à Tarsis, nous honorons chacun selon ses mérites.

A cet instant, Yalmuk regagna la table.

Un peu plus tard, le chamane prit congé pour se joindre à un groupe de dames de la cour intéressées par ses pratiques tribales, et le seigneur de Tarsis se retrouva seul avec l'ambassadeur.

— Votre chamane semble avoir une très haute opinion de lui-même.

— La plupart de ceux qui prétendent communiquer avec les esprits ne sont que des imposteurs, grommela Yalmuk, les yeux injectés de sang tant il avait bu. Ils ne travaillent pas, ne possèdent pas de troupeaux et ne se battent pas. Pourtant, ils veulent mener une vie facile et s'attirer le respect des véritables guerriers.

— Je comprends. Vous remarquerez que les prêtres n'ont pas leur mot à dire dans la gestion des affaires courantes de Tarsis. Nous les laissons servir les dieux pendant que les marchands et les militaires dirigent la ville. J'ai cru comprendre que vous étiez le chef d'une puissante tribu. Il doit être vexant de voir qu'un simple chamane occupe la position qui devrait revenir à un homme de votre valeur.

Yalmuk secoua la tête.

— Je ne conteste jamais les décisions de mon chef. Il est infiniment supérieur aux autres hommes.

— Bien entendu. Vous êtes quelqu'un de très loyal. Je suis bien placé pour savoir combien les gens de votre espèce sont rares et précieux. Vous ne trahiriez jamais votre chef, mais il se peut que ce chamane réussisse à le monter contre vous. Si cela devait se produire, sachez que nous vous accueillerions à bras ouverts.

— Je ne me fais pas de souci pour ça, affirma l'ambassadeur sur un ton singulièrement dépourvu de conviction.

Alors que le banquet touchait à sa fin, le seigneur de Tarsis se félicita d'avoir si bien su répandre le poison de la méfiance.

Le lendemain en fin de journée, les membres du Conseil Intérieur avaient pris leur place habituelle pour faire leur rapport à leur seigneur. Le conseiller Rukh fut le premier à prendre la parole.

— J'ai invité trois envoyés chez moi : l'ambassadeur et deux chefs nommés Guklak et Brisépieu. L'ambassadeur nourrit un certain ressentiment, mais dans l'ensemble, je le crois loyal à Kyaga Arcfort. Guklak est un véritable fanatique ; en revanche, Brisépieu m'a paru mûr pour une rébellion ouverte. Kyaga l'a vaincu au combat et a intégré sa tribu à la nation qu'il était en train de fonder. Brisépieu lui en veut d'avoir usurpé son autorité. En outre, c'est un type stupide et d'une grande cupidité. Nous pourrons nous assurer son soutien contre des espèces sonnantes et trébuchantes.

— Très bien, dit le seigneur, gardant pour lui les doutes qu'il nourrissait au sujet de la loyauté de Yalmuk... et de la validité du rapport de Rukh.

Quelque tournure qu'ait pris la conversation entre son rival et les nomades, Rukh la retranscrirait selon la forme la plus susceptible de servir ses ambitions. Le seigneur de Tarsis savait qu'il ne pouvait avoir foi qu'aux informations confirmées par différentes sources, parmi lesquelles les espions qu'il avait introduits dans chaque maison noble.

Les autres conseillers firent leur rapport. Tous avaient sensiblement la même chose à dire.

— Excellent, déclara le seigneur quand ils eurent terminé. Il semble qu'un tiers des envoyés soient extrêmement loyaux à Kyaga, qu'un autre tiers hésite et que le dernier soit prêt à se rebeller à la moindre occasion. Armés de cette information, nous pouvons commencer à saper l'autorité de Kyaga.

« Je vais faire traîner les négociations autant que possible, pendant que vous continuerez à corrompre les envoyés. Faites-leur des cadeaux ; promettez-leur des titres – ça ne coûte rien –, voire de l'or, des trésors ou même des Tarsiennes pour femmes ou concubines. Nous pourrons toujours retarder le paiement.

— Kyaga Arcfort arrivera demain, seigneur, rappela le conseiller Melkar. Il ne sera peut-être pas d'humeur à négocier.

— Dans ce cas, nous prendrons nos dispositions pour nous défendre.

— Seigneur, intervint le conseiller Alban, dont la superstition était légendaire, mon astrologue m'a averti qu'un avenir sombre attendait Tarsis. Selon lui, les signes annoncent une guerre qui opposera armées, sorciers et dragons. Se peut-il que le chamane ait de grands pouvoirs, et si oui, que devons-nous faire pour nous protéger de ses incantations ?

Le seigneur eut beaucoup de mal à retenir une grimace de dégoût. Alban l'irritait, mais il était très riche et mieux valait ne pas se le mettre à dos. Des sorciers ! Des dragons ! Des créatures de légende ! Quel rapport avec la diplomatie dans le monde moderne ? Pourtant, il répondit sur un ton apaisant :

— Conseiller Alban, je me suis entretenu avec cet homme, et ce n'est qu'un sauvage ignorant. J'ai également conversé avec des marchands qui ont souvent eu affaire aux nomades. Tous m'assurent que leurs chamanes sont inoffensifs. Ils communiquent avec les morts. Et alors ? En quoi un barbare mort serait-il plus redoutable qu'un barbare vivant ?

Les autres conseillers gloussèrent.

— Cela mis à part, ils pratiquent les arts mineurs de la guérison et de la malédiction, qui requièrent peu ou pas de pouvoirs magiques. S'ils étaient vraiment puissants, voilà longtemps qu'ils auraient conquis le monde.

— Vos observations sont pertinentes, concéda Alban, mais il est possible qu'un changement soit survenu. J'ai reçu des rapports très inquiétants. Les sentinelles affirment avoir aperçu dans le ciel une monstrueuse créature ailée accompagnée par un bruit de battements d'ailes. Selon mes mages, il pourrait s'agir d'un Dragon Vénérable. Ce qui serait le signe avant-coureur de profondes perturbations.

Le seigneur de Tarsis soupira. Il n'avait vraiment pas besoin de ça en ce moment. Pourquoi était-il forcé de traiter avec un abruti pareil ? Il répondit en silence à sa propre question : *Parce qu'il est riche et puissant, voilà pourquoi !*

— Estimé conseiller, puis-je vous rappeler qu'aucun dragon d'aucune classe n'a été aperçu dans cette partie du monde depuis des générations ? En outre, la plupart des sentinelles sont des mercenaires étrangers, des hommes primitifs et superstitieux. Ils voient sans doute des dragons dans tous les nuages d'orage, comme ils voient des dryades dans toutes les ombres de la forêt et des fantômes dans tous les recoins obscurs.

L'assemblée gloussa de nouveau.

— Quoi qu'il en soit, nous ne devons rien négliger. Poursuivez donc vos investigations comme vous le jugerez bon.

— Si vous êtes tous d'accord, je convoquerai les plus grands érudits de Tarsis pour mettre au point une stratégie de contre-sorts.

— Avec plaisir, conseiller Alban. (Pendant ce temps-là, au moins, il ne l'aurait pas dans les pattes.) Et maintenant, tout est-il prêt pour recevoir Kyaga Arcfort quand il arrivera ?

— Nous avons rassemblé la garde d'honneur, déclara le conseiller Rukh. Les musiciens sont en train de répéter. Les pétales de fleurs séchés qui nous restent de la dernière réception ont été disposés dans des paniers sur les balcons, pour que les dames puissent en jeter sur son passage. S'il était venu en été, il aurait eu droit à des pétales frais, mais apparemment ce sauvage n'a aucun sens des convenances.

« Sérieusement, seigneur... Une procession dans les rues les plus étroites de la ville nous fournirait l'occasion rêvée de nous débarrasser de cet aspirant maître du monde. Une flèche bien placée, et c'en serait fini de lui. Privés de leur chef, les nomades ne devraient pas être difficiles à achever.

— C'est une option tentante, dit le seigneur, que j'envisage depuis l'instant où j'ai appris que ce sauvage venait ici. Cela violerait toutes les coutumes diplomatiques, mais cette perspective ne suffirait pas à m'arrêter. Après tout, ce n'est pas comme si nous avions affaire à un roi civilisé.

« Néanmoins, j'ai mes raisons de ne pas faire assassiner Kyaga. D'abord, je ne crois pas qu'il représente une menace assez sérieuse pour nécessiter une réaction aussi radicale. Ensuite, nous ignorons tout de l'armée qui se rassemble devant nos portes. Enfin, notre politique a toujours consisté à monter les tribus nomades les unes contre les autres, plutôt que de les inciter à s'allier contre nous. Jusqu'à ce que nous en sachions davantage, nous nous en remettrons donc à la corruption et aux négociations. Est-ce bien clair ?

— Oui, seigneur, répondirent les conseillers.

— Dans ce cas, vous pouvez y aller.

Certain de s'être préparé à toutes les éventualités, le seigneur de Tarsis se retira dans ses appartements. Mais il ne dormit pas très bien cette nuit-là.

— Seigneur ! appela une voix au bord de la panique, dont le propriétaire tambourinait violemment à sa porte. Seigneur, réveillez-vous !

Il s'assit dans son lit et se frotta les yeux pour en chasser les toiles d'araignées du sommeil.

— Qu'y a-t-il ?

Il lui semblait qu'il venait à peine de poser la tête sur son oreiller.

— Vous devez venir, seigneur ! Il y a eu un meurtre !

A présent, il reconnaissait la voix du caporal Weite, le commandant de la garde de nuit : un poste fort peu approprié pour un homme qui avait peur de son ombre.

— Et en quoi mérite-t-il mon attention ? demanda le seigneur de Tarsis, sur le ton de quelqu'un qui n'aime pas être dérangé pour des broutilles.

— Seigneur, la victime est l'ambassadeur des sauvages, celui qu'ils appellent Yalmuk Sang-Flèche !

Cette fois, le seigneur bondit de son lit et alla ouvrir la porte. Le caporal se rua dans la pièce, accompagné par un valet de chambre qui aida son maître à se vêtir.

— C'était à la fin du troisième quart, seigneur. La patrouille du port venait juste de traverser les anciens docks et regagnait le Palais de Justice avec tout un assortiment de malfaiteurs enchaînés…

Le seigneur interpréta ce rapport avec une facilité née de l'expérience. Après s'être soûlés dans une taverne, les gardes rentraient avec quelques ivrognes désignés par les serveuses, histoire de remplir leur quota d'arrestations obligatoires. Jamais ils ne se seraient risqués à importuner de véritables malfrats. En fait, ils ne servaient qu'à donner l'alarme en cas d'incendie nocturne.

— … Quand les hommes ont entendu un brouhaha en provenance de la place.

— Quelle place ? demanda patiemment le seigneur.

Weite était un milicien typique : autrement dit, un peu lent à la détente même quand il était sobre.

— Celle du Palais de Justice. Une foule se pressait autour de la statue d'Abushmulum IX.

— Que faisaient tous ces gens dehors à cette heure ?

— La taverne du *Tonneau Sans Fond* venait juste de fermer, et elle borde la place. Le cadavre gisait aux pieds de la statue.

— A-t-il été déplacé ?

— Non, seigneur. Un garde est venu m'avertir en courant, et j'ai posté plusieurs hommes autour des lieux du crime. Puis je me suis précipité ici.

— Vous étiez au Palais de Justice et vous n'avez pas entendu le vacarme à l'extérieur ?

— Ça s'est passé à l'autre bout de la place, se défendit le caporal. Et les murs sont très épais.

Pas autant que ton crâne, songea le seigneur de Tarsis, agacé.

— Caporal Weite, je vais aller sur place pour examiner le cadavre. Soyez assuré que je connais le chemin du Palais de Justice. Pendant ce temps, je veux que vous dépêchiez un messager à chaque porte de la ville. Les sentinelles ne doivent en aucun cas autoriser quiconque à quitter Tarsis cette nuit, et demain matin, je veux qu'elles maintiennent les portes fermées jusqu'à ce que je donne l'ordre de les ouvrir. C'est bien compris ?

— Parfaitement, seigneur !

— Dans ce cas, filez.

Weite bomba le torse, salua, tourna les talons et sortit de la chambre.

Préoccupé par ce meurtre et par les conséquences qu'il pourrait avoir, le seigneur de Tarsis quitta ses appartements peu de temps après. Tandis qu'il cheminait dans les rues obscures, flanqué par des gardes portant torches et lanternes, il se reprocha son manque de prudence. Il s'inquiétait moins de voir le meurtrier s'échapper que la nouvelle du crime atteindre le camp de nomades. Si une guerre devait éclater, il ne voulait pas qu'elle commence avant la fin de ses préparatifs.

Une foule se massait sur la place enneigée du Palais de Justice, autrefois splendide mais désormais aussi décrépite que le reste de la ville. Les façades des bâtiments étaient maculées de suie, les pavés craquelés et les statues vandalisées : notamment celle d'Abushmulum IX, roi de Tarsis à une époque si reculée que personne ne se souvenait plus de ce qu'il avait fait pour mériter que son effigie de pierre trône au centre de la ville.

Les gardes armés de hallebardes avaient formé un cercle autour de la statue, emprisonnant plusieurs fêtards. Quelques-uns ressemblaient à des natifs de Tarsis, mais la plupart étaient des étrangers.

— Certains des témoins ont-ils quitté les lieux du crime ? demanda le seigneur au garde le plus gradé.

— Pas depuis notre arrivée.

— Parfait. Emmenez-les au Palais de Justice et enfermez-les dans le donjon en attendant que nous puissions les interroger. (Des protestations véhémentes s'élevèrent.) Vous avez la permission de tuer ceux qui vous donneront du fil à retordre.

Cette précision ramena instantanément le silence.

Les gardes s'éloignèrent en poussant leurs prisonniers devant eux et en laissant des empreintes sales dans la neige. Lorsqu'ils eurent disparu, le seigneur reporta son attention sur la forme immobile de la victime.

— Approchez des torches, ordonna-t-il en claquant des doigts.

Le cadavre gisait sur le socle de la statue : un bloc de marbre sculpté qui arrivait à hauteur de la tête du seigneur. Il était allongé sur le dos, un pied pendant dans le vide, et de la neige se déposait déjà sur l'extrémité recourbée de sa botte pointue. Son visage affichait une détresse bien compréhensible, considérant que sa gorge était sectionnée jusqu'à la moelle épinière.

Du sang avait dégouliné sur la face avant du piédestal. Le chapeau bordé de fourrure était tombé sur les pavés, où on l'avait copieusement piétiné. Les mains du mort reposaient sur sa poitrine, les doigts recourbés comme les griffes d'un chat.

La statue d'Abushmulum IX, couronné et enveloppé de son manteau, paraissait toiser Yalmuk. Il sembla au seigneur que le vieux roi était embarrassé de se faire surprendre en pareille compagnie.

— Emmenez le cadavre au palais, ordonna-t-il. Remettez-le aux embaumeurs et demandez-leur de le préparer pour des funérailles d'Etat. Bien que barbare, cet homme était un ambassadeur, et son chef souhaitera peut-être le récupérer.

Tandis que les gardes descendaient le corps de son perchoir, le seigneur l'examina. Comment le meurtrier avait-il pu hisser Yalmuk jusque-là ? Deux solutions : soit c'était un véritable colosse, soit il avait des complices. Peu importait ! La seule chose qui comptât aux yeux du seigneur, c'est que cet imbécile d'ambassadeur avait eu l'impolitesse de se faire assassiner dans les murs de Tarsis, comme pour déshonorer la cité et ses habitants. Une telle pensée lui était intolérable.

Pour tout arranger, Kyaga Arcfort serait là le lendemain, et il voudrait sûrement savoir ce qui était arrivé à son envoyé. Y avait-il une chance qu'il ne soit pas informé du meurtre ?

Le seigneur de Tarsis savait bien qu'il se faisait des illusions. Parmi les clients du *Tonneau Sans Fond*, quelques-uns au moins avaient dû voir le cadavre et courir jusqu'au camp des nomades pour répandre la nouvelle. Certes, il avait donné l'ordre que personne ne soit autorisé à franchir les portes de la ville après la tombée de la nuit, mais ça signifiait juste que le cours du pot-de-vin avait dû augmenter d'une ou deux pièces de cuivre.

S'il avait vraiment cru pouvoir dissimuler le meurtre de Yalmuk, le seigneur aurait fait arrêter tous les témoins et jeter le cadavre par-dessus le mur d'enceinte. Mais ça n'aurait servi à rien.

Tandis qu'il se dirigeait d'un bon pas vers le Palais de Justice où il comptait interroger les témoins, le seigneur crut voir une ombre gigantesque planer au-dessus de lui, obscurcissant la neige fondue et piétinée qui recouvrait la place. Il leva les yeux. Un instant, il lui sembla voir une silhouette reptilienne plonger dans un banc de nuages, et une terreur inexpliquée lui étreignit le cœur.

Il se tourna vers la statue d'Abushmulum, à laquelle la distance et le clair de lune prêtaient un simulacre de vie. Le vieux roi paraissait le foudroyer du regard, comme s'il l'accusait de la ruine de sa cité autrefois glorieuse.

Le seigneur secoua la tête pour chasser ces pensées aussi importunes qu'illogiques. *Je ne vais quand même pas me laisser influencer par les élucubrations de ce vieux fou d'Alban*, se morigéna-t-il. *Il n'y a rien d'anormal.* Alors pourquoi, se demanda-t-il en fixant Abushmulum, le meurtrier avait-il déposé le cadavre de l'ambassadeur sur le piédestal de la statue ?

CHAPITRE IV

Flottant au-dessus de l'ancienne rade asséchée, le grondement des tambours leur parvint, venant de l'autre côté des murs de la ville. Les deux hommes se tenaient sur le pont du bateau, accoudés à son bastingage de bois sculpté. Tout autour d'eux, des volutes de fumée provenant des autres coques habitées montaient vers le ciel.

— Les nomades s'impatientent, déclara Ferbois en plissant les yeux pour se protéger du vent. Ils veulent se battre ou repartir. Il n'est pas dans leur nature de rester trop longtemps au même endroit.

— On prétend qu'un nouveau chef a uni les tribus des Plaines de Poussière, avança Nistur.

— Ce ne sont pas de simples rumeurs, affirma Ferbois. Voilà trois ans que j'entends parler de Kyaga Arcfort, et j'ai vu des villes qu'il avait pillées en bordure du désert.

Nistur haussa les épaules.

— N'importe quelle bande de hors-la-loi peut attaquer une communauté sans défense. Une cité comme Tarsis, en revanche...

— Ecaille est venue ce matin, ajouta Ferbois. Elle dit que le seigneur de la ville recrute tous les mercenaires qui voudront bien travailler pour lui, et qu'il offre un bon salaire.

Nistur lui jeta un regard en coin.

— Quel dommage que tu ne sois pas en état de te battre…

— Je suis presque rétabli. Les effets de mes crises disparaissent toujours au bout de deux ou trois jours. Je peux me remettre au travail !

— Es-tu certain que ce soit bien sage ? Les dirigeants de Tarsis n'ont pas la réputation d'être de bons payeurs…

— Un mercenaire qui ne louerait ses services qu'à des employeurs dotés d'une moralité exemplaire ne tarderait pas à mourir de faim. Ils rechignent au moment de nous verser notre dû, mais ils finissent toujours par le faire parce qu'ils ont peur de nous. S'ils avaient les moyens de nous contrôler, ils n'auraient pas besoin d'engager de guerriers !

— Tu connais mieux que moi les coutumes de ta profession, concéda Nistur. Néanmoins, c'est généralement une bonne idée d'être du côté des vainqueurs. Penses-tu que ces barbares aient une chance d'envahir Tarsis ?

— Je n'ai pas inspecté les défenses de la ville, admit Ferbois. Je ne m'attendais pas à trouver un engagement ici. Tarsis est le genre d'endroit où les mercenaires vont pour souffler entre deux conflits. La plupart des recruteurs le savent et viennent nous y chercher. En général, nous n'avons pas longtemps à attendre après avoir fini de dépenser notre paye.

« Mais pour répondre à ta question… Les nomades sont avant tout des cavaliers et des archers. En terrain découvert, ce sont des adversaires formidables : ils se déplacent vite et empêchent leurs ennemis de les approcher en faisant pleuvoir des flèches sur eux. Au corps à corps, ce sont des lanciers et des bretteurs acceptables, sans plus.

« Mais je doute qu'ils soient capables de prendre une ville fortifiée. Pour ça, il faut des engins de siège et des ingénieurs qualifiés. Pour défendre Tarsis, il suffira sans

66

doute de maintenir des soldats sur les remparts jusqu'à ce que les nomades se découragent et fichent le camp.

— Peut-être, marmonna Nistur, dubitatif. Mais Tarsis est une cité marchande ; or les marchands ne consentent pas à se séparer de leur précieux argent à moins d'y être poussés par la crainte et le désespoir.

— Je vais y aller, insista Ferbois. Que ce soit une guerre gagnée d'avance ou pas, je refuse de rester ici et de vivre de la charité du vieil homme.

Nistur eut un soupir résigné.

— Dans ce cas, je n'ai pas d'autre choix que de t'accompagner.

Sans y penser, il se gratta le cou à l'endroit où la marque du Nœud de Thanalus le démangeait.

Ferbois lui adressa un sourire sans joie.

— Si tu ne voulais pas te retrouver lié à un mercenaire, il ne fallait pas accepter de contrat pour en tuer un. Ne fais pas cette tête, c'est loin d'être la pire chose qui aurait pu t'arriver.

— Ça reste à voir, marmonna l'ex-assassin.

L'enseigne représentait deux épées entrecroisées. Les compagnons baissèrent la tête pour ne pas se cogner au linteau bas et entrèrent dans la grande salle enfumée.

Bien qu'on fût à peine en milieu de matinée, l'endroit était déjà bondé de guerriers dont la plupart portaient des armures dépareillées : une caractéristique des mercenaires qui se servaient sur les champs de bataille en fonction de leurs besoins et revendaient leur équipement une pièce à la fois pour subsister entre deux engagements. L'armure en peau de dragon de Ferbois était une rareté.

A une extrémité de la pièce, tournant le dos à l'âtre, un officier recruteur était assis à une table, muni d'un parchemin et d'une plume à bec d'or. A sa droite, un comptable veillait sur un coffre métallique et sur des pièces d'acier disposées par piles de cinq. Devant eux, les mercenaires avaient formé une longue file. Chaque fois que l'officier notait le nom de l'un d'eux, le comptable déposait cinq pièces dans sa paume tendue.

— Cinq pièces d'acier pour signer. Pas mal, souffla Ferbois.

— Et ça ne coûte presque rien au seigneur de Tarsis, ajouta Nistur.

— Pourquoi ?

— Parce que vous allez tout dépenser ici, dans les tavernes. Les autorités instaureront un impôt de guerre spécial visant les débits de boissons, et l'argent retournera dans les coffres de la ville.

— Bien vu ! C'est toujours à la fin qu'ils répugnent à payer.

Ferbois prit place dans la file derrière un homme vêtu d'un plastron de cuir dont dépassaient les manches d'une cotte de mailles.

— En général, ils cessent de nous payer en milieu de campagne, en nous promettant de solder les comptes à la fin. Voilà pourquoi nous sommes toujours obligés de les bousculer un peu.

— Il est regrettable que des gens aussi honorables doivent se commettre avec cette ignoble engeance, railla Nistur.

Lorsque vint leur tour, l'officier qui paraissait s'ennuyer copieusement sursauta à la vue de l'armure et des armes de Ferbois.

— Voilà une recrue comme je les aime. Mais votre ami ne ressemble guère à un soldat.

— Parce que je n'en suis pas un, répondit Nistur. Je suis un poète.

— Je vous assure qu'il manie l'épée bien mieux qu'il n'en a l'air, déclara Ferbois.

— Je vais faire confiance à votre jugement. Vous avez l'allure d'un officier.

— J'ai été capitaine dans l'infanterie d'une demi-douzaine d'armées.

— Parfait ! Je recrute pour le régiment de Shagbar, et nous avons besoin de capitaines expérimentés. La paye est double pour ce grade. Comment vous appelez-vous ?

— Ferbois.

La plume imbibée d'encre verte s'immobilisa au-dessus du parchemin.

— Ferbois ? J'ai déjà entendu ce nom.

— Comme tout le monde, intervint un homme vêtu d'un plastron de bronze et d'un casque cabossé. Il est maudit, et personne ne voudra servir sous ses ordres.

D'autres mercenaires grognèrent leur assentiment.

— Est-ce vrai ? demanda l'officier. Etes-vous le Ferbois dont il parle ?

— En effet, mais je ne souffre d'aucune malédiction. Je…

— N'en dites pas plus, coupa l'officier en levant la main. Voyez-vous, je dois me préoccuper du moral des troupes. Impossible d'engager quelqu'un dont les autres se méfient, et qui risque de les rendre moins performants. Ça n'a rien de personnel, vous comprenez.

— Bien entendu, cracha Ferbois.

Il se détourna, le visage rouge de colère, et sortit de la taverne.

— Au temps pour ton idée, dit Nistur, soulagé. A présent, pourquoi ne pas retourner nous mettre au chaud chez Stunbog et dresser nos plans de voyage ?

— Je ne sais rien faire d'autre que la guerre, dit Ferbois. Viens, il y a d'autres recruteurs.

Nistur eut un soupir exaspéré et le suivit en relevant sa capuche.

En fin d'après-midi, ils s'étaient fait refouler d'une dizaine de tavernes. La réputation de Ferbois l'avait précédé partout. Personne ne savait ce qui clochait chez lui, mais nul ne voulait servir sous les ordres d'un homme malchanceux.

En désespoir de cause, les deux compagnons s'engagèrent dans une ruelle au sol jonché de détritus, au bout de laquelle se dressait une étroite porte basse. L'enseigne représentait un crâne humain traversé par une dague.

— Est-ce bien sage ? s'inquiéta Nistur. Ce matin, nous avons essuyé un refus de tous les régiments réputés. Chacun de ceux que nous avons essayés cet après-midi était pire que le précédent. Quelqu'un qui recrute dans un bouge pareil doit attirer les bandits et les rescapés de la potence.

— Sage ? répéta Ferbois avec une amertume qui frôlait l'hystérie. Qui parle de sagesse ? J'ai besoin de travailler, et il doit bien y avoir dans cette cité un régiment assez désespéré pour engager un homme comme moi !

— Mon ami, insista Nistur, un désespoir partagé ne me semble pas être le meilleur lien entre un soldat et son chef.

— Nous perdons du temps ! cria Ferbois.

Il dut se tourner légèrement pour faire passer ses larges épaules par l'étroite porte.

Les deux compagnons entrèrent dans la taverne. Les pires craintes de Nistur furent aussitôt confirmées. Même l'atmosphère enfumée et la lumière vacillante des lampes à huile ne suffisaient pas à dissimuler les marques au fer rouge, les oreilles coupées et les tatouages faciaux dont la plupart des nations gratifiaient leurs félons.

Quelques hommes arboraient une cicatrice rouge sur le cou, témoignant de pendaisons interrompues. Très peu d'entre eux avaient une véritable armure, et leur arsenal se limitait à des dagues, des hachettes à la lame émoussée ou des épées courtes… Ce qui ne leur donnait pas l'air moins dangereux pour autant.

L'officier chargé du recrutement ne faisait guère meilleure figure que le reste : tout juste était-il un peu mieux habillé et équipé. Le comptable assis près de lui arborait une expression maussade, et les pièces s'empilaient seulement par trois sur leur table. Visiblement, ils n'appartenaient pas à un régiment d'élite.

L'officier dévisagea les nouveaux venus avec des yeux rougis par l'alcool et la fumée.

— Vos noms ?

— Ferbois. Je…

Le mercenaire fut interrompu par un grand éclat de rire.

— Qu'y a-t-il de si amusant ? gronda-t-il d'une voix menaçante.

— Amusant ? Tu veux sans doute dire : hilarant. Personne ne peut m'accuser de faire le difficile, mais je ne suis pas désespéré au point d'engager un homme qui a la réputation d'apporter avec lui la malchance et le désastre. Si je…

Les paroles de l'officier s'étranglèrent dans sa gorge lorsque la main de Ferbois se referma autour de son cou épais. Avec une force surprenante chez un homme encore alité la veille, le mercenaire le souleva de son banc et le projeta contre le mur de pierre.

— Et moi, me crois-tu assez désespéré pour tolérer de me faire insulter par un bandit comme toi ? rugit Ferbois. Pourquoi vous a-t-on engagés, toi et tes hommes : pour achever les blessés et détrousser leurs cadavres après que de véritables guerriers se seront chargés du combat ?

Le recruteur lâcha un grognement inarticulé. Il sortit sa dague et voulut l'enfoncer dans le ventre de Ferbois, mais Nistur saisit le poignard caché dans sa botte et lui en flanqua un coup à l'intérieur du poignet. La dague tomba sur le sol.

— Inutile de déclencher une bagarre quand une leçon de choses peut suffire, dit l'ex-assassin.

— Tuez-les ! couina l'officier blessé.

Impatients de satisfaire leur nouveau maître, les mercenaires bondirent sur les deux intrus. Nistur écrasa son petit bouclier sur la figure de l'un d'eux tout en frappant un autre homme à la mâchoire avec la garde de son épée. Pendant ce temps, Ferbois maintenait deux ruffians à distance.

Du coin de l'œil, Nistur vit le tavernier courir vers la porte. Il était temps de filer. Bien que leurs armes courtes fussent très maniables, Ferbois et lui n'avaient pas assez de place pour se battre proprement.

— Fichons le camp. La garde ne va pas tarder à nous tomber sur le dos !

Il repoussa un attaquant en lui tranchant les tendons du genou et brisa le nez d'un autre d'un coup de bouclier.

— Vas-y. Je te couvre, proposa Ferbois.

Nistur ne perdit pas de temps à discuter. L'armure en peau de dragon offrait à son compagnon une protection dont il était dépourvu. A l'instant où il franchit le seuil, il cria : « C'est bon ! »

Ferbois le rejoignit quelques instants plus tard, saignant d'une éraflure à la pommette. Ils prirent leurs jambes à leur cou alors que les mercenaires se déversaient dans la ruelle.

Leur fuite fut arrêtée net à l'instant où ils franchissaient l'angle d'une avenue. Une douzaine d'hommes munis de hallebardes se tenaient là, un filet tendu entre eux.

— Au nom du seigneur de Tarsis, dit l'un d'eux qui portait le gorgerin d'un officier, lâchez vos armes et suivez-nous au Palais de Justice !

Ferbois ricana.

— Depuis quand le guet fait-il preuve d'un zèle pareil ?

— Depuis que notre seigneur a instauré la loi martiale en ville, étranger. Lâchez vos armes !

Ferbois se tourna vers Nistur.

— Il veut un pot-de-vin. Tu as de l'argent sur toi ? De quoi payer deux ou trois chopes de bière, ça devrait faire l'affaire.

— Mon ami, je ne crois pas que…

— Emparez-vous d'eux ! s'égosilla l'officier.

Aussitôt, les gardes jetèrent leur filet sur les deux hommes.

Les mercenaires qui les poursuivaient avaient prudemment battu en retraite dans la taverne. Ferbois et Nistur luttèrent brièvement. Mais en quelques minutes, ils furent saucissonnés, désarmés et entraînés vers le donjon bondé du Palais de Justice.

— Ils sont d'une inefficacité stupéfiante, déclara Nistur en tâtant ses vêtements et en s'apercevant qu'il avait toujours sa dague et quelques autres armes. Je ne comprends pas comment ils ont pu trouver mon argent et pas ça.

— C'est parce qu'ils veulent ton argent, mais se moquent bien que tu te suicides ou que tu massacres les autres prisonniers, expliqua Ferbois.

Les deux hommes étaient assis sur le sol couvert de paille d'une cellule dépourvue de fenêtre, en compagnie d'une douzaine d'autres malheureux dont certains arboraient les stigmates de sévères raclées et d'autres tortures modérées.

— S'ils ne m'ont pas pris mon armure, c'est qu'aucun d'entre eux ne serait rentré dedans. Mais ils ne tarderont pas à trouver un acheteur.

— Si tu n'avais pas fait preuve d'autant d'obstination dans la recherche d'un emploi, nous n'en serions pas là, grogna Nistur.

— Vous ne pourriez pas la fermer ? grommela un de leurs compagnons d'infortune. Au moins, on vous a emprisonnés pour tapage, alors que nous n'avons rien fait du tout.

Il pressait une poignée de paille sur le coin de sa bouche pour étancher un saignement.

— Vraiment ? C'est bizarre, toutes les prisons que j'ai connues abritaient uniquement des innocents, railla Nistur. Selon eux, du moins. Que vous est-il arrivé au juste, l'ami ? Un voleur aurait-il fait tomber une bourse dans votre poche pour se débarrasser d'une preuve compromettante ?

— J'ai connu un homme qui s'était fait surprendre accroupi près d'un cadavre avec une dague dans une main, l'autre étant occupée à fouiller ses vêtements, ricana Ferbois. Il a juré au magistrat qu'il avait découvert le malheureux baignant dans son sang, et qu'à l'arrivée du guet, il essayait de retirer la dague de son estomac tout en cherchant son pouls.

Cette histoire provoqua de légers rires, mais un autre des prisonniers insista :

— Il dit la vérité. Nous avions passé la soirée à la taverne du *Tonneau Sans Fond*, et nous nous sommes un peu attardés devant après la fermeture. Soudain, quelqu'un a crié qu'il y avait un cadavre aux pieds d'une statue. Nous nous sommes approchés pour regarder, et c'est à ce moment-là qu'une patrouille de nuit a fait irruption. Le seigneur de Tarsis en personne s'est pointé peu de temps après.

— Depuis, ses matons et lui n'ont pas cessé de nous interroger, déclara un troisième prisonnier. Ils veulent savoir ce que nous avons vu et entendu, et quand nous leur répondons : « rien de particulier », ils font la grimace et nous rossent un peu plus fort que la fois précédente. A ce rythme-là, ils ne vont pas tarder à sortir les fers rouges !

— Pourquoi se donner tant de mal pour un simple meurtre ? s'étonna Nistur. La victime était-elle quelqu'un d'important ?

74

— Un des nomades. Leur ambassadeur, à ce qu'il paraît.

— Pas étonnant qu'on entende leurs tambours, murmura Ferbois. C'est le genre de chose qui risque de les avoir mis en rogne. Comment a-t-il été tué ?

— La gorge tranchée, répondit un homme vêtu comme un marchand ambulant. Nous avons entendu des cris, mais c'est tout. Qui prête attention à ça ? La prochaine fois que je verrai un cadavre dans une ville étrangère, je prendrai mes jambes à mon cou !

— Sage décision, approuva Nistur.

Ils passèrent le temps à évoquer leurs mésaventures jusqu'à ce qu'arrive l'heure du repas. On leur servit un maigre gruau dans un seau de bois, mais aucun d'entre eux ne fut assez stupide pour protester.

En fin de soirée, les geôliers introduisirent un nouveau prisonnier dans le couloir de pierre du donjon.

— Bas les pattes ! s'exclama une voix familière. Vous avez déjà pris tout ce que je possédais !

La personne qui venait de parler s'arrêta devant leur cellule. Comme Nistur l'avait deviné, c'était Ecaille. Le garde qui l'accompagnait portait la tunique noire à capuche des fonctionnaires du Palais de Justice.

— Ici, dit la jeune fille à voix basse alors que le garde déverrouillait ses menottes.

Lorsqu'elle eut les mains libres, elle se détourna pendant qu'il ouvrait la porte et glissa quelque chose dans sa paume. Puis l'homme la poussa à l'intérieur et referma derrière elle.

— Ça alors ! s'exclama Ecaille avec un large sourire. Regardez qui voilà !

— Tu ne dois pas être une très bonne voleuse pour te faire prendre la main dans le sac deux fois en quelques jours, dit Ferbois.

— Je me suis fait prendre parce que je le voulais bien !

75

— C'est peut-être une question idiote, mais pourquoi préfères-tu croupir dans ce donjon plutôt que de rester libre ? demanda Nistur.

— Je suis venue vous retrouver, évidemment, répondit Ecaille en se laissant tomber sur la paille.

— Je suis très touché, mais je ne comprends toujours pas.

— Ce n'était pas mon idée. J'ai entendu dire qu'on vous avait arrêtés, et j'en ai parlé à Stunbog. Il a eu peur que vous mouriez ici parce que vous ignorez les règles en vigueur dans cet endroit, et il m'a demandé de veiller sur vous.

— Je lui suis très reconnaissant de m'avoir soigné, grommela Ferbois, mais je n'ai pas besoin d'une nounou.

Ecaille lui jeta un regard sarcastique.

— Bien entendu. Un puissant guerrier comme toi se débrouille très bien tout seul.

— Pas la peine de te moquer, dit Nistur. Je t'assure que nous apprécions le geste. Je suppose que tu connais bien cet endroit ?

— J'y ai passé une grande partie de ma vie.

— Dans ce cas, tu as de la chance, déclara un marchand. Dans le pays d'où je viens, on coupe les mains aux voleurs récidivistes.

— Je suis toujours prête à payer un pot-de-vin, et les gardes ne sont pas assez stupides pour maltraiter une source de revenus réguliers.

— En parlant de ça, où avais-tu dissimulé la pièce que tu viens de donner au garde ? demanda Nistur.

— Tu n'as pas envie de le savoir.

Le seigneur de Tarsis mit pied à terre devant la tour crénelée qui flanquait la Porte Est. De l'autre côté, il entendait le grondement des tambours qui avaient failli semer la panique toute la journée. Durant sa traversée de la ville, il avait été exaspéré par la terreur qui se lisait dans le regard des citoyens. Ces gens qui, la veille encore, ne témoignaient que du mépris aux barbares, se laissaient impressionner par un simple petit bruit. C'était ridicule.

Tandis qu'il montait l'escalier en colimaçon, les murs épais l'enveloppèrent d'un silence bienfaisant. Hélas, celui-ci ne dura pas. Lorsqu'il émergea sur le parapet de la Porte Est, le son lui parvint avec une intensité décuplée qui semblait faire vibrer les pierres sous ses pieds.

Des miliciens et des mercenaires grouillaient sur les remparts, mais le seigneur de Tarsis savait que de larges sections du mur d'enceinte tenaient à peine debout. Pardessus le grondement des tambours, il distinguait les coups de marteau des charpentiers et des forgerons qui s'efforçaient désespérément de remettre en état les balistes dont l'entretien avait été négligé pendant des années.

Le seigneur se dirigea vers la plate-forme qui surplombait la Porte Est, tout en maudissant l'avarice des sénateurs – des marchands, pour la plupart – responsable de la décrépitude des défenses de leur ville. Qu'il eût approuvé leur politique ne fit rien pour diminuer sa fureur.

Alors qu'il grimpait sur la plate-forme de bois, les trompettistes postés tout le long levèrent leurs instruments polis et produisirent une sonnerie qui se superposa au grondement des tambours.

Offert aux regards des sauvages rassemblés dans la plaine, et dépourvu de la protection des remparts, le seigneur de Tarsis se sentait atrocement vulnérable. Mais le peuple attendait un certain stoïcisme de la part de son dirigeant. De toute façon, des guetteurs avaient reçu l'ordre de surveiller les nomades, et ses gardes du corps étaient prêts à se jeter sur lui au premier projectile filant dans sa direction.

Les tambours s'interrompirent brusquement. L'armée

des nomades s'agita. Pendant qu'elle déroulait des drapeaux et des étendards, le seigneur la balaya du regard. Il y avait au moins deux fois plus de guerriers, d'animaux et de tentes que l'avant-veille. Kyaga avait dû arriver avec des renforts.

Les nomades offraient un spectacle bigarré avec leurs chevaux drapés de couvertures à rayures ou à carreaux. Les guerriers portaient des robes de couleur vive et des foulards qui leur dissimulaient le visage, ne laissant entrevoir que leurs yeux. Ils brandissaient leurs lances et leurs longues épées, mais leurs véritables armes – leurs arcs – demeuraient dans des étuis accrochés à leur selle. Quand ils les en sortiraient, la guerre commencerait pour de bon.

Soudain, comme obéissant à un signal, les rangs des nomades s'écartèrent, dégageant un large passage au bout duquel se dressait un pavillon rayé d'écarlate et de noir. Les cavaliers qui le bordaient pivotèrent vers l'intérieur et levèrent leurs armes en guise de salut.

Deux silhouettes sortirent de la tente. Elles enfourchèrent des chevaux en armure de plaque complète et se dirigèrent vers la Porte Est de Tarsis sous les vivats enthousiastes des guerriers. Alors qu'elles approchaient, le seigneur reconnut le cavalier de gauche : Parlombre le chamane. Quant à l'autre, vêtu d'une splendide robe de soie pourpre brodée de fils d'or, il ne pouvait être qu'un seul homme.

Derrière eux chevauchait un troisième gaillard à la carrure impressionnante et au visage entièrement masqué par un heaume de bronze. Il portait un étendard qui représentait un oiseau de proie tenant une épée dans ses serres.

Ils s'immobilisèrent au pied des remparts. Au bout de quelques secondes de silence, le seigneur de Tarsis lança d'une voix qui portait loin :

— Je t'accueille en paix, Kyaga Arcfort.

— Je ne viens pas à toi en paix, seigneur de Tarsis ! répliqua le barbare en robe pourpre. Ton peuple a assassiné mon ambassadeur ! C'est une offense dirigée contre moi, contre tous les nomades des Plaines de Poussière et contre les dieux immortels ! Il ne saurait y avoir de paix entre nous tant que la justice ne sera pas rendue !

Les choses ne se présentaient pas très bien.

— Le meurtre d'un ambassadeur est un crime très grave. Mais je t'assure que je n'y suis pour rien, et que je ferai tout mon possible pour retrouver le ou les assassins. Ce malheureux incident ne doit pas interrompre nos négociations.

— Malheureux incident ? Tu ne connais pas encore le sens de ces mots, seigneur de Tarsis, mais tu ne tarderas pas à le découvrir ! Pour cette insulte, je raserai ta ville, massacrerai ses habitants, labourerai son sol et le recouvrirai de sel afin que rien n'y pousse plus pendant un siècle !

Un rugissement d'approbation monta de l'armée des nomades.

Il bluffe, songea le seigneur de Tarsis. *Sans ça, il aurait déjà attaqué. De toute façon, les nomades ne savent pas labourer. Il cherche juste à sauver la face. Je dois me montrer conciliant.*

— Une telle réaction serait disproportionnée… Que veux-tu que je fasse pour apaiser ta colère, mon frère et collègue ?

— J'exige que tu me remettes les meurtriers ! Qu'ils me soient livrés au lever du soleil dans cinq jours, afin que nous les exécutions en accord avec nos coutumes.

C'était déjà mieux.

— Sois assuré que nous les trouverons, et que je viendrai te les livrer personnellement.

— Je ne me laisserai pas berner ! rugit Kyaga. Tu t'en tireras pas en me remettant des cadavres quelconques et en affirmant que ce sont les assassins, mais que tes gardes les ont tués lors de leur arrestation !

— Ça ne m'avait même pas traversé l'esprit, mentit le seigneur de Tarsis. Toutes les personnes impliquées dans le meurtre de l'ambassadeur Yalmuk te seront remises en état d'apprécier pleinement le châtiment que tu leur infligeras.

— Cinq jours, répéta Kyaga. Après ça, tu pourras te préparer à la guerre ! Jusqu'à ce que les assassins soient entre mes mains, personne ne quittera Tarsis.

— D'accord, mais je veux des sauf-conduits pour mes enquêteurs, et la permission d'interroger tous les membres de ta suite, quel que soit leur rang.

— Pourquoi autoriserais-je une chose pareille ?

— Parce que je ne suis pas du tout convaincu que les meurtriers de Yalmuk Sang-Flèche n'appartiennent pas à ton propre peuple ! Depuis des jours, tes envoyés arpentent les rues de la ville aussi librement que les citoyens. N'importe lequel d'entre eux aurait pu tuer l'ambassadeur.

— C'est absurde ! Mais il ne sera pas dit que Kyaga Arcfort aura rechigné à coopérer. Tes enquêteurs peuvent venir et interroger qui bon leur semblera ; je garantis qu'ils recevront des réponses sincères. Mais veille à ce qu'ils portent ton sceau : toute personne qui tentera de quitter l'enceinte de la ville sans en avoir un sera abattue sur place.

— Entendu.

— Cinq jours.

Kyaga fit pivoter son cheval et revint vers sa tente, suivi de près par le porte-étendard et le chamane qui n'avaient pas dit un mot.

Une fois de plus, le seigneur de Tarsis était en réunion avec ses conseillers. Leurs masques l'agaçaient, car ils l'empêchaient de déchiffrer leur expression. Néanmoins, l'idée de demander qu'ils les enlèvent ne l'effleura pas : on ne badinait pas avec la tradition.

— Je ne vois pas où est le problème, déclara le conseiller Rukh. Nos prisons sont bourrées à craquer de malfaiteurs. Choisissons-en deux ou trois et remettons-les à ces sauvages. Ainsi, tout le monde sera content : les nomades pourront se venger, et ces bandits ne manqueront à personne.

— Je doute que Kyaga se laisse berner aussi facilement, dit le seigneur. Pendant notre brève conversation, il s'est débrouillé pour me faire comprendre qu'il était prêt à négocier, tout en donnant le change à ses troupes.

— Mon estimé collègue manque de subtilité, intervint le conseiller Mede. Mais la population de Tarsis compte bon nombre d'hommes respectables endettés jusqu'au cou. Si j'effaçais leur ardoise, certains d'entre eux seraient prêts à s'accuser du meurtre pour sauver leur famille de la ruine. Ils seraient bien plus convaincants que des prisonniers désignés volontaires.

— Au moins, jusqu'à ce qu'on leur applique les fers rouges, dit le seigneur. Alors, ils parleraient, et notre ruse serait éventée.

— Au lieu d'élaborer des ruses tirées par les cheveux, ne serait-il pas plus simple de découvrir les véritables assassins et de les remettre aux nomades ? proposa le conseiller Melkar.

— Bien entendu, mais ça présente un certain nombre de difficultés. D'abord, je n'ai pas d'enquêteurs qualifiés : seulement des spécialistes en fraude fiscale et en détournement de fonds. Dès qu'on les sort de leurs factures, ils sont perdus. Sans compter que si des personnes de haut rang sont impliquées dans cette affaire, elles répugneront à se confesser à de simples officiers.

— Je serais ravi de prendre en charge les investigations, déclara le conseiller Rukh. Vous mis à part, il n'existe personne à Tarsis qui ait un plus haut rang, et après tout, je suis le chef de la sécurité.

Il se pourrait bien que vous soyez aussi l'assassin, songea le seigneur.

— Je vous remercie, mais si je vous désignais, on penserait que nous essayons de dissimuler quelque magouille du Conseil Intérieur. Je ne veux pas compromettre notre réputation d'honnêteté et d'impartialité. Non, messires : je vais trouver quelqu'un de neutre et de capable, qui n'ait aucun lien de sang ou d'argent avec les grandes maisons de Tarsis.

C'était bien beau, songea le seigneur alors que ses conseillers prenaient congé, mais où allait-il trouver cette personne ? Il jeta un coup d'œil à l'immense sablier qui se dressait à l'autre bout de la pièce. Une partie de ses cinq jours était déjà écoulée.

CHAPITRE V

— Quel jour sommes-nous ? demanda Ferbois.

Nistur étudia le visage de son compagnon.

— Soit ta barbe pousse très lentement, soit nous ne sommes pas ici depuis si longtemps que ça, répondit-il, irrité.

— Du calme, intervint Ecaille. Ça ne fait même pas une demi-journée. (Elle était allongée sur le dos, la tête reposant sur ses doigts entrelacés, un genou replié et l'autre pied posé dessus.) Le temps passe différemment en prison, c'est tout.

— Ce n'est pas la seule chose qui soit différente, marmonna Nistur en glissant une main sous sa tunique. Les occupants à deux jambes de cette cellule sont tolérables, et je pourrais m'habituer à ceux qui en ont quatre. J'ai un peu plus de mal avec ceux qui en ont six.

A l'heure du repas, Nistur et Ferbois refusèrent de manger. Ecaille, qui avait l'habitude de la nourriture des prisonniers, dévora leur part tout en bavardant avec les gardes. Quand elle revint vers ses compagnons, elle arborait une expression pensive.

— Des nouvelles ?

— Il y a de l'agitation au palais.

— Vraiment ? railla Ferbois. Je suppose que tu partages les secrets des grands de ce monde ?

— Vous deux, vous ignorez tout de la façon dont fonctionnent les choses, pas vrai ?

— Autrefois, je croyais la connaître. Mais le doute me gagne, avoua Nistur.

— Continue, ajouta Ferbois.

— D'accord, dit Ecaille, se radoucissant. Quand les gens importants – comme le seigneur, ses conseillers et les riches citoyens de Tarsis – discutent entre eux, ils ne font jamais attention aux domestiques et aux gardes qui les entourent. Pour eux, le petit peuple n'existe pas.

— Et qu'ont donc entendu les humbles oreilles du palais ?

— Apparemment, le meurtre de l'ambassadeur des nomades a déclenché une belle pagaille. Son chef est aux portes de la ville et réclame vengeance. Il a donné cinq jours à notre seigneur pour lui amener les responsables, sinon il mettra Tarsis à sac. Maintenant, ça ne doit plus faire que quatre et demi, calcula Ecaille.

— Toute la cité a dû en entendre parler, dit Ferbois. Ça s'est sans doute passé pendant que nous cherchions un régiment où nous engager. Alors, que raconte-t-on au palais ?

— Le seigneur a un problème sur les bras, expliqua Ecaille, se délectant de l'attention que les autres lui portaient. Il doit désigner des enquêteurs, et il ne peut faire confiance à personne. Ses gardes sont capables de retrouver un pichet de bière s'il est à portée de main, mais ça s'arrête à peu près là. Et les autres membres du Conseil Intérieur risquent d'en profiter pour lui piquer sa place.

— Et les magistrats ? dit Nistur. Il doit bien y avoir quelqu'un de compétent dans l'administration de cette ville, sinon elle aurait fini de s'effondrer depuis longtemps.

— Chacun a obtenu son poste par piston, ricana Ecaille. Ils sont tous à la solde d'un conseiller.

— Ça mérite réflexion…, murmura Nistur en se caressant la barbe.

— Je ne vois pas pourquoi. C'est le problème des gens du palais, pas des prisonniers comme nous, bougonna Ferbois.

— Ecaille, ton réseau d'information fonctionne-t-il dans les deux sens ? demanda Nistur. Peux-tu t'arranger pour transmettre un message au palais ?

— Je n'ai jamais essayé, mais je suppose que c'est possible, répondit la jeune fille après un instant de réflexion. Les gens du peuple sont toujours avides de savoir ce qui se passe chez les riches, mais bizarrement, la réciproque ne semble pas vraie.

— C'est une difficulté, mais qui ne devrait pas être insurmontable. Si nous promettions une récompense à chaque maillon de la chaîne de transmission, notre message parviendrait sûrement aux oreilles du seigneur en un rien de temps.

— Quel message ? s'impatienta Ferbois. A quoi penses-tu ?

— Je tâche de trouver un moyen de nous sortir du guêpier dans lequel tes actes inconsidérés nous ont fourrés, répliqua sèchement Nistur.

— Pas la peine de retourner le couteau dans la plaie. Quel est ton plan ?

— Un moment. L'inspiration vient des dieux, et ils sont parfois lents à la détente.

Les autres attendirent patiemment pendant que l'ex-assassin cogitait.

— Il me semble, dit-il enfin, que nous pourrions très bien être la solution du problème qui tourmente le seigneur de Tarsis. Supposons qu'il apprenne que croupissent dans son propre donjon deux hommes dont la spécialité est d'identifier et d'appréhender les malfaiteurs. Ne souhaiterait-il pas s'assurer leurs services ?

— C'est possible, dit Ferbois en regardant autour de lui, mais où sont donc les hommes dont tu parles ?

— Je sais que tu fais seulement semblant d'être idiot,

lui assura Nistur. Ravi d'apprendre que tu as le sens de l'humour, en fin de compte ! Nous devons nous forger un passé et une réputation suffisamment impressionnants, dans un royaume le plus lointain possible de Tarsis.

— Ça pourrait marcher, concéda Ferbois. Si le seigneur en entend parler, il nous enverra sans doute chercher pour s'entretenir avec nous. Penses-tu qu'il nous croira ?

— Tu négliges un facteur crucial : il aura *envie* de nous croire. Il doit être au bord du désespoir ; aussi négligera-t-il de s'intéresser à des détails qu'il aurait passés au crible en temps normal.

— Ça vaut le coup d'essayer. A tout le moins, ça nous permettra de sortir d'ici, et nous pourrons mettre au point un plan d'évasion une fois que nous serons libres.

— Je ne sais pas trop, murmura Ecaille. Faire parvenir le message au palais ne devrait pas être bien compliqué. Mais aux oreilles du seigneur…

— Dans les endroits les plus huppés, il y a toujours des serviteurs de confiance : une vieille nounou, un maître d'hôtel dont la famille sert la même maison depuis des générations…

— Le goûteur ! s'exclama Ferbois. Les rois et les grands seigneurs vivent dans la terreur constante d'être empoisonnés. Leur goûteur est forcément une personne de confiance.

— Excellent, le félicita Nistur. Tu vois, mon ami, tu fais déjà des étincelles dans ta nouvelle profession !

Le regard soupçonneux d'Ecaille passa de l'un à l'autre des deux hommes.

— C'est très bien pour vous, mais que vais-je retirer de cette histoire ? Que deviendrai-je après votre départ ?

— Dès que nous serons libres, nous nous occuperons

de te faire sortir d'ici, promit Nistur. A présent, ma petite amie, voici le message que tu dois transmettre…

Ils conférèrent pendant une bonne heure. Puis Ecaille se leva, se dirigea vers la grille et secoua les barreaux.

Sursautant, le seigneur de Tarsis réalisa qu'il était en train de se ronger les ongles : une chose qu'il n'avait pas faite depuis des années. Le sable s'écoulait inexorablement, et il ne tenait toujours pas l'ombre d'une solution à son ennuyeux problème.

Toute la nuit, il avait reçu de petits fonctionnaires sans en trouver aucun qui soit à la fois intelligent et fiable. Et les plus malins semblaient totalement dépourvus de capacités analytiques.

— Seigneur ?

Levant les yeux, il vit son goûteur approcher avec un plateau.

— Qu'y a-t-il ?

— Vous avez besoin de manger. Vous n'avez ni bu ni dormi depuis l'arrivée du chef des barbares. Vous ne devez pas vous négliger ainsi. J'ai demandé au cuisinier de vous préparer un petit quelque chose.

Le serviteur désigna une assiette de saucisses grillées, une autre de biscuits secs et une coupe de vin chaud qui répandait un parfum d'herbes aromatiques.

— Tu as sans doute raison.

Le seigneur but une gorgée de vin et mordit dans un biscuit.

— Je viens juste d'apprendre une nouvelle étonnante qui vous aidera peut-être à traiter avec ces sauvages.

— Ah bon ? Il y a un témoin ? Quelqu'un qui a assisté au meurtre et qui est prêt à parler ?

— Malheureusement, non. Mais dans la prison du Palais de Justice croupissent deux hommes célèbres à l'étranger pour traquer les assassins, les anarchistes et les criminels de toute sorte.

— C'est ridicule ! J'y suis allé hier matin pour interroger les gens qui ont découvert le cadavre de Yalmuk, et je n'ai vu personne qui corresponde à cette description.

— J'ai entendu dire qu'on les avait arrêtés hier après-midi pour troubles de l'ordre public.

— Dans ce cas, fais mander le caporal Weite.

Le goûteur s'inclina et sortit, pendant que le seigneur de Tarsis examinait les nouvelles possibilités qui s'offraient à lui. Ces hommes – s'ils existaient vraiment – étaient la réponse idéale à son problème : des enquêteurs expérimentés, venant d'un autre royaume et ne pouvant donc pas être à la solde d'un de ses rivaux.

Pas un instant il ne se demanda comment son goûteur avait eu vent d'une aussi remarquable information. Il exigeait de ses serviteurs qu'ils soient compétents et loyaux. Ce qu'ils pensaient ou faisaient de leur temps libre ne l'intéressait pas le moins du monde. En général, il n'avait même pas conscience de leur présence à ses côtés.

Quelques minutes plus tard, le caporal Weite entra.

— Seigneur ?

— Il y a dans les geôles du Palais de Justice deux étrangers qui ont été arrêtés hier après-midi pour troubles de l'ordre. Ils se prétendent enquêteurs. Amenez-les-moi.

Weite cligna des yeux.

— Je n'en ai pas entendu parler.

— Un seigneur de Tarsis a accès à des sources d'information dont un simple caporal ne saurait disposer. Allez, dépêchez-vous.

— Oui, seigneur.

Weite salua en claquant des talons et sortit.

Une heure plus tard, il revint flanqué par quatre gardes et deux prisonniers à l'allure insolente. Le premier était un guerrier vêtu d'une étrange armure. Le second ressemblait à un marchand ou à un érudit. En dépit de son incarcération, il conservait une apparence soignée, presque méticuleuse. Le garde qui fermait la marche portait une brassée d'armes et d'effets personnels sans doute confisqués aux deùx hommes lors de leur arrestation.

— Voici les étrangers, seigneur, annonça inutilement le caporal Weite.

— Détective Nistur, à votre service, se présenta le plus petit des deux hommes en ôtant son chapeau à plumes, et en esquissant une courbette gracieuse malgré les chaînes qui l'entravaient.

— Détective Ferbois, ajouta l'autre avec un bref signe de tête.

— Caporal Weite, messires, vous pouvez vous retirer. Toute cette quincaillerie ne sera pas nécessaire.

— Seigneur, ce sont de dangereux criminels ! s'écria Weite.

— Détachez-les et emmenez leurs armes dans le couloir. Je devrais être en sécurité avec vous dans les parages.

— Comme vous voudrez, seigneur, marmonna le caporal. (Puis, s'adressant aux gardes :) Vous avez entendu ? Et vous deux, n'essayez pas de faire les malins. Je serai devant la porte.

— Face à une menace pareille, qui oserait tenter une entourloupe ? murmura Nistur.

Les gardes détachèrent les prisonniers et se retirèrent. Weite jeta un dernier regard soupçonneux aux deux hommes avant de leur emboîter le pas.

— Je n'ai pas de temps à perdre, annonça tout de go le seigneur de Tarsis. On m'a dit que vous étiez des enquêteurs expérimentés. Est-ce exact ?

— Absolument, affirma Nistur en triturant une extrémité de sa moustache. Nous sommes très célèbres dans certains endroits. Il y a deux ans, dans la cité de Thansut, c'est nous qui avons démantelé la conspiration du Temple du Dieu-Grenouille.

— Thansut ? Je n'en ai jamais entendu parler.

— C'est assez loin d'ici. Mais vous connaissez sûrement Palanthas ?

— Bien entendu.

— Voilà six mois, nous y avons démasqué le meurtrier de Jesamyn, chef de la prestigieuse Guilde des Fabricants de Mortier, et nous l'avons traîné devant la justice. Si vous avez besoin d'une confirmation, envoyez donc un message au seigneur de la ville. Il nous recommandera chaudement.

— Il faudrait des semaines pour que sa réponse me parvienne, et je ne dispose pas d'un tel délai.

— Quel dommage. Sur mon honneur de gentilhomme, seigneur, j'affirme que personne n'arrive à la cheville de Nistur et de Ferbois en matière d'investigations criminelles. Vous n'avez qu'à dire ce que vous désirez, et nous promettons de vous donner toute satisfaction.

Le seigneur les étudia durant un long moment, puis prit sa décision.

— Je vais courir le risque. Mais votre première mission pour moi risque d'être aussi la dernière. Vous disposerez d'un peu plus de quatre jours pour arrêter le meurtrier de l'ambassadeur Yalmuk. Après, l'armée des nomades qui campe à nos portes assiégera la ville. Voici ce que j'attends de vous.

Il leur fit un bref résumé des négociations avec les envoyés de Kyaga Arcfort, puis leur raconta la découverte du cadavre et leur rapporta les exigences du chef des nomades.

— Je comprends, dit Nistur quand il eut terminé. Nous vous livrerons donc le ou les malfaiteurs vivants sous quatre jours.

— Ça vaudrait mieux pour vous. (Le seigneur jeta un

coup d'œil méfiant à Ferbois, puis regarda Nistur.) C'est toujours vous qui parlez…

— C'est que je suis la moitié intellectuelle de notre duo. Mon compagnon fournit le muscle si souvent nécessaire dans notre profession.

— Il faut reconnaître que vous n'avez pas l'air d'un guerrier.

Le seigneur ouvrit un coffret de bois et en sortit deux amulettes d'argent qui ressemblaient à de grosses pièces de monnaie. Chacune était suspendue à une mince chaîne.

— Mon sceau, déclara-t-il. Tant que vous le porterez, vous pourrez aller n'importe où et interroger n'importe qui, y compris les nomades.

— Il nous en faudra trois, dit Nistur.

— Pourquoi ?

— Cette ville ne nous étant pas familière, nous aurons besoin d'un guide. Au Palais de Justice, nous avons rencontré une jeune femme nommée Ecaille qui semble connaître tous les recoins de Tarsis. Si vous acceptiez de la mettre sous notre surveillance, nous nous porterions garants de sa bonne conduite.

— Caporal Weite !

L'officier entra.

— Seigneur ?

— Y a-t-il dans le donjon une jeune femme nommée Ecaille ?

— En effet. C'est une de nos habituées.

— Amenez-la ici.

— Tout de suite, seigneur.

Le caporal avait l'air d'un homme que plus rien ne pouvait surprendre. Dès qu'il fut sorti, Nistur reprit la parole.

— Il reste une petite question à régler.

— Je ne vois pas laquelle. Vous avez reçu vos ordres,

et chaque seconde que vous passez ici est une seconde de perdue.

— Et notre récompense ?

— Votre récompense ? Vous faites allusion à un salaire ?

— Je vois que sa seigneurie est très astucieuse.

— Vous aimez respirer, n'est-ce pas ?

— J'ai du mal à imaginer la vie sans cette activité primordiale, concéda Nistur.

— Servez-moi et je vous autoriserai à continuer de respirer. Si vous échouez, vous vous balancerez au bout d'une corde. Ça devrait être une récompense suffisante. A moins que je ne vous livre à Kyaga Arcfort, qui n'est pas assez civilisé pour recourir à la pendaison.

— Je vois, grommela Nistur. Mais nous devons disposer des fonds nécessaires pour soudoyer les personnes susceptibles de nous fournir des informations.

— Très bien. Mon comptable vous donnera de l'argent, et vous lui remettrez en échange une liste détaillée de vos frais.

— Comme vous le désirerez.

Les deux hommes s'inclinèrent et sortirent de la pièce. Dans le couloir, ils récupérèrent leurs armes et passèrent le sceau autour de leur cou sous le regard perplexe des gardes.

— Toi, là, interpella Nistur. Conduis-nous au comptable du palais.

— Qui êtes-vous pour me donner des ordres ? s'offusqua le garde.

Ferbois lui agita son médaillon sous le nez.

— Les enquêteurs spéciaux mandatés par le seigneur de Tarsis, imbécile ! Contrarie-nous à tes risques et périls !

L'homme écarquilla les yeux.

— Oui, messire. Navré, messire. Par ici.

Ecaille les rejoignit devant les portes du palais.

— Vous avez réussi, dit-elle.

Nistur lui remit le troisième sceau.

— Tu es désormais l'un des enquêteurs du seigneur de Tarsis. Ceci te permettra d'interroger jusqu'au chef des nomades.

— Pourquoi ferais-je une chose pareille ? (Elle examina le médaillon d'argent.) Je me demande combien je pourrais en tirer…

— Jusqu'à ce que nous ayons mis au point un plan d'évasion, tu ne t'en sépareras pas, l'avertit Nistur.

— Et si on allait manger un morceau ? proposa Ferbois. Je meurs de faim !

— Un bon repas et un bain, c'est une riche idée, dit Nistur. Ecaille, conduis-nous à une auberge décente. Je pense que nous pouvons faire passer ça sur la note de frais.

Tandis qu'elle leur faisait traverser la place, Ferbois marmonna :

— Le seigneur de Tarsis n'est qu'un banquier un peu plus arriviste que les autres. Ça se voit à la façon dont il s'accroche à ses sous jusqu'à ce qu'il ait les doigts tachés de cuivre. Un vrai prince nous aurait offert une récompense généreuse. Il n'aurait pas mégoté comme un rapace !

— Mais nous ne sommes pas dans une cité princière, lui rappela Nistur. Ici, les gens ne sont même pas capables d'apprécier la poésie.

Ecaille les conduisit au prospère établissement des *Trois Dragons*. Au-dessus de la spacieuse entrée étaient suspendues des créatures ailées en bronze. A l'intérieur, l'ameublement luxueux tenait les promesses de l'enseigne.

Un homme vêtu d'un tablier à la blancheur immaculée se dirigea vers les nouveaux venus. Son sourire se figea quand il aperçut Ecaille.

— Puis-je vous aider, messires ? demanda-t-il poliment.

— Vous pouvez nous conduire à une table, nous amener un pichet de votre meilleure bière et n'importe quel genre de nourriture pourvu qu'elle soit déjà prête et en quantité suffisante. Lorsque nous aurons dîné, nous ferons usage de vos bains. (Face à l'expression dubitative du serveur, Nistur brandit son sceau.) Nous sommes les enquêteurs spéciaux du seigneur de Tarsis.

L'homme sursauta.

— Bien entendu, messire. Par ici. Rien n'est trop beau pour les envoyés du seigneur !

Ils furent conduits vers une alcôve où des plats fumants apparurent devant eux à une vitesse qui tenait de la magie.

— Ces sceaux font des miracles, commenta Nistur.

Puis un silence entrecoupé de bruits de mastication s'abattit autour de la table.

Nistur lâcha un rot discret alors que les serveurs emportaient les assiettes vides et posaient devant eux un assortiment de pâtisseries. Lorsqu'ils se furent éloignés, il dit à voix basse :

— A présent, mes amis, nous devons mettre un plan au point. Cette cité est bouclée et gardée par les nomades. Il ne sera pas facile de nous échapper.

— Nos médaillons nous permettront de franchir les portes, lui rappela Ferbois.

— Seulement pour nous rendre au camp des sauvages, qui nous surveilleront avec une vigilance plus grande encore que celle des miliciens.

— Il faut que j'inspecte les murs de la ville. Les nomades ne sont peut-être pas assez nombreux pour l'encercler complètement. Si je découvre un passage, nous pourrons sortir à la nuit tombée. Il doit y avoir des patrouilles, mais nous réussirons bien à les éviter. En tout cas, je suis prêt à courir le risque.

94

— C'est bien beau pour vous, mais je ne suis jamais sortie de Tarsis, intervint Ecaille sur un ton boudeur.

— Tu n'as guère le choix, dit Ferbois. Les nomades menacent de raser la ville, de toute façon. Pourquoi ne pas nous accompagner ? Tu verras que la vie d'aventurier est passionnante, bien que souvent brève.

— J'ai déjà songé à voyager, reconnut Ecaille, mais les voleurs ne sont populaires nulle part.

— Mes amis, coupa Nistur, il me semble que nous avons négligé une possibilité.

— Laquelle ?

— Nous pourrions découvrir l'assassin de l'ambassadeur.

Ferbois écarquilla les yeux.

— Mais nous ne sommes pas des enquêteurs ! C'est juste une histoire que nous avons inventée !

— Qu'est-ce que tu en sais ? Tu n'as jamais essayé ! Nous sommes des gens courageux, intelligents, habiles, pleins de ressources et capables de s'adapter à toutes les situations. Je ne vois pas de quelles autres qualités nous aurions besoin !

Ferbois se laissa fléchir par son enthousiasme.

— Je ne sais pas trop…, hésita-t-il.

— Quoi qu'il en soit, nous ne pouvons pas nous contenter de traîner en ville en cherchant un moyen de nous enfuir, dit Ecaille. Bientôt, tout le monde saura qui nous sommes. Les citoyens observeront nos gestes, et certains d'entre eux les rapporteront au seigneur. Nous devons avoir l'air occupé, alors, autant enquêter pour de bon. Souvenez-vous : nous disposons seulement de quatre jours.

— Tu vois ? triompha Nistur. Même cette jeune dame comprend la sagesse de mon plan.

— D'accord, capitula Ferbois. Nous sommes donc des enquêteurs. Par où commencer nos recherches ?

— Eh bien, nous pourrions nous occuper des malheureux qui étaient emprisonnés avec nous, proposa Ecaille. Ils n'ont rien fait de mal. J'ai toujours mérité de me retrouver au cachot, mais ils ont juste eu le tort d'être au mauvais endroit au mauvais moment. A présent qu'ils ont été interrogés, le seigneur risque de les oublier, et qui sait quand quelqu'un pensera à les relâcher ? Vous croyez qu'on pourrait faire quelque chose pour eux ?

— Très bonne idée, dit Nistur. Quoi de plus normal que d'interroger les témoins ? Mais d'abord, allons prendre un bain !

— Mon brave, dit Nistur au chef des geôliers, nous avons fini d'interroger les prisonniers et nous sommes certains qu'ils ne détiennent aucune information utile. Vous pouvez les relâcher.

L'homme posa un regard méfiant sur les trois enquêteurs.

— Je n'ai pas reçu d'ordre du palais dans ce sens.

Nistur caressa son sceau.

— Comme vous le savez, nous sommes les enquêteurs spéciaux mandatés pour découvrir l'assassin de l'ambassadeur Yalmuk. En tant que tels, nous avons toute autorité sur les choses et les personnes impliquées dans cette affaire. Nous arrêterons ou libérerons à volonté tous les suspects ou témoins. Libérez ces malheureux. A moins que vous ne souhaitiez déranger sa seigneurie à un moment particulièrement inopportun pour en avoir confirmation…

— Eh bien… Je suppose que ça ira, si vous en prenez la responsabilité.

— Nous la prenons, dit Nistur.

Dès que le geôlier se fut engagé dans l'escalier qui conduisait aux cellules, il se tourna vers ses amis.

— L'avantage de notre position très particulière, c'est

que nous pouvons inventer les règles en fonction de nos besoins, puisque personne ne sait à quoi s'en tenir exactement.

— Jusqu'à ce que quelqu'un cherche à vérifier nos dires, grommela Ferbois.

Une fois sortis du Palais de Justice, les prisonniers remercièrent chaudement leurs bienfaiteurs.

— Ne vous réjouissez pas trop vite, les avertit Ferbois. Kyaga a interdit à quiconque de quitter la ville.

— Tout est préférable à la prison, affirma un marchand. Si les nomades envahissent Tarsis, il nous restera toujours une petite chance de nous échapper.

— Aux pieds de quelle statue avez-vous découvert le corps ? demanda Nistur.

— Je vais vous la montrer.

Pendant que les autres prisonniers se dispersaient, le marchand se dirigea vers l'effigie d'Abushmulum IX, puis s'éloigna très vite au cas où les geôliers changeraient d'avis.

Restés seuls, les trois enquêteurs examinèrent le socle de la statue. Personne n'avait pris la peine de nettoyer les taches de sang, de sorte qu'on distinguait clairement des traces noires et une flaque sombre sur les pavés.

— Je me demande pourquoi l'assassin a pris la peine de hisser le cadavre là-haut, grommela Ferbois.

— Aide-moi à grimper, exigea Nistur. Je veux examiner le socle.

Le mercenaire lui fit la courte échelle, et Ecaille le suivit avec l'agilité d'un singe.

— Que voyez-vous ? demanda Ferbois.

— Plein de sang, répondit Ecaille. Le vieil Abushmulum patauge dedans.

— Je trouve ça très curieux, dit Nistur.

— Pourquoi ?

— Parce que en bas, il n'y a qu'une malheureuse flaque dont on voit bien qu'elle a coulé d'ici.

— Tu veux dire qu'il n'a pas été tué en bas et hissé là-haut ? s'étonna Ferbois. On l'a assassiné sur le socle de la statue ?

— Il semblerait.

Nistur se laissa tomber lourdement sur le sol, tandis qu'Ecaille bondissait et atterrissait en souplesse.

— Mais que faisait-il là-haut ? insista Ferbois. Il a dû grimper sur le socle avec le meurtrier et se faire tuer ensuite. Non, ça n'a pas de sens !

— Rien n'en aura jusqu'à ce que nous détenions toutes les pièces du puzzle, affirma Nistur.

— Tu parles comme si tu avais l'habitude de ce genre d'affaires.

— Je suis en train d'apprendre, et toi aussi. Allons, venez.

L'ex-assassin prit la direction du nord.

— Où allons-nous ? demanda Ecaille.

— Le caporal Weite a dit que le corps avait été emmené à la morgue du palais. Avec un peu de chance, il y est encore.

— Je ne vois pas l'intérêt d'examiner un barbare mort, dit Ecaille en lui emboîtant néanmoins le pas.

La morgue du palais se situait dans l'aile la plus éloignée de la salle du conseil et des appartements du seigneur de Tarsis. C'était là qu'on préparait les cadavres des personnalités importantes pour leurs funérailles officielles. A l'entrée, les trois compagnons expliquèrent leur mission à un individu lugubre et chauve.

— Vous arrivez juste à temps, leur dit-il sur un ton solennel. Le défunt allait être ramené au camp des nomades. Suivez-moi.

Yalmuk Sang-Flèche gisait sur un catafalque couvert de coûteuses soieries. Ses vêtements avaient été lavés, son corps baigné et oint. Ses mains reposaient sur sa poitrine, serrant la garde de son épée. La blessure fatale avait été délicatement recouverte d'un foulard, et ses traits étaient étrangement paisibles.

— Beau travail, approuva Ferbois. Il a presque l'air content d'être mort.

— Nous faisons toujours de notre mieux pour nos clients, affirma le fonctionnaire.

Nistur souleva le foulard qui masquait le cou de feu l'ambassadeur et examina la terrible plaie tandis qu'Ecaille pâlissait et se détournait.

— Tu as sûrement vu plus que ta part de cadavres pendant ta courte vie, non ? s'étonna Nistur.

— Oui, mais je ne m'y fais pas. Je suis une voleuse, pas un assassin.

— Cette blessure me paraît bizarre, murmura Ferbois, mais je ne saurais dire pourquoi.

— Pour commencer, les bords ne sont pas déchiquetés. Ça peut se comprendre si le meurtrier a employé une lame très bien affûtée. Mais en général, on voit bien où commence et où se termine une entaille. Il devrait y avoir une… (Nistur agita la main, cherchant le mot juste) … une irrégularité : une incision plus profonde à l'endroit où la lame a pénétré dans la chair, par exemple, alors que nous sommes en présence d'une plaie quasi circulaire et de profondeur toujours identique.

— Ça vous plaît, hein ? marmonna Ecaille sur un ton accusateur.

— Il est toujours agréable d'exercer ses facultés intellectuelles, dit Nistur. (Puis, s'adressant au croquemort :) Je dois le retourner pour examiner l'arrière de son cou.

— Est-ce vraiment nécessaire ? demanda l'homme chauve.

— Je vous assure que ça ne le dérangera pas.

Scandalisé, le chauve fit signe à deux employés à la mine aussi lugubre que la sienne. Ceux-ci soulevèrent le corps avec précaution. Nistur et Ferbois se penchèrent pour observer la blessure.

— Ah, ah ! s'exclama Nistur, triomphant. Regardez, mes amis. L'incision se poursuit de l'autre côté, et elle va jusqu'à l'os. Mais ne remarquez-vous pas une différence ?

Déterminée à ne pas passer pour une mauviette devant ses compagnons, Ecaille plissa les yeux tout en essayant de ne pas rendre son déjeuner.

— On dirait qu'il y a eu deux entailles l'une par-dessus l'autre, avança-t-elle.

— Exactement.

— Qu'est-ce que ça signifie ? demanda Ferbois. Je n'avais jamais rien vu de pareil.

— Moi, si, affirma Nistur. Dans mon… ancienne profession, j'ai appris les caractéristiques d'un grand nombre d'armes. Cette incision n'a pas été faite par une lame, mais par un garrot : un mince fil d'acier reliant deux poignées. On encercle le cou de la victime avant de tirer dans des directions opposées. La double coupure marque la fermeture de la boucle, à l'arrière du cou.

Il fit un geste, et les deux employés reposèrent le cadavre.

— Venez, mes amis. Nous avons beaucoup à faire.

Une fois sortie de la morgue, Ecaille soupira de soulagement.

— Je n'aime pas du tout cet endroit ! Je n'habite peut-être pas un manoir, mais au moins, la plupart des occupants sont toujours en vie !

— Où vis-tu quand tu n'es ni chez Stunbog, ni en train de profiter de l'hospitalité des autorités ? demanda Ferbois.

La voleuse haussa les épaules.

— Ici ou là. Essentiellement dans la vieille ville.

— Je croyais qu'elle était à l'abandon, objecta Nistur.

— C'est ce que pensent les officiels, parce qu'il n'y a

ni maisons ni commerces, donc pas d'impôts à récolter. Mais les gens qui n'ont pas d'autre endroit où aller se réfugient là-bas. Quand on a besoin d'un coin où dormir, on trouve toujours une cave pour se mettre à l'abri du froid.

— Ce n'est pas trop dangereux ?

— Si, à cause des bandits qui traquent les voleurs dans mon genre pour les torturer et les forcer à révéler la cachette de leur butin. Certains sont complètement psychopathes.

— Tu n'as plus rien à craindre d'eux maintenant que tu travailles pour le seigneur.

— C'est ma vie, dit Ecaille. Je ne veux pas l'échanger contre une autre.

— Restons concentrés sur notre mission, d'accord ? dit Ferbois. Dommage que le cadavre ait été nettoyé… Ça a peut-être fait disparaître des indices.

— Même nettoyé, il n'était guère plaisant à voir…, souffla Nistur. Mais je comprends ce que tu veux dire, ajouta-t-il.

— Alors, que faisons-nous maintenant ? demanda Ecaille.

— Il semblerait logique de nous entretenir avec les nobles : ce sont eux qui avaient le plus à craindre des nomades, sans compter que beaucoup sont des rivaux politiques de l'actuel seigneur. Mais je répugne à les interroger au hasard.

— Pourquoi donc ? s'étonna Ferbois.

— Parce que l'un d'eux m'a engagé pour te tuer, et qu'il doit l'avoir sacrément mauvaise !

— Il est vrai que ça pourrait poser un problème…

— Pourtant, il faut que je le retrouve.

— Tu crois qu'il aurait pu engager quelqu'un d'autre pour liquider l'ambassadeur ? avança Ecaille.

— Je n'en ai pas la moindre idée. Mais je dois lui rendre son argent, puisque je ne l'ai pas gagné.

Ferbois réfléchit quelques instants.

— Au cours de mes voyages, dit-il enfin, je n'ai rencontré qu'un peuple qui utilise couramment le garrot : des barbares du désert, des hors-la-loi qui s'en servent pour étrangler leurs victimes. En général, ils utilisent des cordes d'arc ou des lacets de cuir, mais un fil d'acier ferait encore mieux l'affaire. Je suppose qu'ils doivent être assez nombreux dans l'armée des nomades.

— Excellente déduction, le félicita Nistur. Tu vois, tu commences déjà à justifier la confiance que le seigneur de Tarsis a placée en toi.

— Mais pourquoi avoir hissé le cadavre sur le socle de la statue ? avoua Ecaille.

— Ça fait un moment que je me pose la même question, déclara Nistur, et je crois avoir trouvé la réponse. Venez avec moi.

Ils retournèrent sur la place du Palais de Justice, et Ferbois aida de nouveau Nistur à grimper sur le piédestal.

— Regardez.

L'ex-assassin dénoua le foulard qui lui entourait le cou et, saisissant un coin de tissu dans chaque main, le tortilla pour former une sorte de corde.

— Voici l'arme du tueur.

Puis il s'accroupit sur ses talons, les orteils au bord du bloc de pierre, et croisa les poignets en laissant pendre le foulard dans le vide.

— Lorsque sa victime passe au-dessous de lui, le meurtrier lui laisse tomber son garrot autour du cou et tire en resserrant la boucle. Il n'a plus qu'à se redresser...

Nistur décroisa les poignets et se releva lentement, comme s'il soulevait un poids important.

— Les muscles des cuisses sont les plus puissants du corps humain : bien plus que ceux des bras et du dos auxquels on fait appel pour garrotter quelqu'un par-derrière au niveau du sol. Ainsi, même un homme de corpulence moyenne peut à la fois tuer et soulever sa victime. C'est le poids de celle-ci qui fait tout le travail, en enfonçant le fil d'acier dans sa chair. Le meurtrier n'a plus qu'à reculer, à la laisser tomber et à la regarder mourir. C'est le moyen idéal de venir à bout de quelqu'un de plus costaud. Autrement dit, la personne que nous recherchons n'est pas nécessairement un colosse.

— Ça semble efficace, concéda Ferbois, à condition de pouvoir attirer la victime au bon endroit.

— C'est beaucoup mieux que ça, affirma Nistur.

— Que veux-tu dire ?

— C'est bien plus dramatique qu'un meurtre ordinaire. Ça laisse les témoins à la fois effrayés et désorientés. Ce qui nous apprend une chose sur notre homme : il a le sens de la mise en scène.

CHAPITRE VI

— Je pense que nous avons besoin d'une base d'opérations, déclara Nistur.

Le trio se tenait sur un pont à la courbe gracieuse enjambant ce qui avait été autrefois un pittoresque canal. Avant le Cataclysme, tous les quartiers de la cité étaient ainsi reliés à la rade, ce qui permettait de décharger les navires et de livrer les marchandises plus près des magasins et des entrepôts auxquels elles étaient destinées. A présent, les canaux étaient à sec ; dans leur fond s'accumulaient de la poussière, des feuilles, des cailloux et des déchets que les pluies occasionnelles ne parvenaient pas à déloger. Quelques péniches échouées là étaient toujours habitées.

— Grâce à ça, dit Ferbois en brandissant son médaillon, nous pouvons réquisitionner un bureau au palais, si ça nous chante. Ou une suite dans la plus belle auberge de la ville. Mais l'idée ne me dit rien.

— Absolument, approuva Nistur. Nos principaux suspects comptent parmi les gens les plus importants de Tarsis. Malgré notre titre ronflant et nos prétendus pouvoirs, nous ne disposons que de nos propres armes pour nous défendre. Je ne suis pas un mauvais bretteur ; je sais que tu te débrouilles très bien et qu'Ecaille est une spécialiste de l'évasion, mais… Soyons réalistes : nous ne serons pas de taille face à un noble capable d'envoyer vingt hommes armés nous régler notre compte. C'est dans l'enceinte de la ville que nous courons le plus grand danger, surtout après la tombée de la nuit. Je doute que quelqu'un nous saute dessus en plein jour, devant témoins.

— Nous pourrions réquisitionner une des tours du mur d'enceinte, dit Ferbois. Nous devrions y être en sécurité.

— C'est parler en véritable soldat, fit Nistur. Mais outre que ça manquerait de confort, nous serions exposés à la vue des tous les mercenaires et miliciens qui montent la garde sur les remparts. Je préférerais un endroit d'où nous puissions aller et venir sans être surveillés.

— Je connais un tas de bonnes cachettes dans la vieille ville, intervint Ecaille, mais aucune que je qualifierais de confortable. (Après une pause, elle reprit :) Pourquoi ne pas retourner tout simplement chez Stunbog ? Les gens du port le tiennent en haute estime, et ils ont mis au point un système de signaux. Si des étrangers venaient nous chercher, nous serions prévenus à temps pour réagir.

— Ce n'est pas une mauvaise idée, admit Ferbois. Surtout que maintenant, nous pouvons dédommager le vieil homme du mal qu'il s'est donné pour nous.

— Et puis, il a beau protester qu'il n'est pas magicien, renchérit Nistur, je suis certain qu'il est capable de lancer des sorts de protection. Sans compter que Myrsa vaut bien trois ou quatre des brigands qui semblent pulluler dans cette ville.

— Si Stunbog accepte, conclut Ferbois, nous nous installerons donc chez lui. J'aime autant, car je n'ai aucune confiance en notre employeur.

— Tu penses qu'il pourrait avoir commandité lui-même le meurtre de l'ambassadeur ? demanda Nistur.

— Pour l'instant, personne n'est au-dessus de tout soupçon. Autrefois, je me satisfaisais de servir n'importe qui, du moment qu'il n'essayait pas de me rouler. Mais la plupart des guerres ne sont pas très complexes : deux seigneurs se disputent un titre ou un bout de terrain et engagent des mercenaires pour régler leur querelle.

« Dans cette maudite ville, c'est différent. Des factions multiples poursuivent leurs propres objectifs, des gens prêtent allégeance à un camp mais se laissent soudoyer par leurs adversaires… Il ne m'étonnerait pas que la moitié des nobles traitent en secret avec Kyaga, chacun s'efforçant de tirer la couverture à soi.

— Exact. Donc, nous ne faisons confiance à personne d'autre que nous-mêmes. (Nistur posa une main sur l'épaule d'Ecaille.) Ma jeune amie, j'ai un travail à te proposer.

Elle plissa les yeux.

— De quoi s'agit-il ? demanda-t-elle, méfiante.

— Ne t'inquiète pas, ça devrait te plaire. Tu connais bien les bas-fonds de cette cité : les malfrats, les mendiants, les voleurs et les receleurs, toutes ces personnes qui répugneront à se confier à des enquêteurs officiels. Elles s'enfuiront probablement à notre approche, mais se confieront peut-être à l'une des leurs. Je veux que tu fasses le tour de tes relations. Tâche de savoir si quelqu'un a vu ou entendu quelque chose d'intéressant la nuit du meurtre. Et n'hésite pas à payer pour obtenir des informations.

Nistur lui remit quelques pièces et ajouta :

— Tu es armée ?

Ecaille secoua la tête.

— J'avais un couteau, mais les geôliers me l'ont pris et ne me l'ont pas rendu.

— Achètes-en un, et garde-le à portée de main. Retrouve-nous chez Stunbog ce soir.

— J'y serai, promit-elle. (Elle glissa la médaille à l'intérieur de sa tunique.) Mieux vaut ne pas l'exhiber. Sa vue rendrait mes interlocuteurs trop nerveux, et certains seraient capables de me tuer pour moins d'argent que ça.

— Bah, c'est sans doute juste du cuivre plaqué argent, cracha Ferbois.

— Crois-moi, je connais des gens qui me tueraient même pour cette quantité de cuivre. A ce soir.

Ecaille s'éloigna et disparut comme une ombre.

— Et moi qui pensais avoir eu une existence difficile, commenta Ferbois. Je ne sais pas comment elle a réussi à survivre aussi longtemps dans ce trou à rats.

Nistur haussa les épaules.

— Elle est débrouillarde. Viens, mon ami. Il nous reste quelques heures de jour. Je ne veux interroger personne avant de savoir où je mets les pieds. Allons explorer cette ville pour nous familiariser avec elle.

— D'accord. Après, j'irai inspecter le mur d'enceinte et le campement des nomades. Mais depuis quand es-tu le chef ? Tu me parles comme un officier supérieur. Dois-je te rappeler que tu portes ma marque sous le menton ?

— Je ne risque pas de l'oublier, grommela l'ex-assassin en frottant la cicatrice qui le démangeait encore un peu. Mais tu conviendras que ma langue est plus agile que la tienne. C'est le poète en moi qui parle. Et ce type d'exercice mental me séduit. Voici ce que je te propose : c'est moi qui décide de la tournure de nos investigations, et si jamais nous devons nous battre, je m'en remettrai à toi.

— Entendu.

Ils quittèrent le pont et se dirigèrent vers le nord de la ville, longeant le mur qui entourait les jardins du palais.

— Peut-être est-il temps que tu me révèles pourquoi un noble m'a engagé pour te supprimer, dit Nistur. Je ne t'avais pas posé la question jusqu'ici parce que ça ne me regardait pas. Maintenant que nous voilà embarqués dans la même galère, j'entends disposer de toutes les informations en rapport avec notre sécurité.

— Si je le savais, je te le dirais, affirma Ferbois. Je

suis ici depuis moins d'un mois, et je me suis contenté de dépenser ma dernière paye tout en cherchant un nouvel engagement. Je n'ai fréquenté personne d'autre que les mercenaires et les ivrognes des tavernes du port. Evidemment, je ne me souviens pas toujours…

Embarrassé, il n'acheva pas sa phrase.

— Veux-tu dire que la paralysie n'est pas le seul symptôme de ta maladie ? As-tu parfois des pertes de mémoire ?

— Je n'en ai pas eu dernièrement. (Ferbois secoua la tête comme pour s'éclaircir les idées.) Je suis certain de n'avoir eu affaire à aucun noble de cette ville.

— Bah, les aristocrates sont capricieux. Peut-être as-tu battu l'un d'eux aux dés alors qu'il s'encanaillait incognito dans un de tes bouges favoris. Ou peut-être sa femme t'a-t-elle jeté un regard un peu trop appuyé pendant qu'ils se promenaient ensemble.

— A moins qu'il ne m'ait confondu avec quelqu'un d'autre. Nous serons probablement bientôt fixés.

A l'angle nord-est du mur du palais, ils débouchèrent sur une large avenue qui menait tout droit à une des principales portes de la ville. En chemin, Nistur fut frappé par le contraste qui régnait entre les deux côtés de l'artère.

Sur sa droite, les maisons étaient imposantes et les boutiques luxueuses. Sur sa gauche commençait la vieille ville, que les autorités considéraient comme abandonnée. La plupart de ses bâtiments s'étaient effondrés pendant le Cataclysme. Seuls les plus petits tenaient encore debout, mais ce n'étaient que des coquilles vides, au toit éventré et aux fenêtres brisées, dont les murs de pierre noircie témoignaient des incendies ayant suivi le séisme. Ceux qui étaient en bois avaient tous brûlé.

— A en juger par la hauteur des ruines, ce quartier devait être autrefois le plus riche de la cité, commenta

Nistur. Pas étonnant que Tarsis ne s'en soit jamais complètement remise.

— Ces gens n'ont pas de volonté, cracha Ferbois, méprisant. J'ai vu des cités rasées par le Cataclysme, que leurs habitants avaient entièrement reconstruites... en mieux qu'avant.

— Je ne peux pas dire que les Tarsiens me soient très sympathiques, avoua Nistur. Mais soyons justes : toute leur activité commerciale tournait autour du port, et à présent, la mer est à des centaines de lieues d'ici !

— Pourquoi faut-il toujours être *justes* ? se lamenta Ferbois.

Ils atteignirent la Porte Est, une structure qui se composait de deux battants de bois massif mesurant chacun dix pieds de large sur six de haut, et doublés d'une herse métallique. En temps normal, elle était relevée dans la journée. Mais le seigneur de Tarsis avait décrété la loi martiale. Sur le côté se dressait une poterne qui permettait d'entrer ou de sortir de la ville à pied pendant la nuit. Elle aussi était fermée, et maintenue en place par plusieurs barres solides.

La Porte Est était flanquée de deux tours qui culminaient à quinze pieds au-dessus des remparts. Des balistes pointaient entre leurs créneaux : monstrueuses arbalètes capables de tirer des carreaux ou des pierres aussi grosses que des melons. A leur pied, nonchalamment appuyés sur leurs lances, leurs glaives ou leurs hallebardes, les mercenaires récemment engagés regardèrent approcher les deux compagnons.

— Qui est le capitaine de cette porte ? lança Ferbois.

— Qui le demande ? répliqua un soldat armé d'un arc long.

Les deux hommes brandirent leurs sceaux, qui produisirent l'effet escompté.

— Capitaine Karst, à votre service, dit un individu à moustache grise en se détachant de la masse. (Il plissa les yeux en examinant le mercenaire à l'armure en peau de dragon.) Ferbois ? Tu t'es fait refouler par tous les recruteurs de la ville. Comment t'es-tu mis dans les petits papiers du seigneur ?

— Certains d'entre nous sont destinés à accomplir de grandes choses, capitaine, déclara Nistur. Nous devons inspecter les murs et le camp de nomades.

Karst haussa les épaules, faisant grincer son plastron de cuir et d'acier.

— Comme vous voudrez. Venez.

Il les précéda à l'intérieur d'une des tours, puis dans un escalier en colimaçon qui montait vers les remparts.

— On nous a informés que des enquêteurs officiels se présenteraient, et que nous devrions les laisser passer. Vous enquêtez vraiment sur le meurtre de ce barbare ?

— C'est notre mission, dit Ferbois.

Au sommet du mur d'enceinte, les mercenaires et les miliciens saluèrent vaguement leur capitaine.

— Tout est calme dans le camp des nomades, messire, rapporta un sergent. Un autre groupe est arrivé il y a une heure : une centaine de cavaliers environ.

Nistur et Ferbois s'approchèrent du parapet pour jeter un coup d'œil entre les créneaux.

— Une vision impressionnante, commenta l'ex-assassin.

Le camp des nomades s'étendait dans toutes les directions. Il y avait des centaines de tentes, des enclos à bestiaux, des cavaliers qui s'exerçaient à l'arc ou à la lance, des patrouilles qui sortaient ou revenaient faire leur rapport. Tout cela manquait de la discipline d'une armée civilisée. Mais ça avait l'indéniable cachet de guerriers qui connaissaient leur affaire.

— Les nomades voyagent par tribus entières, dit Ferbois. Quelle est la proportion de combattants parmi eux ?

— Cent pour cent, répondit Karst. Le nouveau grand

110

chef leur a fait laisser leurs familles dans les territoires ancestraux. Le camp a grossi d'un tiers depuis hier. Ces gens ont dû apprendre que Kyaga projetait de piller Tarsis. Tous veulent une part du butin, même ceux qui ne lui ont pas encore prêté allégeance.

— Ils ne tarderont pas à le faire si Kyaga triomphe, souligna Ferbois. Alors, il deviendra le chef incontesté de tous les nomades.

— Autrement dit, conclut Nistur, il n'est pas dans son intérêt que nous découvrions le meurtrier de l'ambassadeur : ça le priverait d'une excellente excuse pour nous attaquer.

— Il n'a rien à y gagner, dit Karst. Loin de là. Il ne pourrait que décevoir ses sujets.

— Dans ce cas, notre mission n'a aucune utilité.

— Kyaga est prétendument venu négocier avec le seigneur de Tarsis et ses conseillers. Il a dit qu'il attaquerait si on ne lui avait pas livré les assassins de Yalmuk Sang-Flèche d'ici cinq jours. Mais si vous les démasquez, il se peut que les négociations échouent et qu'il attaque quand même. (Karst haussa les épaules.) De toute façon, peu m'importe : je serai payé dans un cas comme dans l'autre.

— Dans quel état sont les défenses de la ville ? demanda Ferbois.

— Meilleur qu'il y a deux jours. Tous les charpentiers et les forgerons se sont mobilisés pour réparer les catapultes et les balistes. Et les maçons réparent les brèches du mur d'enceinte, qui ne sont pas si nombreuses que nous le craignions.

— Y a-t-il suffisamment d'hommes pour occuper tout le périmètre ?

— Non, mais les nomades ne disposent d'aucun engin de siège. Je doute qu'ils sachent les fabriquer ou s'en servir. Et en leur absence, même un mur d'enceinte insuffisamment défendu peut tenir très longtemps.

— C'est vrai, murmura Ferbois sur un ton lugubre.

Nistur le regarda, surpris, mais se garda de tout commentaire.

— Dans ce cas, les nomades n'ont pas grand espoir de réussir à prendre Tarsis, résuma-t-il.

— Tous les soldats le savent : il est impossible de s'emparer d'une place forte en n'utilisant que des armes de trait. En terrain découvert, elles jouent souvent un rôle crucial, surtout si leurs porteurs bénéficient d'une grande mobilité. Mais il ne sert à rien de tirer sur des fortifications. Les défenseurs n'ont qu'à s'accroupir derrière les merlons jusqu'à ce que la tempête soit passée. Ils peuvent même riposter grâce à la protection des mantelets.

Karst indiqua les gros boucliers de bois rectangulaires disposés de biais entre les créneaux à la manière d'un avant-toit.

— Je vois, dit Nistur.

— Et puis, continua Karst, pour se battre en terrain découvert, il faut des soldats disciplinés, qui obéissent aux ordres. Des hommes courageux et bien entraînés. On ne peut pas se contenter de donner des épées à des garçons de ferme en leur demandant d'improviser. Seul un tireur musclé peut bander un arc long, et il doit avoir des années de pratique pour réussir à toucher une cible distante.

« Mais quand il s'agit de défendre une cité fortifiée comme Tarsis, on peut faire appel aux simples citoyens. N'importe quelle lavette est capable d'armer une baliste en se servant de la manivelle. Et si elle tire sur un ennemi groupé, le carreau a de bonnes chances de faire des dégâts considérables.

Karst se baissa pour ramasser une des pierres entassées sous chaque créneau. Il la lança à Nistur, qui la rattrapa adroitement. C'était un caillou poli, un peu plus gros que le poing d'un homme, tel qu'on en utilisait pour paver les rues de la ville.

— Il faudrait un bras musclé et un œil vif pour abattre un guerrier avec ça, pas vrai ? lança Karst.

Nistur soupesa la pierre.

— Personnellement, je ne m'y risquerais pas.

— Et pourtant, même un vieillard sénile est capable d'en jeter une par-dessus ce parapet. Le temps qu'elle dégringole de soixante pieds de haut, elle prend suffisamment de vitesse pour tuer n'importe quel assaillant. (Le capitaine se pencha entre deux créneaux.) Venez voir ici.

Nistur s'approcha et l'imita. Le mur d'enceinte était vertical sur la plus grande partie de sa hauteur, mais s'incurvait à son pied.

— Cette pente renforce les fondations, expliqua Karst. Elle les protège contre l'usage d'un bélier, et elle nous permet aussi de mieux viser.

Il lâcha le caillou, qui heurta le pied du mur et rebondit presque à l'horizontale.

— S'il y avait eu un nomade dessous, elle l'aurait atteint en pleine figure, pour peu que son casque n'ait pas de visière... Et très peu de nos ennemis portent une véritable armure.

— Vous connaissez bien votre métier, capitaine, le félicita Nistur. Et si les nomades employaient des échelles pour escalader les murs ? Ils sont trop hauts de ce côté, mais j'ai repéré d'autres endroits où ça semblerait faisable.

— Personne ne les a vus construire d'échelles. Je doute qu'ils soient désespérés au point d'en arriver là. C'est une tactique qui implique le sacrifice de nombreux assaillants, et qui ne garantit même pas la prise des murs.

— En général, intervint Ferbois, les seigneurs ordonnent à leurs paysans d'effectuer le premier assaut, car ils estiment pouvoir se passer d'eux.

— Ils ont raison, approuva Karst. Inutile de laisser des soldats bien entraînés se faire massacrer avant le début du combat. On commence par envoyer les serfs avec des échelles pendant que les guerriers montent en haut des tours de siège. Ainsi, ils sont en sécurité jusqu'à la prise du mur d'enceinte. Or, ces nomades n'ont construit aucune tour, et ils n'ont pas de paysans avec eux.

— Alors, que se passe-t-il au juste ? demanda Nistur. Devons-nous vraiment nous attendre à une bataille, ou Kyaga se contente-t-il de se donner en spectacle en attendant de régler ses différends avec le seigneur de Tarsis par la voie diplomatique ?

— Je n'en sais rien, admit Karst. Je n'avais encore jamais travaillé pour une cité comme celle-ci, ni vu un homme rassembler toutes les tribus nomades sous son commandement.

— Se pourrait-il qu'ils veuillent vraiment se faire la guerre, mais qu'aucun des deux camps ne sache s'y prendre ? avança Nistur.

— J'aimerais mieux pas, dit Karst, l'air aussi sinistre que Ferbois.

— Pourquoi ?

— Quand des incompétents se battent entre eux, il s'ensuit un carnage incroyable des deux côtés.

— Qui est responsable de la défense de cette porte ? demanda Ferbois.

— Moi.

— Non, je voulais dire : quel noble de Tarsis ? Chacun doit s'être attribué une section de mur sur laquelle il peut venir parader et se prendre pour un grand tacticien.

— Ah, ça. Comme c'est la porte principale de la ville, le seigneur en personne s'est nommé colonel en chef.

— C'est un titre honorifique, expliqua Ferbois à

114

Nistur. Dans la plupart des armées, chaque régiment a un colonel en chef : généralement un noble qui vient passer les troupes en revue une ou deux fois par an, et qu'on ne voit jamais en dehors de ces occasions.

— La Porte Nord est la seconde par ordre d'importance ; elle est théoriquement défendue par le seigneur Rukh, le plus éminent membre du Conseil Intérieur. La Porte Sud a été attribuée au conseiller Blasim, un type gras et incompétent. L'ancienne porte de la rade – elle est condamnée, maintenant – a été attribuée au conseiller Mede... Un banquier, c'est dire combien il pourra nous être utile. Le conseiller Melkar est le seul qui a une formation militaire. Il commande le fort situé dans le coin sud-ouest du mur d'enceinte. Il y a également le conseiller Alban, mais il est trop vieux pour réussir à monter sur les remparts.

Ces paroles peu rassurantes résonnant encore à leurs oreilles, Nistur et Ferbois se dirigèrent vers le sud en suivant le chemin de ronde. Les engins de siège semblaient de nouveau en état de fonctionnement, et des projectiles étaient empilés derrière les créneaux. Mais à certains endroits, le mur d'enceinte s'était écroulé et il avait poussé sur ses ruines des broussailles où l'ennemi aurait pu se dissimuler.

— Le capitaine ne fait guère confiance aux nobles de Tarsis, mais il croit les défenses de la ville suffisantes pour tenir les nomades en échec, résuma Nistur.

— Il n'a pas tort sur ces deux points. Mais il est loin de nous avoir tout dit.

— Qu'entends-tu par là ?

Les défenseurs qu'ils croisaient étaient surtout des boutiquiers, des apprentis et des ouvriers. Ils aperçurent même un prêtre ou deux. Où étaient donc les centaines de mercenaires dont la discipline et le talent seraient indispensables une fois le combat engagé ?

— Je me demande pourquoi Kyaga ne fait aucun préparatif de siège, expliqua Ferbois. Je ne crois pas qu'il soit totalement stupide. D'après ce que j'ai entendu, il est au contraire malin et prévoyant. Soutenu par les ancêtres ou pas, un débile n'aurait jamais réussi à unir des tribus qui se querellent depuis des siècles.

— Dans ce cas, peut-être n'a-t-il pas l'intention de se battre. Peut-être s'efforce-t-il seulement d'intimider le seigneur de Tarsis pour avoir la haute main pendant les négociations.

— A moins qu'il n'ait d'autres plans pour s'emparer de la ville, dit Ferbois.

— Par exemple ?

— Par exemple, un traître au sein du Conseil Intérieur, qui aurait promis de lui ouvrir la porte dont il a la charge.

— Quelle effrayante perspective…, murmura Nistur.

Quand le soleil se coucha à l'horizon, ils avaient fait un tour complet de la ville et regagnaient la Porte Est. Redescendant dans les rues, ils prirent la direction du port.

— Que penses-tu de tout ça ? demanda Nistur.

— Je crois que nous ferions mieux de découvrir cet assassin.

— Tiens donc…

— Nous ne pouvons plus nous échapper. Les patrouilles de nomades semblent extrêmement efficaces. Nous leur servirions de cibles mobiles.

— Pourtant, nous avons admis que les exigences de Kyaga concernant le ou les meurtriers ne sont qu'une ruse.

— Certes, mais même un sauvage comme lui est obligé de préserver les apparences. Il a dit qu'il n'attaquerait pas si on lui remettait l'assassin sous cinq jours, et il sera obligé de tenir sa parole à moins de trouver une nouvelle excuse. Sinon, il perdrait la face devant les chefs de tribu.

116

— Ça peut nous faire gagner du temps.

— Et le mettre en position de débiteur vis-à-vis de nous. Nous devons également tenir compte d'un autre fait.

— S'il est susceptible de jouer en notre faveur, je t'écoute.

— Ces nomades sont experts dans l'art du pillage. A l'occasion, ils veulent bien se rassembler pour attaquer une communauté importante, mais pas s'ils doivent attendre trop longtemps. Ce ne sont pas des soldats disciplinés. Ils ignorent qu'une vraie guerre, c'est quatre-vingt-dix pour cent d'attente. Faute d'événements excitants, ils se lasseront bientôt.

— Veux-tu dire qu'ils relâcheront leur attention ?

— Tout à fait. Puis des individus isolés, de petits groupes et enfin des tribus entières se désolidariseront de l'armée pour repartir en quête d'aventure. Alors, les autres commenceront à s'inquiéter pour les familles qu'ils ont laissées dans les plaines.

— Craignant qu'elles ne soient attaquées par leurs ennemis héréditaires ?

— Tout juste. Donc, chaque jour qui passe augmente notre sécurité et rend notre évasion un peu plus probable.

— Que ça nous plaise ou non, nous voici enfermés dans le rôle de détectives, conclut Nistur. Alors autant en être de bons.

Cette fois, quand ils frappèrent à la porte de Stunbog, la barbare les laissa entrer sans rechigner.

— Le vieil homme vous attend, annonça-t-elle avec un accent guttural qui rendait ses paroles difficiles à comprendre.

— Nous pensions qu'il serait surpris, dit Nistur en ôtant son chapeau pour en épousseter les flocons de neige.

— Ravi, oui, mais pas surpris, dit la voix du guérisseur à l'arrière du bateau. Montez donc vous réchauffer.

Ils montèrent l'escalier qui conduisait à la cabine du capitaine et acceptèrent deux coupes de vin chaud épicé. Ferbois posa sur la table une sacoche pleine à craquer.

— Il y a deux canards rôtis, des fruits frais et du pain. Je sais bien que ça ne suffira pas à rembourser notre dette, mais… Le Conseil n'a pas encore pensé à imposer un rationnement. Ça doit faire longtemps que cette ville n'a pas soutenu de siège.

— Si longtemps qu'aucun vivant ne s'en rappelle, dit Stunbog.

— Vous nous attendiez ? demanda Nistur en buvant une gorgée de vin.

— J'ai appris ce matin que vous étiez sortis de prison, et un peu plus tard qu'Ecaille avait également été libérée. Je me demande quel stratagème vous avez employé. Pourquoi ne pas me le raconter pendant que nous mangeons ?

Tout en piochant dans les appétissantes victuailles, Nistur et Ferbois régalèrent leur auditoire du récit de leurs aventures. Myrsa fit une moue dubitative, mais Stunbog rit de bon cœur.

— Pour ce qui est de l'effronterie, vous valez bien dix ruffians de ma connaissance, déclara-t-il quand les enquêteurs eurent terminé. Il fallait déjà une sacrée imagination pour inventer une telle histoire, mais la mettre en pratique relève quasiment du génie !

— Ce n'était pas si difficile, corrigea modestement Nistur, quand on pense que personne dans cette cité ne sait à quoi ressemble un enquêteur, ni comment il est censé se comporter.

— Très juste. Moi-même, je n'en ai jamais rencontré, avoua Stunbog.

— Combien de temps réussirez-vous à les berner ? demanda Myrsa en dévorant une cuisse de canard.

— A les berner ? répéta Nistur. Ça ne sera pas nécessaire. Nous capturerons le meurtrier, quel qu'il soit, et nous le capturerons dans le temps imparti.

La barbare lâcha un grognement où se mêlaient scepticisme et dérision.

Quand Ferbois voulut boire de nouveau, sa main tremblait légèrement, ce qui n'échappa pas à Stunbog.

— Vous devriez vous reposer, mon ami. Votre médecin traitant vous l'ordonne.

Le mercenaire sembla sur le point de répliquer sèchement, mais il se ravisa.

— Vous avez sans doute raison, concéda-t-il. Nous devrons nous lever de bonne heure demain si nous voulons attraper notre proie.

— Un conseil valable pour tous les chasseurs, murmura Myrsa.

— Je ne tarderai pas à me coucher non plus, mais je vais attendre le retour d'Ecaille, déclara Nistur. J'ai hâte d'entendre ce qu'elle a à nous dire.

Ferbois se dirigea vers sa cabine tandis que Myrsa se levait et s'étirait.

— Je vais dormir près de la porte. Je me réveillerai quand la petite arrivera.

Puis elle disparut, laissant seuls le guérisseur et l'ex-assassin.

— Vous croyez qu'une autre crise se prépare ? demanda Nistur tout bas.

— Non, il est encore trop tôt. Mais notre ami est loin d'être remis, quoi qu'il en pense.

— Et il n'existe pas de remède ?

— Aucun à ma connaissance. (Stunbog jeta un regard inquisiteur à Nistur.) Mais à sa mort, vous recouvrerez votre liberté. N'est-ce pas ce que vous désirez ?

Nistur porta instinctivement la main à la marque rouge sous son menton.

— Vous étiez au courant ?

— Tous les gens versés dans les Arts ont entendu parler du Nœud de Thanalus.

— Pour répondre à votre question… Au début, je lui en voulais. On ne peut pas dire que ça me plaise d'être lié à quelqu'un d'autre, mais… Je ne peux pas m'empêcher de l'apprécier. Ce n'est pas un abruti comme la plupart des mercenaires. Il a accepté son terrible sort avec bonne grâce, et il a un code d'honneur personnel dont beaucoup de personnes mieux loties ne s'encombrent guère.

— C'est vrai. (Stunbog se resservit un verre de vin.) Et vous, mon ami ? demanda-t-il doucement. N'étiez-vous pas las de votre existence ? Le métier d'assassin n'avait-il pas commencé à vous écœurer avant qu'on vous engage pour tuer un homme déjà condamné ?

— Rien ne vous échappe, pas vrai ?

Le vieillard hocha la tête.

— Dans ma longue vie, j'ai rencontré des humains, des nains et des elfes confrontés à toutes les épreuves possibles et imaginables. Il m'est facile de repérer ceux qui arrivent au bout d'un chemin sur lequel ils se sont engagés par erreur.

— En réalité, je me suis toujours considéré comme un poète, avoua Nistur. Malheureusement, nous vivons à une époque où les artistes ne bénéficient pas de la même reconnaissance que jadis.

— Et c'est bien triste, dit Stunbog.

— Et vous ? Tous ces grimoires et ces articles de magie… (d'un geste vague, Nistur désigna les objets qui encombraient la cabine) … ne sauraient appartenir à un humble guérisseur. Vous n'êtes pas celui que vous prétendez.

Stunbog hocha la tête.

— C'est vrai. Autrefois, quand j'étais encore très jeune, j'aspirais à devenir un grand mage. J'ai beaucoup voyagé, cherchant de puissants jeteurs de sorts qui accepteraient de m'enseigner leur art. Dans mon arrogance juvénile, je me suis bientôt considéré comme l'égal de sorciers bien plus âgés et plus sages que moi, les offensant avec mes prétentions et mon impatience de m'approprier leurs connaissances.

« L'un après l'autre, mes maîtres me chassèrent tous en arguant que je ne serais jamais digne de passer l'Epreuve à la Tour de Haute Sorcellerie, et par conséquent ne me qualifierais pour faire partie d'un des trois Ordres. Fou que j'étais ! J'ai cru atteindre le plus haut niveau de pouvoir sans subir l'Epreuve. Il me semblait n'avoir pas besoin d'appartenir à un Ordre, leurs limitations ne s'appliquant qu'à des mages moins doués que moi. J'aspirais à la liberté totale, au-delà des carcans du Bien, du Mal et de la Neutralité.

« Je confesse avoir fait preuve d'une totale absence de scrupules pour m'emparer de sortilèges rares et dangereux. Certains de ceux que j'ai lancés dépassaient largement ma compréhension, et n'auraient dû être employés que par des mages expérimentés dotés d'une grande force de caractère… La maturité est aussi importante pour la sorcellerie que pour la politique ou toute autre activité sérieuse.

— C'est ce que j'avais cru comprendre, murmura Nistur.

— Au fil du temps, continua Stunbog, je devins si arrogant que je m'attirai l'inimitié de mages beaucoup plus puissants et parfois beaucoup plus maléfiques que moi. Pour ma défense, j'ajoute que jamais je n'ai songé à devenir membre des Robes Noires. L'ambition et l'impétuosité étaient mes seuls défauts.

— C'est parfaitement compréhensible, dit Nistur.

Le vieillard éclata de rire.

— Vous avez un don pour la diplomatie, mon ami. Il masque à merveille l'homme dangereux que vous devez être. Mais les lions ont la couleur de la savane et les requins celle de leurs eaux natales. Même les prédateurs ont besoin d'un camouflage défensif.

— Bien vu, fit Nistur. Vous disiez donc que votre ambition vous a poussé à commettre des folies ?

Le sourire de Stunbog s'évanouit.

— En effet. Pour impressionner mes aînés – que, dans ma vanité, je prenais pour des rivaux… ce qui devait beaucoup les amuser –, j'ai voulu lancer un sort auquel personne ne s'était essayé depuis plus de cinq cents ans. Je n'ose même pas vous confier son nom, car sa puissance est telle qu'il faut accomplir des rituels protecteurs avant de se risquer à l'évoquer entre initiés.

— Ça a l'air terrible…

— Le mot est faible. Ce sort n'est pas seulement dangereux, mais catastrophique aussi bien pour le magicien que pour ceux qui l'entourent. Mes collègues, devenus mes ennemis au fil du temps, coopérèrent pour saboter les étapes de l'incantation et retourner son influence néfaste contre moi. Si j'avais été un aussi grand sorcier que je le croyais, sans doute aurais-je détecté leur interférence et réussi à me protéger. (Stunbog haussa les épaules.) Si j'avais vraiment été un grand sorcier, jamais je n'aurais tenté quelque chose d'aussi stupide.

— Nous nous sommes tous rendus coupables d'erreurs de jeunesse, compatit Nistur. Moi-même, j'ai…

Le guérisseur leva la main.

— N'en rajoutez pas dans la commisération, mon ami. Même si vous êtes sincère.

— Je vous demande pardon, dit Nistur en posant une main sur son cœur et en inclinant la tête.

— Ce n'est rien. Pour en revenir à mon histoire… J'achevai l'incantation en me gargarisant de mon pouvoir. Puis, entouré de mes glyphes et de mes artefacts, je savourai mon triomphe.

Le regard de Stunbog se fit lointain alors qu'il

revoyait par-delà les ans ce qui avait dû être son dernier instant de bonheur.

— Et ensuite ? demanda Nistur.

— Ensuite, j'entendis des bruits atroces résonner autour de moi. J'étais toujours dans mon antre, mais la flamme de mes braseros et de mes bougies diminuait, comme si une créature invisible les avait recouverts. Les poutres et les pierres craquaient, et une fine poussière tombait en pluie autour de moi. On se serait cru dans une mine sur le point de s'effondrer. Alors, je compris que j'avais dû faire une erreur, même si je ne voyais pas laquelle.

« Craignant d'être enseveli vivant, je fourrai mes grimoires et autant d'instruments que possible dans un grand sac avant de sortir en courant. A l'instant où j'émergeai à la lumière, j'entendis la bâtisse trembler derrière moi. Mais le spectacle qui m'attendait dehors était si terrible que je ne me retournai pas pour voir mon antre se désintégrer.

« Aussi loin que portât mon regard, toutes les constructions s'affaissaient sur elles-mêmes : les maisons, les granges et les écuries. Les feuilles se racornissaient et tombaient à terre ; les récoltes flétrissaient dans les champs. Les gens s'enfuyaient dans un concert de lamentations. Le bétail meuglait en voyant l'herbe se faner et les trous d'eau s'assécher.

Stunbog prit une profonde inspiration et but une gorgée de vin tiède avant de reprendre :

— Toute la journée, j'errai dans le paysage dévasté. Tout ce que la main de l'homme avait construit était tombé en poussière, et la végétation avait péri. Quand mes compatriotes m'aperçurent, ils comprirent aussitôt. Jusque-là, ils me craignaient mais n'avaient pas peur de ma magie. Quand ils me virent dans mes vêtements de cérémonie, avec mon grand sac sur l'épaule et pas la moindre égratignure, ils me chassèrent de leurs terres.

S'ils n'avaient pas été si accablés par leur malheur, ils m'auraient taillé en pièces.

« Je m'enfuis et finis par atteindre un endroit que la malédiction n'avait pas touché. Mais je ne comprenais toujours pas ce qui s'était produit. Je me mis en quête d'autres mages et implorai leur aide pour réparer les dégâts que j'avais faits. Tous me rirent au nez et affirmèrent que je devais subir les conséquences de ma folie. Je répliquai qu'il n'était pas juste que mes voisins souffrent à cause de ma stupidité. Ils se montrèrent sans pitié. La justice est bonne pour les gens ordinaires, me dirent-ils. Une création humaine entretenue par les cours et les magistrats. La sorcellerie a des règles différentes. En tant qu'aspirant magicien, je devais sûrement le savoir.

Le vieil homme secoua la tête.

— Comme ils se délectèrent de m'enfoncer dans la boue immonde de mon arrogance ! C'était la seule justice que je pouvais espérer. Au fil du temps, je finis par mesurer la profondeur de ma culpabilité et renonçai à tout exercice de la magie. J'optai pour une carrière de guérisseur, et à ce jour, je me contente de fabriquer des potions mineures pour accélérer la convalescence de mes patients.

Nistur fut ravi de détecter une note de fierté dans ces dernières paroles.

— Vous êtes trop dur avec vous-même, mon ami. Vous vous êtes racheté par des années de labeur désintéressé, mais visiblement, vous n'avez pas retrouvé la paix pour autant.

Stunbog secoua la tête.

— Une vie entière n'y suffirait pas.

— D'où venez-vous donc ?

— Cela, je ne vous le révélerai pas. En quittant mon royaume natal, je n'ai pas seulement changé de profession, mais aussi de nom.

— Stunbog n'est pas le vrai ?

— Non. C'est celui d'un mendiant un peu simple d'esprit qui errait dans les ruelles de ma ville natale, un objet de dérision qui vivait de la charité des fermiers. J'ai trouvé approprié de prendre son nom.

— Comment quelqu'un d'aussi humble et d'aussi altruiste que vous s'est-il dégoté une compagne aussi misanthrope que cette barbare ? Si ce n'est pas une question trop personnelle...

— C'est une histoire très triste. Il y a quelques années, alors que j'errais dans le désert de glace, je l'ai découverte presque gelée et couverte de terribles blessures. Elle avait été attaquée, violée et laissée pour morte.

Nistur haussa les sourcils.

— Par quelqu'un de très costaud... ou par plusieurs agresseurs.

— Vous pouvez en être certain... Autour d'elle, je distinguai les signes d'une bataille qui avait fait de nombreuses victimes. Si je m'autorisais une quelconque vanité, je dirais que sauver la vie de Myrsa fut l'un de mes plus grands exploits. Guérir son esprit s'avéra plus difficile. La première année, elle essaya plusieurs fois de se suicider. A part moi – à qui elle manifeste une dévotion presque embarrassante –, elle déteste tous les hommes, et ne tolère que les autres marginales du genre d'Ecaille.

— C'est bien compréhensible, avec ce qui lui est arrivé. Mais pourquoi les marginales, spécifiquement ?

— Parce que c'est ce qu'elle était aussi. La mère de Myrsa appartenait au peuple des montagnes, et son père était un barbare des glaces. Leurs clans respectifs refusant d'approuver leur union, ils durent s'enfuir pour vivre seuls et élever leur fille à l'écart. Une tribu ou l'autre finit par les retrouver et par les tuer ; je ne me souviens plus de laquelle. Myrsa parvint à s'échapper et se débrouilla seule pendant plusieurs années. De temps en temps, elle louait ses services comme mercenaire, mais elle n'était pas très portée sur la discipline. Puis elle est tombée sur les bandits qui l'ont presque tuée. Heureusement que je passais dans le coin…

— En effet, approuva Nistur.

On frappa à la porte d'en bas. Quelques instants plus tard, Myrsa apparut sur le seuil de la cabine, avec Ecaille. Celle-ci courut vers l'âtre pour se réchauffer les mains.

— Tu as découvert quelque chose ? demanda Nistur.

— Rien dans la rue. (Ecaille enleva sa cape et se tourna dos au feu.) La température a encore baissé, on se gèle ! Je n'ai rien pu tirer des mendiants ou des voleurs, et j'ai évité les bandes, comme d'habitude. Mais j'ai trouvé une piste qui vaut le coup qu'on la suive.

— Je t'écoute.

— J'ai croisé Mémé Nénuphar au marché aux herbes. En fait, c'est elle qui est venue me demander de passer chez elle demain. Elle sait quelque chose qui pourrait nous aider. J'ignore comment elle est au courant de notre mission, et elle a disparu sitôt son invitation lancée.

Ecaille accepta la coupe de vin tiède que lui tendit Myrsa.

— Mémé Nénuphar ? répéta Stunbog, étonné. Que peut-elle bien avoir à raconter ?

Ecaille haussa les épaules.

— Qui est cette personne étrangement nommée ? demanda Nistur.

Les yeux de Stunbog pétillèrent de malice.

— Disons simplement que vous n'allez pas vous ennuyer.

CHAPITRE VII

— Qui est Mémé Nénuphar ? demanda Ferbois, l'air plus irritable que de coutume.

— Quelqu'un qui pense détenir des informations utiles pour nous, répondit Nistur, imperturbable comme à son habitude.

Ils se tenaient devant le bateau de Stunbog, sur le fond jonché de coquillages et de détritus de l'ancienne rade. Çà et là, on apercevait des plaques de neige, mais celles-ci n'étaient jamais assez profondes ou uniformes pour que ce soit agréable au regard.

Ecaille les rejoignit, frissonnant sous sa cape trop fine.

— Pourquoi ne dérobes-tu pas un manteau décent ? s'étonna Nistur.

— Parce que quand on se sent trop à l'aise, on devient mou et on cesse de faire attention aux dangers potentiels, répliqua Ecaille sur un ton bravache. De toute façon, si j'en avais un, quelqu'un me le volerait.

— Ton existence est une forme d'art en soi, murmura Nistur. Tu dois te procurer des choses de qualité suffisante pour assurer ta survie, mais pas assez belles pour susciter la convoitise de brigands bien moins scrupuleux que toi.

— C'est tout le problème, concéda Ecaille alors que Stunbog et Myrsa émergeaient de la coque.

La barbare portait ses habituels vêtements de peau et

127

une toque de fourrure, mais elle ne s'était pas embarrassée d'une cape et n'avait pas non plus enfilé les gants brodés pendus à sa ceinture. Il aurait fallu des conditions météorologiques bien plus sévères pour pousser une femme élevée dans le désert de glace à se couvrir. Sa seule arme était un couteau dont la lame très large évoquait celle d'un hachoir.

— Vous êtes certains de vouloir nous accompagner ? demanda Nistur. Nous héberger est une chose ; vous montrer avec nous en ville en est une autre. Vous risquez de devenir la proie de nos nombreux ennemis.

— Un caprice du destin nous a réunis. Il est inutile de lutter contre la volonté des dieux, affirma Stunbog. Et puis, ça faisait longtemps que je n'avais rencontré personne d'aussi intéressant que vous. Je suis curieux de voir comment vous vous acquitterez de votre mission.

— Et vous ? demanda Ferbois à Myrsa. Si vous nous appréciez, vous le cachez bien.

— J'accompagne Stunbog, répondit simplement la barbare.

— Dans ce cas… Ecaille, nous te suivons.

Ils se faufilèrent entre les carcasses de bateaux plus ou moins délabrées. Empruntant une volée de marches de pierre, ils montèrent sur les quais que bordait l'ancien quartier du port. Là, des tavernes construites avec des matériaux de récupération s'adossaient aux ruines des entrepôts d'antan. La plupart étaient à l'extérieur du mur défensif qui encerclait la cité.

Au centre de ce mur se dressait une porte, jadis la plus magnifique de toutes, mais qu'on avait murée depuis l'interruption du trafic maritime. Seule sa poterne demeurait ; les cinq compagnons la franchirent sans que les gardes somnolents leur prêtent beaucoup d'attention. D'évidence, ils ne s'attendaient pas à ce que le danger vienne de la rade asséchée : un terrain qui ne convenait pas du tout aux tactiques employées par les nomades.

Par ailleurs, ceux-ci concentreraient sans doute leurs efforts sur une des portes qu'ils avaient une chance d'ouvrir.

Ecaille les guida jusqu'à la grande place du palais, puis bifurqua vers le nord en direction de la Haute-Ville. Instinctivement, les compagnons posèrent une main sur la garde de leurs armes. Dans les autres quartiers, les habitants les avaient observés avec curiosité, mais sans inquiétude ni hostilité. Là, ils sentaient des regards de prédateurs les suivre sans cesse.

— Nous venons de croiser cinq bandes de malfrats, calcula Nistur, et aucune ne nous a cherché de noises.

— Les Dragons Verts et les Scorpions sont les seuls qui pourraient s'en prendre à nous, déclara Ecaille.

— Pourquoi ?

— Il y a trois guerriers parmi nous. Les bandes veulent être au moins à trois contre un, et ces deux-là sont les seules à avoir neuf membres ou davantage.

Ferbois eut un ricanement méprisant.

— Il leur faudra être bien plus nombreux que ça pour nous vaincre.

— Mais ils l'ignorent, rappela Ecaille. Nistur n'a pas l'air d'un combattant aguerri, et Myrsa ne porte ni armure ni épée. Ils penseront sans doute que trois contre un, c'est suffisant.

— Oseront-ils nous attaquer alors que Stunbog est avec nous ? Les habitants de cette ville semblent le tenir en très haute estime.

— Personne n'est à l'abri dans ce quartier.

Ils s'engagèrent dans une étroite ruelle. Ecaille s'immobilisa devant une porte basse surmontée par une enseigne grossière. Une main qui n'était pas celle d'un artiste avait peint un œil ouvert sur un volet arraché. Tout autour, on avait accroché des brindilles auxquelles pendaient des feuilles et des glands.

— Dans beaucoup de royaumes, ceci est l'emblème d'une diseuse de bonne aventure, dit Nistur.

— En effet, approuva Stunbog. Mémé Nénuphar est une sorte de voyante.

— Elle joue la comédie, ou elle a vraiment un don ?

— Oh, elle a un don, pas de doute… Mais il se montre parfois capricieux.

Les compagnons baissèrent la tête pour entrer. L'odeur qui les assaillit fit reculer Nistur et Ferbois. Même Myrsa plissa le nez devant ces remugles de nourriture à divers stades de la putréfaction, de bière éventée, de mildiou, de gaz et d'urine de matou. Deux chats se toisaient des extrémités de la pièce, chacun en ayant sans doute annexé la moitié en guise de territoire.

Alors que leurs yeux s'accoutumaient à la pénombre, les visiteurs discernèrent un désordre qui devait à tout le moins remonter au Cataclysme. Personne n'avait-il fait le ménage ici depuis le grand séisme ? Des détritus indescriptibles gisaient sur le sol : meubles brisés, poteries ébréchées, ballots de vêtements mangés aux mites, ustensiles à la fonction douteuse… Entasser les rebuts des autres était le passe-temps favori de Mémé Nénuphar.

— J'ai vu des antres d'ours mieux tenus que ça, grommela Ferbois.

— Mémé Nénuphar ! appela Ecaille. C'est moi. J'ai amené mes amis, comme vous me l'aviez demandé.

Ils entendirent du bruit au fond de la pièce, et une main écarta un rideau.

La créature qui apparut devant eux, mesurant moins de trois pieds de haut, avait une tête démesurément large par rapport à son corps. Ses cheveux devaient être blancs sous la crasse qui les recouvrait. Un camaïeu de taches brunes, de peau pâle et de verrues recouvrait son visage. Une lueur de joyeuse démence éclaira ses petits yeux vert foncé, ronds comme des billes, lorsqu'ils se posèrent sur les compagnons. Un large sourire révéla ses dents jaunes et écartées. La puanteur augmenta.

— Bienvenue ! s'exclama la créature. Mémé Nénuphar ne reçoit pas beaucoup de visiteurs, hi, hi, hi !

Son rire aigu les fit grincer des dents.

— Je ne vois vraiment pas pourquoi, murmura Nistur.

— Une naine des ravins ? s'étrangla Ferbois.

— Une Aghar, corrigea Stunbog. Attention à vos manières.

Mémé Nénuphar se dirigea vers le mercenaire et saisit une de ses larges mains.

— Ravie de faire ta connaissance, cousin, hi, hi, hi !

Ferbois se dégagea comme si elle l'avait brûlé et fourra ses deux mains sous sa cape. La créature tourbillonna sur elle-même en gloussant et en grognant. Elle portait plusieurs couches de haillons noirs superposés et tachés de moisissure sur les bords.

Soudain, elle se figea au milieu d'une pirouette.

— Vous m'avez apporté à manger ?

— Nous ne négligeons jamais nos amis, affirma Stunbog en lui tendant un gros sac.

L'Aghar le lui arracha et fourra une patte crasseuse à l'intérieur. Elle en retira un petit pain qu'elle enfourna dans sa bouche et mâcha en continuant à fouiller le sac.

— Ravi de vous trouver en bonne santé, Mémé. En tout cas, vous avez bon appétit, ajouta Stunbog après une pause.

La créature marmonna quelque chose d'inintelligible tout en engloutissant un ruban de poisson séché.

— A cette allure, elle ne va pas tarder à s'étouffer, dit Ferbois avec une note d'espoir dans la voix.

— Personne ne produit de nourriture en quantité suffisante pour étouffer un nain des ravins, le détrompa Nistur.

Lorsque Mémé Nénuphar eut retrouvé l'usage de sa

bouche, elle invita ses visiteurs à la suivre et disparut derrière le rideau.

— Ça ne peut pas sentir pire qu'ici, marmonna Myrsa.

— A votre place, je ne compterais pas trop là-dessus, répondit tout bas Nistur.

— Voyons ce qu'elle nous veut, dit Stunbog.

Ils franchirent la petite porte – de biais pour Myrsa et pour Ferbois qui avaient les épaules trop larges.

Ils traversèrent d'abord une chambre qu'ils préférèrent ne pas inspecter de trop près, puis débouchèrent dans une pièce au sol de terre battue, aux murs étayés par des poutres brisées et au plafond apparemment sur le point de s'effondrer. Elle ne contenait qu'un seul objet : une pierre gris foncé, de la taille des blocs qui servaient à bâtir les maisons. Quelques fleurs fanées reposaient sur le dessus, et des pétales étaient éparpillés autour. Accroupie sur le plancher, les yeux clos, Mémé Nénuphar la caressait en fredonnant à mi-voix.

— Pourquoi ne s'est-elle pas installée dans la pièce de devant pour travailler ? s'étonna Nistur.

— Les Aghars ne sont pas réputés pour leur efficacité et leur logique, lui rappela Stunbog.

— Elle se débrouille bien, dit Ecaille. Laissez-lui une chance, d'accord ?

La créature rouvrit ses yeux larmoyants.

— Dites à Mémé ce qui vous préoccupe…

— Il y a eu un meurtre, commença Nistur, hésitant.

— Un nomade mort, grinça la naine. Avec un fil d'acier autour du cou !

— Comment l'a-t-elle su ? s'étonna Nistur.

— Je vous l'avais bien dit : elle voit des choses, triompha Ecaille. Continuez, Mémé.

— Dites-m'en plus !

— Le chef des nomades veut que nous lui livrions l'assassin, sinon il déclenchera une guerre…

— Une guerre ! Plein de choses à ramasser après une guerre ! Youpi !

La créature bondit de joie.

— Je suis ravi de voir qu'il y a au moins une personne qui se réjouit, murmura Nistur. (Puis, plus haut :) Le seigneur de Tarsis nous a demandé de retrouver le meurtrier, mais nous devons interroger des suspects qui voudront peut-être nous éliminer. En fait, l'un d'eux a déjà essayé. Je vous explique : quelqu'un m'a engagé pour tuer mon nouveau compagnon Ferbois…

— Vous n'êtes pas un assassin ! Vous êtes un poète ! Vous assemblez des mots et vous les faites rimer, hi, hi, hi !

— Mon art n'avait jamais été défini aussi succinctement. Oui, je suis un poète. Mais quand j'exerçais un autre métier, un noble m'a demandé de… Que faites-vous ?

La vieille naine fouillait dans sa bourse.

— Vous avez du sucre ?

— Essayez de vous concentrer sur notre problème, l'admonesta Nistur en s'accrochant à sa bourse.

Stunbog lui tendit un bâton de sucre d'orge, qu'elle suça avec ravissement.

— Il y a un chamane, dit Ferbois. Nous pensons qu'il pourrait…

— Sorcier à la figure verte ! s'exclama Mémé Nénuphar. Avec des tas d'amulettes ! (Elle secoua la tête et eut un geste méprisant.) Il n'est rien.

— C'est réconfortant. Si nous ne découvrons pas l'assassin, le seigneur de Tarsis nous tuera, ou le chef des nomades nous torturera à mort, l'informa Nistur.

— Il fait souvent ça. Il coupe les gens en petits morceaux, il les brûle et… et…

L'esprit de la naine s'égara visiblement en route, pour le plus grand soulagement de ses visiteurs.

— En outre, acheva Stunbog, notre ami mercenaire souffre d'une grave affliction : il a été mordu par un dragon noir.

— C'est tout ? demanda Mémé Nénuphar.

— Vous ne trouvez pas que ça suffit ? grogna Nistur.

La naine l'ignora. Grimpant sur sa pierre, elle désigna Ferbois et ordonna :

— Toi, ici. (Il s'approcha d'elle.) Baisse-toi !

Il se pencha pour amener son visage au niveau de celui de Mémé Nénuphar. Un long moment, elle le fixa sans rien dire. Puis elle posa les mains sur sa poitrine et le repoussa en hurlant de rire. Sautant à terre, elle fit le tour de la pièce à grands bonds, les bras levés.

— Non seulement c'est une naine des ravins, mais elle est complètement cinglée, constata Ferbois.

— Peut-être, concéda Stunbog. Mais la folie n'affecte pas ses pouvoirs de clairvoyance.

— Et vous n'êtes pas non plus un modèle d'équilibre mental, ajouta sévèrement Myrsa.

Soudain épuisée, Mémé Nénuphar se laissa tomber à terre pour reprendre son souffle. Elle tendit un doigt vers le mercenaire.

— Votre problème, ce n'est ni le dragon ni le chef des barbares. C'est le musicien !

A ces mots, Ferbois sursauta et recula comme si elle venait de le frapper. La naine éclata de rire.

— Je t'ai bien eu sur ce coup-là, pas vrai ? Hi, hi, hi ! (Elle pointa son index vers le sol.) Tu veux un remède ? Cherche en bas ! Trouve le ver de foudre !

— Le quoi ? demanda Nistur.

— Le chef des barbares ! Le sorcier au visage vert ! L'aristocrate masqué ! Le musicien ! Hi, hi, hi ! Eux tous ! Un seul ! Un seul ! Les yeux qui mentent ! Les yeux qui trompent !

Les siens roulèrent dans leurs orbites. Elle se laissa tomber sur le dos en martelant le sol des talons et des poings, des convulsions agitant son corps minuscule. Enfin, sa tête heurta la pierre et elle s'immobilisa. Stunbog s'accroupit près d'elle, chercha son pouls et lui souleva une paupière.

— Elle est morte ? demanda Ecaille, inquiète.

Les autres avaient juste l'air stupéfait.

— Non, elle dort, annonça le guérisseur. Ce sont les effets conjugués d'un estomac plein et d'une crise prophétique : un phénomène courant chez les Aghars. (Il se releva.) Nous n'apprendrons rien de plus ici. Myrsa, mets-la au lit et quittons cet endroit.

Les trois autres n'attendirent pas que la barbare ait porté Mémé Nénuphar dans sa chambre. Ils fuirent la bicoque malodorante avec une hâte presque indécente. Une fois dehors, ils prirent de profondes inspirations. Même l'air de la ruelle paraissait d'une pureté incroyable après un séjour chez la naine.

Lorsque Stunbog et Myrsa les rejoignirent, Nistur fut le premier à prendre la parole.

— C'était un gaspillage de nourriture.

— N'en soyez pas si certain, dit le guérisseur. Elle a eu une véritable transe prophétique. Le problème avec les gens comme elle, c'est qu'il est difficile de distinguer leurs transes de leur état normal. (Il leva un sourcil sardonique en se tournant vers Ferbois.) C'était quoi, cette histoire de musicien ?

— Ça s'est passé il y a longtemps. Je vous raconterai peut-être un jour. Mais pas maintenant.

— Comme vous voudrez. Mais elle a vu juste, n'est-ce pas ? Donc, le reste de ses paroles est sans doute tout aussi pertinent.

— Pourquoi les devins s'expriment-ils toujours de façon si obscure ? se lamenta Nistur. Les nains des ravins ont du mal à faire des phrases compréhensibles en temps normal, mais un petit effort d'intelligibilité eût été le bienvenu. « Un seul ! » Un seul quoi ? Un seul

135

meurtrier ? Nous ne sommes pas plus avancés que tout à l'heure.

— « Les yeux qui mentent », ricana Ferbois.

— Et pourquoi a-t-elle parlé d'un ver de foudre ? demanda Myrsa.

Ecaille fronça les sourcils.

— Je connais une vieille histoire…

— Oui ? l'encouragea Stunbog.

— On raconte qu'un monstre vit dans les entrailles de la cité. Autrefois, il remontait à la surface pour dévorer les gens. Vous voyez cette bouche d'égout ?

Ecaille désigna un trou circulaire couvert par une grille métallique rouillée. Des feuilles mortes et des branches s'étaient accumulées dessus.

— On dit que les grilles ont été installées pour éviter que le monstre ne vienne chercher les habitants.

— Des histoires semblables circulent partout, dit Ferbois. Il y a toujours un monstre dans le lac d'à côté, ou au sommet de la montagne, ou dans les profondeurs du marais. Personne ne l'a jamais vu, mais tout le monde connaît quelqu'un qui l'a vu.

— En quoi cela pourrait-il améliorer l'état de notre ami ? demanda Nistur.

— Eh bien, avança Stunbog, le lancement de certains sorts et la fabrication de certaines potions de guérison nécessitent une partie du corps d'une créature magique.

— Nous n'avons pas de temps à perdre dans les égouts de cette ville, même s'ils contenaient un remède miracle, déclara Nistur.

— Nous avons trop traîné ici, dit Ferbois. Et nous découvrirons bientôt si c'était en vain.

— Je n'aurais peut-être pas dû vous emmener, marmonna Ecaille.

Nistur lui posa une main sur l'épaule.

— Ne dis pas de bêtises. Tu as trouvé une piste, et nous nous devions de la suivre. Bon… Je suppose que

nous n'avons plus le choix : il faut rendre visite aux seigneurs de cette ville.

— D'abord, je veux visiter le camp de nomades,
intervint Ferbois. Je me trompe peut-être, mais il me
semble que les sauvages seront plus faciles à percer à
jour que tous ces aristocrates aux deux visages.

— Tu as sans doute raison. De toute manière, peu
importe par qui nous commencerons notre enquête.
Allons donc voir ces brutes de plus près.

— Hé, vous !

Sept jeunes hommes dépenaillés surgirent devant
eux, leur bloquant le chemin. Des bruits de pas annon-
cèrent l'arrivée de cinq autres dans leur dos. Quelques-
uns portaient des épées ; les autres brandissaient des
armes improvisées ou des massues cloutées. Malgré leur
jeune âge, tout en eux signalait une existence dépravée.

— Dragons Verts ou Scorpions ? demanda Nistur à
Ecaille.

— Un peu des deux. Ils ne sont pas tous là, mais
presque.

— Coopèrent-ils habituellement ?

Elle secoua la tête.

— Jamais.

— Je vois. Messires, avant que vous ne commettiez
une terrible erreur, je vous conseille de nous laisser
passer.

Les malfrats ricanèrent.

— Passer ? répéta un grand rouquin filiforme qui
semblait être le chef. Vous croyez qu'on se serait donné
la peine de vous arrêter si c'était pour vous laisser filer ?

— Très bien, dit Nistur. Apparemment, quelqu'un
vous a engagés pour nous tuer. Peut-être pouvons-nous
vous faire une meilleure offre.

— Elle est bien bonne ! Ça m'étonnerait beaucoup.
(Le rouquin tourna la tête vers ses sous-fifres.) Vipère,
Busard, Pouilleux, vous prenez la femme. Gaucher,

Dague et moi, on prend le petit gros. Les autres, vous vous occupez du guerrier. Laissez tomber la voleuse et le vieux : on les rattrapera après en avoir fini avec les autres.

— Petit gros toi-même ! s'indigna Nistur.

Il dégaina son épée et empoigna son bouclier pendant que les membres de la bande resserraient le cercle autour d'eux. Ferbois tenait une lame dans chaque main ; ils se placèrent dos à dos comme s'ils avaient l'habitude de faire équipe. Puis Myrsa poussa Stunbog entre eux et lui tourna le dos afin de former un triangle protecteur, au milieu duquel Ecaille rejoignit promptement le vieil homme. Elle avait une pierre dans chaque main et cherchait des cibles.

Pleins d'assurance, les trois hommes affectés à Myrsa attaquèrent les premiers. La barbare prit le plus petit par le col, sans prêter attention à la massue qu'il maniait maladroitement. Elle le jeta dans les jambes des deux autres et en profita pour saisir son hachoir. Avant que ses agresseurs puissent reprendre leur équilibre et dégager leurs armes, la redoutable lame eut dessiné un grand X dans les airs. Les malfrats poussèrent des hurlements et reculèrent en pissant le sang.

— Le premier sang est pour Myrsa, déclara Nistur qui avait suivi l'action du coin de l'œil, ne voulant pas détourner son attention de ses propres assaillants. Allons, venez ! Qui veut goûter à l'acier de ma lame ?

Les trois hommes furent déconcertés de voir celui qu'ils avaient pris pour le moins bon guerrier du groupe si impatient de se battre.

— Vas-y, Gaucher, siffla leur chef.

Le soldat avança, le bras droit en travers de la poitrine pour se protéger et l'épée pointée vers le sol comme pour porter un coup de bas en haut qui aurait éventré son adversaire. Il était aussi rapide qu'un lézard, mais sa lame heurta le petit bouclier. Un instant plus tard, il cria quand la pointe de l'épée de Nistur lui trancha un tendon du poignet.

Le chef crut voir une ouverture. Il plongea en avant, lame tendue devant lui. Nistur fit un pas de côté presque nonchalant pour esquiver, puis écrasa son bouclier sur la figure du brigand, qui s'effondra comme un sac de patates. Le nommé Dague manifesta une soudaine envie d'être ailleurs.

Ferbois n'avait pas bougé et souriait de toutes ses dents.

— Alors, c'est tout ? lança-t-il. Personne d'autre ne veut jouer ?

Deux pierres sifflèrent par-dessus son épaule. Deux des malfrats qui lui faisaient face titubèrent, portant les mains à leur visage ensanglanté.

— Maintenant, ce n'est plus que cinq contre trois… Et encore, sans me compter ! s'exclama Ecaille. Vous êtes certains de vouloir continuer ?

Les cinq brigands indemnes les observaient, bouche bée. Lentement, ils reculèrent. Lorsqu'ils eurent mis dix pas entre eux et leurs victimes présumées, ils tournèrent les talons et s'enfuirent à toutes jambes. Les six blessés battirent en retraite, avec un peu plus de difficulté.

— Attrapez-en un, ordonna Nistur.

Myrsa saisit au col un des jeunes gens atteints par les pierres d'Ecaille. Aveuglé par le sang qui lui coulait dans les yeux, il avait heurté un mur dans sa fuite.

Ferbois rengaina ses armes qui n'avaient pas servi.

— Ce n'était pas très drôle, fit-il, déçu.

— Ils nous enverront de meilleurs combattants la prochaine fois, promit Nistur. (Il se pencha vers le brigand.) Alors, qui vous a engagés ?

— Vous allez me tuer ?

— Si tu ne réponds pas, oui, grogna Ferbois.

— Un noble. Mais je ne lui ai pas parlé.

— Qui a pris l'argent ? Votre chef ? demanda Nistur.

— Oui. Il a été demander des renforts aux Scorpions, leur disant que le noble payait bien assez pour que nous mettions exceptionnellement nos querelles de côté.

— Quelles étaient vos instructions ?

— Nous devions tuer le mercenaire en armure de dragon, l'ass… le petit gros avec la vieille épée et la voleuse.

— Les trois porteurs du sceau, murmura Ferbois. Et les autres ?

— On ne nous a parlé de personne d'autre, mais nous nous étions mis d'accord pour ne pas laisser de témoins.

Trop heureux qu'on l'autorise à respirer quelques minutes de plus, le brigand s'exprimait avec la désinvolture d'un marchand qui négocie sur la place du marché.

— As-tu vu à quoi ressemblait ce noble ? demanda Nistur.

Le jeune homme haussa les épaules.

— Il portait un masque… et je ne suis pas certain que c'était un noble. Sans doute un serviteur… En général, les nobles ne s'aventurent pas dans cette partie de la ville.

— Je me demande pourquoi, railla Nistur. Le quartier a pourtant un certain charme.

— Hein ? marmonna le brigand sans comprendre.

Nistur se tourna vers Stunbog, qui s'était accroupi près du chef.

— Il est en état de parler ?

— Vous plaisantez ! Il peut à peine respirer.

Le visage du jeune homme était un masque ensanglanté et boursouflé, ses yeux et sa bouche n'étant plus que trois fentes.

— Je n'aurais jamais cru qu'on puisse infliger autant de dégâts avec ce petit bouclier, avoua Stunbog.

— Je suis doué, concéda modestement Nistur.

— De toute façon, qu'il puisse parler ne servirait à rien, intervint Ecaille. L'autre a sans doute raison : le

140

noble a dû envoyer son chambellan ou quelque chose comme ça. Il ne serait pas venu lui-même, et de toute façon, personne n'aurait pu le reconnaître. Les gens du peuple ne voient jamais les aristocrates de près.

— Très bien. On fiche le camp, déclara Nistur.

— Vous n'allez pas me tuer ? demanda le brigand, déçu.

— Je sais que ça va heurter ton sens des convenances, mais non : nous n'allons pas te tuer.

Le jeune homme haussa les épaules.

— Comme vous voudrez.

— Quand tu recouvreras la vue, ramène ton chef chez lui, lâcha Ferbois. Ou laisse-le ici si ça te chante.

Il fit signe aux autres de le suivre et partit en direction de l'est.

— Je ne crois pas qu'ils tiendront le coup très longtemps dans un état pareil et dans cette partie de la ville, commenta Stunbog.

— Et alors ? répliqua Ecaille. Ils étaient venus pour nous tuer. S'ils survivent, ils tueront d'autres gens. C'est dans leur nature. Ne gaspille pas ta compassion.

— Il est comme ça : un vrai cœur d'artichaut, grommela Myrsa.

Nistur se lissa pensivement la barbe.

— Ces bandits étaient très mal armés. Peu de temps après mon arrivée à Tarsis, j'ai vu deux bandes rivales se battre sous mes fenêtres avec des épées à deux mains bien plus impressionnantes que les leurs. Nous ne nous en serions pas tirés aussi facilement si nos agresseurs avaient été mieux équipés.

— Ceux que vous avez vus devaient venir des beaux quartiers, l'informa Ecaille.

Ils se séparèrent à la Porte Est, car le capitaine Karst refusa de laisser passer quiconque ne portait pas le sceau du seigneur de Tarsis.

— Nous vous rejoindrons dans la soirée, promit Nistur à Stunbog et à Myrsa. Si nous sommes toujours en vie.

— Je crois que nous devrions tous réfléchir aux paroles de Mémé Nénuphar, dit le guérisseur. Elles étaient sûrement lourdes de sens.

— Pour l'instant, même les choses évidentes me paraissent embrouillées, avoua Nistur. Alors, les élucubrations d'une folle… Continuons à chercher des indices, et la vérité nous apparaîtra peut-être.

— C'est tout ce que je vous souhaite. Bonne chance, mes amis.

Deux gardes ouvrirent la poterne, et les trois compagnons la franchirent en brandissant leur sceau. La lourde porte se referma derrière eux et ils entendirent le bruit métallique des barres qu'on remettait en place. Devant eux, à un jet de flèche, la horde ennemie observait ses visiteurs d'un air peu amène.

— Kyaga a promis qu'ils respecteraient nos sauf-conduits, souffla Ecaille d'une voix soudain mal assurée. Vous croyez qu'ils lui obéiront ?

— Espérons-le, répondit Nistur.

— Dans le cas contraire, souffla Ferbois, nous ne souffrirons probablement pas longtemps.

Le menton levé, ils avancèrent vers l'armée ennemie avec plus d'assurance qu'ils n'en ressentaient. Pour avoir beaucoup roulé leur bosse, Ferbois et Nistur savaient que les barbares ne se caractérisaient pas par leur discipline. Quant à Ecaille, tellement à l'aise au milieu de la sauvagerie de sa ville natale, elle se retrouva en territoire étranger à l'instant où elle posa le pied dehors. Ici, chaque brin d'herbe lui paraissait menaçant.

Les nomades les fixèrent mais ne firent pas mine de leur barrer le chemin. En traversant la horde, qui semblait si homogène vue de loin, ils s'avisèrent qu'elle se composait en fait de peuples très différents. Certains nomades portaient des vêtements de peau et de fourrure de loup ou de renard rappelant ceux de Myrsa. D'autres arboraient de longues robes chamarrées, des turbans multicolores et un voile qui ne laissait entrevoir que leurs yeux.

Nistur fut intrigué par ceux qui ne détenaient aucune arme et avaient le crâne rasé.

— Je suppose que ce sont des esclaves ? avança-t-il.

— En effet, confirma Ferbois. Certainement des prisonniers capturés dans les villes frontalières du désert. Je ne vois pas un seul véritable barbare parmi eux.

— Où allons-nous ? demanda Ecaille, un peu rassurée de voir que les nomades ne s'intéressaient pas à elle.

— Dans la grande tente. Je veux m'entretenir personnellement avec Kyaga Arcfort.

— C'est une bonne idée, concéda Nistur, un peu vexé que le mercenaire prenne des initiatives.

Devant le grand pavillon qui se dressait au centre du campement, la garde d'honneur avait pris ses aises. Quelques hommes se vautraient à même le sol. Tous étaient voilés, et malgré leur posture nonchalante, leur regard demeurait alerte.

— Ils n'ont pas l'air de se soucier beaucoup de la sécurité de leur chef, s'étonna Ecaille.

— Ne te fie pas aux apparences, recommanda Ferbois. Tu vois la façon dont ils tiennent leurs lances ?

— Oui. Celui qui a un turban bleu s'appuie sur la sienne comme s'il dormait à moitié. Les deux qui sont à cheval ont la leur sur l'épaule comme si c'était une canne à pêche. Les trois près de l'entrée s'en servent pour ne pas s'avachir pendant qu'ils jouent aux dés, et celui qui ronfle a posé la sienne en travers de ses genoux. Et alors ?

— Chacun tient son arme au point d'équilibre, expliqua Nistur. Un seul faux mouvement, et ils nous embrocheront tous en même temps. Rien à voir avec les brigands des ruelles de Tarsis.

— Ah. Je n'ai pas d'autre point de comparaison que les miliciens et les mercenaires ivres que je croise là-bas, s'excusa Ecaille. Mais je n'oublierai pas.

Alors qu'ils approchaient de la tente, un homme s'interposa, une main sur la garde de son épée. Il portait une robe à rayures violettes et noires, et ses yeux bleu vif ne cillaient pas.

— Que voulez-vous ?

— Nous sommes les enquêteurs mandatés par le seigneur de Tarsis pour enquêter sur le meurtre de l'ambassadeur Yalmuk Sang-Flèche. Conformément à l'accord conclu entre notre seigneur et votre chef, nous sommes venus interroger certaines personnes dans votre camp. Pour commencer, nous voudrions nous entretenir avec Kyaga Arcfort.

La main droite toujours posée sur son épée, le garde tendit la gauche. Nistur posa son sceau dans la paume ouverte, et l'homme l'examina soigneusement d'un côté puis de l'autre. Satisfait, il se détourna et entra dans le pavillon.

— Suivez-moi.

Les compagnons découvrirent d'autres gardes qui se prélassaient. L'intérieur de la tente était drapé de splendides soieries aux couleurs aussi étonnantes que les motifs brodés dessus. Des lampes d'or, d'argent et d'ambre se balançaient au bout de fines chaînes sous une armature construite avec les côtes d'une bête monstrueuse. Le sol était couvert de tapis. Çà et là, des braseros répandaient une fumée odorante, histoire de masquer les odeurs les plus déplaisantes du campement.

— Je vois que Kyaga ne prise guère l'austérité pourtant caractéristique des nomades, commenta Nistur.

— Ils ne nous ont pas enlevé nos armes, dit Ecaille.

144

— Ils n'ont pas peur de nous, répliqua Ferbois. Ils n'ont aucune raison.

Les gardes se levèrent quand leur chef sortit d'une autre pièce du pavillon.

Kyaga Arcfort était encore plus grand que Ferbois. Au-dessus de sa robe de soie pourpre, son voile laissait apercevoir ses yeux d'un vert brillant. Il était flanqué par son chamane, au visage peinturluré de vert et toujours dissimulé par ses amulettes, et par un sinistre guerrier en armure coiffé d'un masque de bronze.

Il étudia ses visiteurs un long moment. Puis son voile se plissa comme s'il souriait.

— Vous êtes les enquêteurs mandatés par le seigneur de Tarsis ? J'attendais de distingués aristocrates, voire des fonctionnaires expérimentés ou des officiers. Au lieu de ça, il m'envoie un mercenaire, une gueuse et un perroquet !

— Je suis navré de vous décevoir, dit Nistur avec raideur.

— Mais pas du tout ! gloussa Kyaga. Je craignais de m'ennuyer, alors que ça promet d'être très amusant. Asseyez-vous donc, mes amis. Vous êtes sous ma protection.

— C'est très aimable à vous, dit Nistur en s'asseyant sur un coussin bourré d'herbes parfumées. Mais nous ne nous attarderons pas, puisque nous disposons, selon vos désirs, d'un temps très limité.

— C'est sûrement assez pour des enquêteurs aussi rusés.

— Votre confiance me touche.

— Mon peuple considère qu'il est très grossier d'aborder trop rapidement des questions importantes. Néanmoins, pour une fois, nous nous dispenserons des politesses d'usage et discuterons en mangeant.

Des esclaves des deux sexes apportèrent des plateaux

chargés de miches de pain, de fruits séchés et de brochettes de viande juteuse : la nourriture ordinaire des nomades, mais accompagnée d'un excellent vin servi dans des gobelets d'améthyste.

— Feu Yalmuk Sang-Flèche appartenait à une tribu que vous avez annexée voilà deux ou trois ans, n'est-ce pas ? demanda Nistur.

— Il était le chef des nomades de la Montagne Bleue, dit Kyaga, et j'ai dû convaincre son peuple par la force de mon droit à régner. Depuis, il me sert fidèlement.

— Il se peut que les anciennes rivalités ne s'effacent pas si facilement, dit Nistur. Avant votre arrivée, quand le seigneur de Tarsis et ses conseillers ont reçu vos envoyés, ils ont cru sentir… disons, une certaine tension entre les plus éminents.

— Vraiment ? Pourriez-vous être plus précis ? demanda Kyaga, ni surpris ni inquiet.

— Le seigneur en personne a assisté à des altercations entre Yalmuk et votre chamane.

Du menton, il désigna la silhouette accroupie derrière son chef. A travers les breloques de son chapeau, Parlombre l'observait avec une expression indéchiffrable.

— Et qu'en concluez-vous ?

— Que chacun d'eux était jaloux de l'autre, jugeant qu'il bénéficiait d'une influence trop forte et d'une trop haute place dans votre estime. Pour des hommes ambitieux et avides de pouvoir, cette rivalité suffirait à justifier un meurtre.

— Vous pensez que Parlombre a tué Yalmuk ?

— Je ne peux pas écarter cette hypothèse.

— Il y a une faille dans votre théorie.

— Laquelle ?

— Parlombre est resté près de moi la nuit du meurtre.

— Vraiment ? s'étonna Nistur. Je croyais que vous étiez arrivé le lendemain matin.

— J'avais promis à mes chefs d'être là au plus tard le

146

lendemain matin, corrigea Kyaga. Mais je suis arrivé après le coucher du soleil et j'ai passé la nuit à m'entretenir avec mon chamane.

— Je vois. Pourtant, il y avait au sein de votre délégation des envoyés qui manifestaient un certain ressentiment envers vous, voire – je suis au regret de vous l'apprendre – un franc mécontentement à l'égard de votre règne.

— Bien entendu, vous tenez cela du seigneur de Tarsis ?

— De sa propre bouche, confirma Nistur.

Kyaga éclata de rire.

— Vous voulez savoir ce que vous avez entendu ? Un seigneur traître et mesquin s'efforçant de semer la zizanie parmi ma horde ! Il voudrait que je me méfie des chefs de tribu qui me servent, ou à défaut, les monter les uns contre les autres en ravivant de vieilles querelles. Il tente de me faire croire qu'ils complotent contre moi, et de les persuader que je les traite de façon indigne en ne les récompensant pas comme ils le méritent.

Le chef des nomades leva une main, comme pour prêter serment.

— Laissez-moi vous dire une chose que vous pourrez rapporter au seigneur de Tarsis : Kyaga Arcfort n'est pas un imbécile, et ses sujets non plus. Mes envoyés m'ont raconté de quelle façon le seigneur et ses conseillers les avaient reçus et flattés, tentant de les soudoyer pour les dresser contre moi… ainsi que je l'avais prédit. La loyauté de mes sujets demeure inébranlable !

— J'en suis certain, dit Nistur. Néanmoins, nous devons suivre toutes les pistes pour remettre un rapport complet à notre maître.

— Je comprends. (Le regard vert de Kyaga se posa sur Ferbois.) Votre ami ne dit pas grand-chose…

— Mais il entend tout, et il sait agir quand la situation l'exige.

— Deux qualités très appréciables chez un conseiller ou un guerrier.

— Je vous assure qu'il est les deux. A propos de vos chefs de tribu…, commença Nistur.

Kyaga se leva brusquement.

— Je ne voudrais pas me montrer impoli, mais j'ai beaucoup à faire. Mon armée prépare une guerre. Vous pouvez aller et venir librement dans mon camp, entrer sous toutes les tentes et interroger n'importe qui.

Nistur s'inclina.

— Dans ce cas, nous allons vous laisser. Ne craignez rien : nous vous livrerons le meurtrier dans les délais impartis.

— J'espère bien.

Sur ces mots, Kyaga sortit du pavillon. Dehors, la horde rugit à la vue de son chef bien-aimé.

Les trois visiteurs s'attardèrent quelques minutes dans la tente. Puis ils s'en furent à leur tour. Kyaga avait disparu, emmenant avec lui le gros de sa garde d'honneur.

— Que penses-tu de lui ? demanda Ferbois.

— Ce n'est pas du tout le barbare simple d'esprit auquel je m'attendais. Si le seigneur de Tarsis croit pouvoir le manipuler, il se trompe. Kyaga est subtil et rusé.

— A mon avis, ce n'est pas du tout un barbare, point. Pas étonnant qu'il ne quitte jamais son voile. Je te parie que son visage ne ressemble pas à celui des nomades.

— Pendant qu'il me parlait, j'ai remarqué qu'il ne te quittait pas du regard. Crois-tu l'avoir déjà rencontré ?

— Peut-être pendant ma carrière militaire… (Ferbois fronça les sourcils, fouillant ses souvenirs.) Non, dit-il enfin. Je me souviendrais d'un homme comme lui.

— Peut-être. La façon dont il a insisté sur la loyauté de ses fidèles me fait soupçonner qu'il en doute lui-même.

— En tout cas, dit Ecaille, maintenant qu'il nous a nourris, nous n'avons plus rien à craindre. Il paraît que ces nomades sont très à cheval sur l'hospitalité. Quand une personne a mangé leur nourriture dans leur tente, ils ne peuvent plus l'attaquer sans provoquer la colère des dieux.

— Telle est la règle, dit Ferbois. Même si cette personne est leur ennemie, ils ne peuvent pas se lancer à sa poursuite après qu'elle eut quitté leur camp, jusqu'à ce qu'un jour et une nuit se soient écoulés.

— Règle ou pas, dit Nistur, je doute que Kyaga Arcfort se soucie beaucoup de l'humeur des dieux.

CHAPITRE VIII

— Par qui commençons-nous ? lança Ecaille.

— Par le nommé Guklak, répondit Nistur.

Ils traversèrent le camp en demandant leur chemin et finirent par atteindre la zone occupée par les nomades du Grand Fleuve de Glace, dont Guklak était le chef. Ils vivaient dans des tentes basses en forme de dôme et utilisaient de petits chevaux robustes à poil long comme montures. Plus râblés que les autres barbares, ils tressaient leurs cheveux blonds ou roux et les enduisaient de graisse. Il y avait parmi eux autant de femmes que d'hommes, et toutes étaient des guerrières. Les représentants des deux sexes arboraient de sinistres tatouages.

Devant la tente de leur chef se dressait un étendard de vingt pieds de haut auquel étaient suspendus des crânes humains. Les trois détectives l'étudièrent en frissonnant, avant de chercher du regard quelqu'un qui pourrait leur dire où trouver Guklak.

— Vous admiriez notre étendard ? demanda une voix derrière eux.

Se retournant, ils découvrirent un nomade qui observait les crânes humains avec une profonde satisfaction.

— Splendide, dit Nistur. Je suppose que ce sont les têtes de grands guerriers ?

L'homme hocha la tête.

— Chacune appartenait à un chef que mes ancêtres

150

ont tué au combat. Ainsi, la tribu s'est approprié leur courage et leur ruse.

— Vous êtes Guklak ? demanda Ferbois.

— C'est bien moi. Guklak Dressétalon, cinquante-quatrième chef du peuple du Grand Fleuve de Glace. Ma tribu occupe les montagnes du nord-ouest depuis plus de cent générations, après en avoir chassé les hommes-serpents à l'époque où les dieux étaient encore jeunes.

— Et maintenant, vous devez obéir à quelqu'un d'autre, insinua Nistur.

— Kyaga Arcfort n'est pas un homme ordinaire. C'est un grand conquérant élu par les dieux, dont la venue a été annoncée par nos ancêtres. Il n'est pas déshonorant de l'accepter comme maître. Autrefois, mes ancêtres ont servi d'autres grands chefs de guerre.

Guklak toisa les visiteurs, les mettant au défi de le contredire.

— Ce n'est pas ce que je voulais dire, assura Nistur. Kyaga doit se réjouir d'avoir en vous un sujet aussi fidèle. Il nous a dit que tous les chefs de tribu lui étaient aussi loyaux et dévoués que vous.

Le nomade plissa ses yeux bleus.

— Nous obéissons à ses ordres. Mais certains le font avec moins d'arrière-pensées que d'autres.

— Qu'en était-il de Yalmuk Sang-Flèche ? demanda Ferbois.

Guklak le détailla de la tête aux pieds.

— Vous ressemblez à un mercenaire, pas à un fonctionnaire.

— Peu importe le métier que nous exercions avant. Désormais, nous sommes les enquêteurs du seigneur de Tarsis, et nous cherchons l'assassin de Yalmuk Sang-Flèche. Sa loyauté était-elle aussi prononcée que la vôtre ?

Guklak réfléchit un instant avant de répondre.

— Yalmuk était un homme courageux et un superbe guerrier, mais sa fierté l'empêchait de se soumettre entièrement à Kyaga.

— Pourtant, il l'a chargé de mener les négociations avec Tarsis, insista Nistur.

— Kyaga est généreux. Il s'efforce de conquérir ses sujets en leur témoignant de la confiance et en leur accordant des honneurs. Beaucoup de ses gardes du corps sont des hommes qui avaient juré de le tuer avant qu'il ne soumette leur tribu. De toute façon, Yalmuk aurait cédé la place à Kyaga à son arrivée.

— Nous nous sommes laissé dire qu'il ne s'entendait pas très bien avec le chamane, déclara Ferbois.

Guklak cracha à ses pieds.

— J'évite d'avoir affaire à Parlombre quand je peux l'éviter. En règle générale, je ne fais pas confiance aux sorciers. Ils devraient se contenter d'énoncer leurs prophéties et rester à l'écart des affaires courantes.

— Kyaga semble l'estimer, dit Nistur.

Le nomade haussa ses larges épaules.

— Parlombre a annoncé sa venue, et nous devons l'honorer pour ça. Les esprits de nos ancêtres sont partout autour de nous ; il faut les consulter et les tenir au courant. Pour cela, nous avons besoin de nos chamanes. Mais quand l'un d'eux cherche à influencer un chef, mieux vaut garder une main sur son épée.

— Je vois. Nous avons également entendu parler d'un certain Brisépieu, avança Nistur.

Guklak éclata d'un rire tonitruant.

— Certainement pas en bien ! C'est le chef de la tribu du Torrent Fétide. Ses sujets sont méprisables, et lui aussi.

— Pourtant, il semble que Kyaga tienne compte de son avis.

— Le peuple du Torrent Fétide est très riche, parce qu'une route de caravanes traverse ses terres et qu'il prélève un droit de passage sur toutes les marchandises. Mais Brisépieu est un imbécile, et son or lui file entre les doigts. Allez lui parler : vous semblez avoir bien besoin de rigoler un peu.

Guklak écarta le rabat de fourrure de sa tente et disparut à l'intérieur.

— Yalmuk ? s'exclama Brisépieu. Que m'importe le sort de ce bandit ?

Bien qu'il fût encore assez tôt, le chef des nomades du Torrent Fétide était déjà à moitié ivre et semblait viser le coma éthylique avant le coucher du soleil. Il avait une longue moustache tombante et des yeux rougis par l'alcool autant que par la fumée qui emplissait sa somptueuse tente.

Ses vêtements luxueux étaient coupés comme les fourrures que portaient ses sujets, mais dans de la soie. Une bande d'hermine entourait son chapeau plat à large bord ; des perles d'or et de nacre étaient enfilées sur ses tresses. Les pointes de sa moustache s'enroulaient autour de deux anneaux d'or, que de minces chaînettes reliaient à ses boucles d'oreilles de rubis. La garde de sa longue épée était en ivoire.

Tous ces ornements ne parvenaient ni à lui conférer une quelconque majesté, ni à dissimuler qu'il était Brisépieu, un homme veule et faible. Pas étonnant que Kyaga le compte parmi ses proches, songea Nistur : il devait être facile à manipuler, et ne constituerait jamais une menace sérieuse.

— Pourtant, il a été assassiné, et on nous a chargés de démasquer le coupable.

Ferbois se pencha en avant.

— Son meurtre a déshonoré Kyaga Arcfort. Ne souhaitez-vous pas laver cette insulte ?

— Kyaga est un bon chef, ricana Brisépieu, mais ce

n'est qu'un chef parmi tant d'autres que nous avons choisi pour diriger notre conseil. Moi-même…

Une main sortit de la pénombre et se posa sur son épaule comme pour l'empêcher d'en dire trop. Puis un guerrier s'avança et toisa les visiteurs avec mépris.

— Je suis Brisépieu, rugit le barbare en se dégageant, et je dirai ce que bon me semblera ! Yalmuk Sang-Flèche était un traître qui méritait de mourir, et son assassin peut bien vivre cent ans dans la prospérité en ce qui me concerne ! Kyaga se débrouillera mieux sans lui. Maintenant, peut-être consentira-t-il à accorder les honneurs qui leur sont dus aux chefs qui l'ont aidé à faire des tribus des Plaines de Poussière une puissante nation.

— Un homme aussi sage que Kyaga ne peut manquer de reconnaître votre valeur, dit Nistur.

— Je m'exprime le premier aux réunions du conseil. Je suis un des chefs de la horde, et j'occupe la place d'honneur sur son aile droite, déclara fièrement Brisépieu.

— Non sans raison, j'en suis certain. Un grand chef doit s'appuyer sur ses meilleurs guerriers. (Nistur marqua une pause, comme si une idée venait de lui traverser l'esprit.) Mais il me semble que Kyaga accorde également une grande confiance à son chamane. Comment s'appelle-t-il, déjà ? Ah oui : Parlombre.

— Parlombre ! cria son interlocuteur. Ce charlatan n'a pas le courage de s'exprimer en présence de véritables guerriers. Il se contente de chuchoter à l'oreille de Kyaga, et de semer le doute dans son esprit ! Tout ça parce qu'il envie une autorité que nous méritons pourtant davantage que lui !

De nouveau, la main se posa sur son épaule ; de nouveau, il la chassa.

— Mais c'est bien lui qui a annoncé la venue de Kyaga, n'est-ce pas ? demanda Nistur.

— Qui peut dire que ce n'est pas Kyaga lui-même

qui lui en a donné l'ordre ? répliqua Brisépieu. Oh, je ne le blâme pas d'avoir utilisé le chamane, mais de là à prendre au sérieux ce bouffon à face verte !

— Yalmuk le considérait-il de la même façon que vous ? demanda Ferbois.

— Nous le considérons tous de la même façon, bien que certains d'entre nous fassent semblant de le révérer. Qu'a-t-il fait à part annoncer l'ascension de Kyaga au pouvoir ? Je ne l'ai jamais vu invoquer les esprits des morts pendant la fête du solstice d'hiver. Notre propre chamane le fait tous les ans, et il interprète pour nous la volonté du Torrent Fétide. Nos ancêtres lui rendent visite dans ses rêves, et il nous communique leurs désirs. Parlombre ne fait aucune de ces choses. Pourtant, Kyaga passe des nuits entières à s'entretenir avec lui en compagnie d'un esclave muet.

— Je vois. Yalmuk Sang-Flèche éprouvait-il des sentiments aussi virulents à l'égard du chamane ? L'aurait-il insulté en public ?

— Vous vous demandez si Parlombre l'a tué ?

— Kyaga nous a assuré que le chamane ne l'avait pas quitté de la nuit, mais ça ne signifie pas qu'il n'a pas engagé quelqu'un pour faire le travail à sa place.

— On dirait que vous voulez nous mettre cet assassinat sur le dos. Moi, je crois que c'est le seigneur de Tarsis qui a tué Yalmuk. Il exigeait peut-être une trop forte somme d'argent pour trahir Kyaga.

— Vous pensez qu'il avait accepté de traiter avec le seigneur de Tarsis ?

— Souvenez-vous que je faisais partie de la délégation. Ces nobles répugnants nous ont pratiquement promis leurs filles en mariage si nous acceptions de trahir notre chef. Le conseiller Rukh, notamment…

La main lui étreignit l'épaule avec force, et cette fois, Brisépieu sembla prendre l'avertissement en compte.

— Peu importe, bredouilla-t-il. Yalmuk a été assassiné par quelqu'un de Tarsis. C'était une provocation délibérée, à laquelle nous répondrons par la guerre. Nous réduirons la ville en cendres afin que sa présence ne souille plus nos plaines.

— Dommage pour vous, lâcha Ferbois.

— Que voulez-vous dire ?

— Tarsis est l'endroit vers où convergent les caravanes marchandes. Si elle est détruite, les caravanes changeront de route et cesseront de traverser votre territoire.

Les implications des paroles du mercenaire déchirèrent le brouillard qui enveloppait l'esprit de Brisépieu. Alors qu'il roulait des yeux effarés, ses visiteurs prirent congé et sortirent de la tente.

— Tu n'aurais pas dû l'aiguillonner ainsi, reprocha Nistur à Ferbois. Kyaga ne doit pas penser que nous sommes venus semer le trouble dans son campement.

Le mercenaire fit la grimace.

— Je n'ai pas pu m'en empêcher.

— Que fait-on ? demanda Ecaille en levant les yeux vers le soleil. N'est-il pas temps de regagner la ville ?

Leur visite chez les nomades la rendait nerveuse.

— Pas encore. Il reste une personne avec qui je souhaite m'entretenir, déclara Nistur.

Un grand homme sortit de la tente derrière eux. Il portait des vêtements de fourrure comme les autres nomades de sa tribu, mais les siens étaient de belle qualité et brodés de fils de soie. La main qui avait si fréquemment rappelé Brisépieu à l'ordre lui appartenait.

— Je suis Laghan de la Hache, sous-chef de la tribu du Torrent Fétide, se présenta-t-il en glissant les pouces dans sa ceinture incrustée de corail.

— Et nous sommes ravis de faire votre connaissance, affirma Nistur.

— Mon chef, déclara Laghan, est un homme sage et

courageux. Mais parfois, il boit trop et dit des choses qui dépassent sa pensée. Vous feriez mieux de ne pas prendre au sérieux ce qu'il vient de vous raconter.

Sa main droite n'était qu'à quelques pouces de la garde de son épée. Celle de Ferbois aussi. Les deux guerriers s'observaient comme des chats de gouttière au poil hérissé.

— Ne vous inquiétez pas, dit Nistur. Nous sommes des gens d'honneur qui ne songeraient pas à tirer parti d'un instant de faiblesse de votre chef. Nous ne répéterons pas un mot de cette conversation à Kyaga ou au seigneur de Tarsis. Notre seul souci est de démasquer le meurtrier de Yalmuk.

Laghan se détendit, et ses mains retombèrent le long de ses flancs.

— Parfait. Continuez comme ça, et nous n'interférerons pas.

— A votre avis, qui a tué l'ambassadeur ? demanda Ferbois.

Laghan le fixa un long moment.

— Ce que je pense ne regarde que moi, lâcha-t-il enfin. Kyaga a dit que vous étiez libres de nous interroger, pas que nous étions obligés de vous répondre. Vous deux... (son regard passa de Ferbois à Nistur, ignorant totalement Ecaille) ... vous ne ressemblez pas à des Tarsiens. J'ai un conseil à vous donner : oubliez cette enquête. Si vous voulez quitter la ville avant le début des hostilités, sortez cette nuit par une brèche du mur d'enceinte, et traversez notre partie du camp. Je veillerai à ce que personne ne vous empêche de passer.

— C'est une offre très généreuse, mais nous devons faire notre devoir, répliqua Nistur.

Laghan secoua la tête.

— Vous avez tort. Il n'y a aucun honneur à servir ces malandrins.

Il se détourna et regagna la tente de son chef.

Tandis que les compagnons s'éloignaient, Nistur ricana sous cape.

— Cet endroit ne vaut pas mieux que Tarsis. Il est le cadre d'autant de rivalités et de traîtrises.

— La différence, souligna Ferbois, c'est que ces barbares regardent les gens bien en face et n'hésitent pas à dire tout haut ce qu'ils pensent. Ce sont peut-être des sauvages, mais des sauvages honnêtes. On ne peut pas en dire autant des nobles de Tarsis.

— Un homme honnête peut tuer tout aussi bien qu'un menteur, grommela Ecaille. Où allons-nous maintenant ?

— Voir le chamane, évidemment, répondit Nistur.

La tente de Parlombre flanquait celle de Kyaga. Elle était faite de fourrures sombres ornées de symboles magiques et d'une quantité d'amulettes de fer, de bronze, de bois, de pierre ou d'os. Certaines évoquaient des silhouettes d'animaux, d'autres avaient des formes abstraites. Des carcasses séchées d'oiseaux, de chauves-souris et autres petits animaux se balançaient également le long des parois en compagnie de poupées transpercées de clous ou de dagues miniatures.

— Je n'aime pas cet endroit, marmonna Ecaille.

— A mon avis, c'est l'effet recherché, lâcha Nistur.

— Je crois que je vais vous attendre dehors. Vous avez besoin de moi parce que je connais la ville, mais ici, je ne vous sers à rien.

— Tu viens avec nous, dit Ferbois.

— Tu as l'habitude de vivre parmi des brigands, renchérit Nistur, et tu pourrais bien remarquer des choses qui nous échapperont.

Il frappa à un pilier de bois. Un esclave sortit de la tente. Ses yeux bruns et vifs étudièrent les visiteurs.

— Nous sommes venus parler avec le chamane, l'informa Nistur. Veux-tu l'avertir de notre présence ? Kyaga Arcfort nous a donné la permission de l'interroger.

L'homme ne répondit pas, mais releva le rabat de la

tente et leur fit signe de le suivre. A l'intérieur, il les invita par gestes à prendre place sur des coussins de cuir, puis disparut dans un compartiment adjacent.

— Il n'est pas très bavard, commenta Ferbois après son départ.

— Normal : on lui a coupé la langue, répliqua Nistur.

— Ce doit être lui qui assiste aux conciliabules entre Kyaga et le chamane, avança Ecaille.

— Sans aucun doute. Il est assez courant que les gens haut placés s'attachent les services de domestiques muets, donc incapables de trahir leurs secrets.

Ecaille regarda autour d'elle.

— Cet endroit me donne la chair de poule, avoua-t-elle.

Des amulettes et des animaux séchés étaient suspendus un peu partout. Dans un coin reposait un humain momifié qui les observait de ses yeux évoquant des dattes séchées. Des herbes brûlaient dans un minuscule foyer, répandant une odeur nauséabonde.

— La cabine de Stunbog est pleine d'artefacts, et pourtant, tu t'y sens à l'aise, s'étonna Nistur.

Ecaille haussa les épaules.

— C'est différent. Je sais que Stunbog ne va pas se mettre à réveiller les morts. Pour moi, les cadavres doivent rester enterrés, pas déambuler parmi les vivants… Ni servir à décorer leurs maisons, ajouta-t-elle en jetant un coup d'œil dégoûté à la momie.

— C'est peut-être un de ses ancêtres bien-aimés, la taquina Nistur. Pense aux intéressantes conversations qu'ils doivent avoir. Ça vaut largement la compagnie de ces barbares !

— Vous ne devriez pas plaisanter avec ce genre de choses ! cria Ecaille.

Elle semblait tellement mal à l'aise depuis leur arrivée au campement, et surtout leur entrée dans la tente du chamane, que Nistur jugea préférable de ne pas insister.

Un bruit de pas traînants monta du fond de la tente. Parlombre apparut sur le seuil de la pièce voisine. Dans la pénombre, il n'était qu'une masse informe. Puis il lança une poignée de poudre dans l'âtre, et les flammes brillèrent plus vivement sans dégager aucune chaleur.

A présent, il y avait assez de lumière pour que les compagnons distinguent la peinture verte qui recouvrait le visage du chamane, et l'éclat de ses yeux bruns entre les breloques qui pendouillaient sous son chapeau. Dans la tente de Kyaga, il avait été éclipsé par la présence de son maître. Mais dans son antre, il était impressionnant. Il observa ses visiteurs un moment, puis se laissa tomber sur un coussin.

— Qu'attendez-vous de Parlombre ?

— Nous avons certaines questions à vous poser concernant Yalmuk Sang-Flèche, répondit Nistur.

— Yalmuk est mort. Voulez-vous que je contacte son esprit ?

Malgré son accent, ils reconnurent une pointe d'amusement dans la voix du chamane.

— Ne jouez pas avec nous ! Kyaga nous a donné la permission d'interroger qui bon nous semblerait.

— Croyez-vous le connaître aussi bien que moi ? C'est moi qui ai annoncé la venue de ce grand conquérant. Je suis allé dans les plaines glaciales où j'ai jeûné plusieurs jours. Je me suis coupé et j'ai laissé mon sang couler dans la neige jusqu'à ce que je sois plus mort que vif. Alors que j'agonisais, les esprits des plaines et les fantômes de mes ancêtres m'ont envoyé la vision que j'étais venu chercher.

Il jeta quelque chose dans le feu froid dont les flammes se teintèrent de vert.

— J'ai vu devant moi un gigantesque cerf blanc, dix fois plus gros qu'un cerf de chair et de sang, au pelage plus immaculé que la neige qui m'entourait. Un griffon doré l'a attaqué ; le cerf l'a tué, puis a bondi dans le ciel pour courir parmi les étoiles.

Les flammes vertes s'éteignirent.

— Toutes les tribus des Plaines de Poussière descendent du cerf blanc magique, expliqua le chamane. Pour nous, le griffon représente les cités qui entourent notre territoire. Cette vision m'a révélé qu'un grand chef viendrait bientôt unir nos tribus et détruire les cités.

— Pourquoi souhaitez-vous les détruire ? demanda Nistur. Vous dépendez d'elles pour vous procurer les biens que vous ne produisez pas vous-mêmes.

— Il n'est pas convenable que des nomades dépendent de sédentaires faibles et dégénérés. Mieux vaut qu'ils périssent tous, et que nous retrouvions le mode de vie de nos ancêtres. A l'endroit où se dressent actuellement les cités, il n'y aura bientôt plus que de l'herbe que nos troupeaux viendront brouter !

— Votre ferveur est admirable… Toutefois, nous ne sommes pas venus pour nous convertir à la cause de Kyaga Arcfort, mais pour découvrir l'assassin de son ambassadeur.

— A quoi bon ? Les Tarsiens sont responsables de sa mort. Quand nous les aurons tous massacrés, Yalmuk sera vengé.

— A condition que ce soit bien un citadin qui l'ait tué, déclara Nistur. Mais nous n'en sommes pas aussi certains que vous.

— Dans ce cas, vous êtes des imbéciles ! Tous les chefs se détestent entre eux. Beaucoup éprouvaient du ressentiment envers Yalmuk et son peuple, mais Kyaga a mis un terme à leurs querelles.

— C'est une chose que de se soumettre à un grand chef, et une autre d'oublier des inimitiés entretenues au fil des générations, dit Ferbois. Peut-être l'un d'entre vous a-t-il décidé que son désir de vengeance était plus pressant que sa loyauté envers Kyaga.

— A moins que quelqu'un d'ambitieux – et jaloux de Yalmuk – n'ait pu supporter plus longtemps ce rival, avança Nistur.

Parlombre esquissa un sourire amusé.

— Si c'était le cas, il aurait été bien plus facile de tuer Yalmuk hors de Tarsis. Dans l'enceinte de la ville, les nomades font l'objet d'une surveillance constante. Si vous souhaitiez tuer votre compagnon, dit-il en désignant Ferbois d'un signe du menton, l'attireriez-vous ici, dans un endroit où vous ne pourriez pas passer inaperçu ?

Il eut un petit rire.

— Bien sûr que non. Vous l'accosteriez dans une ruelle sombre de Tarsis, là où vous vous sentez chez vous et où personne ne vous prête la moindre attention.

— Un bon argument, concéda Nistur.

— Quant à vous, reprit Parlombre en désignant Ferbois, vous avez mieux à faire que de chercher l'assassin de Yalmuk Sang-Flèche.

— Que voulez-vous dire ?

Le chamane se pencha en avant, les pupilles si dilatées qu'on ne les distinguait plus de ses iris.

— La maladie se lit sur votre visage et dans le tremblement de vos mains. Vos amis ne peuvent pas la voir avec les yeux du corps, mais je la vois avec ceux de l'esprit. Le poison du dragon noir agit lentement mais sûrement.

— Nous ne pouvons rien y faire, et ça n'a aucun rapport avec notre mission, dit sèchement Nistur.

— En êtes-vous certain ? Croyez-vous que les guérisseurs et les mages de vos cités connaissent tout de la magie ? J'ai ramené des portes de la mort des hommes et des femmes que vos sorciers considéraient comme perdus.

— Je croyais que vous préfériez les réveiller après leur trépas, dit Ecaille.

Le chamane tourna vers elle ses yeux bruns perçants, et elle regretta aussitôt son audace.

— Tu n'as pas le droit de parler des choses sacrées, voleuse !

— Bien au contraire, corrigea Nistur. C'est un agent officiel du seigneur de Tarsis, et votre propre chef lui a donné le droit de s'adresser à qui elle voulait. Ne sous-estimez pas l'importance de notre mission, et ne surestimez pas la vôtre.

Parlombre garda le silence un long moment.

— Je n'ai pas l'habitude qu'on me parle sur ce ton. D'ordinaire, j'inflige une punition terrible à ceux qui m'insultent.

— Votre fierté nous importe guère, affirma Ferbois. Si nous ne découvrons pas l'assassin, nous mourrons de toute façon. Alors, épargnez-nous vos menaces.

Le chamane sourit derrière ses amulettes.

— Il existe des sorts bien pires que la mort. Mais vous avez raison sur un point : cette conversation ne nous mènera à rien. Qu'attendez-vous de moi ?

— Nous avons entendu dire que Yalmuk et vous n'étiez pas les meilleurs amis du monde, commença Nistur.

Pour une fois, Ferbois interrompit son compagnon.

— Nous perdons notre temps, et il ne nous en reste guère. Parlombre, avez-vous tué Yalmuk ?

Le chamane ricana.

— Parlombre ne tue pas avec des armes !

— Avez-vous engagé ou forcé quelqu'un d'autre à l'éliminer pour vous ? demanda Nistur.

— Certainement pas.

— Même si c'était le cas, vous ne nous le diriez pas, fit Ecaille.

Le chamane éclata de rire.

— C'est comme regarder un loup en train de chasser sa propre queue. Assez !

Il se leva, traversa la tente et se dirigea vers un coffre de bois sculpté, où il prit un paquet enveloppé de cuir. Puis il le posa devant ses visiteurs et l'ouvrit. Ecaille remarqua des symboles étranges peints ou tatoués sur le dos de ses mains.

Le paquet contenait une poignée de cristaux jaunes qui auraient pu être de la sève durcie, et une racine séchée dont la forme évoquait celle d'une main humaine squelettique.

— Savez-vous ce que c'est ?

— J'avoue que non, répondit Nistur.

Il regarda Ferbois, mais le mercenaire se contenta de secouer la tête.

— C'est la Main de la Vérité, et celui qui profère un mensonge devant elle subit un terrible châtiment.

— Je crois avoir entendu parler de ce sort, dit Nistur.

— Dans ce cas, regardez.

Le chamane répandit les cristaux dans le feu. Les flammes diminuèrent et virèrent au rouge sombre. Puis il posa la racine séchée sur les charbons ardents. Les compagnons s'attendaient à ce qu'elle se consume mais des flammes d'une blancheur aveuglante jaillirent à l'extrémité de ses « doigts ».

Parlombre ferma les yeux et marmonna quelque chose dans une langue incompréhensible. Rouvrant les paupières, il plongea sa main gauche dans les flammes qui se tordirent pour composer un visage démoniaque pourvu de trois yeux, de petites cornes et de longs crocs. Ses lèvres remuèrent, et la voix qui parvint à leurs oreilles leur glaça le sang dans les veines tant elle était inhumaine.

— Parle ! siffla la créature. Et si tu mens, ta main est à moi.

Elle ouvrit la gueule jusqu'à ce que la main du chamane repose entre ses crocs acérés. Parlombre ne broncha pas.

— Voilà la déclaration de Parlombre, chamane des nomades des Plaines de Poussière, déclara-t-il sous le regard horrifié de ses visiteurs. Parlombre n'a pas tué le chef Yalmuk Sang-Flèche. Parlombre n'a pas poussé quelqu'un d'autre à tuer le chef Yalmuk Sang-Flèche. Parlombre ignore qui a tué le chef Yalmuk Sang-Flèche, et pourquoi. Si Parlombre ment, puisse le démon lui dévorer la main.

Les compagnons serrèrent les dents en attendant que l'apparition se décide. Lentement, elle recula en refermant la gueule.

— Tu as dit la vérité, et je reste sur ma faim. (Elle commença à disparaître, sa voix faiblissant.) La prochaine fois, amène-moi un menteur.

Les flammes moururent. Le chamane récupéra la racine, qui ne portait aucune trace de son séjour dans le feu.

— Etes-vous satisfaits ? demanda-t-il.

— Je suppose que oui, dit Nistur en se levant.

— Pour le moment, ajouta Ferbois.

— Ne vous souciez pas de retrouver l'assassin. Vous êtes de toute façon un homme mort.

Le mercenaire porta la main à son épée.

— Si vous insistez un peu, vous ne me survivrez pas !

— Vos menaces sont ridicules, ricana le chamane. Pourtant, mon chef a besoin de braves guerriers. Si vous prêtiez serment de fidélité à Kyaga Arcfort, il m'ordonnerait de vous aider, et je devrais lui obéir.

— Que voulez-vous dire ?

Parlombre se leva.

— Mon chef m'appelle. (Il se dirigea vers le fond de la tente, puis jeta un coup d'œil par-dessus son épaule.) Vous feriez mieux de vous dépêcher. Le temps presse.

Il écarta le rideau et sortit.

— Que voulait-il dire ? insista Ferbois alors que ses compagnons et lui quittaient la tente.

— Il essayait de te perturber, affirma Nistur. Il sait comment jouer sur les faiblesses de ses interlocuteurs. Il a vu les symptômes de ton infirmité, et il en a profité. Tout l'art d'un charlatan consiste à semer le trouble dans les esprits pour que personne ne remarque les ficelles grossières de ses tours.

— Tu crois que ce sort était un faux ?

— Je ne sais pas, mais je connais quelqu'un qui pourra nous le dire.

Alors qu'ils franchissaient la poterne de la Porte Est, le capitaine Karst les héla.

— Le seigneur vous a envoyé un message, annonça-t-il. Il veut que vous lui fassiez un rapport ce soir. Soyez au palais au moment où retentira le gong du crépuscule. Au cas où vous ignoreriez les coutumes de notre ville, ça correspond au moment où le soleil touche l'horizon.

— Merci, capitaine. Nous n'y manquerons pas, assura Nistur.

Ferbois leva la tête. L'après-midi ne touchait pas encore à sa fin.

— Il nous reste deux heures environ, calcula-t-il. Où irons-nous en attendant ?

— Chez Stunbog, répondit Nistur. J'ai quelques questions à lui poser.

Quand ils entrèrent dans sa cabine, Myrsa sur leurs talons, Stunbog leva les yeux de l'ouvrage qu'il était en train de lire : apparemment, un traité sur les propriétés des créatures magiques.

— Je suis ravi de vous revoir sains et saufs, dit le vieil homme. Comment s'est déroulée votre visite au campement des nomades ?

— J'aurais aimé que vous soyez avec nous, avoua

Nistur en s'asseyant. Votre savoir-faire aurait été bienvenu lors de notre dernier entretien.

— Il est toujours à votre disposition, même à retardement. Racontez-moi ce qui s'est passé.

Stunbog écouta attentivement le récit de leur visite au chamane. Plusieurs fois, il les interrompit pour réclamer des précisions.

— Ce que vous venez de me décrire ressemble à un authentique sortilège. Les propriétés d'un artefact comme la Main de Vérité sont presque impossibles à imiter, et ceux qui tenteraient d'invoquer une fausse représentation du démon de vérité risqueraient un terrible châtiment. Croyez-moi, je sais de quoi je parle.

— Alors, il ne nous a pas menti ? demanda Ferbois, dépité.

— Probablement pas.

— Et c'est un vrai chamane, pas un simple charlatan ? insista Nistur.

— N'en soyez pas si sûr. Tout comme les philtres d'amour que vendent les sorcières, cet enchantement peut être préparé par un sorcier, puis utilisé par une personne qui a une connaissance superficielle de la magie.

— Une minute, intervint Ecaille. Je viens de me souvenir de quelque chose.

— Je t'écoute, dit Stunbog.

— J'ai remarqué des dessins bizarres sur le dos des mains de Parlombre. Peut-être des tatouages… En tout cas, ça ressemblait à des symboles magiques. Je me suis demandé si ce n'était pas un sort de protection qui empêcherait le démon de lui arracher la main.

— Je les ai vus aussi, mais je n'avais pas pensé à ça, avoua Nistur.

— Idem pour moi, renchérit Ferbois. Bien joué, Ecaille.

— Tu pourrais les reproduire ? demanda Stunbog en

tendant à la voleuse un morceau de parchemin et un bâton de charbon.

La jeune fille dessina maladroitement. Quand elle eut terminé, elle poussa le parchemin vers Stunbog.

— Voilà. Ce n'est pas tout à fait ça, mais ça s'en rapproche.

— Je ne reconnais pas ce symbole, admit le guérisseur, mais il en existe tellement… En tout cas, ça ne ressemble pas à un glyphe de protection. Myrsa, tu veux bien me passer le gros grimoire qui est sur l'étagère du haut, entre le mortier de cristal et la cornue ?

La barbare posa le livre devant lui. Stunbog l'ouvrit à la première page, où figurait une vingtaine de dessins flanqués d'un descriptif rédigé en lettres minuscules.

— Toutes les pages sont comme ça ? demanda Nistur.

— Non. Certaines sont encore plus chargées. Le *Catalogue des Symboles de Garlak* est un ouvrage de référence extrêmement prisé, qui compte plus de quinze cents illustrations.

— Dans ce cas, notre mission aura pris fin depuis longtemps quand vous aurez trouvé la bonne.

— Ça vaut quand même le coup d'essayer. Ecaille a peut-être mis le doigt sur quelque chose d'important. Et la tâche n'est pas si difficile qu'il y paraît : les symboles sont regroupés en fonction de leurs traits distinctifs. Avec une copie exacte, je pourrais le trouver facilement. Mais cette approximation suffira peut-être.

— Espérons-le, soupira Nistur. L'heure tourne.

CHAPITRE IX

Fouettés par un vent glacial, les compagnons se hâtaient dans les rues de Tarsis. Le ciel était encore lumineux et le soleil couchant teintait d'écarlate le ventre des nuages, mais les rues étaient plongées dans la pénombre.

— Nous nous sommes trop attardés dans cette taverne, s'énerva Ecaille. Nous arriverons au palais en retard.

Nistur lâcha un rot discret.

— Il n'était pas question que j'affronte le seigneur de Tarsis avec l'estomac vide. Deux pintes de bière m'aideront à supporter sa vilaine figure.

— De toute façon, grommela Ferbois, nous allons sans doute moisir deux ou trois heures dans une antichambre avant qu'il ne daigne nous recevoir.

A leur grande surprise, ils furent introduits chez leur hôte dès qu'ils eurent franchi le seuil du palais.

— J'aurais dû m'en douter, marmonna Nistur en suivant un garde dans les couloirs. Le seigneur de Tarsis n'est qu'un marchand monté en grade. Ces gens-là sont très attachés à la ponctualité.

— Vous êtes en retard, lâcha le seigneur, mécontent, quand ils entrèrent dans son bureau.

— La mission dont vous nous avez chargés n'est pas de celles qu'on accomplit en se tournant les pouces, répondit diplomatiquement Nistur.

— Dans ce cas, vous devez apprendre à mieux gérer votre emploi du temps. Qu'avez-vous à me raconter ?

Nistur lui relata leur visite au camp des nomades sans parvenir à l'apaiser.

— Vous avez perdu une journée entière ! s'exclama-t-il.

— Je vous demande pardon ? Il semble au contraire que nous avons appris beaucoup de choses intéressantes !

— Oubliez les barbares ! Même si l'un d'eux est notre coupable, Kyaga ne l'admettra jamais. Je veux que vous vous concentriez sur certains nobles de cette ville. Voilà une liste de leurs noms et adresses.

— Voulez-vous dire qu'il serait préférable que le meurtrier soit l'un des vôtres ?

— Je dois faire preuve d'équité et de justice…

Ferbois consulta la liste par-dessus l'épaule de son compagnon.

— Si je me souviens bien des paroles du capitaine Karst, tous ces gens appartiennent au Conseil Intérieur de Tarsis.

— Il est navrant que je sois amené à soupçonner des hommes d'une telle envergure, mais ils ont eu le plus de contacts avec les membres de la délégation. Ils les ont même invités chez eux pour leur faire certaines… propositions. Le conseiller Rukh, en particulier, n'a pas ménagé ses efforts.

— Faut-il en déduire que vous ne seriez pas trop marri de le remettre entre les douces mains de Kyaga Arcfort ? hasarda Nistur.

— Je n'ai rien dit de tel !

— En effet. Très bien, si vous n'avez rien à ajouter, nous allons lui rendre visite de ce pas.

— Dépêchez-vous de m'amener le coupable. Le temps presse.

170

— Nous en sommes très conscients, dit Nistur en s'inclinant.

Une fois sur la grande place, il montra la liste à Ecaille.

— Toutes ces adresses sont dans des quartiers que je ne fréquente pas, mais je peux les trouver facilement. Tout de même, quelque chose m'échappe. Je pensais que le seigneur de Tarsis serait ravi de rejeter la faute sur les barbares.

— Je crois comprendre ses motivations, dit Nistur.

— Moi aussi, renchérit Ferbois. Il préfère se débarrasser d'un rival plutôt que d'affronter un ennemi étranger.

— Et si nous accusons un conseiller, il fera d'une pierre deux coups en apaisant Kyaga. Même si les négociations tournent court, il aura gagné un peu de temps.

— Dans ce cas, il n'exigera peut-être pas beaucoup de preuves, dit Ecaille.

— Ça me paraît plus que probable, approuva Nistur.

Le conseiller Rukh habitait dans un quartier à peu près épargné par le Cataclysme. Son manoir semblait de construction assez récente : ses ancêtres avaient dû profiter de la catastrophe pour démolir tout un pâté de maisons, afin de disposer d'un vaste terrain pour y planter des pelouses et des massifs de fleurs. Malgré leur dépouillement hivernal, les végétaux offraient une symétrie agréable à l'œil.

Nistur grimpa les marches du perron, souleva un heurtoir de bronze qui représentait un monstre hideux et le laissa retomber. Un chambellan vint ouvrir la porte massive, et les trois compagnons lui présentèrent leurs sceaux.

— Mon maître vous attendait, dit le domestique. Suivez-moi.

Il leur fit traverser un hall et les introduisit dans un

salon aux murs décorés de portraits de nobles ancêtres. Le conseiller les y rejoignit quelques minutes plus tard.

— Soyez brefs, enjoignit-il à ses visiteurs après s'être présenté. Je dois aller inspecter ma porte et ma section du mur d'enceinte.

A leur grande surprise, Rukh portait un plastron, des brassards et des jambières dorées. Un masque métallique dissimulait le haut de son visage. Pour un œil expérimenté, il s'agissait d'une armure d'apparat qu'un seul coup d'épée suffirait à transpercer. Si la situation dégénérait, sans doute la remplacerait-il par quelque chose de plus fonctionnel.

— Selon vos propres instructions, nous ne sommes soumis à aucune limite de temps, excepté celle imposée par Kyaga, lui rappela Nistur.

— Ne dites pas de bêtises. La défense de cette cité importe bien davantage que les rancœurs stupides d'un barbare. Posez vos questions.

— Avez-vous eu personnellement affaire à l'ambassadeur Yalmuk Sang-Flèche ?

— Outre les audiences formelles et les banquets officiels, je l'ai reçu ici en compagnie de deux autres membres de sa délégation : les chefs Guklak et Brisépieu. Mes domestiques n'ont pas encore réussi à désinfecter les coussins.

— Avez-vous tenté de les soudoyer ou de les pousser à trahir d'une autre façon ?

— Evidemment ! cria Rukh. En quoi consiste la diplomatie, selon vous ?

— Je crains que ça ne soit pas mon domaine, avoua Nistur. Mais ces choses font un mobile de meurtre assez répandu. Vous êtes-vous disputé avec Yalmuk ?

— Rien qui dépasse les habituelles frictions entre représentants de nations aux intérêts divergents.

Le conseiller épousseta une invisible souillure sur son épaulette rutilante.

— Comment avez-vous évalué sa loyauté ? demanda Ferbois.

— Yalmuk en voulait à Kyaga à cause de son ascension rapide au pouvoir, et il n'en faisait guère de mystère. Mais dans l'ensemble, je l'ai trouvé assez loyal. Je pense que mes promesses de richesse et d'honneurs n'ont pas eu d'effet sur lui, parce qu'il pensait les obtenir de toute façon. Dans son esprit, il ne faisait aucun doute que Kyaga serait victorieux. En parlant de ça, je dois m'assurer que ça ne se produise pas ; alors, si vous voulez bien m'excuser…

— Encore un instant, dit Nistur, en levant une main. Avez-vous traité avec les deux autres chefs ?

— De la même façon qu'avec Yalmuk. Guklak m'a rabroué immédiatement, affirmant que rien ne saurait ébranler sa loyauté envers Kyaga. Brisépieu m'a paru ouvert à la corruption, mais il ne m'a pas recontacté depuis. Je crois que le meurtre de Yalmuk l'a mis sur ses gardes. Ce sera tout ?

— Pour le moment, dit Nistur.

— Parfait.

Le conseiller se dirigea vers la porte ; un domestique jeta une cape de velours noir sur ses épaules.

— Bonne chance pour votre enquête. (Il s'immobilisa sur le seuil de la pièce et se retourna à demi.) A votre place, je commencerais par l'homme dont vous portez le sceau. Mon chambellan vous reconduira.

— Encore un fidèle serviteur de la couronne, soupira Nistur lorsqu'ils eurent regagné la rue.

— Il est assez étrange, dit Ferbois. Je m'étonne que tu ne lui aies pas posé davantage de questions.

— Nous n'aurions rien tiré d'autre de lui. C'est un comploteur-né, comme le seigneur de Tarsis. Et puis…

Nistur hésita.

— Et puis quoi ? demanda Ferbois.

— Il pourrait bien être l'homme qui m'a engagé pour te tuer.

Le nom suivant était celui du conseiller Melkar. Mais alors qu'ils se dirigeaient vers son manoir, un serviteur vint à leur rencontre en courant.

— Messires, je suis envoyé par le grand conseiller Alban, qui requiert votre présence en sa demeure.

— Il est beaucoup plus bas dans la liste, dit Nistur à ses compagnons. Le seigneur ne doit pas le considérer comme une menace sérieuse. Mais pour une fois, il serait agréable de nous entretenir avec quelqu'un qui a vraiment envie de nous parler.

— Je suis d'accord avec toi, approuva Ferbois. (Il se tourna vers Ecaille.) C'est le plus riche du lot, mais ne vole rien pendant que nous serons chez lui.

La jeune fille haussa les épaules.

— Les affaires des riches sont toujours trop encombrantes ou complètement inutiles…

Ils suivirent le serviteur jusqu'à un hôtel particulier. Une chose était sûre : le conseiller Alban ne gaspillait pas son argent à entretenir une somptueuse propriété. En revanche, il avait rassemblé une curieuse collection de statuettes, de tableaux, de spécimens anatomiques, de squelettes, de cartes terrestres et maritimes et d'instruments aux fonctions impossibles à deviner.

— On dirait la cabine de Stunbog, en cent fois plus grand et dix fois plus encombré ! s'émerveilla Ecaille.

Ils montèrent un escalier baroque sculpté en forme de dragon et s'arrêtèrent devant une pièce du second étage. Le serviteur frappa à la porte.

— Oui !

Ils entrèrent dans une pièce bourrée à craquer de grimoires et d'accessoires de magie. Autour d'une longue table, une demi-douzaine d'hommes et de femmes, vêtus de robes brodées de symboles magiques, se penchaient au-dessus de parchemins comme les membres

174

d'un état-major planifiant leur prochain raid en territoire ennemi.

Un petit homme âgé était assis à une extrémité de la table ; il leva la tête pour interpeller les visiteurs.

— Vous êtes les enquêteurs ? demanda-t-il.

Ils lui montrèrent leurs sceaux.

Il leur fit signe d'approcher.

— Je ne m'attendais pas du tout à ça, avoua le conseiller Alban.

Son masque reposait sur le haut de son crâne, comme s'il l'y avait oublié.

— Navré de vous décevoir, dit Nistur, habitué aux rebuffades.

— Pas du tout, le détrompa Alban. J'attendais pire : un courtisan quelconque ou un fonctionnaire incapable de distinguer sa droite de sa gauche. Vous semblez connaître votre affaire.

— Nous avons la vanité de croire que nous ne nous en sortons pas trop mal.

— Ça ne durera peut-être pas, faute d'aide. Regardez ça.

Alban désigna le bric-à-brac qui recouvrait la table. A la lueur des lampes en forme de dragon crachant le feu, les compagnons virent des cartes stellaires, des parchemins couverts de symboles mystérieux – et de taches qui l'étaient plus encore –, ainsi que tout un fatras d'amulettes, de cristaux, d'ossements et de plumes.

Nistur se racla la gorge.

— Je vous demande pardon, conseiller, mais… Que sommes-nous censés regarder ?

— La preuve que mes craintes les plus terribles sont fondées. Des craintes dont le seigneur s'est moqué ! La preuve que Kyaga Arcfort contrôle une puissante sorcellerie !

— Il serait dangereux de n'en pas tenir compte, dit

Nistur. Vos… études vous ont-elles renseigné sur la nature exacte de ce pouvoir ?

— Tout indique que Kyaga est venu ici muni d'un talisman qui lui confère des capacités inaccessibles à la plupart des humains.

— Je vois. Et ce talisman a-t-il un lien avec la mort de l'ambassadeur Yalmuk Sang-Flèche ?

Alban eut un geste négligent.

— C'est une considération de trop peu d'importance pour moi…

— Néanmoins, on nous a chargés d'enquêter sur ce meurtre. Avez-vous, comme les autres conseillers, reçu certains envoyés de Kyaga ?

— Oui, mais il n'y en avait qu'un qui m'intéressait.

— Parlombre, devina Ferbois.

— Exact. Le chamane m'intriguait.

Alban ramassa une poignée de cristaux scintillants. Lorsqu'il les laissa couler entre ses doigts, ils s'éparpillèrent sur la table, formant une étoile à cinq branches.

— A leur façon primitive, ces sorciers manipulent un pouvoir bien réel.

— Je crois que mon seigneur exagère, intervint un homme aux cheveux blancs qui portait un chapeau pointu en soie grise. Les chamanes ne font que communiquer avec leurs esprits tribaux et prétendument avec leurs ancêtres morts. En règle générale, les barbares se méfient de la magie. Ils n'ont que faire des véritables sorciers.

— C'est faux ! cria une femme vêtue d'une robe noire piquetée de croissants de lune. J'ai rencontré des chamanes qui commandaient à des démons. Si leurs pratiques nous semblent un peu étranges, c'est parce qu'elles se transmettent oralement, non par écrit.

— En tout cas, Parlombre n'en fait pas partie, affirma un homme minuscule au visage ridé comme une vieille pomme. S'il a de grands pouvoirs, il doit également avoir une amulette qui lui sert à les dissimuler !

— Et pourtant, dit le conseiller Alban, mettant un terme instantané à ces chamailleries, nos sortilèges ont déterminé que l'énigmatique relation entre Parlombre et Kyaga est liée au pouvoir du monarque.

— Selon les barbares, Parlombre est le prophète qui a annoncé l'avènement de Kyaga, dit Nistur.

Ferbois et Ecaille semblaient mal à l'aise dans cet endroit. Ils se méfiaient de la sorcellerie, alors que leur compagnon était prêt à s'intéresser à n'importe quoi, pourvu que ce soit utile pour leur mission.

— Oui, et j'ai trouvé ça fort étrange. Je n'ai pas pu persuader Parlombre de me fournir des précisions. Apparemment, la coutume veut que les chamanes communiquent avec les esprits lors d'une transe. Ils ne se promènent jamais dans un état de conscience normal en débitant des prophéties.

— Et ça n'a pas mis la puce à l'oreille des nomades ? demanda Ferbois.

— Si, répondit l'aristocrate. Mais comme je viens de vous le dire, Kyaga et Parlombre détiennent un mystérieux pouvoir qui détourne les soupçons naturels des barbares et les pousse à oublier leurs querelles ancestrales et à se battre pour leur nouveau grand chef.

— Ce n'est pas tout à fait exact, corrigea Nistur. Beaucoup de chefs de tribu éprouvent du ressentiment à l'égard de Kyaga, et ce ressentiment n'attend qu'une occasion pour se manifester.

— S'il avait le pouvoir de contrôler totalement les gens, il n'aurait pas besoin d'une armée, dit le petit magicien ridé. Il pourrait gouverner l'Ansalonie grâce à sa sorcellerie.

— C'est exact, concéda Nistur.

— Son talisman lui confère un avantage, rien de plus,

approuva Alban. Mais il a su le mettre à profit pour devenir une puissance avec laquelle il faudra compter.

— Que signifie tout ça ? demanda Ferbois. Si vous n'avez rien d'autre que des questions et des énigmes, vous ne nous êtes pas d'un grand secours !

— Qui a dit que je devais vous aider ? C'est *vous* qui devez aider Tarsis ! Kyaga Arcfort est notre ennemi, et nous devons connaître la source de sa puissance.

— Désolé, mais nous n'avons pas été engagés pour sauver cette cité. Votre seigneur attend de nous que nous résolvions le meurtre de Yalmuk Sang-Flèche. Ainsi, nous priverons Kyaga d'un prétexte pour attaquer, ou gagnerons le temps nécessaire pour permettre à Tarsis de renforcer ses défenses.

— C'est absurde ! cria Alban. Kyaga est un conquérant. Pensez-vous qu'il renoncera à ses plans ?

— Ça semble peu probable, admit Nistur, mais nos ordres sont de faire comme si.

— Vous êtes-vous entretenus avec lui et avec son chamane ?

— Oui.

— Racontez-moi ça.

— Nous sommes censés faire notre rapport au seigneur de Tarsis, pas à vous, rappela Ferbois.

— Paix, mon ami, dit Nistur. Ça ne prendra pas longtemps, et nous en tirerons peut-être quelque chose d'intéressant.

Pendant qu'il résumait leur visite au camp des barbares, les mages d'Alban s'approchèrent pour l'examiner, ainsi que ses compagnons. Un grand homme efflanqué vêtu de gaze noire leur jeta dessus une poignée de poudre scintillante qui changea de couleur lorsqu'il psalmodia. La femme grassouillette les observa à travers une lentille de cristal pourpre qu'elle tenait devant son œil gauche, pendant que sa main droite traçait des symboles cabalistiques dans les airs. Ecaille recula lorsqu'elle fit mine de lui sonder l'intérieur des narines. Le vieil homme ridé effleura leurs vêtements avec une baguette d'ivoire au bout doré.

Quand Nistur eut achevé son récit, la coterie se rassembla autour d'Alban. Il s'ensuivit quelques minutes de marmonnements entrecoupés de gestes qui devaient avoir une signification mystique. Puis le conseiller se tourna vers les enquêteurs.

— C'est pire que ce que nous craignions. Votre entretien avec Kyaga et son chamane a laissé sur vous des traces indiquant que vous avez été en présence d'un pouvoir considérable et de ce que les gens du peuple qualifieraient de « sorts de tromperie ». La nature exacte du talisman demeure obscure. A cause des phases des lunes et de l'alignement de certaines étoiles néfastes, nous aurons besoin de la nuit et de la journée de demain pour interpréter les signes.

— Vous pouvez y ajouter la nuit prochaine, déclara le vieux mage ridé.

— Nous attendrons vos révélations avec impatience, dit Nistur.

— Je vous les communiquerai dès que possible. (Alban avait déjà saisi une plume et se penchait sur une carte stellaire.) Vous pouvez y aller.

Les enquêteurs prirent congé. Une fois dans la rue, Ecaille passa une main dans ses cheveux en bataille.

— Vous croyez qu'il est aussi maboul qu'il en a l'air ?

— C'est possible, admit Nistur. Mais il a quand même mis le doigt sur quelque chose. Depuis le début, je trouve qu'il y a beaucoup trop de magie impliquée dans ce qui aurait dû être un simple meurtre. Quand les gens compliquent les choses inutilement, ça m'agace.

— Que penses-tu de sa petite bande de magiciens ? demanda Ferbois.

— De magiciens ? ricana Nistur. Ce sont des amateurs, à peine plus calés que les charlatans qui sévissent dans les foires ambulantes. Ils ne portent les robes d'aucun Ordre. Ça ne signifie pas qu'ils sont ignares ou dépourvus de talent, mais ils ne doivent pas avoir la discipline nécessaire pour maîtriser la magie. Le monde regorge d'aspirants sorciers qui ont lu deux ou trois grimoires, appris quelques sorts et sont persuadés que ça suffit pour se prétendre magiciens.

Ferbois eut un sourire moqueur.

— Comme les petits coqs de village qui paradent en armure en temps de paix, mais qu'on ne voit jamais sur le champ de bataille.

— Exactement… Malgré tout, il est possible qu'ils aient découvert quelque chose d'important, mais comment le savoir ?

— On va chez le conseiller Melkar maintenant ? demanda Ecaille en étouffant un bâillement.

Ferbois étudia la liste.

— D'après ce papier, il est de garde au fort jusqu'au troisième gong de la nuit, qu'on sonne une heure avant l'aube. (Il enroula le parchemin et le glissa dans sa ceinture.) Selon Karst, Melkar est le seul qui prend ses devoirs militaires au sérieux ; il est sans doute à son poste ou en train d'inspecter le mur d'enceinte. On va le voir là-bas, ou on attend qu'il rentre chez lui ?

— Nous pourrions passer le reste de la nuit à lui courir après, dit Nistur. Je suggère que nous rentrions au bateau pour nous réchauffer, manger un morceau et voir si Stunbog a avancé. Puis nous pourrons nous remettre en chasse.

— Parlez pour vous, dit Ecaille en bâillant de nouveau. Je tombe littéralement de sommeil.

Une surprise les attendait au bateau. Un cheval était attaché à une des poutres qui maintenaient la coque en position verticale. Cela n'aurait rien eu d'inquiétant si sa selle et son harnais n'avaient pas tant ressemblé à

ceux des nomades, et s'il avait été ferré comme la monture d'un cavalier civilisé.

— Un visiteur ? lança Nistur.

— Sans doute un barbare affligé d'un panaris, ricana
Ferbois.

Ils entrèrent et montèrent l'escalier conduisant à la
cabine du capitaine. Toujours assis à la même place,
Stunbog avait épluché le premier quart de son énorme
grimoire. Dans un coin, Myrsa était en grande conversation avec un jeune barbare aussi blond qu'elle. Ils ne
jetèrent pas un coup d'œil aux nouveaux venus.

Nistur croisa le regard de Stunbog et désigna les deux
jeunes gens.

— C'est son frère, chuchota le guérisseur.

Nistur et Ferbois le rejoignirent à la table, pendant
qu'Ecaille fixait le barbare blond, bouche bée.

— Je croyais que Myrsa était seule au monde,
s'étonna Nistur.

— Il y a deux heures, elle le croyait aussi. La dernière fois qu'elle a vu Badar, ce n'était qu'un enfant.
Elle pensait qu'il avait péri pendant l'attaque qui coûta
la vie à leur mère. Mais il fut vendu à des nomades des
plaines qui finirent par l'adopter. Maintenant, il fait
partie de l'armée de Kyaga.

Stunbog jeta un regard affectueux aux deux jeunes
gens. Myrsa ne cessait de toucher son frère, comme
pour se persuader qu'il était bien réel.

— Comment a-t-il su qu'elle était ici ? demanda
Ferbois, soupçonneux. Il pourrait être un espion envoyé
par Kyaga.

— Il est évident que c'est son frère ! cria Nistur.

— Il y a deux ans, Badar a rencontré des vendeurs de
chevaux qui venaient de passer par Tarsis, où j'en avais
soigné certains, expliqua Stunbog. Ils lui ont parlé du
guérisseur et de son étrange assistante, en ajoutant
qu'elle lui ressemblait de manière frappante. A cause de

leur sang mêlé, Badar et Myrsa ont une combinaison de traits, de couleur de peau, d'yeux et de cheveux qu'on retrouve rarement chez les barbares. Depuis, Badar mourait d'envie de venir à Tarsis, et sa tribu a rejoint la horde aujourd'hui. Il s'est aussitôt mis à notre recherche.

Nistur écrasa une larme.

— Une histoire très touchante, digne qu'on lui consacre quelques vers, dit-il en s'emparant d'une plume et d'un parchemin.

Myrsa se leva et s'approcha d'eux, un bras autour des épaules du jeune barbare.

— Je vous présente Badar, mon frère. Je le croyais mort, et voilà qu'il me revient.

Des larmes coulaient sur ses joues, et elle avait les yeux rouges.

— Je suis... enchanté de rencontrer les amis de ma sœur.

Le jeune homme n'ayant pas l'habitude de parler la langue locale, son accent était encore plus épais que celui de Myrsa. Un peu plus jeune qu'elle, il portait des vêtements de peau coupés et brodés selon les usages de sa tribu d'adoption.

— Je suis Nistur le poète, dit l'ex-assassin en lui tendant la main, et voici Ferbois le mercenaire et...

— E-Ecaille, balbutia la jeune fille, qui semblait sur le point de s'étrangler.

Nistur plissa les yeux. Malgré la lumière vacillante des chandelles, il aurait juré qu'elle avait rougi !

Badar serra solennellement la main des trois enquêteurs.

— Vous vous êtes battus épaule contre épaule avec ma sœur. Mon épée est à votre service.

— Nous en sommes très honorés, lui affirma Nistur. Mais nous ne voulions pas interrompre vos retrouvailles. Je vous en prie, ne faites pas attention à nous. Nous sommes venus parler à Stunbog. Plus tard, nous aurons tout le temps de faire plus ample connaissance.

Les deux barbares sourirent et allèrent dans un coin de la pièce pour reprendre leur conversation.

— Vous avez trouvé quelque chose à propos du symbole ? demanda Ferbois.

— Rien parmi le chapitre consacré aux sorts de protection, avoua Stunbog, perplexe.

— Nous venons de faire une rencontre assez étonnante, déclara Nistur.

Il lui raconta leur entrevue avec le conseiller Alban et sa clique de pseudo-sorciers.

— Je les connais, gloussa Stunbog. Aucun n'appartient à un Ordre de magie, mais certains ont tout de même du talent. Alban est réputé pour son amour de la magie. Il est intelligent, mais il manque de la discipline mentale nécessaire pour devenir magicien. Alors, il engage des sorciers de second choix pour lui tenir compagnie. Quand ils cessent de se quereller, ils émettent parfois des théories intéressantes. Mais je suis surtout intrigué par une chose qu'Alban vous a dite.

— Laquelle ?

— Il a mentionné un sort de tromperie, n'est-ce pas ?

— Oui, en précisant que ce n'était pas le nom exact.

— J'aurais aimé qu'il vous le donne… Même si ça n'aurait sans doute pas servi à grand-chose… Ne maîtrisant pas le langage magique vous auriez entendu une suite de syllabes sans queue ni tête, impossibles à retenir.

— Qu'est-ce que ça signifie ? demanda Ferbois.

— Eh bien… Le symbole que vous avez vu sur les mains de Parlombre n'est pas rattaché à un sort de protection. En revanche, j'ai trouvé des glyphes assez ressemblants dans le chapitre consacré aux sorts de métamorphose, qu'on pourrait également qualifier de sorts de tromperie.

— L'un d'eux aurait-il permis au chamane de duper le démon de vérité ?

— Je ne vois pas comment. Ces démons sont immunisés contre la magie humaine. Mais le sort avait peut-être un autre objectif. Ecaille, cela ressemble-t-il au symbole que tu as vu ? demanda Stunbog en désignant une illustration. (Ne recevant pas de réponse, il insista :) Ecaille ?

La jeune fille était en train d'observer les deux barbares. Elle sursauta.

— Quoi ?

Stunbog répéta sa question.

— Oh, euh, je ne sais pas… (Elle fit un effort pour se concentrer.) Non, je ne crois pas. Il n'y avait pas ces espèces de spirales sur la droite.

Comme malgré elle, elle tourna de nouveau la tête vers les deux barbares. Ses compagnons la fixèrent un instant, puis se regardèrent et haussèrent les épaules en même temps.

— Bon… Nous allons manger un morceau et boire une chope de bière pour nous réchauffer, annonça Nistur. Puis nous repartirons. Melkar doit déjà être en train de rentrer chez lui.

— Allez-y tous les deux, dit Ecaille. Moi, je reste ici. J'ai besoin de dormir.

— Je t'en prie. Nous arriverons à trouver le manoir de Melkar.

La jeune fille ne prit même pas la peine de répondre.

Quand ils sortirent du bateau, Ferbois fit une grimace à son compagnon.

— Qui eût cru que notre petite voleuse aurait un coup de foudre ? Et pour un barbare, en plus !

— Les voies du cœur sont mystérieuses, dit Nistur en enfilant ses gants. Même quelqu'un d'aussi endurci qu'Ecaille n'est pas à l'abri. Badar et elle ont à peu près le même âge, et tu as vu de quelle façon il a arraché des larmes à Myrsa ? Peut-être fait-il partie des bienheureux devant qui fondent toutes les femmes.

— Ou peut-être te laisses-tu un peu trop emporter par ton imagination de poète.

Après avoir interrogé quelques taverniers et demandé leur chemin à une patrouille, ils arrivèrent dans un quartier pas très éloigné de la Porte Nord : une autre zone très endommagée par le Cataclysme, où les riches avaient profité de la catastrophe pour se construire de vastes propriétés dans l'enceinte de la ville pourtant bondée.

— Ça doit être dans le coin, dit Ferbois en plissant les yeux pour mieux y voir entre les flocons de neige. Le garde a dit que c'était le manoir avec les piliers de marbre vert, mais qui peut distinguer les couleurs avec ce temps ?

— De toute façon, il était à moitié ivre. Attends un peu… C'est peut-être là.

Nistur désigna un portail de fer forgé encadré par deux piliers de marbre vert. Le linteau représentait deux cerfs dressés sur leurs pattes arrière qui soutenaient un globe entre leurs sabots avant. Sans doute un blason familial, songea le poète. Quelque chose se balançait sous l'arche… Une lanterne, peut-être.

— Tu dois avoir raison, dit Ferbois. Viens.

Ils se dirigèrent vers le portail… et se pétrifièrent.

— Le conseiller Melkar a de drôles de goûts en matière de décoration, dit Nistur. Si mes yeux ne m'abusent pas, c'est un pendu.

Ferbois haussa les épaules.

— Un serviteur qui lui aura déplu. Les aristocrates de Tarsis sont capricieux.

— Je crains que ça ne soit pas si simple. Tu as vu ses vêtements ? Ce sont ceux d'un barbare.

Une bourrasque glaciale fit tourner le cadavre sur lui-même. Alors, les deux hommes distinguèrent son visage.

— Ça alors, souffla Nistur. Une de nos récentes connaissances.

— Oui… Et elle n'a pas l'air au sommet de sa forme.

Guklak Dressétalon, chef de la tribu du Grand Fleuve de Glace, les fixait de ses yeux morts.

CHAPITRE X

— Nous avons un sérieux problème sur les bras, dit le seigneur de Tarsis. Je vous félicite d'avoir découvert le meurtrier dans le délai imparti par Kyaga Arcfort, mais très ennuyeux que ce soit Melkar, le seul de mes conseillers qui a une formation militaire. N'importe lequel aurait mieux fait l'affaire.

Il jeta un regard sévère aux enquêteurs, comme s'ils venaient de l'insulter personnellement.

— Vous ne croyez tout de même pas que Melkar a tué Guklak ! s'écria Nistur.

— Le cadavre a été retrouvé pendu à la grille de son manoir, non ?

— Dans ce cas, autant soupçonner Abushmulum IX d'avoir assassiné Yalmuk, railla Ferbois. Après tout, son corps a été retrouvé sur le socle de sa statue !

— Le conseiller Melkar était à son poste sur les remparts jusqu'au troisième gong de la nuit, ajouta Nistur. Nous avons découvert le cadavre quelques minutes seulement après qu'il eut passé le relais à un de ses subordonnés ! A supposer qu'il ait eu la bêtise de pendre Guklak au portail de son propre manoir, comment aurait-il eu le temps d'accomplir son forfait ?

— Je vous rappelle que les nobles de Tarsis ont un grand nombre de serviteurs. Dans le cas de Melkar, cela inclut les soldats qu'il commande, et ses gardes du corps. N'importe lequel aurait pu éliminer Guklak en fournissant un alibi à son maître.

— Mais pourquoi Guklak ? insista Ferbois. Et comment est-il entré dans la ville ?

— Les murs de Tarsis sont trop perméables. Outre les réparations en cours, j'ai décidé de recourir à des mesures extraordinaires pour renforcer la sécurité. Quand j'ai eu vent du second meurtre, j'ai ordonné qu'on arrête tous les mécontents, les éléments subversifs et les étrangers. En ce moment, la milice est en train de les incarcérer.

— Je doute que ces mesures apaisent l'inévitable colère de Kyaga Arcfort, dit Nistur.

— Néanmoins, elles permettront de faire comprendre aux citoyens la gravité de la situation. En politique, l'idée que les gens se font de la réalité est plus importante que la réalité elle-même. En tant que seigneur de Tarsis, je me devais de réagir.

— Je vois…

— Kyaga a-t-il été informé du meurtre de Guklak Dressétalon ? demanda Ferbois.

— Nous ne tarderons pas à le savoir. Cette fois, il n'y avait pas de passants pour répandre la nouvelle, mais notre homme semble disposer de nombreuses sources d'information à l'intérieur de la ville. Je doute que la milice les ait toutes arrêtées.

— Les responsables sont sans doute vos propres mercenaires, dit Nistur. Tous les confrères de mon ami ne partagent hélas pas ses principes et son sens de l'honneur.

— Ce n'est pas moi qui vais te contredire, renchérit Ferbois. Certains soldats que vous avez engagés, seigneur, ne sont que de vulgaires fripouilles prêtes à tout pour gagner une pièce de cuivre.

— Je suis cerné par des traîtres, soupira le seigneur. Mais c'est le triste lot des dirigeants.

— Alors, que faisons-nous ? demanda Nistur en tripotant les plumes de son chapeau.

— Vous pouvez continuer vos investigations. Le conseiller Melkar est prisonnier dans son manoir. Si vous ne découvrez pas de meilleur coupable, je le livrerai à Kyaga. Vous pouvez vous retirer.

Les deux hommes s'inclinèrent et sortirent.

— Quel genre de dirigeant livre à l'ennemi un de ses vassaux les plus capables, quel que soit le nombre de barbares qu'il ait pu tuer ? s'étonna Ferbois.

— Un dirigeant rusé qui craint pour sa position, répondit Nistur en enfonçant de nouveau son chapeau sur sa tête. Il faut toujours se méfier de ses subordonnés les plus habiles et les mieux placés : autrement dit, Rukh et Melkar dans le cas qui nous préoccupe. Le seigneur de Tarsis aurait préféré Rukh, mais ça reste pour lui le moyen idéal de se débarrasser d'un rival potentiel.

— Même s'il ne lui a jamais causé le moindre tort ? s'indigna Ferbois.

— Je le crains. Si Melkar est aussi honnête que brave, il a sans doute des fidèles qui souhaiteraient le voir prendre la place du seigneur de Tarsis. Beaucoup de grands généraux ont payé leur popularité de leur vie.

— J'en ai assez de cet endroit ! Je veux m'en aller. La traîtrise se tapit à chaque coin de rue, et si les gens ne sourient pas, c'est pour ne pas révéler qu'ils ont des crocs à la place des dents !

— Mais c'est une excellente métaphore poétique ! le complimenta Nistur. Je ne t'aurais pas cru si doué. As-tu jamais songé à... ? (Il s'interrompit en voyant quelqu'un courir vers eux dans la neige.) Ça ne serait pas Ecaille ? Et elle n'a pas l'air d'apporter de bonnes nouvelles...

— Nistur ! Ferbois ! cria la jeune fille en s'arrêtant devant eux. Ils ont emmené Stunbog en prison ! Et

Myrsa et son frère aussi ! Venez, nous devons les sortir de là !

Elle les saisit par la manche et s'efforça de les entraîner en direction du Palais de Justice.

— Un instant, dit Nistur en se dégageant. Avant d'agir, nous devons savoir de quoi il retourne.

— Oui, il ne servirait à rien de nous précipiter, renchérit Ferbois. Nous savons d'expérience que les prisonniers ont tout leur temps. Raconte-nous ce qui s'est passé.

— C'était au lever du soleil. Stunbog était toujours en train d'étudier son grimoire ; Myrsa et son frère continuaient à discuter, et je m'étais assoupie. Quelqu'un a frappé à la porte d'en bas. Myrsa est allée ouvrir et nous avons entendu des cris. Badar a dégainé son épée et dévalé l'escalier. Avant que nous puissions lever le petit doigt, des gardes et des mercenaires ont envahi la cabine. Le caporal Weite leur a ordonné de passer les menottes à tout le monde. Il aurait bien voulu m'arrêter aussi, mais j'avais mon sceau.

Ayant débité son histoire d'une seule traite, Ecaille s'interrompit, à bout de souffle.

Ferbois lâcha un juron.

— La rafle du seigneur ! J'aurais dû m'en douter !

— De quoi ont-ils été accusés ? demanda Nistur.

— D'être en cheville avec l'ennemi, parce que Stunbog n'est pas d'ici, que Myrsa est une barbare, et qu'ils s'entretenaient avec un soldat de l'armée de Kyaga. J'ai essayé de leur expliquer, mais ils n'ont rien voulu entendre !

— C'était à prévoir, soupira Nistur. Très bien, voyons si nous pouvons intervenir.

Quelques minutes plus tard, ils débouchèrent sur la place du Palais de Justice, où un enclos avait été construit à la hâte pour parquer tous les malheureux prisonniers. La plupart étaient des étrangers qui ouvraient de grands yeux remplis d'incompréhension. D'autres étaient des malfrats locaux ou de pauvres fous à l'air inoffensif. A l'évidence, les gardes n'avaient pas fait preuve de discrimination. Brandissant leur sceau, les trois enquêteurs se frayèrent un chemin dans la foule.

— Je ne peux pas vous laisser entrer, déclara l'officier de service. Les ordres du seigneur sont très clairs : les prisonniers ne peuvent pas recevoir de visites tant que nous n'avons pas fini de les trier.

Ferbois lui agita son sceau sous le nez.

— Voilà un sauf-conduit qui nous donne un droit d'accès illimité.

L'officier secoua la tête.

— Pas cette fois. Pour cette opération, le seigneur a suspendu toutes les autorisations et confié la surveillance du Palais de Justice au conseiller Rukh.

— Il n'y a rien de plus irritant qu'un fonctionnaire qui s'adonne à l'abus de pouvoir, marmonna Nistur alors qu'ils tournaient les talons.

— Et il ne servirait à rien de plaider notre cause auprès de Rukh, ajouta Ferbois. Il nous méprise et serait ravi de nous mettre aux arrêts avec les autres.

— Nos amis n'étaient pas dans l'enclos, annonça Ecaille. J'ai regardé pendant que vous discutiez. Ils doivent déjà être dans une cellule.

— Nous ne pouvons pas y faire grand-chose pour le moment, dit Nistur. Mais d'ici quelques jours, nous serons peut-être en mesure de les faire sortir.

— A moins que Kyaga n'ait détruit la cité, répliqua Ferbois, lugubre. Dans ce cas, rien n'aura plus d'importance.

— Vous abandonnez beaucoup trop facilement, leur reprocha Ecaille. Donnez-moi un peu d'argent.

Nistur lui tendit une poignée de pièces. La jeune fille se dirigea vers un des gardes qui surveillaient les prisonniers et lui chuchota quelque chose à l'oreille en glissant l'argent dans sa poche. L'homme abandonna son poste et entra dans le Palais de Justice. Quelques minutes plus tard, il ressortit et s'entretint brièvement avec Ecaille. Celle-ci hocha la tête et revint vers ses compagnons, l'air grave.

— Qu'as-tu appris ? demanda Nistur.

— Ils sont au niveau le plus bas, parce qu'ils ont été parmi les premiers à se faire arrêter. Apparemment, la rafle a commencé dans le quartier de la rade. Bref, les cellules d'en bas ressemblent à des puits : on y accède par une trappe, et les gardes remontent l'échelle dès que les prisonniers sont descendus. Comme ça, pas besoin de grille ni de verrou.

— Ça doit être affreux !

— Il fait froid, humide et noir… Mais ça nous laisse une chance de délivrer nos amis.

— Je ne vois pas comment, dit Nistur.

— S'ils sont hors d'atteinte à ce point, renchérit Ferbois, rien ne les fera sortir de prison, à part un décret du seigneur ou la prise de la ville par Kyaga.

— Je n'aurais jamais cru que vous vous décourageriez si facilement !

— Peut-être parce que nous ne disposons pas de tes ressources. Tu as un plan ?

— Ça dépend. Seriez-vous capables de m'obéir, pour changer ?

— J'ai envie d'aider le vieil homme, mais il ne nous reste pas beaucoup de temps pour démasquer l'assassin, objecta Ferbois.

— Parce que vous comptez y arriver tout seuls ?

— Peut-être pas, admit Nistur.

— Pendant que les gardes entraînaient Stunbog, il m'a demandé de vous retrouver et de vous dire qu'il avait découvert la signification du symbole.

— Très bien, capitula Nistur. Où allons-nous ?

La jeune fille prit une grande inspiration.

— Je vais vous montrer mon côté de la ville, celui dont même le seigneur et ses espions ne soupçonnent pas l'existence.

Le seigneur de Tarsis était bien trop préoccupé par le tour qu'avaient pris les événements pour se soucier de ce que faisaient ses enquêteurs. Le capitaine de la Porte Est lui avait fait envoyer un message : Kyaga Arcfort exigeait de s'entretenir avec lui sur-le-champ.

Malgré les jurons dont il les abreuva, les coups de pied et les horions qu'il fit pleuvoir sur eux, les domestiques du seigneur parvinrent à le revêtir de sa plus belle armure de plaques embossées d'or et incrustées de joyaux. Puis ils lui mirent son heaume orné de plumes rares et fixèrent à ses épaulettes une immense cape de soie bordée d'hermine, avant de le hisser sur la selle de son meilleur étalon.

Des gardes du corps le précédèrent et l'encadrèrent afin d'empêcher la racaille de l'approcher sur son passage, et sa splendide cape de balayer les rues crasseuses. Arrivé à la Porte Est, le seigneur mit pied à terre et monta sur les remparts avec quelque difficulté, bien que son armure de parade fût beaucoup plus légère que celle qu'il réservait au champ de bataille.

Quand il arriva sur la plate-forme et aperçut le chef des nomades, en contrebas, il regretta de ne pas avoir adopté une tenue plus martiale. Kyaga était tout de noir vêtu. Il portait une tunique de mailles par-dessus sa chemise et ressemblait à un général sur le point d'engager le combat.

— Je suis venu à ta demande, aussi impolie soit-elle, lança le seigneur de Tarsis. Que veux-tu ?

Kyaga tendit un index accusateur.

— J'ai toutes les raisons d'exiger ta tête !

— Mais il te faudra prendre ma cité pour l'obtenir.

— C'est ce que je ferai, si je n'obtiens pas satisfaction immédiatement ! Un autre chef a été assassiné dans tes murs ! J'exige qu'on me livre son meurtrier !

Le seigneur eut un soupir discret. Il n'avait pas vraiment cru pouvoir dissimuler la nouvelle très longtemps.

— Et comment expliquer la présence de ton chef dans mes murs ? riposta-t-il. Me serais-je introduit dans ton camp pour l'enlever ? Ou serait-il venu de son propre gré afin de traiter avec quelqu'un qui n'a peut-être à cœur ni tes intérêts ni les miens ?

— C'est cette question qui me retient de lancer un assaut sur-le-champ ! Mais sache que ma patience a des limites ! Livre-moi en personne les assassins de Yalmuk et de Guklak d'ici le prochain lever de soleil.

— Me prendrais-tu pour un imbécile, Kyaga Arcfort ? C'est une ruse grossière pour m'attirer dans ton camp, afin de me tuer ou de me garder en otage jusqu'au paiement d'une rançon. De nombreux généraux ont été abusés ainsi, et je ne suivrai pas leur exemple.

— Je suis venu te présenter ma requête en personne, à une distance où tes archers pourraient me larder de flèches, car c'est la coutume chez les nomades. Je jure devant les esprits de mes ancêtres qu'il ne te sera fait aucun mal, et que nous ne te retiendrons pas contre ton gré si tu nous livres les assassins. Si je venais à rompre ce serment, les guerriers de ma horde ne me suivraient plus.

— C'est exact, seigneur, souffla le capitaine Karst à son maître. Aucun nomade ne tolère le parjure. Une promesse faite dans ces circonstances n'engage pas seulement l'honneur de Kyaga, mais celui de tout son peuple.

— Très bien, concéda le seigneur de Tarsis à regret. Demain au lever du soleil, je te livrerai les assassins.

— Veilles-y. Sinon, ce sera la guerre !

Kyaga fit faire demi-tour à sa monture et regagna sa tente au galop. Sur son passage, son armée poussa des hurlements féroces.

— J'espère que vous pourrez lui donner ce qu'il réclame, seigneur, dit le capitaine Karst. Les préparatifs sont loin d'être achevés. Il faudrait au moins dix jours supplémentaires pour finir de réparer les murs. Un mois serait encore mieux. Vos défenseurs amateurs ont un cruel besoin de s'entraîner.

— Oh, je pense réussir à le satisfaire. Après, nous en reviendrons aux négociations. Je peux nous faire gagner un mois en les laissant traîner. Il ne sera peut-être même pas nécessaire de nous battre.

Karst s'inclina.

— Si vous le dites…

Mais alors que le seigneur lui tournait le dos pour se diriger vers l'escalier, le capitaine fronça les sourcils. Il savait bien ce que ça signifiait : faute d'un meilleur suspect, son maître livrerait Melkar aux douces attentions de Kyaga. Et c'était le seul membre du Conseil Intérieur ayant à la fois l'autorité et l'expérience nécessaires pour coordonner les défenses de la ville.

Karst avait toujours servi loyalement son employeur, mais il y avait une limite aux sottises qu'un soldat doté d'un minimum de bon sens pouvait encaisser sans broncher. Il décida de consulter les autres officiers. Peut-être était-il temps d'envisager une retraite…

— J'espère que tu ne nous amènes pas voir un autre spécimen dans le genre de Mémé Nénuphar, marmonna Nistur.

Les trois enquêteurs étaient de retour dans la vieille ville, où les bâtiments encore debout penchaient dangereusement vers le centre des rues.

— Pas exactement, le rassura Ecaille.

Elle s'arrêta à un carrefour, devant une bouche d'égout, et s'agenouilla pour examiner la grille. Puis elle glissa une de ses petites mains entre les barreaux et

tâtonna. Nistur entendit un raclement alors qu'elle action-
nait un levier – ou peut-être une clenche – avant d'ôter
sa main.

— Attrapez-la de l'autre côté, ordonna-t-elle, et tirez.
Je ne suis pas assez forte pour y arriver toute seule.

Ses deux compagnons obéirent. Bandant leurs
muscles, ils firent pivoter la grille sur ses gonds jusqu'à
ce qu'elle se dresse à la verticale.

— Comme c'est fascinant, murmura Nistur en son-
dant les ténèbres qui béaient au-dessous d'eux. Encore
une partie de la cité que nous n'avons pas explorée, et
elle réussit le tour de force d'avoir l'air plus répugnant
que celles que nous connaissons déjà !

— Peu importe, si elle nous mène quelque part, répliqua Ferbois. Ecaille, je suppose que tu as un plan ?

— Oui. Suivez-moi.

La jeune fille se glissa adroitement dans l'ouverture.

— Il y a une échelle, les informa-t-elle. Que le dernier à passer referme la grille derrière lui.

Ferbois descendit après elle. Nistur ferma la marche.
Obéissant aux instructions d'Ecaille, il tira sur la grille
et rentra la tête dans les épaules de peur qu'elle ne lui
tombe dessus. Mais elle se referma très doucement,
presque sans bruit.

— Tu aurais dû nous prévenir que nous aurions
besoin de torches ou de lanternes, dit Nistur à la jeune
fille au bout de ce qui lui parut une éternité.

— Nous n'en aurons pas besoin, répondit Ecaille.

Nistur continua à descendre jusqu'à ce que ses bras et
ses jambes lui fassent mal. Enfin, il atteignit le dernier
barreau de l'échelle et s'y suspendit.

— Laissez-vous tomber ! ordonna Ecaille.

— C'est que je ne suis pas vraiment en confiance, dit
Nistur.

Une main le tira par sa ceinture ; il glapit en se sentant tomber…

D'au moins sept pouces de haut.

— Si tu étais un peu plus grand, gloussa Ferbois, tu te serais épargné une belle frayeur.

— Je n'étais pas effrayé du tout, mentit dignement Nistur. J'ai juste un peu de mal à supporter la combinaison de l'altitude et des ténèbres.

— Il ne fait pas si noir que ça.

Regardant autour de lui, il vit qu'il distinguait la silhouette de ses compagnons.

— Vos yeux ne vont pas tarder à s'y habituer, promit Ecaille. Et il y a plus de lumière à l'endroit où nous allons.

— D'où vient-elle ?

— Je ne sais pas trop. Des champignons qui poussent sur les murs, et peut-être des pierres elles-mêmes.

Nistur avança jusqu'à la paroi et y colla son nez. Des paillettes d'un bleu-vert phosphorescent y étaient incrustées. Il les gratta de l'ongle, mais elles ne se détachèrent pas.

— Un minéral lumineux. Comme c'est intéressant…

— Allons-y ! pressa Ecaille. Maintenant, vous devriez y voir suffisamment pour ne pas vous emmêler les pieds.

Elle les guida le long d'un tunnel circulaire et bas de plafond qui descendait légèrement. L'air y était humide mais ne puait pas le renfermé, et les compagnons sentaient un souffle d'air froid sur leur visage.

Ils débouchèrent dans une vaste pièce au plafond de laquelle brillaient des champignons phosphorescents. Bien que toujours chiche, la lumière leur parut aveuglante après l'obscurité qu'ils venaient de traverser. Plusieurs passages partaient dans des directions opposées.

— Voyons, lequel était-ce ? marmonna Ecaille.

— Ne me dis pas que tu ignores où tu vas ! s'écria Nistur, que cet endroit rendait nerveux.

— Ça fait un moment que je ne suis pas venue. Soyez patient. Je crois que c'est celui-là.

Elle s'engagea dans un tunnel. Faute d'alternative valable, les autres la suivirent.

Ils franchirent plusieurs intersections, mais Ecaille semblait désormais savoir où elle allait. Quelques minutes plus tard, elle s'arrêta à un endroit qui ne se distinguait en rien des autres et annonça :

— C'est ça.

— Quoi, « ça » ? demanda Ferbois en regardant autour de lui.

La lumière diffuse découpait une tache sombre sur le mur. Ecaille s'en approcha, et les deux hommes entendirent des coups frappés contre du bois.

— Une porte ? s'étonna Nistur.

Il y eut un craquement.

La silhouette d'un nain à la barbe et aux cheveux d'un blanc de neige se découpa sur le seuil, éclairée par la flamme de deux ou trois bougies qui, après l'obscurité qu'ils venaient de traverser, blessa presque les yeux des deux hommes.

— Qui est là ? Ah, Ecaille. Mais qui sont les autres ?

Nistur enleva son chapeau.

— Nous nous sommes rencontrés il y a quelques jours chez Stunbog. Je suis Nistur, et voilà mon compagnon Ferbois, qui était indisposé ce soir-là.

— Pioche, Stunbog a des ennuis. Toi et ton peuple pouvez l'aider ! lança Ecaille.

Le nain les fixa avec moins de méfiance que d'étonnement, comme s'il n'avait pas l'habitude qu'on vienne perturber sa paisible existence.

— Dans ce cas…, dit-il en s'effaçant pour les laisser passer. Si Stunbog a besoin de nous, nous ferons tout notre possible. Sans lui, la moitié des enfants seraient morts ces deux dernières années.

Les compagnons entrèrent en baissant la tête pour ne pas se cogner au linteau. Ecaille résuma les événements, qui s'étaient conclus par l'arrestation de Stunbog, de

Myrsa et de Badar. Pioche écouta en hochant la tête de temps à autre.

— Nous avons eu vent de cette rafle, dit-il, mais tu sais que nous restons généralement à l'écart des gens du dessus. Ils nous ont presque oubliés, et ça nous convient. Mais nous pouvons faire quelque chose pour Stunbog. Nous lui devons bien ça.

— Génial ! Comment comptes-tu t'y prendre ?

— Ça ne sera ni facile ni simple.

— Oh, soupira Ecaille, dépitée. J'espérais qu'un de vos tunnels déboucherait sous la prison…

— Les seuls qui passent sous cette partie de la ville sont bloqués depuis longtemps. Il va falloir creuser. Et puis… Commençons par consulter l'assemblée pour savoir à quoi nous en tenir. Vois-tu, il y a un danger qui risque de compliquer la libération de Stunbog, voire de la rendre impossible.

— Quel genre de danger ? demanda Nistur.

— Le behir. Mais inutile de nous inquiéter pour rien. Certaines personnes pourront vous renseigner mieux que moi. Venez.

Pioche passa dans la pièce voisine et les compagnons le suivirent. Une partie de son antre était aménagée comme l'atelier d'un tailleur de pierre ; des outils s'alignaient sur les murs et plusieurs œuvres inachevées se dressaient sur leur piédestal.

Ils passèrent dans un tunnel bien plus large que ceux qu'ils avaient traversés jusque-là. Des paniers métalliques pleins de champignons phosphorescents étaient suspendus à sa voûte, projetant une lumière équivalente à celle des bougies.

Pioche s'arrêta et ouvrit une petite porte qui donnait sur une alcôve juste assez grande pour qu'il puisse y tenir seul. Une chaîne terminée par une poignée se balançait sous son nez. Le nain la saisit et tira dessus trois fois. Alors qu'il ressortait en fermant la porte, un coup de gong retentit dans le passage, bientôt suivi par un deuxième, puis par un troisième.

— C'est un appel au rassemblement, expliqua Pioche. On l'entend dans tous les sous-sols. Venez.

Ils marchèrent quelques minutes avant d'entrer dans une grande salle au sol jonché de cailloux. Puis ils empruntèrent un escalier qui descendait, longèrent un autre tunnel et traversèrent deux ou trois grottes. Nistur eut le vertige en songeant à la quantité de travail qui avait été nécessaire pour creuser ce réseau souterrain.

Ils débouchèrent enfin dans une salle un peu plus petite que les autres. Quarante ou cinquante nains y étaient assis sur des bancs de pierre conçus pour les recevoir en plus grand nombre.

— Que se passe-t-il, Pioche ? demanda un vieux nain dont les sourcils pendaient aux coins de ses yeux comme les extrémités d'une moustache. Le signal est venu de ton niveau.

— Et qui sont ces étrangers ? ajouta une femelle presque aussi âgée que lui.

— Des amis de Stunbog, répondit Pioche. Ils apportent une nouvelle qui nous concerne tous. Il y a des problèmes à la surface.

Le vieux nain ricana.

— Que nous importe ? Les nomades peuvent bien piller et incendier la ville. Ils n'oseront pas descendre ici.

— Il ne s'agit pas des nomades, Forge, dit Pioche. Ecoutez Ecaille.

La voleuse répéta son histoire. Les nains l'écoutèrent en silence, l'air sombre.

— Nous ne pouvons pas laisser le guérisseur moisir en prison, dit une femelle qui semblait encore assez jeune. Il a sauvé mon bébé quand je le croyais perdu.

— Oui, nous lui devons beaucoup, dit Forge.

— Nous vous demandons seulement de les délivrer,

lui et les deux barbares, rappela Ecaille. Nous nous en irons tout de suite après, et nous ne vous causerons aucun problème.

— Sommes-nous d'accord ? demanda Forge. (Les autres nains hochèrent la tête.) Très bien. Qui connaît le mieux cette partie de la ville ?

Un mâle chauve leva la main.

— Nous t'écoutons, Brisepic.

Le nain se redressa de toute sa hauteur, soit quatre bons pieds.

— Après avoir creusé les fondations du Palais de Justice, nos ancêtres ont laissé en place la plupart des tunnels d'accès, comme le veut la coutume. Mais le Cataclysme les a sérieusement affaiblis, et il a fallu les combler pour éviter que le bâtiment ne s'effondre.

— Combien de temps faudra-t-il pour les déblayer jusqu'au niveau inférieur de la prison ? demanda Pioche.

— Je vais aller aux archives consulter les plans, mais je dirais plusieurs heures à vue de nez. Sans compter le behir.

— Je suis certain que je ne vais pas aimer la réponse, soupira Nistur, mais je dois quand même poser la question. C'est quoi, le behir ?

— Vous ignorez ce qu'est un behir ? s'étonna Pioche.

— Je n'en ai jamais rencontré.

— C'est une sorte de ver géant, un reptile vicieux de vingt pas de long, expliqua Forge. Il mange tout ce qu'il peut attraper.

— Un dragon ? avança Ferbois.

Le vieux nain secoua la tête.

— Non : il n'a pas d'ailes, il ne parle pas et ne crache ni feu ni gaz empoisonné.

— C'est déjà ça, marmonna Ecaille.

Son soulagement relatif fut de courte durée, car Forge ajouta :

— Mais il crache des éclairs.

— C'est tout ? demanda Nistur. Ne vous en faites pas. Mon compagnon Ferbois… (il posa une main sur l'épaule du mercenaire) … est un célèbre chasseur de dragons. Vous voyez son armure ? Il l'a taillée dans la peau d'un dragon noir qu'il a tué voilà quelques années. Il ne fera qu'une bouchée de votre behir.

Levant les yeux, il vit que le visage de Ferbois avait pris une pâleur mortelle sous la lueur des champignons phosphorescents.

— Dans ce cas, mettons-nous au travail, ordonna Forge. Brisepic, va chercher les plans. Les autres, prenez des outils et rassemblez-vous dans l'ancienne salle de banquet, sous le palais.

Les nains se dispersèrent en échangeant des chuchotements excités, comme s'il ne leur déplaisait pas que quelque chose vienne enfin rompre la lugubre monotonie de leur existence.

— Ça devrait être amusant, se réjouit Pioche en faisant craquer ses mains aux doigts noueux. Je n'ai pas creusé depuis des années.

— Jusqu'où s'étendent vos excavations ? demanda Nistur alors qu'il les suivait dans un nouveau passage.

— Plus loin que la ville elle-même. Mes ancêtres ont creusé les fondations de Tarsis, et quand ils ont fini, ils ont prolongé leurs tunnels au-delà du mur d'enceinte. Autrefois, il y avait beaucoup de communautés naines dans la plaine, et leurs habitants ne se sont jamais rendu compte de leur présence sous leurs pieds. (Pioche soupira.) C'était il y a bien longtemps. Maintenant, nous sommes un peuple à l'agonie. Tous les villages sont déserts, et la plupart des souterrains inhabités. Là où vivaient autrefois des milliers de nains, nous ne sommes plus que quelques dizaines.

— C'est très triste, compatit Nistur. (Remarquant la

mine préoccupée de Ferbois, il lui demanda à voix basse :) Que t'arrive-t-il ? Une autre crise ?

— Non, c'est juste que… Je ne m'attendais pas à trouver un dragon ici.

— Ils ont dit que c'était plutôt une sorte de ver géant.

— Parce qu'il n'a pas d'ailes ? De toute façon, elles ne lui serviraient à rien dans ces tunnels. C'est pour ça que les Tarsiens ont installé des grilles sur les bouches d'égout.

— Les nains font avec depuis des siècles. Le monstre ne doit pas être si redoutable que ça. Et je t'ai présenté comme un chasseur de dragons. Tâche de te comporter comme tel.

— Je n'ai pas vraiment le choix, grommela Ferbois.

Quelques minutes plus tard, ils retrouvèrent les autres nains dans la salle de banquet, une longue grotte étroite où s'alignaient des tables de pierre. Brisepic avait déroulé un parchemin sur la plus grande.

— Ce sont les plans originaux que dessina le maître d'œuvre pendant la construction de la ville, annonça-t-il. Ils ont été rectifiés au fil des siècles alors que nos ancêtres ajoutaient de nouveaux tunnels et en bouchaient d'autres. Les dernières modifications, effectuées juste après le Cataclysme, correspondent à la fermeture de ces passages.

Il désigna un amas de lignes et de gribouillis incompréhensibles.

— A quel genre de boulot avons-nous affaire ? demanda Forge.

— Il y a un bouchon de deux cents pieds entre le tunnel d'accès le plus proche et la cellule où sont emprisonnés Stunbog et ses amis.

— Deux cents pieds ! s'exclama Nistur, catastrophé. Il faudra plusieurs jours pour creuser sur une distance pareille !

— Ce serait vrai si nos ancêtres avaient utilisé du

granit ou du corail de la rade. Par bonheur, ils se sont servis de roche volcanique prélevée dans les collines voisines. Vous auriez du mal à en venir à bout, mais les nains creusent aussi naturellement que vous respirez.

— Assurez-vous que le tunnel sera assez spacieux, intervint Ecaille. Myrsa est aussi large que Ferbois.

Elle flanqua un coup de poing amical dans l'estomac du mercenaire, frémit et secoua sa main en grimaçant.

Au même moment, deux jeunes nains entrèrent dans la pièce.

— Le behir est dans son antre, deux niveaux au-dessous du donjon, dit l'un d'eux. Mais il dort.

— J'espère qu'il a le sommeil profond, grommela Nistur.

— Un behir peut dormir pendant des années d'affilée, précisa Forge, mais celui-ci s'est beaucoup agité récemment. Nous l'avons entendu. Il doit commencer à avoir faim.

— Pourquoi ne l'avez-vous pas tué ? demanda Ferbois. S'il dort, ça devrait être facile.

— Vous avez déjà tué une créature qui crache des éclairs ? lança Pioche.

— Nos ancêtres en ont éliminé beaucoup au fil des siècles, déclara Forge. Mais chaque fois que nous croyons nous être débarrassés du dernier, il en arrive un autre. Ils éclosent dans des passages naturels trop profonds pour nous, et quand ils deviennent trop gros, ils remontent jusqu'ici.

— C'est regrettable, admit Nistur. Vos excavations risquent-elles de le réveiller ?

— Nous ne tarderons pas à le découvrir, répondit Forge. (Il se tourna vers les autres nains.) Nous formerons deux équipes. Pendant que la première attaquera le bouchon, la seconde utilisera les débris pour bloquer le behir. S'il vient nous chercher des noises, ça le ralentira peut-être.

— Excellente idée, approuva Nistur.

— Nous avons autant envie de rester en vie que vous.

— Ce tunnel bouché est-il très loin d'ici ? demanda Ferbois.

— Venez, je vais vous montrer.

Ils suivirent Forge jusqu'à une porte carrée d'environ huit pieds de haut. Les plus robustes des nains s'étaient déjà rassemblés là avec des pics, des marteaux, des masses et des leviers. Les plus anciens avaient été chercher des brouettes pour transporter les gravats.

— Nous sommes sous la place du Palais de Justice. Au-delà de cette porte, dit Forge en saisissant la poignée, nous trouverons le tunnel d'accès dont nous avons parlé.

Le battant s'ouvrit avec un craquement, révélant un mur de pierre grise. Sur le bloc central, ils distinguèrent un symbole. Forge suivit du doigt l'inscription gravée dessous.

— La marque du maître d'œuvre, la raison pour laquelle ce passage a été bouché et la date de fin de travaux, expliqua-t-il. (Il se tourna vers un des ouvriers.) Enlevez ce bloc et veillez à ce qu'il ne soit pas endommagé. Nous le remettrons en place à la fin. Allez, au boulot !

Les nains se mirent au travail. Dès qu'ils eurent enlevé le bloc qui portait l'inscription, Forge dégagea personnellement celui de dessous et le porta jusqu'à une table.

— Je vais y graver notre histoire, la date d'aujourd'hui et ma propre marque, annonça-t-il.

— Vous prenez votre travail très au sérieux, constata Nistur.

Le vieux nain haussa les sourcils.

— Que pourrait-il y avoir de plus important ?

— En effet…, murmura Nistur.

— Evidemment, ajouta Forge d'un air triste, il n'y

aura peut-être plus personne pour le lire d'ici peu. C'est une des choses dont je voudrais parler avec Stunbog.

— Vous croyez qu'il pourra vous aider ? demanda Ecaille.

— Commençons par le faire sortir de là. Nous en discuterons ensuite.

N'ayant rien d'autre à faire, les trois compagnons s'assirent au bout de la table. Une vieille naine leur apporta de la nourriture et de la bière qu'ils attaquèrent de bon cœur.

— Je déteste attendre, grogna Ferbois.

— Parce que tu es un homme d'action, dit Nistur. Moi, j'aime employer mon temps libre à l'acquisition de nouvelles connaissances. Peut-être pouvons-nous trouver une occupation qui nous satisfera tous les deux…

— Que veux-tu dire ?

L'ex-assassin se pencha vers son compagnon.

— Mon ami, je pense qu'il est temps de nous en apprendre un peu plus sur ton passé. Nos destins sont liés désormais. Plus tard, je te parlerai peut-être de moi. Mais pour le moment, c'est surtout de toi qu'il est question : tes antécédents, ton étrange infirmité, l'hostilité que certaines personnes te manifestent. Toutes ces choses nous affectent et nous mettent en danger.

Il se rassit et sourit en levant sa coupe d'albâtre finement ciselé.

— Et ça nous évitera de penser au monstre qui dort quelque part là-dessous.

Ferbois le dévisagea d'un air hostile.

Puis il parla.

CHAPITRE XI

— Le nom de mon pays natal n'a aucune importance, commença-t-il. J'étais de bonne naissance, et j'avais de hautes aspirations. Evidemment, j'étais encore très jeune.

— Beaucoup d'entre nous ont commencé ainsi, plaisanta Nistur.

— Ne l'interrompez pas ! cria Ecaille. Je veux entendre son histoire.

— Toutes mes excuses. Continue, je t'en prie. Je m'efforcerai de ne plus intervenir.

— Comme tous les hommes de ma famille, je m'entraînais pour devenir un guerrier. Mais je voulais être bien plus que ça : un chevalier et un héros. (Ferbois eut un sourire amer.) C'est un rêve que caressent de nombreux jeunes gens, mais peu d'entre eux tentent de le réaliser.

Il vida sa chope de bière et la reposa.

— Je n'étais pas le seul que l'ambition tenaillait. Dans la ville voisine du domaine de mon père vivait un autre jouvenceau nommé Boreas, le fils du maire. Nous avons grandi ensemble, fait des bêtises ensemble et nous nous sommes attirés des ennuis ensemble. Son père aurait voulu qu'il reprenne les affaires familiales : le négoce du vin, un des plus rentables dans notre partie du monde. Boreas ne voulait pas en entendre parler. Il aimait chanter, jouer de la harpe et monter sur scène.

Tous les citoyens en étaient scandalisés, car aucun homme de bonne naissance ne devrait s'adonner à ces activités futiles.

« Mais Boreas se fichait de les choquer. Il avait besoin de l'adulation de la foule et de ses applaudissements. Il cherchait toujours à être l'objet de l'attention générale. Comme il était bien trop populaire auprès des dames, un jour arriva où il dut s'enfuir. Il vint au château de mon père et me supplia de l'accompagner.

« Boreas avait entendu dire qu'un jeune dragon noir avait été repéré dans les montagnes, à quelques lieues de chez nous. La nuit durant, nous parlâmes de cette merveille. D'après lui, la créature devait garder un trésor, car c'est selon les légendes la nature des dragons. En outre, elle avait déjà tué une poignée de voyageurs, ce qui ne tarderait pas à donner mauvaise réputation à notre région.

« Boreas avait soif de trésors et d'aventures. Il se voyait déjà en train de glorifier ses propres exploits en s'accompagnant de sa harpe. Moi, je pensais à la réputation que je gagnerais en abattant un dragon. Je savais que la plupart des héros végétaient pendant des années avant d'obtenir l'estime de leurs pairs. Comme j'étais jeune et impatient, ça me paraissait la solution idéale, et le danger rendrait cette idée plus excitante.

Ferbois se tourna vers Ecaille.

— Les jeunes gens réagissent souvent ainsi. Ils veulent la gloire, mais ils ne sont pas prêts à la pourchasser des années durant. Alors, ils se lancent dans des aventures au-dessus de leurs capacités, ce qui les conduit généralement à la mort ou au désastre.

— Je comprends, assura la jeune fille.

— Nous nous sommes mis en route. Nous avions tous deux de bons chevaux, et j'étais armé d'une lance en plus de l'épée de mon grand-père. Mais j'avais seulement l'armure défraîchie avec laquelle je m'entraînais, parce que mon père refusait de m'en faire fabriquer une autre tant qu'il ne serait pas certain que j'avais terminé ma croissance. Pourtant, je me sentais déjà dans la peau d'un héros.

« Alors que nous nous approchions des montagnes, nous commençâmes à entendre des histoires au sujet du dragon. Il devait être très jeune, car il s'était établi là depuis un an environ. Boreas en fut déçu, puisque ça signifiait qu'il n'avait pas eu le temps d'amasser beaucoup de richesses. Moi, je trouvai la nouvelle plutôt réconfortante, car le doute m'avait assailli en chemin : serais-je assez bon guerrier pour tuer une créature capable de massacrer toute une armée ? Mais je me sentais capable de tuer un très jeune dragon, et son âge ne diminuerait en rien ma réputation.

« Nous arrivâmes au pied des montagnes, où des villageois nous indiquèrent la route qui nous conduirait à la passe la plus proche. L'antre du dragon était en haut d'un pic, non loin d'un lac autour duquel s'étendait une vaste forêt. Les villageois furent ravis d'apprendre que nous comptions le tuer : à cause de lui, la plupart des caravanes marchandes avaient cessé de passer par chez eux. Désormais, les voyageurs évitaient la région, et le dragon s'aventurait de plus en plus près de leur communauté. Un jour, il avait même emporté un berger.

« Les villageois nous firent la fête comme si nous avions déjà réussi, et nous trouvâmes leur hospitalité si agréable que nous restâmes cinq ou six jours, jusqu'à ce qu'ils nous fassent sentir qu'il était temps de nous mettre en route. Salués par leurs chants et par leurs vivats, le sol jonché de fleurs sous nos pas, nous prîmes le chemin de la passe.

Ferbois marqua une pause pour remplir sa coupe.

— Et ensuite ? demanda Ecaille, impatiente. Que s'est-il passé ?

— Je ne m'en souviens pas.

— Quoi ? Vous avez tué un dragon et vous ne vous en souvenez pas ? J'ai raconté aux juges des mensonges plus plausibles que ça !

— Laisse-lui raconter son histoire à sa façon, dit Nistur.

— C'est vrai : je ne me rappelle rien des trois jours qui ont suivi. Ensuite, j'ai repris connaissance sur une pente glacée, en proie à une terrible douleur.

« J'étais seul. L'épée de mon grand-père avait disparu. Mon armure était éventrée et ma cuisse droite lacérée jusqu'à l'os. Une piste sanglante remontait le long de la pente. Me demandant ce qui était arrivé à Boreas, j'eus soudain la certitude que la réponse était au bout de cette piste.

« Je me relevai. Croyez-moi, je n'ai jamais accompli d'exploit plus ardu. Outre que je souffrais énormément, j'étais très affaibli par les hémorragies. Je n'avais pas de bâton sur lequel m'appuyer et ma jambe droite me portait à peine. A chaque pas, j'avançais seulement de quelques pouces et mes blessures se rouvraient. A voir leur état et la quantité de sang qui maculait le sol autour de moi, j'estimai que j'étais resté évanoui près d'une journée.

« Au sommet de la pente s'étendait une sorte de cuvette de plusieurs centaines de pas de diamètre. Elle était envahie par une épaisse forêt et couverte par un épais brouillard. A l'intérieur, je trouvai une branche morte que je pus utiliser comme béquille. Ma progression en fut facilitée. Il était moins aisé de distinguer mon sang sur les aiguilles de pin tombées à terre que sur la neige, mais je parvins à me débrouiller. Malgré la douleur qui me faisait tourner la tête, je sentais qu'il faisait beaucoup plus chaud dans la forêt.

« Elle n'était pas bien grande, mais sa traversée fut le voyage le plus long que j'aie jamais entrepris. Je devais me reposer tous les deux ou trois pas pour reprendre mon souffle et lutter contre la nausée. Persuadé que je ne tarderais pas à mourir, je voulais pourtant découvrir ce qu'il était advenu de mon ami.

« J'atteignis enfin le petit lac, au centre de la forêt. C'était de là que provenait le brouillard. Je plongeai ma main dans l'eau et m'aperçus qu'elle était tiède – sans doute alimentée par des courants chauds souterrains. Je n'ai jamais su où elle coulait, car aucune rivière n'en partait. Enlevant mon armure désormais inutile, je fis une halte pour nettoyer mes blessures.

« L'eau devait avoir des propriétés curatives, car je me sentis beaucoup mieux après m'y être baigné. Mes plaies avaient cessé de saigner, et la douleur était redevenue supportable. Je repris ma béquille, me remis en route et atteignis une sorte d'éperon rocheux. A l'endroit où la pierre rencontrait l'eau, je distinguai une fissure et devinai que c'était l'entrée du repaire du dragon.

Ferbois marqua une nouvelle pause pendant que la vieille naine débarrassait leurs assiettes. Ses compagnons attendirent en réprimant à grand-peine leur impatience. Il but une nouvelle gorgée de bière et reprit :

— Je n'avais pas parlé autant depuis des années. Ça dessèche le gosier…

— Mais c'est bon pour l'âme, dit Nistur. Je t'en prie, continue.

— Oui, que s'est-il passé ensuite ? pressa Ecaille.

— Plus tard, j'ai appris que les dragons noirs vivent généralement dans les basses terres. Ils affectionnent les marécages et les forêts profondes. Celui-ci venait sans doute de quitter son nid à la recherche d'un territoire qu'il pourrait s'approprier. Peut-être était-il à bout de forces quand il a repéré l'étrange lac chaud et la caverne qui le flanquait. Il a dû juger que ça suffirait. Dès qu'il a repris des forces, il s'est livré à des déprédations.

« A l'époque, j'ignorais tout ça. Je savais juste que je devais retrouver Boreas. Voilà pourquoi, sans armes et virtuellement nu, j'entrai dans l'eau et pataugeai jusqu'à l'entrée de la caverne.

« Je fus dégoûté par la puanteur qui régnait à l'intérieur. Les légendes parlent toujours de Dragons Vénérables dormant au sommet d'une monstrueuse pile de trésors, dans une grotte quasiment transformée en palais. La réalité est tout autre, au moins en ce qui concerne les jeunes spécimens. Le sol était jonché de carcasses de moutons et de chevaux ; je crus même distinguer quelques cadavres humains. Tous sentaient aussi mauvais. Et au fond, je découvris le dragon.

Ferbois prit une profonde inspiration alors que les autres retenaient leur souffle.

— Il gisait sur le sol sablonneux, le corps constellé de répugnantes blessures. Non loin de lui, j'aperçus ma lance brisée en deux et l'épée de mon grand-père tordue comme un vulgaire morceau de fer-blanc, ainsi que des morceaux de mon armure – et certainement de mon corps – éparpillés alentour. Du sang humain et draconique maculait le sable.

« Le dragon était gros comme un cheval de trait, bien que beaucoup plus long à cause de son cou et de sa queue. A sa vue, je compris combien j'avais été fou de croire que je pourrais tuer une de ces redoutables créatures. Ce fut une bonne leçon d'humilité.

« Je ne savais pas quoi faire. Aucun signe de Boreas ou de nos chevaux. Je risquais de mourir de froid dans la montagne, et je devais reprendre des forces avant d'envisager de redescendre dans la plaine. De plus, je n'étais même pas certain de survivre à mes blessures. Mais j'étais venu là pour tuer un dragon, et je voulais une preuve que j'avais réussi. Comme j'avais toujours mon couteau, j'entrepris d'écorcher la créature.

Ferbois regarda ses deux compagnons d'un air sombre.

— Cette tâche ardue me prit plusieurs jours.

— Mais comment avez-vous subsisté pendant ce temps ? demanda Ecaille. Vous avez chassé ?

— Inutile : il avait de la viande de dragon, dit Nistur.

— Oui, et sachez qu'elle est très nourrissante. Entre la chair de la créature et les eaux du lac, je récupérai à une vitesse ahurissante. Plus tard, j'appris que c'était la véritable vengeance du dragon, car je me remis à espérer. Je ne savais pas que mes blessures finiraient par me tuer.

« Le dragon avait plusieurs plaies, dont deux qui auraient pu être mortelles : une déchirure dans la poitrine et une autre au palais. J'ignorais laquelle des deux l'avait achevé, et qui la lui avait infligée. Bref, je n'étais même pas certain de l'avoir tué moi-même. Ça aurait très bien pu être Boreas. Peut-être me suis-je menti pendant toutes ces années…

« J'eus beau fouiller son antre, je ne découvris aucun trésor. (Ferbois leva la main à laquelle brillait le Nœud de Thanalus.) A part cet anneau, qui avait sans doute appartenu à une de ses victimes. Comme je connaissais ses propriétés, je le pris en me disant qu'il pourrait me servir un jour.

« Enfin, j'enroulai la peau du dragon. J'aurais bien voulu emporter sa tête, mais je savais que je n'arriverais pas à la porter. Et je ne pus me résoudre à éventrer la carcasse, car je craignais d'y découvrir les restes de Boreas.

— Une vision sans nul doute répugnante, dit Nistur.

Ecaille le foudroya du regard.

— J'avais rêvé de revenir chez moi en héros et d'être adulé jusqu'à la fin de mes jours. A présent, j'avais accompli un exploit, mais je savais ne jamais pouvoir rentrer à la maison. J'étais certain d'avoir causé la mort de Boreas, qui était bien plus populaire que moi et dont le père avait tout pouvoir dans la région. Je me dirigeai donc vers l'autre côté des montagnes.

« Pendant des mois, je cheminai à pied dans des contrées sauvages. Quand j'eus épuisé mes réserves de viande de dragon séchée, je me nourris de ce que je pus attraper. Cent fois, je fus tenté d'abandonner la peau qui me ralentissait et que je devais parfois traîner derrière moi. Mais quand je songeais à tout ce qu'elle m'avait coûté, je ne pouvais m'y résoudre.

« Je finis par atteindre une région peuplée où j'échangeai quelques écailles de dragon contre de la nourriture et des vêtements. Les gens me regardaient de travers, car j'avais une bien étrange apparence. Ils devaient me croire fou, mais un homme qui porte une peau de dragon est toujours digne de respect. Au bord d'un fleuve, je payai ma traversée avec quelques griffes de dragon. De l'autre côté se dressait une grande ville où je trouvai enfin un armurier.

Ferbois caressa sa manche en peau de dragon.

— Il lui fallut la moitié de la peau pour me fabriquer l'armure et il garda l'autre en dédommagement. Il était si heureux de son acquisition qu'il me donna même un heaume, une épée décente et un cheval. Depuis ce jour, je gagne ma vie comme mercenaire. Rien à voir avec le chevalier que j'aspirais à devenir, mais j'ai depuis longtemps renoncé à mes stupides rêves de jeunesse.

— Voilà une histoire qui mériterait qu'on lui consacre un poème, déclara Nistur.

— Quand avez-vous découvert votre, euh… votre infirmité ? demanda Ecaille.

— Environ deux ans après, lorsque je commençai à sentir un picotement au bout de mes doigts. Je crus d'abord que c'était la fatigue de l'entraînement. Puis je ressentis le même picotement dans les orteils. Bientôt, mes mains tremblèrent, et malgré tous mes efforts pour le dissimuler, la nouvelle se répandit très vite parmi mes camarades.

« Dans une armée, tout le monde sait tout sur tout le

monde… ou pense le savoir. On ajoute foi aux rumeurs comme si c'était des révélations divines. Les autres soldats se méfiaient de moi parce que j'avais tué un dragon et que j'étais quand même un simple combattant. Quand je fus blessé au combat à cause de mon infirmité, ils prétendirent qu'un esprit mauvais me voulait du mal : j'étais maudit et je portais la poisse.

« Une fois qu'un mercenaire s'est attiré cette réputation, ses exploits, sa loyauté et son talent ne comptent plus. Les autres l'évitent. Les officiers ne veulent pas de lui dans leur unité. Et ce n'était pas mon seul problème…

— Comme si tu n'en avais pas eu assez, compatit Nistur.

Ecaille lui donna un coup de coude pour le faire taire.

— Je commençai à voir un dragon dans mes rêves, puis quand j'étais réveillé. Je crus d'abord à des hallucinations produites par mon esprit dérangé, puis je me dis que c'était le fantôme de celui que j'avais tué qui se manifestait à moi. Mais ce dragon-là n'était pas un jeune spécimen : plutôt un Grand Vénérable. Bientôt, mes camarades le repérèrent aussi.

« Nos pérégrinations me ramenèrent vers la ville où j'avais fait fabriquer mon armure. Je fus choqué de la découvrir détruite, ses ruines fumant encore. L'endroit avait été attaqué par un dragon qui n'avait épargné personne. Des centaines d'hommes, de femmes et d'enfants avaient péri. Les rares rescapés étaient à moitié fous de terreur. Je savais que ça ne pouvait pas être une coïncidence. Aucun dragon n'avait été aperçu dans les parages depuis des générations, et les survivants s'accordaient sur un seul point : leur agresseur avait des écailles noires.

« Je me mis en quête d'un mage des Robes Rouges qui s'intéressait aux légendes draconiques et lui racontai mon histoire, qu'il jugea très intéressante. Selon lui, il était très rare de trouver un dragon noir dans une région froide, car cette espèce affectionne la chaleur et préfère vivre dans la jungle ou les marais. Il supposa que celui que j'avais tué avait quitté son nid trop tôt, et s'était engagé dans les montagnes par erreur. Le torrent chaud et la caverne avaient dû l'inciter à y rester. Mais plus tard, il serait sûrement reparti en quête d'un climat plus clément.

« Comme il avait quitté son nid trop tôt, sa mère était allée à sa recherche. Elle a dû découvrir son antre peu de temps après mon départ. (Ferbois se frappa la poitrine.) D'une façon que j'ignore, elle a pu me suivre à la trace à cause de cette armure. Elle a détruit la ville parce que l'armurier détenait encore la moitié de la peau de son rejeton. Elle m'aurait retrouvé il y a bien longtemps si je ne cessais de me déplacer, et si elle supportait mieux le froid. Sans compter qu'elle chasse seulement la nuit.

— Pourquoi ne vous êtes-vous pas débarrassé de votre armure ? demanda Ecaille. Vous ne pouvez pas y tenir davantage qu'à votre vie !

— J'ai essayé, mais quelque chose m'empêche de l'enlever ou de la laisser ouverte plus de dix minutes d'affilée. Un jour, j'ai demandé à un camarade de me l'enlever alors que j'avais absorbé une drogue puissante. A l'instant où il a posé la main dessus, je me suis réveillé en sursaut. Le temps que je réalise ce que j'étais en train de faire, je l'avais à moitié étranglé.

— La seule question en suspens, murmura Nistur, c'est de savoir ce qui te tuera en premier : le poison du dragon, ou la vengeance de sa mère ?

L'air épuisé, Ferbois soupira.

— Comme tous les mercenaires à cent lieues à la ronde, j'ai fini par atterrir à Tarsis. Les conflits locaux s'étaient apaisés, et j'avais déjà visité la plupart des villes voisines. J'espérais trouver une bande de mercenaires qui n'ait pas encore entendu parler de moi. A défaut, j'envisageais de me convertir au banditisme. Au temps pour mes rêves de gloire…

— Le destin te réserve peut-être autre chose, l'encouragea Nistur.

— Il ferait bien de se dépêcher, parce que je crains de n'avoir plus beaucoup de temps, répliqua Ferbois.

— Le chamane a fait allusion à un remède, leur rappela Ecaille. Vous croyez qu'il en connaît un ?

— Je ne lui ferais pas confiance pour éliminer une verrue, grommela Nistur. (Voyant l'expression hésitante de Ferbois, il s'exclama :) Pas de ça, mon ami ! Je sais à quoi tu penses. Tu as désespérément envie de croire que ce sauvage connaît un moyen de te guérir, mais il m'étonnerait que ce soit le cas.

— Si quelqu'un doit trouver un remède, ce sera Stunbog, affirma Ecaille. Mais d'abord, il faut le faire sortir de prison.

— Et si nous allions voir où en sont nos petits amis ? proposa Nistur.

Ils se levèrent et s'approchèrent de l'ouverture du tunnel. Un nain en sortit, poussant une brouette remplie de gravats. Ses industrieux compagnons avaient déjà fait quelques dizaines de pas, et collé des amas de champignons phosphorescents au plafond. L'air était chargé de poussière. Au loin, les trois enquêteurs entendirent le martèlement des outils devant lesquels la pierre fondait comme neige au soleil.

Nistur lâcha un sifflement.

— Ils ne nous ont pas menti : ils creusent la roche comme une taupe la terre meuble.

— Comment as-tu fait leur connaissance ? demanda Ferbois à Ecaille, en s'écartant pour laisser passer trois nains qui regagnaient le tunnel avec des brouettes vides.

— J'ai passé le plus clair de ma vie dans les caves de la vieille ville. Parfois, j'y rencontrais des nains. D'habitude, ils ne se montrent guère sociables envers les gens de la surface, mais ils ont vu tout de suite que je n'étais pas une menace. Quand Stunbog s'est installé dans la rade, je leur ai parlé de lui.

Ils revinrent vers la table.

— N'as-tu donc pas de famille ? demanda Nistur.

— Si c'est le cas, je ne m'en rappelle pas. Aussi loin que remontent mes souvenirs, j'ai toujours vécu dans la rue. Vous deux, vous avez voyagé. Moi, je ne suis jamais sortie d'ici, et je n'ai jamais rien été d'autre qu'une voleuse.

— Une *excellente* voleuse, souligna Nistur.

— Et une amie loyale, ajouta Ferbois.

— Les quelques jours que nous venons de passer ensemble ont été les plus intéressants de ma vie. (Ecaille saisit son médaillon et le contempla affectueusement.) Et je me suis bien amusée avec ce truc. (Elle soupira en le laissant retomber.) Je suppose que ce sera bientôt terminé…

— Tenter de prédire l'avenir ne nous servirait à rien, dit Nistur. Concentrons-nous plutôt sur le présent et le futur immédiat, car ils promettent d'être mouvementés. Je doute que nos expériences précédentes nous servent à grand-chose, mais c'est ce qui rend la vie si excitante.

Repus, les trois compagnons s'assoupirent, la tête posée sur les bras. Malgré le raffut des travaux d'excavation, ils ne s'éveillèrent qu'en sentant quelqu'un les secouer.

— Nous sommes arrivés sous la cellule, annonça Forge. Voulez-vous être là quand nous les délivrerons ?

— Et comment ! s'exclama Nistur en saisissant son chapeau. J'ai déjà participé à des évasions, mais aucune qui fût aussi spectaculaire !

Ferbois s'étira en bâillant.

— Je ne manquerais ça pour rien au monde, renchérit-il.

218

Ecaille se dirigeait déjà vers l'entrée du tunnel quand le sol vibra sous leurs pieds.

— Qu'est-ce que c'est ? demanda-t-elle. Un séisme ?

— Rien de grave, répondit Forge. Au moins, je l'espère.

Ils le suivirent dans la pénombre du tunnel, où la poussière retombait lentement et où le bruit des outils s'était tu. Conformément à leurs instructions, les nains avaient dégagé un large passage, mais la voûte était si basse que Ferbois dut baisser la tête, et que Nistur préféra enlever son chapeau pour ne pas l'abîmer.

Au bout du tunnel, les ouvriers avaient creusé une sorte de puits circulaire. Perché sur un tas de gravats, un nain attaquait à coups de ciseau discrets les derniers blocs qui le séparaient de la cellule des prisonniers. Chaque fois que l'un d'eux se détachait, il le rattrapait et le faisait passer à un de ses collègues.

Soudain, une autre vibration ébranla le tunnel. Les compagnons se regardèrent, inquiets. Alors, un jeune nain fit irruption dans le passage en criant :

— Il se réveille !

— Vite ! ordonna Forge. Dégagez les dernières pierres. Nous n'avons plus le temps de faire du travail propre et silencieux. Nous devons ficher le camp au plus vite !

L'ouvrier redoubla d'efforts, mais son amour naturel de la maçonnerie était incompatible avec une situation d'urgence. Il continua donc à attaquer le mortier pour ne pas endommager les blocs.

Ferbois perdit patience.

— Ecarte-toi de là, grogna-t-il en s'emparant d'un marteau.

Il sauta au sommet de la pile de gravats, bousculant l'ouvrier trop minutieux et flanqua un grand coup. Des éclats de roche tombèrent autour de lui. Il secoua la tête pour chasser la poussière de ses yeux et frappa de nouveau.

— C'est un scandale ! cria le maçon.

— Parfois, les circonstances exigent d'oublier nos coutumes, le consola Forge.

Au troisième coup de marteau, Ferbois ouvrit un trou dans le plafond.

— Que se passe-t-il ? demanda une voix stupéfaite au-dessus de leur tête.

— Stunbog ? appela Ecaille. Nous sommes venus vous délivrer !

Un visage éberlué encadré par deux longues tresses blondes apparut dans l'ouverture.

— Ecaille ? répondit Myrsa.

— Dépêchez-vous, cria la jeune fille. Nous n'avons pas beaucoup de temps. Un monstre arrive !

Comme pour donner plus de poids à ses paroles, un grondement retentit, accompagné par un sifflement.

— Il défonce notre barrière, dit Forge. (Il se tourna vers les ouvriers.) Allez dire aux autres d'évacuer et de baisser la herse de la salle de banquet. Nous avons fait tout ce que nous pouvions. Si le behir réussit à passer, continuez à fuir en baissant les herses derrière vous. Tâchez de l'attirer vers un de nos pièges. Remuez-vous !

Les ouvriers prirent leurs jambes à leur cou.

— Et vous ? demanda Nistur pendant que Ferbois s'efforçait d'élargir l'ouverture du plafond.

— Je reste, répondit Forge. Je suis vieux et je n'attends plus grand-chose de la vie. Si nous ne parvenons pas à tuer le behir, il nous mangera. Alors, il se rendormira, et mon peuple pourra peut-être l'éliminer.

— N'ayez crainte : mon compagnon se chargera de votre monstre, assura Nistur.

— C'est peut-être un bon tueur de dragons, mais

220

comme maçon, il ne vaut pas un clou, grommela Forge en observant le plafond d'un air dégoûté.

Ferbois sauta à terre.

— Ils arrivent !

Myrsa se laissa tomber la première, atterrit sur les gravats avec l'agilité d'un chamois. Elle tendit les bras vers le plafond pour réceptionner Stunbog, que lui faisait passer son frère. Puis tous deux s'écartèrent pour laisser la place de sauter à Badar.

— Je suis curieux de savoir comment vous avez fait, dit le guérisseur en époussetant sa robe.

— Nous n'avons pas le temps ! cria Nistur en portant une main à son épée. Un behir se dirige vers nous, et il paraît qu'il est redoutable.

Badar cligna des yeux, un mélange de soulagement et de panique s'affichant sur ses traits.

— Où sommes-nous ?

Ecaille courut vers lui.

— Dans un tunnel nain. Ne t'inquiète pas, il y a un moyen d'en sortir. Mais nous avons un petit problème à résoudre d'abord.

— Je ne crains aucune bête, affirma le barbare. Donnez-moi une arme, et vous verrez.

— Ah, l'impétuosité de la jeunesse, lâcha Nistur.

— Fichons le camp d'ici, grogna Ferbois, qui avait déjà dégainé son épée.

Ils suivirent Forge le long du tunnel mal éclairé, jusqu'à la salle de banquet. La pénombre ne dérangea pas les prisonniers : ils avaient eu le temps de s'y habituer dans leur cellule.

Sur le seuil du tunnel, Forge s'immobilisa et scruta l'immense pièce.

— Il n'est pas encore là, marmonna-t-il. L'entrée est loin, mais si nous l'atteignons, les autres lèveront la herse pour nous laisser passer, et…

Soudain, une créature passa par une des portes, qu'elle

arracha de ses gonds, et entra dans la salle de banquet. Malgré son aspect reptilien, ce n'était pas réellement un serpent. Elle se déplaçait sur de multiples paires de pattes à une vitesse étonnante. Au bout de son corps, long de quarante pieds, sa tête semblable à celle d'un crocodile se balançait, pendant que ses yeux proéminents aux pupilles fendues inspectaient les environs à la recherche d'une proie. De longues aiguilles couraient le long de son échine, se soulevant et s'abaissant au rythme de sa respiration.

Les compagnons reculèrent vers le tunnel. Badar et Forge avaient saisi des marteaux ; Ecaille et Myrsa, des barres à mine de six pieds de long, avec une extrémité aplatie et l'autre pointue. Seul Stunbog n'était pas armé.

— Il peut nous entendre ? souffla Nistur.

— Pas si nous parlons tout bas, répondit Forge.

— Si quelqu'un a une idée, c'est le moment de nous en faire part. Moi, j'avoue que je sèche.

— Vous avez dit que ce type était un grand tueur de dragons !

— C'était il y a longtemps, marmonna Ferbois, et il s'agissait d'un petit dragon.

— Nous pouvons nous replier dans la cellule, dit Nistur. Les gardes finiront bien par nous laisser sortir.

— Je n'abandonnerai pas mon peuple au behir, dit Forge, et je ne me tapirai pas dans la prison des gens de la surface !

— Paix, mes amis ! intervint Stunbog. Laissez-moi évaluer la situation. Ensuite, nous pourrons peut-être imaginer un plan.

Ils s'accroupirent près de la bouche du tunnel pendant que le guérisseur s'avançait sur la pointe des pieds.

Le behir n'avait pas encore repéré le passage. Il se dirigea vers l'entrée principale, fixa la herse un instant et tenta de la pousser du museau. Le métal grinça mais ne céda pas. Frustré, le behir voulut l'enfoncer, mais sans plus de succès.

La créature ainsi occupée, Stunbog examina la salle de banquet. Outre ses dimensions, il prit note de la présence de torchères fixées sur les murs, et d'un lustre de bronze en forme de roue suspendu au plafond. Les tables et les bancs avaient été sculptés à même la roche originelle et ne faisaient qu'un avec le plancher.

Tandis que le behir se détournait de la grille, Stunbog battit en retraite dans le tunnel.

— Alors ? lança Ferbois.

— Nous avons bien affaire à un behir, déclara le guérisseur. Il sera aussi difficile à tuer qu'un véritable dragon.

— J'espérais un rapport plus encourageant, soupira Nistur.

— Laissez-moi finir. Il a des pouvoirs magiques, mais à part ça, ce n'est qu'un reptile géant : très agressif quand il a faim, très lent quand il est rassasié, et presque dépourvu de cerveau. Pour le moment, il semble en quête de nourriture.

— Il crache des éclairs ! dit Forge.

— C'est vrai, mais il lui faut du temps pour récupérer après chacun.

— Parfait, grommela Ferbois. Laissons l'un d'entre nous se faire frire, comme ça, les autres pourront l'attaquer sans crainte.

— Il existe deux types d'éclairs : naturels ou magiques, expliqua Stunbog. Ceux que génèrent les nuages durant un orage sont très dangereux, mais ils frappent au hasard à moins d'être manipulés par un dieu. Les autres ne peuvent être invoqués que par un jeteur de sorts accompli ou par une créature ayant des pouvoirs magiques. Les deux variétés ont une forte affinité avec la terre, vers laquelle on peut les diriger en se servant d'un objet métallique pour détourner leur puissance.

— Vous pensez que nous pouvons neutraliser les éclairs du behir ? demanda Nistur.

Stunbog dévisagea ses compagnons.

— Si nous faisons bon usage des ressources à notre disposition, et si nous nous montrons aussi rapides que courageux, je crois que c'est possible.

— Et ensuite, comment l'abattrons-nous ? demanda Forge.

— Mieux vaudrait poser la question à notre tueur de dragons.

Tous se tournèrent vers Ferbois. Un instant, il eut l'air indécis ; puis ses traits se durcirent.

— Très bien. Mettons-nous au travail. Nous n'avons pas beaucoup de temps.

Ils s'accroupirent en cercle pendant que Stunbog et le mercenaire dessinaient des schémas du bout de l'index dans la poussière du sol. Quand ils eurent fini, Ecaille et Badar retournèrent vers le puits pour ramener d'autres barres à mine.

Leurs préparatifs terminés, Ferbois lança :

— On y va !

Il prit la tête du petit groupe, une barre à mine dans les mains. Ecaille portait son épée, prête à la lui faire passer ou à l'utiliser elle-même en dernière extrémité. Aucun d'eux ne pensait que des armes ordinaires parviendraient à entamer la peau écailleuse du reptile.

Alors qu'ils jaillissaient du tunnel, le behir capta leur mouvement et fit volte-face avec une rapidité étonnante. Sa queue fouetta l'air et claqua contre un mur, tandis que sa tête se dressait au bout de son long cou pour mieux voir les nouveaux venus. Ses aiguilles s'aplatirent sur son échine. Ses yeux aux pupilles fendues découvrirent les compagnons qui se déployaient dans la pièce. Tous étant loin d'elle, le cerveau primitif de la créature hésita à choisir une cible.

Armés de barres à mine, Ferbois, Myrsa, Badar et

224

Nistur coururent chacun vers une torchère tandis qu'Ecaille restait au milieu de la pièce, agitant l'épée du mercenaire pour distraire le behir. Forge brandit son marteau et cria des ordres aux jeunes nains tapis derrière la herse. Aussitôt, ils sautillèrent sur place en agitant les bras. Selon Stunbog, les barreaux métalliques feraient un parfait paratonnerre.

Mais le behir affamé s'intéressait aux créatures qui étaient dans la pièce avec lui. En l'absence d'un autre critère de sélection, il se concentra sur celles qui lui promettaient le repas le plus nourrissant. Son regard passa de Ferbois à Myrsa. Tous deux l'insultèrent copieusement malgré la frayeur qui leur faisait battre le sang dans les tempes.

La barbare pâlit quand l'énorme tête s'immobilisa, la fixant de ses yeux jaunes à peine moins terrifiants que ceux d'un basilic. Comme ses camarades, elle avait levé sa barre à mine à la verticale pour qu'elle touche la torchère métallique, et la serrait si fort que ses jointures blanchissaient. Lorsqu'elle la lâcherait, la barre à mine resterait debout un instant avant de tomber.

Sa vie était suspendue à cet instant.

Le behir ouvrit lentement ses mâchoires, révélant plusieurs rangées de crocs acérés et une langue fourchue. Les aiguilles se redressèrent sur son échine.

— Maintenant ! brailla Stunbog.

Son cri, le plongeon désespéré de Myrsa, l'éclair et la déflagration qui l'accompagna parurent se produire simultanément. Forge et les autres nains à l'abri derrière la herse grognèrent de douleur quand l'éclair les aveugla.

Quand leur vision s'éclaircit, ils constatèrent que la barre à mine et la torchère brillaient d'une lueur écarlate et qu'elles étaient désormais soudées l'une à l'autre. Myrsa gisait dix pieds plus loin, les yeux grands ouverts.

Impossible de dire si elle était morte, évanouie ou juste assommée.

Un long moment, le behïr demeura immobile. Puis Badar cria et courut vers sa sœur.

Le reptile se lova sur lui-même comme pour frapper.

Ferbois se tourna vers Nistur.

— C'est là que le héros va gagner sa paye…

Brandissant sa barre à mine, il rugit et chargea.

La terrible gueule pivota vers lui. Nistur imita son compagnon, mais avec beaucoup moins d'enthousiasme. Ecaille fit des bonds en agitant les bras et Stunbog se démena comme un possédé, toute dignité oubliée. Leur seule chance était de noyer le cerveau minuscule de la créature sous les stimuli.

Mais le behïr avait rivé son attention sur Ferbois et oublié tout le reste. Il voulait le mercenaire. Une fois de plus, sa gueule s'ouvrit, et sa tête se darda au bout de son long cou musclé.

Ferbois plongea en avant et lui enfonça sa barre à mine dans la gueule, transperçant sa langue et la clouant à sa mâchoire inférieure. Le behïr lâcha un sifflement furieux et secoua la tête pour se débarrasser de la barre à mine et de son agresseur. Mais il s'accrocha de toutes ses forces.

Nistur se jeta sur le flanc du behïr, espérant que son élan et son poids suffiraient pour pénétrer la peau écailleuse de la créature. Mais la pointe de sa barre à mine ripa sur l'armure naturelle.

Puis un coup de queue du behïr le projeta quelques pas plus loin. Il atterrit sur le dos, le souffle coupé, tandis que son arme lui échappait des mains et allait heurter un mur.

Le behïr parvint à se débarrasser de la barre à mine de Ferbois. Animé par la haine et la colère autant que par la faim, il fondit sur le mercenaire.

Ferbois était parvenu à rester debout et à ne pas

lâcher son arme. Mais lorsqu'il frappa de nouveau, sa pointe glissa contre la gencive du behir au lieu de s'enfoncer dans sa langue. Sa tête n'était qu'à quelques pouces des crocs redoutables quand la créature referma ses mâchoires.

Très énervé par ce repas peu coopératif, le behir tendit le cou jusqu'à ce que sa tête touche le plafond. Ferbois était suspendu à sa barre à mine comme un acrobate sur son trapèze. Alors que le reptile secouait la tête, le métal plia sous son poids et se tordit jusqu'à former un U. Puis une idée germa dans le cerveau minuscule du behir, qui leva les pattes avant pour s'emparer de son agresseur.

Badar aida Myrsa à se redresser. La barbare secoua la tête pour chasser les étoiles qui dansaient devant ses yeux. A l'autre bout de la salle de banquet, elle vit les griffes du behir saisir Ferbois.

Surtout, elle vit l'estomac de la bête, désormais exposé.

Elle courut ramasser la barre à mine de Nistur. Puis, avec un cri de guerre, elle s'élança vers le behir et projeta son arme comme une lance. La pointe métallique s'enfonça à moitié entre les écailles du ventre, plus petites et plus molles que celles des flancs.

Suivant l'exemple de sa sœur, Badar chargea. Sa barre à mine pénétra dans l'estomac de la créature une largeur de main au-dessus de la première. Alors que le behir ouvrait les mâchoires, Ferbois tomba sur le sol, agrippant toujours sa barre à mine coupée en deux. Il jeta le morceau le plus long pour garder celui qui portait la pointe.

Nistur s'était relevé et avait dégainé son épée. Il bondit sur la créature, tentant de lui porter un estoc. S'il arrivait à glisser sa lame entre deux écailles…

Mais sa belle lame naine plia sous son poids sans réussir à percer l'armure du behir.

Nistur bondit en arrière pour esquiver un coup de queue et lâcha un juron.

— Autant attaquer un château avec un cure-dent, marmonna-t-il, rengainant son épée et cherchant du regard une arme plus appropriée.

L'attention du reptile demeurait rivée sur Ferbois. Il leva la tête et, avec un rugissement, plongea vers le mercenaire en ouvrant les mâchoires.

Sous le regard stupéfait de ses compagnons, Ferbois se jeta dans la gueule béante comme s'il était impatient de se faire croquer. Les crocs acérés se refermèrent sur sa taille et le soulevèrent de terre.

— Non ! hurla Nistur en saisissant un marteau.

Il courut vers le behir et lui abattit son arme sur le cou. Sans résultat. De l'autre côté, Forge – qui avait enfin recouvré la vue – s'acharnait tout aussi vainement. Armés de barres à mine, Myrsa et Badar attaquèrent tandis qu'Ecaille levait l'épée du mercenaire et en portait un coup vigoureux au behir.

La créature ne se souciait plus que d'avaler sa proie. Quand elle déglutit, les pieds de Ferbois disparurent dans sa gueule.

Les compagnons redoublèrent d'efforts, mais ils furent balayés par un puissant coup de queue.

Puis les pattes du behir cédèrent sous lui. Son cou se raidit ; son regard devint vitreux et il s'immobilisa.

Lentement, il bascula sur le côté. Tandis que son énorme tête heurtait le sol, ses yeux dépourvus de paupières roulèrent dans leurs orbites.

Incapables d'y croire, et soupçonnant une ruse, les compagnons se relevèrent et s'approchèrent prudemment.

— Regardez ! s'exclama Ecaille en désignant le crâne de la créature.

Douze pouces d'acier ensanglanté l'avaient transpercé au-dessus des yeux. Admiratif, Nistur secoua la tête.

— Manger du héros ne paye pas !

— Il est encore vivant ! couina la voleuse en voyant bouger le cou du behir.

— Non, c'est juste un réflexe musculaire, dit Stunbog.

— Il essaye toujours d'avaler, précisa Nistur en voyant un renflement se déplacer vers le corps de la créature.

Une petite bosse se forma sous les écailles. Alors que les compagnons s'émerveillaient de ce prodige, le cou du behir se déchira. Une dague jaillit de la plaie, suivie par un bras couvert d'une armure noire.

— Ferbois ! cria Ecaille en s'efforçant maladroitement d'élargir l'ouverture avec l'épée du mercenaire.

Myrsa lui prit l'arme des mains.

— Laisse-moi faire.

Elle posa un pied sur le cou du monstre et abattit la lame avec autant de force que de précision, prolongeant la déchirure faite par Ferbois sans toucher son bras.

— Sortez-le de là !

Nistur et Badar agrippèrent le mercenaire et tirèrent.

Ferbois émergea de l'entaille, couvert de sang et d'ichor. Sous le regard stupéfait de ses compagnons, les écailles noires de son armure virèrent au bleu foncé, puis au bleu clair. Peu à peu, toute couleur les déserta. Lorsqu'elles furent transparentes, leurs pointes se recourbèrent vers le haut ; puis elles se détachèrent comme des feuilles mortes en automne, révélant une peau tachetée de gris qui ne tarda pas à tomber en lambeaux.

— Il est débarrassé de son armure maudite, souffla Stunbog. Les sucs digestifs du behir étaient suffisamment acides pour dissoudre les écailles du dragon noir. Elles l'ont protégé juste assez longtemps pour lui sauver la vie.

— Je pense plutôt que c'est la récompense de son

héroïsme, dit Nistur. Mais évidemment, je suis un poète…

Sur le sol, Ferbois reprenait son souffle à grand-peine.

— Suis-je toujours vivant ? haleta-t-il.

Stunbog s'accroupit près de lui pour l'examiner.

— Non seulement vivant, mais indemne.

— Et maintenant, mon ami, dit Nistur, doutes-tu encore que c'est toi qui as tué ce dragon noir ?

CHAPITRE XII

Les combattants restèrent dans les souterrains de Tarsis le temps de se reposer et de panser leurs blessures. Sur l'ordre de Forge, on organisa un petit banquet en leur honneur : grâce à eux, le nom du vieux nain resterait dans la mémoire de son peuple comme celui d'un héros qui s'était battu victorieusement contre un behir.

Pendant les préparatifs, Stunbog conféra avec les anciens. Il fit devant eux une liste des diverses parties du corps du monstre qui avaient des propriétés magiques et seraient donc susceptibles d'intéresser des jeteurs de sorts.

Puis Nistur raconta au guérisseur les aventures de Ferbois, les enjolivant un peu comme l'exigeait sa nature de poète. Quand le mercenaire les rejoignit après avoir pris un bon bain pour se débarrasser de la puanteur du behir, les compagnons évoquèrent la suite de leur enquête.

— Ecaille nous a dit que vous aviez découvert la signification des symboles sur les mains du chamane, rappela Ferbois.

— Vous vous souvenez : selon moi, il ne s'agissait pas de glyphes de protection, mais de tromperie… Juste avant que les gardes ne viennent nous arrêter, j'ai trouvé un dessin qui correspondait presque exactement à celui d'Ecaille. C'était celui d'un glyphe de transformation.

— Vous pourriez être un peu plus précis ? demanda Nistur.

— Certainement. Un glyphe de transformation est le composant matériel d'un sort qui permet de modifier de façon superficielle l'apparence d'une personne ou d'une chose, sans altérer sa nature.

— Et il en existe beaucoup ?

— J'en ai examiné plusieurs centaines avant d'identifier le bon.

— Sur quel genre de transformation porte-t-il ? demanda Ferbois.

— Il modifie la couleur des yeux.

Les compagnons dévisagèrent Stunbog.

— Vous en êtes certain ? insista Nistur.

Le guérisseur haussa les épaules.

— Oui, si le dessin d'Ecaille était correct.

— Mais en quoi cela a-t-il pu le protéger du démon de vérité ? s'étonna la jeune fille.

— Une excellente question, à laquelle je ne peux malheureusement pas vous fournir de réponse.

— Ça signifie que Parlombre est un sorcier ? demanda Nistur.

— Pas forcément. Comme je viens de vous le dire, il s'agit d'un sort *superficiel*. Un magicien pourrait le préparer pour une tierce personne. En revanche, il fonctionnera seulement pour la personne en question, sans possibilité de transfert. Au fil du temps, il perdra son efficacité et devra être renouvelé par quelqu'un qui en a le pouvoir.

Ferbois fronça les sourcils.

— La couleur des yeux…

— Ceux de Parlombre sont marron, pour autant que je m'en souvienne, dit Nistur. Et que j'aie pu en juger malgré la pénombre et toutes les amulettes qui lui pendouillaient devant la figure. Mais j'aurais cru qu'un sauvage pareil ne se soucierait pas d'un détail aussi futile…

Un jeune nain entra dans la pièce et s'entretint à voix basse avec Forge, qui se tourna vers le reste du groupe.

— J'ai envoyé des espions à la surface. Nous disposons d'endroits d'où nous pouvons entendre sans nous faire voir. Apparemment, les nomades préparent un assaut. Ils devraient le lancer d'ici deux heures. Le seigneur a négocié une trêve pour s'entretenir avec Kyaga et lui livrer le meurtrier. Si les négociations échouent, il sera autorisé à regagner la ville, et l'attaque commencera à l'instant où les portes se refermeront derrière lui.

— Comme nous n'avons pas trouvé d'autre suspect, je suppose qu'il va livrer le conseiller Melkar à Kyaga, dit Nistur, l'air sombre.

— Que pouvons-nous faire ? demanda Stunbog.

— Je n'en sais rien, avoua Nistur. Je suis déçu de n'avoir pas démasqué le véritable assassin. Melkar va connaître une fin injuste. Mais coupable ou non, aucun habitant de Tarsis n'a de grandes chances de survivre à l'attaque des nomades.

— Je refuse que ça se termine ainsi, déclara Ferbois. Forge, vous nous avez dit que vos tunnels s'étendaient au-delà des murs de la ville. Avez-vous accès au camp des nomades ?

— Bien entendu. Si vous souhaitez y aller, je peux vous faire sortir devant la tente de Kyaga.

— Parfait.

— Mon ami…, commença Nistur.

D'un geste, Ferbois le fit taire.

— Laisse-moi un moment pour réfléchir. Je crois que j'ai une idée.

— Sais-tu qui est l'assassin ?

— Non, mais je le sens à notre portée. Nous disposons de toutes les pièces du puzzle. Il ne reste qu'à les assembler.

— Supposons que la solution t'échappe jusqu'au dernier moment. Que ferons-nous ?

— Vous n'êtes pas obligés de m'accompagner. J'irai seul, s'il le faut.

Nistur posa une main sur son cœur.

— Je suis terriblement offensé ! Il n'est pas question que je me défile.

— Je ne voudrais manquer ça pour rien au monde, intervint Stunbog.

— Et moi, je ne vous laisserai pas y aller seul, ajouta Myrsa.

— Il le faudra pourtant, dit Ferbois. Je voudrais que votre frère et vous alliez en ville nous acheter des chevaux. Combien d'argent avons-nous ?

Ils vidèrent le contenu de leurs poches sur la table.

— Ça devrait suffire pour cinq montures décentes. Ecaille n'aura qu'à chevaucher en croupe de quelqu'un.

Forge jeta une bourse rebondie sur la table.

— Tenez. Tâchez de vous trouver de bons coursiers. Vous risquez de devoir vous enfuir, et la vitesse sera votre seul atout. Nous avons beaucoup d'or, et il ne nous sert pas à grand-chose.

— Je vous remercie, dit Ferbois. (Puis, s'adressant aux barbares :) Ne perdez pas de temps à marchander. Payez le prix qu'on vous demandera. Chaque seconde compte.

— J'ai une dernière faveur à vous demander, dit Forge à Stunbog.

— Si c'est en mon pouvoir…

Ils conférèrent à voix basse quelques minutes.

— Les portes de la ville sont barricadées. Comment allez-vous sortir ? demanda Ecaille en regardant Myrsa et Badar.

— Ça ne sera pas un problème, promit Forge. Il y a sous le marché un passage souterrain assez large pour des chevaux. Il ressort au pied d'une petite butte, au sud de la ville.

234

— Parfait. Nous vous retrouverons là-bas... Si nous avons survécu.

Myrsa jeta un regard dubitatif à Stunbog, qui hocha la tête. Les deux barbares firent leurs adieux aux nains, et Pioche les conduisit vers la sortie.

— Inutile de perdre du temps, dit Ferbois en se levant. Mettons-nous en route. Je veux être là-bas quand les deux camps se rencontreront.

— Pourquoi pas ? dit Nistur. Ce sera une aventure digne d'un poème. Que se passera-t-il si nous ne parvenons pas à satisfaire Kyaga et le seigneur de Tarsis ?

— Nous n'aurons plus qu'à filer... et vite.

Pendant que les nains les guidaient à travers le dédale de souterrains, Stunbog interrogea Ferbois au sujet du dragon noir qu'il avait tué. La tête ailleurs, le mercenaire lui répondit distraitement.

Deux jeunes espions nains vinrent à leur rencontre et firent leur rapport à Forge.

— Nous sommes presque arrivés, annonça ce dernier. Le seigneur de Tarsis approche. Il est accompagné par le Conseil Intérieur au grand complet.

Les compagnons gravirent une rampe qui débouchait dans une salle aux parois irrégulières. Forge ouvrit une porte, révélant une fissure juste assez large pour livrer le passage à un homme. Alors, ils comprirent qu'ils étaient à l'intérieur d'un rocher creux.

— Bonne chance, mes amis, leur dit le vieux nain. Cette porte restera ouverte au cas où vous devriez fuir. N'hésitez pas à l'emprunter.

Ils émergèrent sous la pâle lueur de l'aube. Ecaille hoqueta de surprise en voyant les barbares rassemblés devant la tente de Kyaga. Mais aucun ne regardait dans leur direction : leur attention était rivée sur leur chef. Flanqué par sa garde d'honneur, son chamane et son porte-étendard, il attendait de pied ferme la délégation tarsienne.

Deux files de jeunes nobles en armure dorée s'avancèrent, brandissant des oriflammes. A une centaine de pas de la tente, elles s'écartèrent, révélant le seigneur de Tarsis et ses conseillers parés de leurs plus beaux atours. Chacun avait amené une escorte – celle d'Alban se composant de ses magiciens loufoques –, à l'exception de Melkar, dont les mains étaient entravées. A l'ouest, les citoyens de Tarsis observaient le spectacle depuis les remparts.

Le cheval du seigneur s'approcha lentement de Kyaga et s'immobilisa en face de lui.

— Kyaga Arcfort, fidèle à ma promesse, je t'amène le meurtrier de l'ambassadeur Yalmuk Sang-Flèche et du chef Guklak Dressétalon. Que ceci nous permette de reprendre les négociations.

Kyaga observa la délégation tarsienne, plissant les yeux au-dessus de son voile.

— Il y a eu deux meurtres, dit-il enfin, et je ne vois qu'un prisonnier. Je le reconnais comme l'assassin de Guklak, puisqu'on a retrouvé le cadavre pendu à la grille de son manoir. Mais je ne suis pas persuadé qu'il ait tué Yalmuk.

Derrière lui, les autres chefs nomades poussèrent des cris d'assentiment.

— Je n'ai tué personne ! cria Melkar. Mais aucun de vous ne se soucie de l'identité du véritable assassin.

— Silence ! cria le seigneur. N'aggravez pas votre cas par un mensonge futile !

Des grognements montèrent de la foule des barbares et les Tarsiens s'agitèrent nerveusement. La violence planait dans l'air et n'attendait qu'une occasion pour se déchaîner.

— Arrêtez ! rugit Ferbois en s'interposant entre les deux groupes. Cet homme est innocent ! Nous sommes affectés à cette enquête et nous avons découvert la vérité !

Bouche bée, les spectateurs observèrent l'étrange petit groupe qui venait de jaillir de nulle part. Le seigneur de Tarsis fut le premier à retrouver l'usage de la parole.

— D'où venez-vous ? Vous ne faisiez pas partie de mon escorte !

— Et mes sentinelles ne les auraient jamais laissés passer, renchérit Kyaga. Qu'est-ce que ça signifie ?

Nistur enleva son chapeau à plumes et s'éventa nonchalamment.

— Nous sommes des enquêteurs spéciaux. Accomplir des tours de force est notre lot quotidien.

— Peu importe ! cria le seigneur. Je vous ai relevés de vos fonctions quand vous avez démasqué Melkar. Allez-vous-en si vous ne voulez pas que je me fâche !

— Nous portons toujours votre sceau, dit Ferbois en brandissant son médaillon. Vous nous avez chargés de découvrir la vérité, et c'est ce que nous avons fait. Accepterez-vous de nous écouter ?

— Vous n'êtes que des usurpateurs ! s'exclama Kyaga. Vous n'avez pas à vous mêler de négociations entre dirigeants !

Un cavalier se détacha de la horde. C'était Laghan de la Hache, le sous-chef de la tribu du Torrent Fétide.

— Moi, je veux entendre ce qu'ils ont à dire !

— Moi aussi ! cria un guerrier.

Des vivats montèrent de la foule. Pendant ce temps, le regard perplexe de Stunbog allait de Kyaga à Parlombre. L'expression du chef barbare était impossible à voir sous son voile, mais son langage corporel trahissait son agitation.

— Très bien ! cria-t-il. Parlez, mais dépêchez-vous : mes hommes sont impatients de livrer bataille !

— Il serait préférable que toutes les personnes

concernées se réunissent dans votre pavillon, dit Nistur. Ce que nous avons à dire prendra un peu de temps, et nous ne voulons pas être distraits.

— Ça ne faisait pas partie de nos accords, grommela Kyaga. J'y consens, mais n'abusez pas de mon indulgence.

— Comment puis-je savoir que ce n'est pas une ruse ? demanda le seigneur de Tarsis, méfiant.

— Un instant, intervint Stunbog.

Il se dirigea vers les mages du conseiller Alban et s'entretint avec eux. Ils mirent pied à terre et vinrent former un cercle devant la tente.

— Nous aurons besoin d'une lance.

Le seigneur fit signe à un de ses gardes. L'homme tendit à Stunbog une lance de douze pieds de long, que le guérisseur ficha dans le sol à la verticale. Les mages d'Alban entonnèrent une incantation.

— Ils sont en train de tisser un rideau de paix, expliqua Stunbog. Si l'un d'entre vous se montre agressif avant que le soleil atteigne son zénith et que l'ombre de la lance disparaisse, la vengeance divine s'abattra sur ce campement. (Il se tourna vers le chamane.) Le très saint Parlombre souhaite peut-être les aider ?

Surpris, le nomade secoua la tête en faisant tinter ses amulettes.

— Notre chamane traite avec les esprits des Plaines, dit Kyaga, pas avec des mages décadents.

— C'est bien dommage, fit Stunbog. J'aurais aimé le voir à l'œuvre. Venez, messires : l'ombre est déjà en train de raccourcir.

Grognant et marmonnant entre eux, les nobles de Tarsis et les chefs nomades mirent pied à terre, puis se dirigèrent vers le pavillon.

Les enquêteurs les suivirent à quelque distance.

— L'homme qui accompagne Kyaga n'est pas un chamane, dit Stunbog à voix basse. En fait, il est muet.

Je reconnais les signes. Et il n'a pas de symboles peints sur les mains.

Nistur fronça les sourcils.

— Plusieurs personnes ont mentionné qu'il ne parlait jamais en présence de Kyaga.

— « Les yeux qui mentent », cita Ferbois. C'est ce qu'a dit Mémé Nénuphar. « Les yeux qui trompent. Eux tous, un seul. »

— On dirait que ses élucubrations viennent de prendre un sens pour toi, souffla Nistur.

— Laisse-moi faire, et tu verras.

A l'intérieur de la tente, les nobles s'alignèrent le long d'une paroi et les chefs le long de celle d'en face. Tous s'observaient avec une hostilité mal dissimulée. Ferbois, Nistur, Ecaille et Stunbog avancèrent.

— Ne nous faites pas attendre, ordonna Kyaga.

— Si vous vous moquez de nous, mon châtiment sera terrible, promit le seigneur de Tarsis.

— Ne craignez rien, les rassura Nistur en se fendant d'une révérence extravagante. Nous allons vous divertir au-delà de toutes vos attentes. Je laisse la parole à mon brave compagnon.

— Messires, je suis Ferbois le mercenaire, enquêteur au service du seigneur de Tarsis. Concernant le meurtre de Yalmuk Sang-Flèche et celui de Guklak Dressétalon, j'ai découvert les faits suivants.

Il regarda à la ronde. Tous étaient suspendus à ses lèvres.

— Il y a quelques jours, le seigneur de Tarsis a reçu les envoyés de Kyaga Arcfort. L'ambassadeur Yalmuk Sang-Flèche devait conduire les négociations jusqu'à l'arrivée de son chef. Est-ce exact ?

— C'est exact, confirma le seigneur de Tarsis.

— C'est faux ! lança Ferbois. Le premier d'une longue suite de mensonges ! Kyaga a assisté aux négociations depuis le début. En fait, il était à Tarsis avant ses envoyés.

Un murmure excité parcourut l'assemblée.

— Il ment ! cria Kyaga.

Ferbois se tourna vers lui tel un lion sur le point de bondir.

— Laissez-moi finir mon histoire, et nous verrons si vous avez encore l'audace de me traiter de menteur !

— Continuez ! pressa Brisépieu, qui titubait déjà malgré l'heure matinale, mais semblait apprécier le spectacle.

Ferbois regarda les Tarsiens.

— Seigneur, vous avez tenté de semer la zizanie entre Yalmuk et Parlombre. Puis vous avez demandé à vos conseillers de recevoir les envoyés chez eux afin de tester leur loyauté.

— Un acte diplomatique, se défendit le seigneur. Quel dirigeant n'en aurait pas fait autant ?

— C'est un jeu risqué, car vos propres conseillers ont tenté de vous doubler… servant ainsi les intérêts de Kyaga.

— Je ne comprends pas.

— Le conseiller Rukh, dit Ferbois en se tournant vers l'homme, vous a bien dit que Guklak était fanatiquement dévoué à Kyaga ?

— En effet.

— Pourtant, quand nous avons interrogé les autres chefs nomades, ils nous ont affirmé le contraire. En fait, Guklak était prêt à se vendre à l'ennemi. Mais Rukh vous l'a dissimulé, parce qu'il comptait se servir de lui.

— En quoi cela indique-t-il que Kyaga était à Tarsis pendant tout ce temps ? demanda le seigneur en foudroyant Rukh du regard.

Le conseiller prit un air d'innocence offensée.

— Pour commencer…

Ferbois s'avança vers Parlombre. D'un geste vif, il

saisit les amulettes qui pendouillaient devant sa figure et tira. Le chapeau lui resta dans la main… et avec lui une perruque de tresses brunes. Un homme au crâne rasé et au visage maculé de teinture verte écarquilla les yeux de terreur.

— Ce n'est pas un chamane, mais un esclave muet qui joue ce rôle quand il est en public avec Kyaga ! cria Ferbois.

— Je me suis entretenu avec lui pendant le banquet, annonça le seigneur.

— Pas avec lui, le détrompa Ferbois, mais avec *Kyaga* !

Il agrippa le poignet du chef des nomades et lui arracha son gant, révélant le symbole complexe tracé sur le dos de sa main. Puis il frotta avec le gant pour l'effacer. Alors, le vert brillant des yeux de Kyaga se ternit et tourna au bleu pâle.

— Quand il voulait être Parlombre, un sort lui faisait des prunelles marron. Quand il devenait Kyaga, il les avait vertes. Maintenant, vous pouvez voir leur véritable couleur. (Ferbois sourit aux chefs.) Parlombre n'a jamais existé. Cet homme a annoncé son propre avènement.

L'expression chagrinée des nomades était presque comique.

— Parlombre n'existe pas, et Kyaga Arcfort non plus, continua le mercenaire.

— Alors, qui est-il donc ? demanda le seigneur, incrédule.

Ferbois arracha le voile du chef des nomades, révélant un visage assez séduisant que la peur gagnait de seconde en seconde.

— Aucun d'entre vous ne pouvait le savoir… Il s'appelle Boreas. C'est un brigand, un musicien et un acteur. Autrefois, il était mon ami. Mais il m'a trahi et laissé pour mort.

— Mémé Nénuphar nous l'avait bien dit ! triompha Ecaille.

— Quand il a compris que Yalmuk et Guklak étaient prêts à le trahir, il a décidé de les éliminer d'une façon avantageuse : en faisant croire que les Tarsiens étaient les coupables, histoire que la soif de vengeance renforce la loyauté des autres chefs envers lui.

— Quelle infamie ! s'exclama le seigneur.

Ferbois lui adressa un sourire sans joie.

— Il s'est même débrouillé pour faire accuser le conseiller Melkar, afin que vous lui livriez votre seul commandant de valeur. Il connaît bien les hommes de votre genre : il savait que vous sauteriez sur une occasion de vous débarrasser d'un rival.

Les conseillers dévisagèrent leur seigneur d'un air dégoûté, mais il les ignora superbement.

— Je ne suis toujours pas convaincu.

— Pour un acteur comme Boreas, il n'était pas difficile d'imiter un noble tarsien. Il en a rencontré plusieurs, et qu'ils portent un masque en public lui a facilité la tâche. En se faisant passer pour l'un ou l'autre, il pouvait se déplacer librement dans la cité. C'est ainsi qu'il a attiré Yalmuk sur la place du Palais de Justice, sans doute en lui faisant miroiter une alliance ou un pot-de-vin. L'esclave muet attendait, perché sur le socle de la statue d'Abushmulum IX. Il a passé le garrot autour du cou de Yalmuk. Boreas et lui l'ont hissé là-haut. C'est pour ça qu'il n'y avait presque pas de sang sur le sol.

Il se tourna vers son ancien ami.

— Je suppose qu'un garrot d'acier est l'arme la plus naturelle pour un harpiste, pas vrai, Boreas ? Si on cherche ton instrument, on s'apercevra sûrement qu'il lui manque une corde.

— Et Guklak ? demanda un nomade.

— Facile. Il l'a sans doute tué ici, dans votre camp, avant de franchir les portes de la cité en se faisant passer pour un noble qui revenait de patrouille. Les gardes avaient reçu l'ordre de ne laisser entrer ni étrangers ni nomades, mais ils n'allaient pas refouler un de leurs supérieurs.

— Cet homme ment comme il respire ! beugla Kyaga.

Un silence de mort accueillit son éclat.

— C'est comme ça qu'il a berné le démon de vérité ! s'exclama Ecaille. Il a dit « Parlombre n'a pas tué Yalmuk », et c'était vrai, puisque Parlombre n'existe pas !

Nistur hocha la tête.

— Excellente leçon. Il ne faut jamais faire confiance à un homme qui parle de lui à la troisième personne !

— Nous n'aurions pas pu nous laisser berner aussi facilement ! cria un nomade.

— Je suis en mesure de vous fournir une explication, dit Stunbog. Mes collègues nous l'apportent justement.

Le petit magicien ridé comme une vieille pomme émergea d'un autre compartiment du pavillon.

— Ça doit être ça, dit-il en tendant un coffret au guérisseur.

L'énorme femme en robe étoilée les rejoignit.

— Il n'y avait pas de harpe, rapporta-t-elle, mais j'ai trouvé ça.

Elle brandit un luth auquel manquait une corde.

— Je suppose qu'une harpe était trop encombrante pour quelqu'un qui passe son temps à voyager, dit Ferbois.

— Il y a quelques années, déclara Stunbog, Ferbois et Boreas se sont battus contre un jeune dragon noir. Ferbois l'a tué, mais non sans encaisser de terribles blessures. Boreas, qui avait dû rester en arrière pendant le combat, a pris le cœur de la créature et abandonné son compagnon. Voyez !

Il souleva le couvercle du coffret. Même les nomades endurcis et les comploteurs blasés de Tarsis lâchèrent un hoquet de surprise. Sur un lit de satin reposait un organe d'un rouge grisâtre, plus gros que celui d'un taureau adulte. Bien que son propriétaire fût mort depuis longtemps, il continuait à battre.

— Convenablement traité par un mage, le cœur d'un dragon noir confère à celui qui le détient un charisme irrésistible. Pourquoi se contenter d'être un acteur, a dû penser Boreas, alors qu'avec ce talisman, il pourrait jouer un personnage aux yeux du monde entier ?

— Ah, ah ! s'exclama Nistur. Maintenant, je vous reconnais ! (Il sortit une bourse des plis de sa tunique et la jeta aux pieds de Boreas.) Je vous rends votre argent, puisque je n'ai pas rempli mon contrat. Sous le déguisement d'un noble tarsien, cet homme m'a engagé pour tuer mon ami, que je ne connaissais pas encore à l'époque. A l'évidence, il répugne à se salir les mains, puisqu'il a ensuite embauché une bande des rues pour nous tendre une embuscade dans la vieille ville.

— Ce n'était pas seulement pour se débarrasser de vous, intervint Stunbog. Et ce n'était pas seulement pour conquérir Tarsis qu'il est venu ici.

— Qu'est-ce qui peut être plus important que la conquête de ma ville ? s'exclama le seigneur, offensé. Non que j'aurais permis un tel outrage, évidemment.

— Boreas a dû passer beaucoup de temps à étudier les dragons noirs. Ce sont des créatures plus complexes que ne le laisse supposer leur réputation. Il détenait le cœur de l'un d'eux, mais Ferbois avait sa peau. En les réunissant grâce à un sort tiré d'un antique grimoire, Boreas aurait acquis un pouvoir dépassant ses rêves les plus fous. Quelque part sous les ruines de Tarsis gît la grande bibliothèque de Khrystann, bien connue des érudits. Si on doit retrouver le grimoire, ce sera certainement là.

« Les gens maléfiques soupçonnent les autres de l'être aussi. Quand Boreas a eu vent de la présence de

Ferbois à Tarsis, il a supposé que son ancien ami cherchait également le grimoire et ne tarderait pas à lui voler le cœur du dragon. Il a donc engagé Nistur pour tuer Ferbois et lui prendre le reste de la peau.

— Comment ça, « le reste » ? demanda le seigneur.

— Laissez-moi finir, et vous comprendrez, promit Stunbog. Le jeune dragon noir avait quitté le nid trop tôt et sa mère s'est lancée à sa poursuite. Quand elle l'a découvert mort, le désir de vengeance l'a submergée. Depuis des années, elle traque les deux hommes qui détiennent le cœur et la peau de son fils. Elle a retrouvé une partie de la peau dans la ville où Ferbois a fait fabriquer son armure. Après avoir détruit la cité, elle s'est mise en quête du reste. Et elle l'a localisé ici, à Tarsis, en même temps que le cœur.

— Le dragon ! s'exclama le seigneur. Celui que les sentinelles affirment avoir repéré. Je croyais qu'elles avaient des visions…

— Il n'est pas trop tard, affirma Boreas, désespéré. Elle ne chasse que la nuit, et elle ne supporte pas le froid. J'ai le cœur, et Ferbois a… (Pour la première fois, il remarqua que son ancien ami ne portait pas son armure.) Il a caché la peau, mais il nous révélera son emplacement sous la torture. Les nains doivent savoir où est la bibliothèque. Grâce à mon talisman, je contrôlerai cette femelle et tous les autres dragons de Krynn ! Et je partagerai ce pouvoir avec vous !

— Je dois y réfléchir…, commença le seigneur.

Il fut interrompu par Brisépieu.

— Jamais je n'ai entendu un tel ramassis de mensonges ! rugit-il en portant la main à son épée.

— C'est normal : la plupart du temps, tu es trop soûl pour te rendre compte de ce qui se passe autour de toi, répliqua un autre chef de tribu.

L'influence de Kyaga se dissipant, les vieilles querelles refaisaient surface.

Melkar se tourna vers le seigneur de Tarsis.

— Vous êtes pire que ces barbares ! Je maudis le jour où vous avez été élu. Otez-moi ces chaînes immédiatement !

Tous semblaient sur le point de dégainer quand le vieux mage ridé leva les mains.

— Paix ! Quiconque se battra avant que le soleil atteigne son zénith signera notre perte à tous !

Une main sur la garde de leur épée, les yeux brûlants de haine, les guerriers tournèrent la tête vers l'entrée du pavillon. L'ombre de la lance ne faisait plus que sept pouces.

— De toute façon, intervint Stunbog, l'armure de Ferbois a été détruite. La femelle dragon n'a plus que le cœur de son fils pour se guider. Les créatures de son espèce ne sont pas très intelligentes, mais elles compensent ce handicap par une obstination hors du commun. Celle-ci souffre depuis des années. Elle est tellement en colère qu'elle pourrait sans doute attaquer en plein jour. Mais je suis vieux, et mes oreilles me jouent peut-être des tours. Quelqu'un d'autre que moi entend quelque chose ?

Au loin résonnait un grondement pareil à celui du tonnerre... ou au battement de deux ailes gigantesques. Et il se rapprochait de seconde en seconde.

— Il est temps de filer, dit Nistur à ses compagnons. (Il tira sur le bras de Ferbois.) Viens.

Le mercenaire recula sans quitter Boreas du regard. Son ancien ami ne parut pas s'en apercevoir. Les yeux écarquillés de terreur, il guettait la femelle dragon.

Arrivé à l'entrée du pavillon, Nistur se retourna et enleva son chapeau une nouvelle fois.

— Puisque nous avons accompli notre mission, permettez-nous de prendre congé. Messires, je vous souhaite bien du plaisir.

Ils sortirent dans un silence de mort.

— Dépêchons-nous ! cria Ecaille en courant vers la crevasse.

Ils prirent leurs jambes à leur cou, Stunbog relevant le bas de sa robe et courant à une vitesse très impressionnante pour quelqu'un de son âge.

Comme l'avait promis Forge, la porte était restée ouverte. Ils allaient s'engouffrer à l'intérieur du rocher creux quand Ecaille hurla :

— Regardez !

Poussés par une curiosité morbide, ils firent demi-tour.

Les occupants du pavillon se déversaient dans la plaine, une ombre monstrueuse s'abattant sur eux.

Puis une silhouette cauchemardesque jaillit des nuages.

La femelle dragon était presque squelettique, les écailles ternies par les privations, mais sa rage restait intacte. Elle se posa sur ses pattes arrière, balayant d'un coup de queue tous les guerriers qui étaient à sa portée. De ses griffes acérées, elle éventra le pavillon aussi facilement qu'un homme écarte un rideau. Puis elle tendit le cou, et sa tête disparut à l'intérieur.

— Je ne veux pas voir ça, grommela Ecaille.

Mais comme ses compagnons, elle était incapable de détacher son regard de la scène.

La femelle dragon recula. Dans une patte avant, elle tenait le coffret de bois. Dans l'autre, une silhouette humaine se débattait.

Levant le museau, la créature lâcha un rugissement assourdissant. Puis elle déploya ses ailes et prit son envol. Quelques instants plus tard, il ne resta d'elle qu'un point minuscule dans le ciel.

— Maintenant, dit Stunbog, nous pouvons y aller.

— Voici ce que vous m'avez demandé, dit Forge en tendant à Stunbog un bocal de terre cuite fermé par un bouchon de liège et scellé avec de la cire. Comme ça, vous n'oublierez pas votre promesse.

— Je ne l'aurais pas oubliée de toute façon, répondit le guérisseur, un peu hors d'haleine.

Les compagnons se tenaient au pied d'une rampe qui montait vers la surface.

— Qu'est-ce que c'est ? demanda Ferbois.

— Vous vous souvenez de ce qu'a dit Mémé Nénuphar ? « Tu veux un remède ? Cherche en bas ! Trouve le ver de foudre ! » C'est un morceau du cœur du behir et plusieurs éclats de ses griffes. Ils ont le pouvoir de prévenir ou de neutraliser les effets de certains poisons.

— Vous croyez qu'ils me guériront ?

— Je doute d'en tirer un remède permanent, dit Stunbog, mais si nous trouvons un magicien qualifié, il vous donnera quelques années de rémission, ce qui nous laissera le temps de chercher autre chose.

— C'est toujours mieux que rien, souffla le mercenaire.

— Tu es vraiment difficile à satisfaire, bougonna Nistur alors qu'ils remontaient vers la surface.

Une porte s'ouvrit devant eux et ils émergèrent au pied d'une butte verdoyante. Le soleil, qui achevait de faire fondre la neige, brillait dans un ciel couleur turquoise. Quelques pas plus loin, Myrsa et Badar tenaient les rênes de six chevaux. Ils se réjouirent en voyant leurs compagnons se diriger vers eux.

— Quelle faveur avez-vous promis à Forge ? demanda Nistur à Stunbog.

— Il m'a demandé de parler de son peuple aux autres nains que je rencontrerais. Avec une infusion de sang neuf, leurs tares héréditaires disparaîtront d'ici deux ou trois générations. Ainsi, ils pourront de nouveau croître et prospérer.

Des bruits retentirent derrière eux. Tournant la tête, ils virent que de la fumée montait de Tarsis.

— Ça a commencé il y a un petit moment, annonça Myrsa. On dirait une bataille ou une émeute.

— J'ai cru apercevoir un dragon, ajouta Badar. Vous l'avez vu ?

— Oui, et d'un peu trop près à mon goût, dit Nistur.

Stunbog secoua la tête.

— Quelle folie… Après les révélations que nous venons de leur faire, ils ont quand même envie de se battre. J'ai perdu tous mes livres et mes artefacts, mais le véritable trésor d'un érudit est là-dedans, dit-il en se tapotant la tempe de l'index.

Ils se hissèrent en selle, à l'exception d'Ecaille qui ne pouvait détacher son regard de Tarsis.

— Je n'ai jamais vécu ailleurs, soupira-t-elle.

— Tu ne peux pas rester ici, lui rappela Stunbog. A supposer que les nomades ne détruisent pas la ville, tu y auras trop d'ennemis.

— Viens avec nous découvrir le monde, proposa Nistur.

La jeune fille regarda un cheval, l'air méfiant.

— Je n'y connais rien en équitation.

— Je t'apprendrai, promit Badar. Monte derrière moi le temps de t'habituer, et je te montrerai comment faire.

Il tendit une main à Ecaille, qui la prit en souriant, et la hissa en croupe comme si elle ne pesait rien.

— Quel étrange groupe nous formons, dit Ferbois. Regardez-nous : un mercenaire qui ne peut plus trouver de travail, un assassin qui ne veut plus assassiner, un sorcier qui a renoncé à la magie, une voleuse et deux barbares bannis de chez eux !

— Et pourtant, le destin nous a réunis, souligna Nistur.

— C'est vrai, approuva Stunbog. Et je ne peux m'empêcher de penser qu'il doit y avoir une raison.

— Nous avons déjà sauvé le monde d'un tyran…

— C'est exact, mais le principal danger que nous avons affronté venait de nous-mêmes. N'avez-vous jamais vu combien nous nous ressemblons, tous les quatre : vous, Ferbois, Ecaille et moi ? Nos vies ont pris un mauvais tournant quand nous avons recherché la prospérité par le chemin le plus court et le plus aisé. Mais je ne devrais pas inclure Ecaille dans le lot, car elle était désespérée et n'avait pas le choix… Nous trois, nous n'avons pas une telle excuse. Je crois qu'on nous a donné une chance de nous racheter et que nous devons en faire bon usage. Nous n'en aurons pas d'autre. Car comme nous venons d'en être témoins, il existe une justice sur Krynn.

Les compagnons regardèrent en silence la fumée noire qui montait de Tarsis.

— Mais qu'allons-nous faire ? demanda Ecaille.

— N'est-ce pas évident ? répondit Nistur. On nous a chargés d'élucider un meurtre, et nous nous sommes acquittés de notre mission avec tous les honneurs. Le seigneur de Tarsis n'est sûrement pas le seul à avoir ce genre de problème. Pourquoi ne pas offrir nos services comme enquêteurs et champions de la justice ?

— Et où irons-nous ? demanda Ferbois.

— C'est là toute la beauté de notre nouvelle carrière ! Contrairement aux mercenaires, nous n'avons pas besoin de chercher une guerre. Contrairement aux marchands, inutile de chercher des clients. (Nistur écarta les bras.) Le mal est partout ! Nous le trouverons toujours sur notre chemin, où que nous allions ! Et nous serons dans notre élément.

Sur ces mots, ils firent volter leurs montures et s'éloignèrent au galop de Tarsis la Fière.

LANCEDRAGON

Entre parenthèses, après chaque titre, figure son numéro dans la collection ou (pour les ouvrages grand format) la mention GF.

I. La séquence fondatrice

Les Chroniques de Lancedragon

Dragons d'un crépuscule d'automne,
    par Margaret Weis et Tracy Hickman (1)
Dragons d'une nuit d'hiver,
    par Margaret Weis et Tracy Hickman (2)
Dragons d'une aube de printemps,
    par Margaret Weis et Tracy Hickman (3)
Dragons d'une flamme d'été,
    par Margaret Weis et Tracy Hickman (GF)
Deuxième Génération, par Margaret Weis et Tracy Hickman (GF)

Les Légendes de Lancedragon

Le temps des jumeaux, par Margaret Weis et Tracy Hickman (4)
La guerre des jumeaux, par Margaret Weis et Tracy Hickman (5)
L'épreuve des jumeaux, par Margaret Weis et Tracy Hickman (6)

L'extraordinaire récit de la Guerre de la Lance (puis de la Guerre du Chaos) où les sept Compagnons « historiques » affrontent l'assaut le plus violent jamais lancé par la Reine des Ténèbres. Ces huit romans incontournables ont donné naissance à une des sagas les plus riches et foisonnantes de notre temps.

II. La séquence des Préludes

L'Ombre et la Lumière, par Paul B. Thompson (7)
Kendermore, par Mary Kirchoff (8)
Les frères Majere, par Kevin Stein (9)
Rivebise, l'Homme des Plaines, par Paul B. Thompson
    et Tonya R. Carter (10)
Sa Majesté Forgefeu, par Mary Kirchoff et Douglas Niles (11)
Tanis, les années secrètes, par Barbara et Scott Siegel (12)

La biographie des Compagnons avant leur grand rendez-vous à l'*Auberge du Dernier Refuge*. Ou comment des êtres hors du commun se sont préparés et armés (même sans le savoir) à combattre pour la survie de Krynn…

III. La séquence des Rencontres

Les âmes sœurs, par Mark Anthony et Ellen Porath (13)
L'éternel voyageur, par Mary Kirchoff et Steve Winter (14)
Cœur sombre, par Tina Daniell (15)
La règle et la mesure, par Michael Williams (16)

Bien avant l'*Auberge du Dernier Refuge*, certains Compagnons se connaissaient et avaient vécu ensemble de tumultueuses aventures. Si tout le monde sait que l'amitié entre Tanis Demi-Elfe et Flint Forgefeu remontait à longtemps, cette séquence réservera bien des surprises aux plus fins connaisseurs...

IV. La séquence de Raistlin

L'histoire « officielle » de la jeunesse du mage Raistlin et de son jumeau Caramon. Un récit initiatique qui revient sur la séquence fondatrice et lui donne un nouvel éclairage.

V. La séquence des Agresseurs

La Reine elle-même... et une série de séides plus maléfiques les uns que les autres. Cette galerie de portraits fera frissonner plus d'un lecteur !

VI. La séquence des Héros

Un grand retour sur les géants qui repoussèrent la première attaque de la Reine des Ténèbres et assurèrent à Krynn une longue période de paix. A noter un superbe portrait de Huma, le premier d'entre tous.

VII. La séquence des Elfes

L'histoire de la création des deux royaumes elfiques, le Qualinesti et le Silvanesti, qui joueront un rôle capital dans l'équilibre des forces sur Krynn au moment de la Guerre de la Lance.

VIII. La séquence des Nains

Têtus, bougons et bagarreurs… Les nains étaient déjà tout cela avant de fonder Thorbardin, le royaume unifié qui leur permit de traverser les siècles dans une relative sécurité.

IX. La séquence des Contes

Un florilège d'histoires et de légendes sur le monde de Krynn. Cette séquence « transversale » explore tout le cycle et résout une multitude d'énigmes…

X. La séquence de la Guerre des Ames

Une deuxième naissance pour Lancedragon ? Et comment ! Dans ce premier volume, signé par les deux maîtres d'œuvre du cycle, le célèbre Tass vient faire un petit tour dans l'avenir… et découvre qu'il est sens dessus dessous !

Perspectives…

Une première incursion dans le Cinquième Age, mais sûrement pas la dernière…

Achevé d'imprimer sur les presses de

BUSSIÈRE

GROUPE CPI

à Saint-Amand-Montrond (Cher)
en novembre 2001

FLEUVE NOIR
12, avenue d'Italie
75627 Paris Cedex 13
Tél. : 01-44-16-05-00

— N° d'imp. : 15836. —
Dépôt légal : novembre 2001.

Imprimé en France

How to request your
Free Books and Gift:

1. Peel off FREE GIFT SEAL from the front cover. Place it in space provided at right. This automatically entitles you to receive two free books and a free gift — an elegant heart-shaped jewelry box.

2. Send back the card and you'll get two brand-new *Love Inspire* novels. These books have a cover price of $4.50 each in the U.S. and $4.99 each in Canada, but they are yours to keep absolutely free.

3. There's no catch. You're under no obligation to buy anything. We charge nothing—ZERO—for your first shipment. And you don't have to make any minimum number of purchases—not even one!

4. The fact is, thousands of readers enjoy receiving our book by mail. They like the convenience of home delivery...the like getting the best new inspirational romances BEFORE they're available in stores...and they love our discount pri

5. We hope that after receiving your free books you'll want t remain a subscriber. But the choice is yours — to continue cancel, any time at all! So why not take us up on our invitation, with no risk of any kind. You'll be glad you did

6. Don't forget to detach your FREE BOOKMARK. And remember...you'll get two wonderful novels and a gift ABSOLUTELY FREE!

GET A **FREE** JEWELRY BOX...

How lovely this elegant heart-shaped jewelry box will look on your dresser or night table! It's yours ABSOLUTELY FREE when you accept our NO-RISK offer!

to the farm again before summer's over. I figured maybe she'd be over her anger by now and ready for another ride. Just as friends. I promise.''

"I think she might be getting past her insecurities, Clay. Coming to this event, especially with all the horses, hasn't hurt.'' She couldn't think of a way to decline gracefully. "Maybe you should ask her.''

His eyebrows rose. "You think she'd come? You'd let her? You don't think she'd scream her head off?''

Maryann flushed, remembering exactly why Amy had become so angry. She wondered if Clay remembered too. He'd said he wanted them to be a family. Of course, it wasn't possible. But it was a nice dream.

"She's been talking horses nonstop for the last month. She wants me to buy her one. 'Just like Mr. Matthews has, only nicer,''' she quoted, tongue-in-cheek.

"Nicer, huh.'' He looked pleased. "Really?''

"Really.'' Maryann smiled, enjoying the glow in his dark eyes. "I've talked to her several times since that afternoon, and I think she finally understands about Terrence. I told her again that you and I are just friends, and since she's made a few of her own, I think she's beginning to understand that.''

"Great!'' He smiled down at her in a way that made her heart speed up. "It was hard staying away so long, Mare, but I figured I needed to give her space. I was praying for you both all the time.''

"Thank you.'' Maryann noted the glimmer of hope in his dark eyes. He was such a nice man, especially after Amy's rude performance. It was too bad she couldn't forget the past and… But no, she wouldn't think about that now. This was supposed to be a happy time.

"Maryann?" Those dark eyes shone down at her, a question in their depths.

"Yes?"

"I, uh, that is, I wondered, where is Amy? I haven't seen any fairy princesses around, and I figured that would be her first choice for a costume. Cinderella at the ball." He took a second look around the room.

"She's there. The one on the end." Maryann directed his attention to the children's story ring, where the kids were giggling out loud at the antics of Pogo the Parsnip.

"But that child's wearing a cowboy hat," he murmured, obviously astonished.

"You know she loves hats, Clay. So we had to find some kind of costume with a hat. She didn't seem inclined to go for a tiara just now." Maryann giggled at the look on his face as he stared at Amy. "And for your information, it's a *cowgirl* hat."

Amy jumped to her feet and clapped her hands, obviously thrilled with the puppets' performance. Her ruffled denim skirt swung wide as she flew across the room and over to her mother. She stopped short at the sight of Clay. Maryann pretended not to notice. "Can you say hello to Mr. Matthews, honey?"

"Hello. Are those real?" she whispered, staring at his pistols.

Maryann watched as Clay took one out, pointed it at his boot and sprayed the toe.

"It's water!" the little girl exclaimed. "Mommy, why didn't I think of that?"

"I guess we don't know too much about cowboy stuff." Maryann shrugged. Then, knowing there was no better time, she squatted down in front of her daughter. "Amy, Mr. Matthews wants to know if we'd like to go out to his house for a horse ride someday. Would you like that?''

Amy peered up at Clay with a rumpled brow. "Do I get to ride my own horse?"

"Oh, honey, I'm not sure that's a good idea." Maryann thought of the twelve-hundred or so pounds of horseflesh stomping around, and frowned.

"I could give you a few lessons," Clay offered. "If you want to come out some evening next week, we could go over a few things. If you practiced a lot, I think you'd be ready for a short solo ride by Saturday."

Maryann gulped, suddenly questioning her wisdom in getting close to Clay. It was true that he seemed to have forgotten his former words, and nothing had changed in her life to permit more than friendship. But she did crave that friendship.

"I like horses," Amy declared, pulling her hat down a little more firmly.

"That's a good place to start." Clay smiled. "How about if we see how you do on Molly? She likes kids. Can you come?" He turned to Maryann.

"Can we, Mommy?"

Maryann breathed a sigh of relief. Amy truly seemed willing to forget her distrust of Clay. Maybe that would change once they were back at the farm, but she owed it to her to take the chance. Clay had been a good friend, and besides, Maryann liked being around him.

"We could. If you're on your best behavior," Maryann warned, eyeing her daughter severely.

Amy grinned. "I will be, I promise. Thank you, Mommy." She hugged her mother's legs and then backed away as one of the balloons popped. "Oops! Sorry."

"That's all right. I don't think this costume was such a bright idea anyway." Maryann glowered at the sagging balloons that had obviously lost a lot of air. "I don't know why I got dressed up."

"Because everyone does," Clay informed her, grinning. "And you look great. Want to try the square dancing?"

"I didn't know you could dance." Maryann stared at him, surprised. The Clayton Matthews she remembered had two left feet.

"I'm going to play fishing with Erica, Mommy," Amy called as she dashed away to meet up with her new best friend.

Maryann started after her, but Erica's mother waved, shook her head and called that she'd take care of the giggling twosome.

"She'll be fine. Betty and the others will watch her. Anyway—" Clay motioned around the hall "—there is only here, the tent and the street. She can't very well get lost in Oakburn."

"I guess not." Maryann heard the fiddles tuning up outside, and finally gave in to the craving to do something lighthearted and fun. "Let's go. Although you may wish you'd never asked me. I've never squaredanced in my life."

"Square dancing's easy. It's all those fancy other dances that are so difficult." He shook his head, his face mournful. "Believe me, I should know."

In a matter of moments he'd led her outside and sidled them into one of the groups that was forming around the paved area barricaded for the dancers. Caitlin and Jordan stood across from them, laughing as they adjusted their hamburger outfits.

"I told him it suited him, but Jordan didn't take that as a compliment," Clay whispered, one hand sliding around Maryann's waist. "He told me the only thing Caitlin had done correctly in making their costumes was to label him The Big Cheese."

Maryann chuckled as she relaxed into Clay's hold. For the first time in a long while she was completely at ease. It felt great to let go of the worries and just take life at face value.

"She'll let him think it's the truth for a little while anyway." Maryann nudged Clay to watch as Caitlin led her big, burly husband into the sea of red-checker skirts with crinolines beneath. "Are you sure amateurs can join in? These people look like professionals."

"Some of them are. Shh. They'll explain in a moment."

Five minutes later, with "allemande left" and "do-si-do" ringing in her ears, Maryann gasped after the first run-through.

"You were right, it is easy." She grinned, thrilled that they'd managed to complete one whole dance without mistakes.

"You're very good at dancing, aren't you, Mare? But then, I guess you would be. I remember how you used to talk and talk about becoming a ballerina."

Clay smiled down at her, his arm staying around her waist as they stood on the sidelines waiting while the next group received their instructions.

It was funny, but Maryann felt secure talking with him. He was relaxed, easygoing. And being here like this wasn't threatening. In fact it was, well, comfortable.

Like a bee, the question buzzed into her mind, her conscience. *How comfortable would you feel if he knew what you're doing with something that doesn't belong to you?*

She pushed the worry away. No, she wouldn't think about that now. Not tonight. Tonight she wanted to have fun, feel young, carefree. She wanted to pretend, just for a little while, that it was ten years ago and that she hadn't messed up her life so badly.

"Earth to Maryann?"

Her gaze flew to his. What did he say? Oh yes, *ballerina.*

"I used to love to go to the ballet in New York."

"I never cared for it much," he said slowly. "All those ladies in fancy gowns and men in tuxedos." He shuddered. "Dancing on tiptoe. Men in tights."

Maryann hid her grin. "Well, yes, there is that, of course. But it's lovely. Before Amy was born, I'd sneak in to an afternoon performance, even though I'd already seen it the night before. I'd just sit there and soak it in." She closed her eyes, remembering the peace she'd found. "The movements are so beautiful, so precise. *Swan Lake* is my favorite."

She searched his face, but there was nothing there that hinted he would make fun of her daydreams. Still she felt she had to explain it to him. "I know it seems silly for someone who grew up as poor as I did to want to dance in something so elegant, but I did."

He squeezed her waist. "It doesn't seem silly at all. Everybody needs a dream."

"What's your dream, Clay?"

She peered up at him, wishing the lights someone had strung around the square were brighter so she could see his eyes more clearly.

"You'll think it's boring." He avoided her stare.

"Hey! I told you my deep dark secrets. Turnabout is fair play." She waited, hoping he'd share.

"I always wanted to make antiques," he muttered.

"*Make* antiques? How can you make something old?"

He fidgeted, shifting from one foot to the other. Maryann knew that it was a cover for some deep emotion he probably hadn't allowed anyone else to glimpse.

"Clay? Come on, talk."

"Well, I'd like to make the kind of furniture that gets handed down from one generation to the next. Do you know what I mean? Strong, well-crafted products made from quality wood, built to endure. Something you wouldn't be embarrassed to pass on to Amy when she starts her own home someday."

"It sounds like a lot of work." Maryann watched the couples step and swing around the floor.

"It is a lot of work. And I know it's not very popular right now. Most people want to buy new stuff every few years. But I like quality. And endurance. It's sort of how I feel about life. Build something worthwhile, something that won't get knocked down by the first problem you have. Something you can depend on."

Maryann knew he was talking about more than mere furniture. In fact, she felt he was talking about himself. Clay was like that. No matter what happened, he was grounded, secure. You could always count on him.

Nothing at all like her.

"You probably think I'm a real bore now. Come on, time to take another round on the floor." He eased her forward.

"As a matter of fact—" Maryann stepped easily into the pattern as she spoke "—I think the opposite." As she kept pace with him, she contrasted their lives so far. Where she was flighty and undisciplined, Clay knew exactly where he was going and how he would get there. He would depend on God and his own determination.

Maryann, on the other hand, didn't even know exactly what she wanted from life.

Fifteen minutes later Maryann begged to stop. "That's three in a row, Clay! I need a break. Please?" She didn't object when he led her to the refreshment table, accepted the glass of punch he handed her, and took a long sip.

"Oh, that's so good." She nodded at the dancers who were still whirling and twirling. "I don't know how they can go on for so long. I'm tired."

"Practice," he told her grinning. "Lots and lots of practice. Most of these couples meet at least once a week. Those two—" he pointed to a woman and man dressed in matching silver shirts "—were state champions last year. They go to a lot of meets all through the year."

"No wonder her waist is so tiny." Maryann walked over to a bench that sat under a weeping birch tree and flopped into it. "Have a seat," she invited, shifting over to make room for him.

He studied her for a long moment, his eyes shining in the darkness. "There's nothing wrong with your waist, Maryann. It's as perfect as the rest of you." Then he sat down beside her.

"Why, Clay, what a lovely thing to say!" She brushed her bangs off her perspiring forehead. "But I'm far from perfect."

"You're perfect to me. You always have been." His voice was low, personal. "I never thought you needed to change a thing about yourself. Unfortunately, you didn't see it that way."

"How can you say that? I had buck teeth, ugly hair and I couldn't see without those awful thick glasses. Never mind the clothes we had to wear." She almost choked now, just thinking about those horrible hand-me-downs.

"I never saw any of that." His eyes shone. "I only saw the beauty that you hid inside."

Maryann pursed her lips and shifted a fraction away from him. There it was again. That reference to her inner beauty. She wasn't beautiful inside. Didn't he see that?

"I know what you're thinking by the way your eyes narrow. But everybody has some nugget of gold buried deep inside them, Maryann." One hand touched her hair, moving to lift a wisp the breeze had blown across her eyes. "If you mine deep enough and long enough, that nugget eventually comes to light."

She shifted, preparing to get up, move away, distance herself from his soft words. This wasn't right. He didn't know anything about her. Not anymore. She couldn't let him go on saying these things, adding to the guilt. She certainly didn't want anything to come to light!

"Don't run away again, Maryann. Not now." He turned her head to face him. "Please listen to what I have to say."

"You don't know me. Not really, Clay. You can't possibly know what I've become." She blurted it out, desperate to keep her secret and yet somehow wishing that he knew it all and loved her anyway. "I've done some awful things."

"Then you'll make them right. You've always been honest and straightforward. That much hasn't changed."

As she stared into his face, Maryann felt a flicker of hope. Maybe she *could* change—become what he thought she already was.

"To me, you're everything a woman should be," he whispered as he leaned forward.

Then his lips touched hers, and Maryann couldn't think, couldn't speak, couldn't hear. All she could do was feel the warm, comforting blanket of his caring as it drew her in.

She kissed him back, aching to be part of the wonderful picture he'd painted. But when she finally drew away, Maryann knew it wouldn't work. It couldn't.

Maybe if she sold the apartment in New York? But then, where would she and Amy go if things didn't turn out here? She needed the security of knowing that there was someplace else she could run to.

"Maryann?" He frowned down at her. "Did I do something wrong?"

"No." She surged to her feet, anger flashing through her as she felt the noose of her deception tighten. There was no way out now. "It's not you. It's me. I'm wrong. I'm all wrong."

Clay stood too, returning his hat to his head, his mouth stretched wide as he brushed one finger across her cheek, catching a teardrop.

"No, you're not. You've just got some problems to work through. You'll do it. Just give yourself time." He leaned down, brushed her cheek with his lips, and wrapped her arm in his. "I believe in you, Maryann. I know you'll make the right choice."

"Whatever that is," she mused, walking beside him back into the hall. There really wasn't any choice when it came to money, she thought. Either you had it or you didn't. And if she did what Terrence wanted, she wouldn't have anything of value to give to Amy.

She blinked at the glare of bright lights inside, her hand tightening on Clay's arm for just a moment, until she found the little girl in her cowgirl hat and denim skirt.

There is so much I want to give Amy, she thought, so much she'll miss if I don't keep that money. How can I deny her?

"Shall we go play a game with Amy?" Clay's face showed no sign of what had transpired outside. Maryann envied him the ease with which he led her over to Amy, offered to show the child how to lasso a doll, and answered her unending questions.

Clayton Matthews was patient and loving toward her daughter. He treated Amy as if she were his own child, and he didn't become frustrated, even when Amy grew cranky. He didn't fuss over her, or pamper her, but he was there when she came to the end of her rope and needed a helping hand or a word of advice. In fact, Clay was exactly the kind of father Maryann wanted for her daughter.

When Amy grabbed Clay's hand in the excitement of the 4-H light horse drill later that evening, he tenderly smiled and held on. And when she seemed to remember who he was and tugged away, he kept smiling and suggested they leave. Nothing about the recalcitrant little girl seemed to faze him, Maryann noticed.

"I'm sorry she's acted up so badly," Maryann murmured ten minutes later as she rode home with Clay. She smoothed the blonde strands that lay across her lap. "She's not usually so rude."

He glanced at the little girl's sleeping face and grinned. "Don't worry. She'll get used to sharing you once she gets into school. After a few months she'll develop some interests of her own and be only too happy to leave you behind."

"How do you know all this? Are you some kind of child expert?"

He snorted, easing to a stop in front of Wintergreen. "Not likely. I just remember my own childhood. I tended to cling to my mother. Maybe because I thought she'd go away like Dad. I used to make sure I hung around the house if anyone came by."

"Maybe you were protecting her."

"In a way." He nodded. "Once I got involved in school, I forgot all about what she was doing during the time I was away. I guess I knew I could depend on her."

"Why did she never marry again?"

Clay shrugged, his lips tightening. "She never divorced my father. She said she'd only ever loved Willard Matthews and she wasn't going back on her promises—no matter what he did." His soft smile lit up his face inside the cab. "I always admired that about her. She always had hope."

"And he never came back?" Maryann thought the woman had wasted her life on a scoundrel, but she didn't want to say it.

"No." Clay got out and came round the truck. He

opened her door and lifted Amy from her arms. "You get the doors. I'll carry her."

No one else was home yet, so they hurried up the stairs, making as little noise as possible so that Amy wouldn't awaken.

"Where should I put her?" He moved through the door and waited.

"Through here. I'll just take off her shoes. She'll probably stay asleep." Maryann led the way to Amy's room and pulled down the covers. When he laid the child down, Maryann quickly lifted away the hat, slipped off her shoes and skirt and then covered her. "Good night, sweetheart. Happy dreams."

Amy sighed, opened one eye, and frowned at Clay.

"I want a horse," she mumbled.

"I know." He patted her cheek. "Go to sleep now." He left the room.

A soft sigh told Maryann the little girl was in dreamland. She flicked on the night-light and, after one last check, clicked off the light, then followed Clay from the room.

"It's late. I'd better go."

Clay moved toward the apartment door and she followed him, aware of a knot of frustration forming in her stomach. She wanted him to go...didn't she?

"Will you come out tomorrow?" he asked quietly, searching her eyes. "Please?"

Maryann felt the magnetism of those dark eyes pulling her in, coaxing her to agree. She nodded at last, but added a proviso.

"If Amy still wants to. I'll phone you. Okay?"

He grinned. "Very okay."

Clay studied her for a moment, then leaned forward

and kissed her one last time. It was a thorough kiss, full of questions to which she had no answers.

"Good night, Maryann."

"Good night, Clay." She stood watching until she couldn't see him anymore. Then, with a shake of her head, she closed and bolted the door before moving to her favorite chair in front of the window.

She *couldn't* get involved with Clay Matthews. There were lots of very good reasons, but the most important was that she was keeping this awful secret. It ate away at her, making her realize just how much she wanted to be open and honest with him.

"But I'm doing it for Amy," she told herself repeatedly. "For my daughter."

You're doing it for yourself, her conscience replied swiftly. *Because you're too afraid to take a chance and stake your future on love. You won't trust God to provide. What's all your money worth now, without someone to care for you?"*

Chapter Eight

It had been two long weeks since she and Amy had made their third visit to Clay's farm again and Maryann found herself missing him more than ever. He was busier now, it seemed, dashing here and there about town. She caught glimpses of him at church, across the street from the office, going in and out of the bank.

Her apartment still wasn't finished, the closets still waited for their doors, baseboards still needed to be tacked on. She wished he'd come back for two reasons. She wanted the work done, it was true. But she also wanted to see him again, just to talk. Which was ridiculous, she told herself sternly. She couldn't afford to let Clay get any closer than he already had.

Maryann sighed and hoisted the cooler into her arms. *Stop daydreaming and get to work,* she ordered herself as she clambered down the stairs. *It isn't going to happen.*

"Hi, Mare. Going out?" Caitlin shoved the stroller through the front door and puffed a sigh of relief. "I warn you, it's hot out there."

"I know. Isn't it great? Amy and I are going to the lake." Maryann put down her load and smiled at baby Micah, who grinned happily under her sunbonnet.

"The lake, huh? Jordan and I were talking about that this morning. We thought we'd go after lunch. Maybe we could meet you there."

"That'd be great. We can have a campfire later." Maryann outlined her plans, described the exact area she preferred and agreed to reserve a place on the sand for her friends.

"See you later." Caitlin grinned, easing the stroller into her apartment.

"Yes. See you." Maryann lugged the cooler out to the car and hefted it into the trunk, before returning upstairs for Amy and her basket of toys. "Do you really need all of these, honey?"

"Yes! I'm going to build a family."

"*Build* a family?" Maryann shrugged. "Okay. Ready?" When the little girl nodded, she led the way out the door and then stopped. "Where's your hat?"

"I forgot!" Amy rushed back inside and returned wearing a straw hat that, for once, sat firmly on her head. "Let's go, Mommy."

It took them half an hour to drive to the lake, and another fifteen minutes to lug down an umbrella, chairs, towels, toys, drinks and snacks. By the time they were finished, Maryann was roasting.

"Let's go for a swim, Amy," she called, and rushed down into the water. It was cold and refreshing, and she struck out in a front crawl. But she turned back when she noticed Amy finally approaching the water. "What's the matter, sweetheart?"

"Don't go so far out, Mommy. Be careful." Stark fear whitened the little face.

Maryann waded in and crouched down, taking Amy's hand in hers. "I can swim very well, Amy. You know that. I've had lots of lessons. Your daddy taught me." She studied the nervous look her daughter gave the water and thought quickly. "Would you like me to show you how he taught me?"

"I guess." The child stared at her feet morosely, her tone less than enthusiastic.

"It'll be fun, honey. Come on, lay down on the sand like this." Slowly, gently Maryann showed her daughter how to relax in the water, to let it carry her, buoy her up. But every time Amy lifted her feet off the sand, she began thrashing wildly, screaming as the water covered her face. Maryann tried to hold her but she wouldn't stay still long enough.

"I don't want to do it. I don't like it when it covers my face. I can't breathe and I choke." She flounced in to shore and flopped down on her bottom, the lake water lapping around her hips. "I don't have to do it, do I?"

"Of course not, sweetie! But it's really fun. You can see all kinds of things under the water when you look."

"Don't wanna." Amy refused to move, her eyes downcast.

"Okay. Maybe later. I'm going to suntan for a little while." Maryann sighed as she trotted back to her beach chair.

Raising this child was hard, harder than she'd expected. Everything seemed to have some hidden meaning for the little girl. It was as if she constantly expected something bad to happen.

Maryann sank onto the chair and pulled out her sunglasses, keeping her gaze trained on Amy, who was

happily digging with her toes to make holes that the
waves promptly filled.

"Hi, Maryann. How are you?" Clay stood just behind her left shoulder, peering down quizzically.

"Clay!" She grinned from ear to ear, not caring that
he'd notice how glad she was to see him. "I'm fine.
Are you finally taking a day off?"

He nodded, grinning. "Yes. I brought Jeffery.
Maryann, Jeffery Archer. Jeff, this is Ms. MacGregor,
Amy's mom." He drew forward a towheaded little
boy whose big brown eyes dominated his freckled
face.

"Hello, Jeff. Amy's down there, if you want to play
with her. She'd like some company, I'm sure."

When the child didn't move, Clay nudged him.
"It's okay. I'll be right here watching." He glanced
down at Maryann. "If that's all right?"

"Of course! The more, the merrier. Caitlin and Jordan are going to come out after lunch." She watched
as Jeff wandered down the beach toward Amy. Clay
spread his towel next to Maryann's, with a strip of
sand between.

"Actually, that's why I stopped. I went by Wintergreen to invite you out here, and Caitlin told me to
tell you she didn't think they'd be coming, after all.
Micah has a temperature and is as cranky as…" He
frowned. "I don't know what. She squeals like a stuck
pig. Caitlin says she's teething."

"Poor little thing! No, I can understand why she
wouldn't want to be here, then. It's better to be at
home where everything is handy when they're teething." She watched as he slipped off his T-shirt before
he caught her glance. Maryann blushed furiously.
"Are you going in?" she asked quickly.

"In a while. I thought I'd let Jeff play a little first. He hasn't been around water much."

"He'll make a good companion for Amy, then. She's been around it, but she refuses to learn to swim, though I've had her enrolled in I-don't-know-how-many programs. She just can't seem to stand the feel of the water on her face." She watched the two children giggling as the waves rippled over their toes and feet. "Is Jeff your nephew?"

"Little brother." He grinned when she twisted her head to stare at him. "Big Brother program," he clarified. "His mom is single and works during the day. He goes to day camp, but we took off today to spend some time together."

"That's great. It must be nice for her to have someone take him places. He's a cute little boy."

"Yeah, he is. A little shy, maybe, but I think Amy's got him loosened up." Clay grinned as the two of them came racing up the sand, huge smiles on their faces.

Maryann held her breath, remembering the last few times Amy had seen Clay and the tenuous relationship that had grown between them. Would it last? She needn't have worried.

"Hi, Clay. Jeff 'n' me are going to build a castle." The child seemed to have forgotten all her anger. She grabbed two pails, two shovels, then handed one of each to the silent Jeff. "That's okay, isn't it, Mommy?"

"Very okay." Maryann smiled. "Is it going to be Cinderella's castle?" To Amy, everything involved Cinderella.

"Uh-huh. Only we're going to make rooms so Cinderella's real mommy can come and visit. And her daddy too. But not that stepmother. She's mean.'' She frowned for a moment, thinking. ''I don't like step-mothers.''

''Hey, they're gonna take our spot.'' Jeff spoke for the first time indicating a group of children near the water's edge.

''Oh, no, they're not.'' She whirled around, intent on preventing that possibility.

''You can't build the castle in the water,'' Clay cut in. ''The waves will wash it away before it's finished. Remember the song at Sunday School about the fool-ish man building his house on the sand.''

Amy turned to peer at him, head tipped to one side. ''He's right,'' she murmured at last. She shifted her glance to Jeff. ''Where do you think we should build it?''

Maryann held her breath. For the first time she'd actually heard Amy request someone else's opinion. Obviously her time spent with the children at the play school was teaching Amy how to interact with her peers. Maryann couldn't help but say a silent prayer of thanks.

''Down there.'' Jeff pointed to a spot ten feet away, directly in front of Maryann and Clay. ''Then we won't have so far to go to get other stuff if we need it.''

''Okay.'' Amy picked up her hat and squashed it onto her head. Then she led the way down the beach. ''How do you build a castle?'' Maryann heard her ask.

''She seems happy to play with him,'' Clay ob-served quietly. ''I thought maybe she wouldn't like me being here.''

''Obviously, bringing Jeff was a good move.'' Maryann shifted so she could look directly at him.

"She's getting more comfotable with you, Clay. Especially since we've been out to the farm. But she's been mulling over something for a while now, and I can't get her to tell me what's wrong."

"Don't worry. She'll come to you when she's ready." His hand covered hers in a squeeze of affection. "It can't have been easy to move from the one place she was familiar with, make new friends, lose her father. Anybody would need time to adjust."

"I suppose."

"Of course. She's really attracted to the horses, isn't she? I didn't expect that. She's more your daughter than you realize." He gazed at the two children intent on carving out their castle. "An outside interest might help her to get past her fears," he muttered.

Maryann noted the slight flush on his cheekbones, and smiled. "And it might help her get over her resentment of you too, mightn't it?" she teased. She lifted her sunglasses, her eyes meeting his squarely. "Out with it. What plan do you have in mind now?"

"I don't have any *plan*," he began diffidently. "I just thought it might be nice if you two came out to the farm again. Maybe next week, say Saturday. We could spend time with the horses, maybe go for another ride. I might even give her another lesson on Molly."

"And you won't ask a lot of questions I can't answer? Things to do with marriage?" She raised one eyebrow. "I mean it, Clay. I don't want to upset her again."

"What about you?" His low voice rumbled softly between them. "Would you be upset if I asked you to marry me?"

Maryann squashed down the shiver of excitement

his words created and focused on the here and now. It wouldn't be fair to let him think there was any hope. She had a problem, and until she'd resolved it she had no right to involve someone else in her life.

"I can't, Clay. I have responsibilities, duties. I can't think about marriage right now, even if I wanted to. Too many things are in the way."

"What 'things'?" He latched on to the phrase.

"Just...life," she replied, exasperated with his probing. "Please, don't keep asking why. This is just the way it is."

"And later on? When Amy's more settled?" He leaned forward, his eyes dark with intensity. "What then, Maryann?"

"I don't want to think about tomorrow. I want to enjoy today and the sun and the water and the breeze. Can't we just do that?"

She was running away from her problems, and she knew it. Clay didn't deserve to be left hanging like this. But she couldn't set him free either, not when she wanted to say yes so badly that her heart ached.

Why don't You help me? she prayed desperately. *Why don't You show me what to do?*

"Maryann? Are you all right?"

She stared at Clay, then rose to her feet, desperate to free herself from the burden of guilt that had descended like a cold wet blanket on the hottest day of the year.

"I'm fine. Come on, Clay. Let's go help with that castle."

Maryann vowed to enjoy this day no matter what. And she did. They built a castle that Jeff claimed beat silly old Cinderella's all to pieces. They splashed in the water, ate the chips and drank the sodas. And little by little the tension inside released.

Clay went snorkeling, while Maryann watched the children. Then he showed Jeff how to snorkel with the smaller mask and breathing tube he'd brought along. The boy was so enthusiastic that he encouraged Amy to try. Maryann watched breathlessly as Clay patiently explained everything all over again to the little girl.

"But how can I breathe?" she asked for the third time.

"Through the tube, Amy. It's kinda weird, but you just blow out and suck in, and the air comes in as long as you float along on the top." Jeff pulled off his life jacket. "Here, put this on. It helps you so you don't sink."

"Are you sure, Jeff?" the little girl asked soberly, handing her hat to her mother. "Are you really and truly sure?"

"Clay won't let anything happen to you, Amy," Jeff murmured softly. "Just do what he says."

Amy thought about that for a few moments, then nodded and resolutely donned the life jacket. "Okay," she agreed. Amy pulled on the mask, settled it the way Clay told her to, and pushed the end of the snorkel into her mouth. She stood perfectly still for a moment, staring at Clay.

He never moved, his eyes clear and reassuring as they met hers. Finally he asked, "Ready?"

Taking a deep breath, Amy nodded and held out her arms in the water. Then she put her face down. Maryann could hear the big huffs of air as Clay held the little girl so she floated on top of the water. Gently, as Amy's breathing regulated, he eased them both deeper. Maryann held her own breath, praying that Amy would relax enough to enjoy the adventure.

They went slowly around the lake, Clay propelling her out to where reeds grew beneath the surface. He stood still for periods of time to let her get used to it, and then gently moved so she could feel the flow of the lake water against her.

The jubilant look on Amy's face when she finally surfaced was proof of her success. "There's fish and plants and everything, Jeff!" She pushed the mask and snorkel off and handed them to Jeff.

"There's all kinds of stuff down there that you don't even know about when you look up here," she told Clay, eyes glittering with exhilaration she simply couldn't suppress. "It's wonderful!" She reached up and hugged him with fervor. "Can I try again?"

Clay hugged her back, swinging her around in the shallow water. "In a little while, okay? I think I need a rest."

"Okay." Amy turned to Jeff and began reciting the things she'd seen, her face beaming.

Clay strode up the beach, grabbed his towel and dried off.

"Thank you," Maryann whispered, tears in her eyes as she watched Amy stick her head under the water to see if she could see anything.

The little girl popped up moments later, eyes blinking the water away in surprise. Then she burst out laughing at Jeff's stunned look. "It's just sand," she squealed. "And baby fishes."

Maryann shook her head. "Look at that. You've done wonders."

He flushed a deep, dull red. "Nonsense. It was just a matter of getting her to trust." He sank into his own chair, rubbing his hair with one hand. "Snorkeling is just like life. You have to relax, trust God to take care of things. Then you see things you've never seen before. That's what makes life so interesting."

Maryann thought about his words for the rest of the day. As they sat around the campfire later that evening, roasting marshmallows while the sun died in the west, she wondered if it was really that simple.

Could she give away Terrence's money and trust God to provide for her and Amy? Images from her childhood made her frown. She'd trusted God then.

And look how that had turned out.

"I love Saturdays," Amy chirped from the back seat. "I love going to the farm, an' I 'specially love those horsies. Can I ride again?"

Maryann smiled. My, how things had changed. Her daughter actually *wanted* to be near Clayton? "We'll see, dear." The age-old non-answer. Maryann grimaced. She sounded like her own mother had all those years ago.

"Jeff's gonna be there, I think. Clayton said he could come if his mom let him."

Ah, so Jeff was part of the attraction. Clay had gone all out this time. She wondered what else he'd planned for this visit.

Still, she couldn't help but be glad. It wasn't good for Amy to harbor resentment toward anyone. Maybe she was finally resolving some of her issues.

While Amy sang along to one of her tapes, Maryann glanced around at the countryside. Everything was a full lush green now, summer was on the wane.

Today was her birthday, though no one knew that. It didn't bother her, she told herself. She hadn't celebrated for years. She wouldn't this year, either. After all, she was just one step away from thirty, and that wasn't exactly cause for celebration, was it?

Maryann changed her grimace to a smile as she glanced at her daughter in the back seat. "What are you thinking so hard about, Amy?"

"I'm thinking of all the things I like. Summer and swimming and picnics and hotdogs and orange juice."

"And hats," Maryann added with a smile as Amy adjusted what she called her "cowgirl" hat.

"'Specially hats," Amy agreed. "Hurry, Mommy. We don't want to be late."

"I'm hurrying." Maryann turned off the highway onto the lane. She'd begun to love this lane with its lacy canopy and dappled sunlight. There would be a ton of crispy crackling leaves here in the fall. And on a frosty winter night the stars would twinkle through the bare branches of the trees. Then, once the snow went, the buds would form again and the green would return. Funny how that thought warmed her soul.

"Mommy?"

Maryann roused herself from her daydream and glanced over one shoulder. "What is it?"

"I asked you three times if I could ride the horsies." Amy sighed heavily. "Didn't you hear me?"

"I heard you ask it before, and I answered you. We'll see."

"I was hoping maybe you'd already *seen* if I could or not." Amy waited only until the car stopped before unsnapping her belt and jumping out of the car.

"We're here," she called at the top of her lungs, then cast a worried look at the horses munching on dark green grass. "We're here, Clayton," she repeated in an exaggerated whisper.

"I can see that." Clay stepped outside, onto the step, his mouth stretched wide in welcome. "Hi, Maryann."

She greeted him and climbed out of the car, chastising herself for noticing how handsome he looked. Clay was a friend—a *good* friend, she decided as he ambled over to the car—but still just a friend.

"Are you interested in riding? I packed a picnic lunch, and we could go see what's left of Addie's Glen, if you want." He offered almost shyly, his eyes studying her reaction.

It didn't take long. Amy danced from one foot to the other impatiently, her eyes huge as she begged. "Please, Mommy? Please, pretty please, with sugar on it, could we? I promise I'll listen very carefully and not disobey one little bit. Please?" she added hopefully, eyes sparkling.

"Jeff couldn't make it, but I have a pony I borrowed from a neighbor. I thought maybe I could spend a little time teaching her. Daisy is really gentle."

Maryann smiled. Clay looked just as hopeful as Amy did. There was no way she could turn either one down. "All right. We'll try it," she murmured.

"Oh, thank you, Mommy. Where's the pony, Clay?"

"Are you sure?"

Amy nodded, her eyes huge.

"All right, then. Daisy is in the pasture on the other side of the barn. She's already saddled."

"Pretty sure of yourself, weren't you?" Maryann ignored his embarrassed blush. "Okay, you two go ahead. I'm going to sit here on the grass and watch. It's too nice not to take advantage of this weather."

She sank down, allowing her bare legs to soak in the sun. "Let me know when you're ready."

After one quick look at her, Clayton and Amy were off across the yard. Maryann heaved a sigh. At least they hadn't guessed how nervous she was. Maybe if she stayed this far back, her fear wouldn't transmit itself to Amy. Maybe she wouldn't be tempted to scream out suggestions.

It took about two hours, and Maryann was, by then, thankful for the shade of the big cottonwood tree. Amy now handled the dainty little horse herself, urging her to turn left, then right, starting and stopping at Clay's command. By the time they trotted over to Maryann, Amy was obviously pleased with herself.

"Look at me, Mommy. I'm riding the horse!" Daisy threw her head back at that, and Amy clutched the reins, her lips caught between her teeth as she regained control.

"Very good, Amy. Horses like it when they know they can rely on you. Calm and steady, that's the way." Clay made no motion to help her, allowing the child to stop the horse directly in front of Maryann. "Are you bored yet?" he teased, brushing a finger over her tingling nose.

"Not at all." Maryann got to her feet.

"Is it too late to go to Addie's? The brook still runs through my land. You could cool off wading, like we used to."

The prospect was too enticing to pass up, and half an hour later they arrived by horseback, Amy between them. Clay carried a huge picnic basket, which he set down on the grass beside the water. Then he showed Amy how to tie her horse so that it could drink and eat in the shade.

"If you want to, you can take off your socks and shoes, Amy. I'm going to pour your mother a drink of lemonade, and then we can show her."

Maryann frowned. Show her? What were the two of them in cahoots over now? She took the tumbler and sipped her lemonade as Amy grinned at Clay, then helped him lift out a square plastic container. They set it down in front of her before bursting into song, their voices strangely melodic together.

"Happy birthday, dear Mommy-Maryann. Happy birthday to you."

She stared in amazement at the cake, which now glowed with candles Clay lit one by one.

"You make a wish and blow it out, Mommy. Quick!" Amy clapped her hands in excitement.

"You remembered!" She gazed at Clayton, her brain stuck on one thought. *He'd remembered her birthday. Hers.*

"I haven't forgotten anything, Maryann," he murmured, his eyes steady. "Not one thing. Blow out the candles."

She did, but her eyes never strayed from his face.

"I'm going to have cake and lemonade, and then I'm going wading," Amy declared, flopping down beside her mother. "Oh—" she twisted around to face Clay, her forehead pleated "—did you forget it?"

"No. It's here." He took everything out of the picnic basket. On the bottom, Maryann could see the outlines of a paper-wrapped object, which he proceeded to carefully lift out. Then he presented it to her. "Happy birthday, Maryann. From Amy and me."

"But how—when..." She couldn't get the words out. It had been a while since she'd even celebrated her birthday, let alone had such a party. "Thank you," she whispered finally, her eyes on his. "Thank you very much, Clay."

"Aren't you going to thank me? I helped keep the secret." Amy's eyes were dark and shining. "Clay didn't think I could, but I kept it."

"You did very well," he agreed, hugging the little girl close.

To Maryann's amazement, Amy not only let Clay hug her, but grinned up at him.

"I'm really good at secrets," she boasted, chest thrust out. "Open it, Mommy."

"Yes, go ahead."

Maryann felt the tears rise up, and knew that if she didn't do something she was going to weep all over this wonderful gift. It was big and heavy. Carefully she peeled away the layers of paper, then gasped as the shining beauty of a wooden jewelry box was revealed.

"Oh, Clay! It's so lovely," she whispered, running one finger across the glossy surface.

"It's a burl. Actually, most people think of it as a flaw in the wood, but if you look at it this way, it's the most beautiful part. Reminds me that God can turn something awful into something wonderful." He flushed, then clamped his lips together, obviously embarrassed to have said so much.

Amy's earnest little face came between the two of them. "Isn't it pretty?" She picked up the box and studied the inside. "It's got lots and lots of secret places to hide your jewels." Soon she was engrossed in the intricacies Clay had built in to the gift.

"It's the most beautiful thing I've ever owned," Maryann agreed. "I'll always treasure it. Thank you,

Clay. You must have spent hours on it." She leaned over and pressed a kiss against his cheek.

He turned so her lips grazed his. Maryann pulled away, conscious of Amy so near. But to her surprise, her daughter was grinning from ear to ear.

"That's a birthday kiss. Now it's my turn." She hugged her mother tightly and pressed a moist kiss to her cheek. "I hope you have a very happy birthday, Mommy. Can I go wading now?"

Maryann couldn't speak around the lump in her throat, so she merely hugged the little girl back and nodded. Somehow Clay had worked his way around the little girl's fear and concern until she seemed to completely accept him. It was an unexpected birthday surprise.

"Don't go past that big rock, Amy. That's the end of my land, and past those trees it's very dangerous. There are big holes and deep water that you could fall into without knowing it was there."

"Okay." Amy skipped off good-naturedly.

"There's such a difference in the glen, isn't there?" Maryann marveled at the lushness of the oasis they now sat in. Tree leaves grew so thickly that they provided abundant shade. Here and there daisies, the easiest to pick out of all the wildflowers, nodded their heads in the wind. The brook tumbled and tossed its way over the pebbles and stones, glistening in the bright afternoon sun, then crept beneath a huge rock.

Beyond that rock lay desolation.

"What happened to it?" she asked softly. "It used to be so lovely here. Why would anyone want to destroy it?"

"I don't suppose they thought of it as destruction," Clay murmured. He sat leaning against a tree, his hat partially covering his eyes. "The idea was to build some high-priced condos here. The scenery was the drawing card." He shrugged. "They started preparing a base, but the geological tests weren't accurate. Once they diverted that stream from its natural flow, they didn't find good solid land to build on. By that time they'd created a water-logged marsh."

Maryann checked on Amy, then relaxed as she watched her daughter try to skip rocks on the rippling surface.

"But surely they knew that when they went in?"

Clay shook his head. "They wanted it a little too badly, from all accounts. They neglected to take all the soil samples they should have, and an engineer they'd consulted didn't run all the tests before they'd already sunk a lot of money in. By then it was too late."

The sight saddened her. "All that beauty just lost," she murmured, staring at the ravaged area. "Those trees were older than I am, they'd weathered so many things, and in one fell swoop they're gone. It's sad."

"It's a good reminder of the mistakes we can make by rushing into things and not waiting for God's timing," he countered.

Maryann thought about that, and wondered if he knew how much she regretted not waiting before she'd rushed off after high school.

"I'm working on a little project to get it back into some kind of shape," he told her several moments later. "I've got a friend who does some consulting for an environmental group. He says we can restore the glen if we take action now, before it's allowed to deteriorate further."

"How?" Maryann glanced around again, wonder-

ing if anything could bring back the beauty she'd
known as a child to this swampy, marshy mud hole.

"It won't be easy. And it will take a whole lot of
work. But if we can drain the area, let the stream flow
back in its original pattern, we can plant some trees
and bushes to replace those." He pointed to the up-
rooted mass that had been piled at the edge of his
property. "As it stands now, this is a dangerous
place."

"It used to be so lovely." Maryann smiled as Amy
sat down beside her, trying to smother a huge yawn.
"I have such pleasant memories of this place. When
I was little, we came to Addie's Glen for picnics, and
to get away from our house. It was so hot. I used to
build forts in the bushes with my sisters."

Clay's hat fell off as he straightened. "I remember," he chuckled. "Sometimes I hid in the rocks up
there and watched you."

"I knew you were there. I was just pretending I
couldn't see you." She pointed. "Wasn't it over there
that you punched Billy Bender? Your mother was so
mad!"

"I heard about it for days," Clay grumbled. "That
kid deserved to be taught a lesson. Besides, if I remember, you spent a lot of time on the bench under
those aspens, wishing Daryl Johnson would notice
you."

"Wasn't it fun? I loved this place. It would be nice
if Amy could grow up with the same memories we
have of Addie's Glen." She smiled down at her sleepy
daughter, now lying in her lap. "Who was Addie, anyway?"

Clay shrugged. "No idea." He was silent a long
time, his gaze speculative as he surveyed the torn-up

area next to his land. "I came here a lot when my dad left. It was a kind of haven for me then, just as it was for you when life was so terrible in high school."

"Nothing seemed wrong here," Maryann murmured dreamily, her mind tossing back ten years. "We could do anything, we were invincible."

"It was a good time, wasn't it, Mare? A time for believing anything was possible. I had this dream, you see." He shifted uncomfortably, but the look on his face told her he intended to have his say. "I thought we'd get married, have a family. I thought we'd come out here together and enjoy it with our kids. That was my dream, and I've carried it for a long time."

She knew he was going to say something; she could see it in his eyes. And she didn't want him to. She checked—Amy seemed to be asleep, but who knew? It wasn't good for her to hear this.

"I still want that dream. If you're honest, so do you. Why won't you marry me, Maryann? We could make a good life. I'd be a good father to Amy."

"It's not that." Sure, there would be good days— days like this. But what about the crop that failed, the bills that mounted, the work that needed doing and no one had time for? How could she be sure that she wouldn't be as badly off as her parents had been, unable to give Amy what she wanted and needed.

"I'm not broke, Maryann. I've saved money, made do. I have savings. Sure I carry some bills. Who doesn't? But I'm a long way from destitute."

His face was so open, so innocent, that Maryann couldn't watch it anymore. Instead, she peered at her fingers.

"We could have a good life, a full life. God would take care of us. I'm strong, I can work hard. We'd be together,'' he added softly. ''The rest of it—the money part—isn't important, Maryann. I'd never let anything happen to you or Amy.''

''You might not always be able to control it.'' She lifted her head and stared straight into his eyes, forcing herself to speak. ''Things happen, Clay. Nobody means to be destitute. My father certainly didn't. But there wasn't much he could do after the accident. That cleaning job was all he could get. And my mother didn't want to not work, but the mill closed down. She couldn't get anything else. They meant well, but our life wasn't happy.''

He frowned, studying her intently. ''Maryann, your parents were two of the happiest people I ever met. They never let a day go by without saying a kind word to someone. I remember your mother helping so many people in the community who needed someone to talk to or share tea with or to lend an an extra pair of hands. They set wonderful examples for you girls.''

Maryann laughed, controlling her inner pain through sheer force. ''Yes, they did. They showed us that you can't hang around waiting for God to take care of the grocery bill or the rent. You've got to take care of those things yourself. God helps those who help themselves,'' she quoted self-righteously.

Clay shook his head, his eyes soft with reproof. ''That's not scriptural, Maryann. God wants us to depend on Him, to lean on Him. He is sovereign, and even though we might not see or understand the path He takes, it is the best one. We just have to trust.''

''Trust!'' Inside Maryann seethed. She wanted to demand how she could trust when a man had betrayed her and her daughter by asking that she give away the money he owed them, the money they needed to live.

"Please tell me what's wrong, Maryann. I believe you care for me. I think that deep down you want to marry me, to build a home for Amy. But something is holding you back, and I can't figure it out. It isn't just the money, is it? Why are you so afraid?" His warm, gentle eyes begged her to explain, to let him in.

But Maryann couldn't do it. How could she tell him her predicament? Clay wouldn't understand. He'd tell her to leave it up to God, let Him handle it.

"I'm sorry, Clayton. But marriage just isn't an option. Right now, it's all I can do to raise Amy and carry on with my life." She deliberately didn't go on.

"But someday?" he asked, his eyes on her face, pleading with her to hold out some ray of hope. "Someday you'll tell me what has you so worried? You promise you'll let me help?"

He couldn't help, she thought. Nobody could.

"Maybe. Someday," she said, rousing the little girl who lay sleeping on her lap. *Never,* she told herself. She'd never tell him that she was so afraid of the future, she was withholding a child's rightful inheritance.

They returned to the farm a somber group, Clay in the lead. Even Amy was pensive and silent, her eyes moving from one to the other as she rode the little pony, dismounted and helped rub him down.

"I think we'd better get back," Maryann insisted when Clay invited them inside. "I have several things to do tonight. But thank you so much for a wonderful birthday and the lovely gift. I appreciate it more than you'll know." She walked along beside him from the barn toward her car, then watched as he stowed the jewelry box in the trunk. "I'd better go."

Maryann waited until Amy was belted in, then closed the door. She looked up and found Clay's eyes on her, pain and hurt reflected in them.

"What's really at the bottom of this fear?" he asked softly. "Is it something that I'm doing wrong?"

"It's not you, Clay. It's me. I'm just not a very good choice for a wife." She tried to smile at him, but her lips would barely move. She focused on her feet. "Why don't you give up on me, look around for someone else? So many women would be thrilled to share all this with you. You shouldn't waste more time on me."

The silence stretched out, yawning between them like a great cavern. Finally, when she could stand it no longer, Maryann met his gaze, stunned to see the depth of heartache there.

"There is nobody else for me, Mare," he whispered. "And I won't give up on you. I can't. You're buried here—" he tapped his heart "—imbedded so deep that no one will ever take your place. And if it takes another ten years to make you see that, so be it."

She was powerless to stop the tears that formed. They welled in her eyes and dripped, one by one, down her cheeks.

"Oh, Clay," she said brokenly. "I'm so sorry."

He reached out, caught a teardrop on his fingertip and smiled. Then with both arms wrapped around her waist, he hugged her close.

"Don't be sorry." He let her go, opened the car door and stood back. "God and loving you are the only two things that keep me going these days. Goodbye, Amy."

Amy's quiet tones were barely audible from the rear of the car. "Bye, Clay. Thank you for the pony ride."

"Thank you for everything," Maryann added, climbing into the car. She had to get out of here fast, before she gave in to his sweet talk and gentle persuasion.

"Go with God," he said and then slammed the car door closed.

Maryann drove down the drive she'd admired hours earlier, stoically refusing to look in the rearview mirror. She already knew what she'd see—Clay would be standing there, watching her.

"Mommy?" Amy's voice penetrated her thoughts.

"What, sweetheart?"

"Why don't you love Clay?"

"I do love Clay. He's my best friend." *Please* find another topic, she thought.

"But you don't love him enough for us to be a family, do you? He isn't going to be my stepfather. Right?"

"No, honey, he isn't."

"Oh."

Maryann frowned. Why didn't the child sound glad? Could it be that even Amy was beginning to love Clay?

Why not? her conscience chided. *Like mother, like daughter.*

Chapter Nine

"Another gift from Clayton Matthews?" Leslie glanced up from her computer screen in the travel agency, her eyes glinting with suppressed laughter.

"Yes. And it's not funny! He just won't take no for an answer."

"No, it isn't funny," Leslie agreed, her smile gently comforting. "It's dear and precious and sweet of him."

This box was just one of a number of gifts Clay had sent to the travel agency over the past two weeks. After their visit to the farm, Amy and Maryann hadn't seen much of him. She knew he was busy setting up his business. These little gifts were Clay's way of making certain that she didn't completely forget he was there, thinking of her.

She knew he was biding his time and she appreciated his thoughtfulness. That didn't mean she didn't miss seeing Clay, talking to him. Which was ridiculous when there couldn't possibly be anything between them. Not now.

Leslie peered round the corner as Maryann lifted the wild daisies from the box and carefully set them in water. "He must have looked long and hard for those. Summer's pretty well over."

"Flowers like this used to grow in Addie's Glen," Maryann murmured. She fingered the petals, thinking of the times she'd gone there to confide in Clay.

"Yes, they did. I remember that place. I heard the municipality bought it back after the condo deal fell through. They're turning it into a preserve or something."

"Uh-huh. I have lots of wonderful memories of Addie's Glen." Most of them involving Clay. Maryann went in search of a jar and water and returned to set the daisies on her desk.

"How's the volunteer work going?" Leslie had coerced Maryann into helping out at the local senior's home for one evening a week.

"It's fine. I've enjoyed it." To her surprise, she found she did savor her time with the elderly, reading to a blind man or playing cards with a group of giggling grandmas. With school due to start next week however, it was going to be more difficult to get away. Amy needed her full complement of sleep to last through her busy day. That meant finding a baby-sitter who would come in. No way would she ask Caitlin or Beth for another favor.

"Itching to quit, are you?" Leslie grinned without malice, knowing firsthand how hard it was to keep volunteers.

"Not at all. It's just that I haven't got a sitter. And Amy's got to be in bed by eight."

"What do you need a sitter for?" Clay stood inside

the door, his hat scrunched in his hands. "Have you got a date or something?"

Maryann shot Leslie a look that meant "Don't say anything". Then she nodded.

"Sort of. Every Wednesday night. At Aspen Grove."

"The retirement home? Oh." He stared at her with that soft, hungry look. "You too, huh? Leslie got me last year."

"You could always ask Beth's sister to baby-sit," Leslie volunteered. "She's good with kids."

"She's also booked up from now till Christmas." Maryann grinned at her boss. "The Prendergasts think she's the best thing since sliced bread. They've given her a calendar of the times when they need her. Besides, they've got Fellowship night on Wednesdays."

"I'll do it," Clay offered, his face bland. "I'll sit with Amy. If she doesn't mind."

Maryann considered his offer. She was fairly certain enough time had passed for Amy to accept Clay as a friend of her own. She'd seen no sign of the previous flare-up during their times together at the farm, and it wasn't as though they hadn't seen Clay at church, at the park, on the street, or the odd time when he came over to work in the apartment.

"That's very kind of you, Clay. If you're sure you're not too busy with your new enterprise, I'll take you up on that." Judging by the number of people coming and going through the doors, business was booming.

"I'm managing. Grain's not ready to harvest yet, so I've been able to get a lot of work done. Had to hire a couple of helpers so I could spend my time in my workshop."

Maryann was fully aware of the two women who shared a job in the town's newest store, but she didn't let on. Instead, she pretended that she hadn't followed every step with interest.

"That's good. Well, if you're sure you can do this. Is seven okay?"

"I'll be there."

And he was, promptly, at 6:45.

"She's all ready for bed, but I usually read her stories for a half-hour or so before eight. It relaxes her. Don't be worried if she has a bad dream. Sometimes it happens." Maryann shrugged. "They're fewer and farther between, but they still happen."

"What are they about?" he asked softly, watching Amy play with her dolls.

"I don't really know. She doesn't like to talk about them, and I don't push it."

"Okay." He poured himself a cup of coffee and sat down at the kitchen table, waiting.

Maryann glanced around for her purse, picked up a sweater and headed for the door.

"Just call Caitlin if you're having problems. But you'll be all right. Won't you?" she prompted, worry rearing its head at his speculative look.

"I guess so." He didn't look as confident as he'd seemed this afternoon.

"Okay. Bye, sweetie. In bed at eight, remember?"

"I know." Amy studied Clay, her big eyes serious in her small face. "I have a drink, a story and then I say my prayers. You don't have to listen to those."

"Oh. Okay."

Maryann smiled at his quiet agreement. "Bye, Clay. I'll see you around nine-thirty."

He cleared his throat, coughed and then nodded. Maryann wondered what he'd been thinking.

"Yes, all right. Nine-thirty." He consulted his watch. "Two and three-quarter hours."

As he watched Maryann walk out the door, Clay checked to be sure Amy wasn't upset. The little girl waved, but said nothing. When the door closed, her gaze flew to him.

"How are you, Amy?"

"Okay." She piled the dolls back in their case and pushed the case into the corner. "I'm starting school next week."

"I heard. Are you excited?"

"I guess." She studied him for several minutes. "Did you like school?"

"It was okay. I liked riding my horse better."

"I asked my mom if I could have a horse, but she said we didn't have anywhere to keep it." She avoided his eyes.

"Amy, you and your mom are always welcome to come and ride my horses. You know that."

Her eyes got big and round. "Really? I mean, aren't you mad or something?"

"Why?"

"Because Mommy can't marry you." She added defensively, "But I was good on Mommy's birthday, wasn't I? I kept the secret about her party."

"Yes, you did. No, honey, I could never be mad with you. I know what it's like to hurt, remember? I miss my dad too."

"But you're big! Big people don't miss dads." She'd come close enough to lean against his knee, her face wrinkled with curiosity. "Do they?"

"Sure they do. They just hide it better."

"Why?"

"Because sometimes big people don't like to show other people they're hurting inside here." He patted his heart. "They think it will go away if they don't talk about it. But it doesn't. It still hurts."

"I talk about my daddy." She tapped one toe against his boot, checking its solidity.

"I know you do. And I'm glad."

"You are? How come?" She was interested now, in spite of herself.

Clay took a deep breath and plunged into something that had been puzzling him for ages. "Because it means that you're treasuring the happy memories of him. I think it's good to do that—to think about the fun times you had and how much he loved you. Even though he can't come back, you can still think about him." He smiled. "Sometimes that really makes you feel better."

"Do you remember things about your dad?"

That hurt. He forced himself to focus on the present, and on this precious little girl.

"I don't have much to remember, Amy. He left when I was really little."

"But you remembered the sleigh ride," she reminded, climbing up on the chair beside his. "Why?"

"I think that's a gift God gave me to help get me through all the times my dad wasn't there. Sometimes I really wished he would be there. But no matter how hard I pretended, I knew he wasn't."

"My dad said he wouldn't ever leave me. He had a pain, right here." She thumped her chest. "It hurt so bad he fell on the floor. But he could still talk. A little."

Clay held his breath, waiting. "What else did he say?"

"He said he loved me. That I was his very bestest girl. He said no matter what happened, or what people said, he wouldn't ever be gone. He'd always be around, watching me." She blinked up at him, her eyes curious. "'Cept, I don't see him any place. And sometimes I can't hear his voice so good. Not like before."

"I know what you mean. I can't remember what my dad's voice sounded like at all." He leaned forward. "Maybe you don't need to hear his voice so much because you're safe with your mom. Amy, did you ever talk about this with her?"

She shook her head, bright curls tumbling all over. "No. It makes Mommy sad when I talk a lot about Daddy."

"Why is that, do you think?"

Amy looked behind her, then leaned forward, her voice lowered to a conspiratorial whisper. "My mom doesn't have such good memories."

"She doesn't?"

"Uh-uh. See this?" She scrambled down and went over to a shelf, grabbing down a silver-framed photograph. "She cries whenever she looks at this. I pretend I don't see nothing—but I know."

Clay stared at the man who sat in a stiff-backed chair, hair perfectly combed, tie knotted with military precision. "I think she's just feeling sad that your dad had to go away." He wondered if Amy would accept the word *died*. "Sometimes people feel really sad after someone's gone."

"I know. I did. It hurt a lot. It doesn't hurt so much now. Is that bad?"

The solemn words touched his heart. "No, it's good. It means that you are growing up." Clay probed on, desperate to understand why Amy acted the way she did. "You know, after someone dies, they aren't married anymore." He bit his lip, knowing he hadn't phrased that well.

Obviously Amy thought so too. She ignored him to wander over to her bookshelf. There, she selected a book, which she brought to him.

"I like this story. Would you please read it?"

"Okay." Clay took the big colorful *Cinderella* and opened it.

"We read it sitting on the sofa so I can see the pictures. Over here." She patted the fabric; she was already ensconced in its soft comfort. "You sit here and I sit here."

"Have you heard this story before?"

"Yes." She nodded. "Lots of times."

"Are you sure you want to hear it again? I could find something else." Clay swallowed hard, wondering how life-like he could make a fairy tale sound. Especially this one.

"*Cinderella.*" Her lips clamped together determinedly.

"Okay. *Cinderella* it is." He walked to the sofa and sank down, waited until she'd inched her way nearer, and then opened the book. He marveled at her rapt attention as he read.

"That's the stepmother," Amy told him, pointing to the miserable-looking hag depicted in the book. "She's not nice. She's mean. She likes the other kids better than Cinderella."

"Yeah, I guess so." He continued to read, stopping whenever Amy pointed out a detail.

"Cinderella is sad." She peered at the picture, her eyes intense as they focused on the shabby clothes and messy hair. "Those other kids are mean to her. Nobody loves her."

"I'm sure people love her. Amy, this story doesn't seem to make you very happy. Maybe we should read something else."

"No." She set her lips determinedly. "I want this one."

He finished the story quickly, anxious to find the happily ever after part.

"Do you think she was happy without her daddy and her stepsisters?" Amy's forehead creased as she peered up at him.

"I don't know. The story doesn't talk about her daddy." He flipped to the end and pointed. "It does say she lived happily ever after with the prince, though."

"I know." The little girl sat still, staring at the book. "But the prince wasn't her real fam'ly."

"Amy? Is there something you want to ask me?" He knew it wasn't likely she'd open up to him. He was the outsider, the one who did everything wrong. Still, he had to try. "Anything?"

She ignored his question, sliding off the sofa and replacing the book on the shelf. "I hafta go to bed now," she told him, avoiding his eyes.

"Do you want me to tuck you in?" He waited while she considered.

"I guess so. Mommy usually does that."

"I'm sure she'll do it when she comes in." He followed her to her room and waited while she clambered up and snuggled beneath the fluffy covers. "All comfy?"

She nodded. "Good night, Clayton."

"Amy, I sure have enjoyed staying with you while your mom's away."

She looked at him solemnly. "It was okay."

"Good. Because I would like us to become good friends."

"Why?" She blinked as if the idea had never occurred to her.

"Because I like you. I think you're a very nice little girl, and I'd like to get to know you better." He wasn't sure exactly how you went about trying to make friends with a kid who sometimes detested you, but he was determined to try.

"You mean like friends that tell each other secrets? Jody Nestor can't keep a secret at all." She shook her head in disgust.

"That's too bad. But you know, there are all kinds of secrets. Some are good and some are bad. I don't like to keep bad secrets." He straightened her bedspread and flicked on the little night-light that sat nearby.

"How do you know if a secret is good or bad?" she demanded, frowning.

"Well, bad secrets usually mean something's wrong. You know..." He chewed his bottom lip, trying to come up with a scenario. "Like if you saw a man stealing something and didn't tell. That would be a bad secret."

"I didn't see nobody stealing," she answered gravely.

"I know. It was just an example. Another one would be if somebody says something that other people should know about." That was all jumbled up and not at all what he wanted to say.

"You mean like a message?" Instead of drooping, her eyelids flew wide open.

"Could be. Or maybe they asked you to promise something, and you didn't want to. Like if it makes you feel sad, or something." Clay wondered if she'd have bad dreams tonight, and if it would be his fault for sticking his nose in. "Usually it's wrong to keep a secret if it makes you feel bad."

"Oh." She thought about that for a moment. "My dad really loved me," she whispered finally.

"Of course he did!" Clay felt the lump in his throat grow. "And you loved him, didn't you?"

"Uh-huh." She nodded. She sat up in bed, the covers falling around her waist. "We were a fam'ly."

"I know." He sat on the edge of the bed and waited, not knowing how to break the long silence that hung between them.

"Nobody's ever gonna take me away from my mom, are they?"

Clay jerked to life, his eyes flying to her face. Her little chin was tilted up, ready to take his answer. But in her eyes he could see pure fear.

"Amy, do you think your mommy would ever let someone take you away from her?" Had her parents argued about separating? Custody? "Do you really think that your mommy doesn't love you so much that she'd do anything to keep you right beside her all the time?"

Amy nodded, bright curls bobbing. "I guess so. She always says I'm the best thing in her life."

"Of course she does! She loves you. It doesn't matter what happens, your mom isn't ever going to let you go away from her. To her you'll always be her special girl, no matter how old you get."

"Not ever?" She looked hopeful. "You don't think she might find somebody she likes better'n me?"

"Who could she like better than you, Amy? You're her very own little daughter. She loves you very, very much."

Amy's eyes darkened, grew pensive. "I thought so. She said she did."

"Of course she did!"

"The man in the book didn't love his fam'ly. He let bad things happen." She glared at him defiantly.

"What man?" He frowned, trying to remember a man in the story. He was totally confused. There was no man but the prince in Cinderella, was there?

"Never mind." She huddled down once more.

"Amy, your mother isn't going to let anything bad happen to you. And even if she couldn't stop it, I would. I love you too, you know. I would never do anything to hurt you. And I wouldn't let anybody else do it, either."

"You wouldn't? Really?"

He shook his head. "Not ever. I promise."

"Cross your heart?"

"Cross my heart." Clay wanted to ask more questions, pry the truth out of her, but she sighed, laid back, shut her eyes and crossed her arms across her chest in a motion that told him the subject was closed.

"Good night, Amy. Sweet dreams." He patted her head.

"Good night." She didn't open her eyes.

Clay got up from the bed and moved toward the door. He flicked off the overhead light and waited just a minute. But when Amy didn't open her eyes, didn't look at him, he sighed and left, walking back down the hall and out into the front room.

As he varnished the oak window seat he'd left unfinished for too long, Clay rolled her words round and round inside his head, trying to make some sense of them. But nothing he could come up with solved the puzzle.

He was cleaning his brush when Maryann showed up. She looked happy as she came through the door, her hair windblown about her shoulders.

"Hi," she greeted him softly. Her mouth stretched in a smile. "How did it go?"

"Okay." Clay snapped the lid on the cleaner, wrapped his brush, and put everything into the bag he'd brought.

"Why does that not inspire confidence?" she teased. "Did you have problems? Did Amy misbehave?"

"No. She was as good as gold." He peered down at Maryann, wondering how much he should ask her.

Maryann sighed, slipped off her shoes and flopped down on the sofa. "Okay, spill it. What's wrong?"

"There's nothing wrong. Not really." He sat down opposite her and fiddled with his thumbs, noticing how rough and unkempt they were compared to her finely shaped nails and smooth skin.

"Well, there was one thing."

"I thought so. What happened?" She sighed, as if she knew what was coming and didn't want to face it.

"I don't know how to say this other than to just blurt it out," he muttered, "so here goes." He worked his jaw. "Were you and your husband talking about separation before he died?"

He watched as her blue eyes widened in utter astonishment. That was quickly followed by a flush on those perfectly sculpted cheekbones.

"No, of course not! How can you ask such a thing? Terrence and I had our problems, but we always managed to iron them out."

She glanced across at the picture that sat on the desk, then down at her hands.

Was that fear he saw flicker in those blue depths? Suddenly Clayton knew. Caitlin was right. Maryann *was* hiding something. He sat perfectly still and wondered what to do. He ached to help her sort through her problem, help her come to a solution. But he wouldn't butt in uninvited.

There's something wrong, he thought. Something she can't or won't admit to anyone else. Something that's holding her back. *But what?*

"Clay?"

He jerked at the sound of his name, dragging his thoughts back to the present. "Yes?"

"Maybe you'd better tell me what happened tonight."

"It was nothing, really," he muttered, shifting uncomfortably under her steady gaze. "Amy didn't get upset or anything like that. But something was bothering her. We were talking about keeping secrets."

"Secrets?"

Was he mistaken, or had Maryann grown paler? Clay couldn't be sure.

"Yes. Then she told me how much her father loved her."

"He did. Terrence doted on her." Maryann relaxed a little, her shoulders losing their rigidity.

"Yeah, you told me. Anyway, then she started asking me if you would ever leave her."

"That's ridiculous!" She jumped to her feet, her

hands knotting in agitation. "Amy knows how much I love her."

"I think she does, underneath. But something's got her questioning it." He watched her pace back and forth. "Maryann, she asked me if you would like somebody else better than her. What do you suppose that means? I wondered if she meant me—if maybe I'm causing problems."

He saw her eyes swivel to the desk. What was in there that had her so spooked? He shuffled to his feet and saw her eyes dart back to him. She frowned.

"I was reading her *Cinderella*."

"It's her favorite. Her dad gave her that book, and she asks me to read it every night."

"Tonight she spoke about a man in the book."

"A man?" Maryann frowned, shaking her dark head firmly. She walked to the desk and fiddled with the knob of the top drawer. "There is no man in the book. Except for the prince, of course."

"I know."

"I don't understand this, Clay. *Think.* What exactly did she say?"

Maryann's intense look worried him. Clay searched his memory, trying to organize the conversation word for word. "The man in the book didn't love his family," he repeated finally.

"The man didn't what?" she demanded in exasperation.

"I think she meant the father shouldn't have let Cinderella suffer at her stepmother's hands. I don't know." He threw up his hands. "What do I know about kids? That's what she said. Then she closed her eyes and wouldn't say any more." He walked over to where Maryann stood by the desk and laid one hand on her arm. "Mare, you've been frightened of something for weeks. Now Amy seems to be worried about something. What is wrong?"

Her fingers closed and opened over the knob several times. He could see a muscle twitching in her cheek, but nothing else. Finally she met his gaze.

"I don't know," she whispered. "But I'll find out—"

"*No!* No, that's *my* Mommy. Go away! Leave my mommy alone. No!"

The cries came from Amy's bedroom, and Clayton found himself only steps behind Maryann as she rushed to her daughter.

In the room, Maryann gathered the little girl in her arms, wiping away the tears that poured down her cheeks. "It's all right, sweetie. Mommy's here. I love you, darling. Nobody's going to take you away."

"He was taking you away, Mommy. Far away. I was all by myself."

"No one's going to take you, Amy. I'm right here."

Clay stood uselessly behind Maryann. He didn't know what to do, so he put one hand on her shoulder to communicate his feelings. She glanced up at him with a tremulous smile, drawing Amy's attention. He smiled, trying to show he was sorry she'd had such an awful dream.

But the little girl frowned, her eyes clouding as she searched his face. Then she buried her face in her mother's shirt. "I could go too, Mommy. Couldn't I? I'll be good."

"Darling, I'm not going anywhere. I'm staying right here with you. We're a family." She glanced up at Clay and smiled. "And see, Clay is here too. He'll keep away any bad men."

"My daddy was in our fam'ly." The little girl hiccuped a sob. "He's gone now."

"Yes, darling," Maryann murmured, sliding a soothing hand over the glistening curls. "He is. But I'm still here. And I'm not going anywhere. You and I are a family."

Amy sniffled, fully awake now and aware of her surroundings. She pushed away from her mother a moment to lean forward and stare at Clay.

"I'd better go," he whispered. "I'll see you tomorrow."

Maryann nodded. "Thanks, Clay." Her eyes were grateful.

"Good night Amy. I'll be praying for you."

Amy didn't smile, but he could feel her eyes boring into his back as he left. From the hall he heard her soft childish voice. "Is Clay going to live with us?"

He didn't wait for Maryann's answer. Knowing that it would hurt too deeply to hear his greatest dream denied, he walked down the hall, picked up his coat and his equipment, and left, closing the apartment door softly behind him.

Amy hadn't ranted and raged at him, he remembered as he descended the stairs. She hadn't demanded he leave. She hadn't even told him to go away.

But all the same, her bad dream was somehow tied up with him, and he had no clue how to make things right. He had so little experience with children to draw on. He just knew he loved that little girl and wanted to help her, no matter what.

But loving a child and being her father weren't quite the same thing. He'd always thought love—*real* love—was enough. Now he wondered if he hadn't been mistaken yet again.

"What do I really know about being that child's father?" he asked himself. "Every time I say something, I step on some painful memory. It's like walking through a minefield with a blindfold and no directions. I'm a complete washout."

He climbed into the truck, flicked on the motor and closed his eyes, searching for an answer. As a memory of Amy's wide blue eyes swam into his mind, fear and worry clawing for supremacy in her little-girl face, Clay understood that he needed to depend on someone else for the answers.

Lord, he prayed as he drove home. *I love that little girl. And even if I can never marry Maryann, I'd want the best for her and Amy. Please help straighten out this problem.*

He turned into the tree-lined lane that led to the farm, pulled his truck to a stop in front of the house—and then frowned.

He hadn't left the house lights on. Had he?

Chapter Ten

⤴

Three weeks later Maryann stared forlornly out Beth's apartment window at the leaden gray sky. The dark clouds looked like she felt.

"I haven't seen Clay in ages, Caitlin. He hardly ever stops by Wintergreen anymore. And if he does, it's only to tell me he's got so-and-so coming to fix something or other. I know he isn't harvesting because it's been raining so much."

"Why don't you call him? Or stop around at the farm? I'm sure Clay would love to see you." Caitlin sipped her coffee thoughtfully.

"He hasn't been at his store much, either. But there might be a perfectly good reason for that." Beth served the others, then munched on one of the warm cinnamon buns she'd just pulled from the oven. "It sure feels good to have a Saturday morning off."

"What kind of reason would he have?" Maryann turned away from her examination of the glistening street and sank onto Beth's kitchen chair. A gremlin of fear popped into her mind. "You mean he's ill?"

"No, I didn't mean that at all." Beth shook her head determinedly, passing the butter around. "I just meant he must be busy getting caught up on his orders. You know—tables, cribs, that kind of thing."

"Yes, but even so, you'd think he would have come to church last week." She forced herself to relax, hoping the others hadn't detected how concerned she was.

They had.

"I didn't notice, but then I was busy with Micah." Caitlin smiled kindly. "I guess I wasn't quite as interested as you, Maryann," she murmured, a sparkle in her eyes.

"I noticed!" Beth grinned from ear to ear, eyes fixed on Maryann's face. "He usually parks that big truck of his next to my car, and I can barely see to get around it and out of the lot. I had no trouble on Sunday."

"If you want to know, why don't you just go out to the farm and speak to him," Caitlin encouraged again. She stretched her legs out and sighed contentedly, her face wreathed in smiles. "These cinnamom buns are delicious, Beth."

Maryann's cheeks burned as the other two grinned at her knowingly. "It's just that Amy wanted some more riding lessons, and I thought maybe we could discuss my getting her a pony for Christmas."

"Uh-huh." Beth's eyes glinted as she chewed.

"Of course." Caitlin winked at her.

"Oh, you two!" Maryann turned away, knotting her fingers together. "You're making this into some big deal."

"*We* are!" Caitlin exclaimed. "You're the one who's been pacing around here like a caged lion for the past six days. Go get your coat on. I'll fetch Amy.

She won't mind leaving Micah for the 'horsies' she's always raving about.'' Caitlin thoroughly scrutinized Maryann's burning face, a tiny smile tugging at her lips.

"Especially not when they're Clay's horses.'' She slipped across the hall and was back moments later. "She'll be here in a minute.''

"Go, Mare,'' Beth ordered, apparently noticing her indecision. "Find out what's going on and get it over with. You know you want to.''

Maryann held up her hands, knowing when to give in. "All right, all right! I'm going. Just to please you two.''

Beth's eyes widened in disbelief. "To please us, she says. Such fibs!''

Maryann shrugged, and walked over to look at herself in the mirror. They knew. There was no point in further prevarication. Her friends had listened to her for almost two and a half weeks now, while she'd fretted and wondered what had happened to Clayton Matthews. As time wore on, she grew more concerned, especially when he'd sent a replacement to baby-sit Amy last Wednesday night.

"What should I wear?'' She peered at herself again in Beth's mirror, then noted the raised eyebrows her friends exchanged. She sighed. "Never mind, ladies. I'm going.''

"Good.'' Beth slipped six of the fresh cinnamon buns onto a plate, drizzled icing across the tops, and then covered them with a clean tea towel. Then she held them out. "You can go bearing gifts.''

Amy skipped into the room, her face wreathed in smiles. "Caitlin says we're going to see Clay's horses.

Are you ready?'' She stood, bouncing from one foot to the other impatiently.

"You don't think I should…" Maryann hesitated as second thoughts flooded her mind.

"Go!" her friends ordered in unison.

Maryann rolled her eyes, summoned her strength, and went.

"Am I gonna ride today, Mommy?" Amy sat perched in the back seat, her hands flicking droplets from her rain hat. "I didn't bring my jeans."

"That's okay, honey. I think we'll just stop to say hello. You can ride another day." If there *is* another day. Maybe Clay didn't want her out here. Maybe this was all a big mistake. Maybe she should just mind her own business.

"I like riding horses," Amy informed her for the umpteenth time. "Clay tole me I can ride old Molly whenever I want. But I have to tell him first."

"I know." Maryann concentrated on negotiating in the downpour. At last she came to a corner, and, car sliding a little on the slick gravel, managed to turn the corner.

Big colorful maples interlaced overhead, their red and yellow leaves drifting down here and there across the road to Clay's home. Maryann took a deep breath and stepped on the gas.

"His truck's here," Amy squealed, barely able to control her excitement. "But I think Molly must be inside the barn."

"Probably. I don't imagine horses like the rain any better than we do." She pulled up on the gravel section in front of the house, then drew in a deep breath.

This was it. She was here. She couldn't turn around

now. And, truth to tell, she didn't want to. She and Clay were friends. She owed it to him to find out if anything was wrong. Didn't she?

Exasperated with herself for the doubts and second guessing, Maryann tugged on her coat, pulled out her umbrella and stepped from the car, glad of the paved driveway. Puddles had formed here and there from the rivulets of water running all over the yard. Machinery lay waiting to be hooked up. That was proof positive that nobody could harvest in this weather, Maryann decided. So where was Clay?

She and Amy ran to the front door. Maryann rapped loudly and waited, Beth's plate in her left hand. Several moments later an old, gray-haired man opened the door. His face was grizzled, as if he hadn't shaved for weeks. But it was his eyes that caught her attention.

Maryann thought she'd never seen so much pain before.

"Yeah?"

"Is Clay here?" she asked, shifting under the eaves just a little to avoid the downspout emptying on her umbrella.

"He's in the shop." His teeth were yellowed and chipped; one was missing in front. "Why?"

"I, uh…I just wanted to talk to him for a few minutes." Who was this person? "I'll just run across there, then."

But she was prevented from doing so by Amy. The little girl planted herself firmly in front of the old man and stared. "Are you Father Time?" she demanded loudly.

He burst into a cackle of laughter that made Maryann's blood chill.

"That's rude, Amy," she reprimanded quietly, wishing she hadn't come, after all.

"Amy, eh?" The old fellow chewed his lip, snapping one suspender of his ragged tan-colored pants to a beat no one else could hear. "That's a good name."

"In French, it means love. That's cause my daddy loved me more 'n anything. Did you know that?"

Maryann swallowed nervously. She'd never seen Amy so bold. It wasn't a bad thing—it was just that she wished her daughter had chosen some other time and place to exhibit her newfound confidence.

"I didn't know that. You must have had a good daddy." He looked chastened, eyes swiveling to Maryann. "Do you want to come in? I could go get Clay for you."

Maryann could smell the alcohol on his breath, and forced herself not to shudder. Drinking? At ten-thirty in the morning?

"No, it's fine. We'll go to the shop. I want to see what he's been working on, anyway." She turned away, clasping Amy's hand in hers.

"Hey, wait a minute. You're the woman that's been in the papers, aren't you? That rich guy's wife?" He peered at her more closely. "Yeah, you're the one. What are you doing out here? Slumming?"

Maryann straightened her shoulders, her backbone stiffening. Who was this unpleasant man?

"We're just here for a visit with Clay." She handed him the plate and walked away, Amy's hand firmly in her own.

They slipped and slid their way to the shop. Maryann was thankful for the planks of wood someone, probably Clay, had laid across the worst of the puddles. But their boots were covered in mud by the time they arrived. Maryann knocked once, ushered Amy inside, closed the door and folded her umbrella.

"Clay? It's Maryann and Amy. Are you here?" She glanced around, but couldn't see him anywhere.

A muffled *thud,* a few words, and then he appeared, hair askew, dust streaked down one cheek. His face was as dear a sight as she'd ever known, and Maryann felt herself relax just a little. Clayton was all right.

"Maryann. Amy. Hi." He smiled that slow, endearing grin that always sent her heart fluttering. "What brings you two out here?"

"We missed you again on Sunday. We just wanted to make sure everything was okay." She watched the glimmer of light come into his eyes, then saw it doused. "Is it a bad time?"

"No, of course not." He brushed his hands over his legs, leaving a fine trail of sawdust. "Come on. Let's go to the house and I'll make you a cup of coffee."

"There's a man at your house," Amy told him. Her eyes were huge round orbs. "He's very old, and he smells funny."

"Amy!"

Clay's hand on her arm prevented Maryann from further remonstrances. He hunkered down beside the little girl and smiled. "That's my dad," he told her quietly.

"He came home?" the child asked in awe.

"Uh-huh." Clay nodded. "I came home one evening to find him at the house. He said he was here to stay."

"You were glad to see him, weren't you?" Amy watched as he stood and shrugged into his jacket. "'Cause now you won't be lonely anymore."

"Yes, I was very glad to see him."

But Maryann thought his eyes looked rather sad. And she couldn't believe Clay's father had the nerve to come back, after all this time. Had he just waltzed in and made himself at home, as if he'd never walked out?

"But, where has he been? Why didn't he come back here before now?" Maryann spluttered, unable to understand Clay's calm acceptance of this event.

"He's destitute, Mare. I don't think he had anywhere else to go. He says he wants to run the farm again. He's going to stay."

That bombshell made her stop short, right where she was standing. A prickle of foreboding crawled its way up her spine.

"And you're letting him? Just like that, he walks back into your life—and you take him in with open arms?" She shook her head, unable to understand such easy forgiveness for the agonizing pain and heartache this man had caused. She was indignant, and told herself it was for Clay's sake.

"But it's been years! You, your brothers and your mother struggled so hard when he walked out. Did he tell you where he's been, what he's been doing? Why he left?"

"I didn't ask," Clay murmured, his eyes downcast as he stepped into his boots. "It doesn't matter, you see. He's my father. And he's home." His eyes were clear, focused, when they met hers. "That's what I wanted."

But Maryann couldn't let it go. Not yet. It just seemed wrong. "So now he just waltzes back in here, without any explanations, because he's homeless and broke, and you let him?" She ignored the tightening of his lips, outrage building inside. "I don't understand you, Clay. What about the years your mother spent waiting for him? What about the way you boys suffered? Doesn't that matter?''

He didn't say anything, just stood there, letting her vent. Maybe it was his placid attitude thay made Maryann continue. ''Why don't you stand up for yourself? At least demand that he explain why he left. Don't you want to know?''

Clay shook his head, then clapped his Stetson on top. ''No, Maryann. That's in the past. He's my father. He owns this land. He can do whatever he wants with it.'' Clayton's face tensed at her look of disbelief. But he said nothing, merely held open the door and ushered them outside into the pouring rain.

Maryann was so stunned that she followed meekly along, trying to assimilate the news. Clay led them across the yard and in through the back porch, where they left their boots and wet coats.

''Come on inside.'' He smiled. ''Have a seat. I'll make some coffee.'' He went calmly about his work, and within seconds the aroma of freshly brewed coffee permeated the kitchen.

With a squeal of delight, Amy flopped down on the floor to pet the three little kittens that mewed in their box. The mother cat appeared to tolerate the little girl quite well, so Maryann turned her attention back to the problem at hand.

How could Clay be so weak? He'd slaved over this land, worked his fingers raw caring for it, keeping it running—and running well. Now he intended to hand it over, lock, stock and barrel, to a man who hadn't done a lick of work on it for more than twenty-five years?

''Here we are. Cream? Sugar?'' He held out a

kitchen chair, his face still fixed in that gentle accepting smile.

Maryann sat. "I'll have it black." She needed the caffeine to jolt her brain into understanding.

"I realized Sunday night that God had sent my father back," he murmured, checking first to be sure his father wasn't in the next room. Then Clay sat down across from her. "In a way, it's a good thing he came now. I can help him with harvest, clue him in to what's been happening, and then I'll have more time to devote to my new business." He sipped his coffee thoughtfully.

"Actually, it's a heaven-sent solution to a big problem. I could never manage both places and do justice to either. This way he'll take over the farm with some capital already in the bank and things running smoothly. The farm will give him something to focus on."

Maryann wanted to interject a pithy remark into this pretense, for she was sure that's all it was. She remembered, if Clay didn't, the days at Addie's Glen when he'd questioned himself time and again, trying to remember if he'd done something wrong, something that made his father leave. Her heart ached to remind him how often he'd wanted something special, and had to go without because there just wasn't enough money. She wanted to ask him if he'd forgotten about the father-son banquets he'd always missed because he didn't have a father—

They heard the old man stumble down the stairs and into the kitchen.

"Dad, I want you to meet Maryann MacGregor. Maryann, this is my father, Willard. And this is Amy."

Amy smiled, her eyes questioning, but after a moment she went back to her kittens. Willard grasped Maryann's outstretched hand and pumped it with false enthusiasm.

"Well, now, isn't that grand. My boy got himself a fancy lady friend. Very nice." Willard's beady eyes assessed the quality of her silk blouse. "And a famous one too."

"I'm not famous," she grated, irritated beyond measure by the oily smile and fatuous grin. He acted as if he'd only been away for the weekend! "I understand you're going to begin farming. Again." Did the old man understand exactly what his son was handing over?

"Yep. Gonna try my hand at it. Clay's done a real good job with the place since I've been gone. He's got a tidy little nest egg in the bank too." He winked at her, but there was nothing funny about his words.

Why, the greedy brute! Willard wasn't back to make sure his family was all right. He simply wanted to find out what there was in it for him. Maryann clenched her jaw, determined to put the best face on it that she could, for Clay's sake. She wouldn't see him hurt again.

"How's your new business going, Clay? I know it must have taken a lot of time and effort to get things going. Are the ladies selling enough to cover their wages?"

Clay kept his eyes down, but Maryann watched the tick at the edge of his jaw and knew he was concerned.

"It will take a while to build up a clientele, but I'll manage."

"'Course he will," Willard added, pouring himself a cup of coffee. He sat down next to Maryann.

"Clay's got his head on straight. Before you know it, he'll have a mint coming out of that little shop, just like he did from this farm I bought."

He was so smug, so pleased with himself. But Willard had never hung around long enough to see how his son had scrimped and saved, worked himself to a shadow sometimes, to get the farm to this point.

"There's a lot of money to be made in woodworking."

The words sent a hot burn to her brain, and Maryann didn't stop to consider why she was so upset. She only knew she hurt for Clay.

"He spends hours on each piece," Maryann burst out angrily. "No one could ever repay the time and effort he puts into either his woodworking or the farm. They are labors of love."

She took a deep breath and then felt a warm glow at Clay's tender smile. His fingers closed around her hand, which lay on her leg under the table.

"Thanks, friend," he whispered.

She didn't understand why she felt she had to defend him. He was a big boy, now. Grown up. He didn't need her to champion him to his own father. But she did it anyway.

"Clay's a hard worker. People in town know they can count on him for a job well done. He doesn't shirk his responsibilities and he doesn't give anything but his best. He's been a real friend to Amy and me."

At the mention of her name, the little girl got up and wandered over, leaning against her mother as she stared up at the elderly man.

"Dads aren't s'posed to leave their kids, you know," she lectured, her face stern. "Dads are supposed to be there, to look after their kids and make sure everything is okay.''

"Is that right, little girl?" Willard blustered at the childish reprimand. "What do you know about it?"

"My daddy went away. He didn't want to, but he had to."

"So did I." Willard was unrepentant.

"Uh-uh." She shook her head, hair flying wildly about her head. "You wanted to. I know 'cause Clay said he waited an' waited, and you didn't come home no more. He was sad."

A long empty silence permeated the room as the old man's eyes peered into the solemn blue gaze. Maryann wondered if she should admonish Amy. But what could she say? The child was speaking the truth as she knew it.

Besides, Maryann was rather glad to see someone question Willard. *Shame* on him for abandoning his family.

"Well, I'm here now." He glared at Amy as if she'd made him remember something he didn't want to.

"An' you're not ever going away again, are you?" the five-year-old demanded, a frown on her face. "My Sunday School teacher says folks can forgive you if you make a mistake once. But you can't keep making the same mistake over 'n' over again, or you aren't really sorry." She peered up at him, intent on finding the truth for herself. "Are you sorry?"

"Yeah, real sorry."

Her daughter's few words hit home, but it was Willard's mumbled answer that made Maryann ashamed. Here she was boiling with anger at Willard's return, but she'd given no thought to Clay's feelings. She had no right to denounce his father's return. Maybe Willard was sincere. Maybe he really had worried and wondered about his family all these years. While she sat thinking, the conversation moved on.

"Do you know stuff about horses?" Amy asked, studying Willard.

"Some."

"I like horses. I 'specially like Molly." She leaned against his knee, one hand on his arm. "I really like to ride Molly."

"And I suppose you came out here to go for a ride today?" He grinned. "It's pretty slippery after all this rain. I think you need to wait for a sunny day. Besides, I'm pretty sure Molly needs a new shoe."

Amy burst out laughing at this, her eyes shining with glee. "Horses don't wear shoes, you silly!" She chuckled at the very idea, her grin wide and infectious. When Willard didn't say anything, she frowned. "Do they?"

"Where do you think the word *horseshoes* came from then?" Willard asked gruffly, but with a smile.

"Oh." Amy leaned back, studying him. "Could you show me? Please?"

To Maryann's surprise, the old man nodded, getting slowly to his feet.

"I guess I could. Maybe we'll take along a treat for them too. Do you have pockets?" When shown that she did, he popped several sugar lumps inside. Then he glanced up at Maryann. "Is it okay?"

She appreciated his asking. "It's okay with me if it is with Clay. And Amy, you mind Mr. Matthews. Don't get loud and frighten the horses."

"I won't." She glared, indignant that anyone would think she needed reminding. "I already know that."

"I used to feed them apples," Willard told the little girl as they donned their raincoats and boots. "We had an apple tree over there." He pointed, then sighed. "That was a long time ago. I forget sometimes."

"Why don'cha plant another one?"

They left, discussing the viability of apple trees near a pasture.

As soon as Maryann heard the door close, she turned to face Clay. "I'm sorry for saying those things earlier, Clay," she murmured. "He's your father, and this is really none of my business."

"It's okay." He smiled at her warmly, generously. "I know you don't understand me. You think I should punish him or something, I suppose." He blinked, fiddling with his coffee cup. "At first I wanted to. When he walked in and announced he was home, just like that, I wanted to rant and rave at him, demand to know where he'd been, what he'd been doing."

"And then?"

"Then I realized that I'd spent most of my life praying for two things. One of them was that he would come home. Who was I to say how and when God should answer? God has His own timing, and it's far better than anything we could arrange."

Without asking, Clay got up and poured her another cup of coffee, then sat back down. His eyes were intense as they stared into hers.

"It isn't the way I would have wished. He insists he can farm by himself. He doesn't want my help. There's a lot of crop still in the field, and with this rain harvest is getting set back later and later. But he wants to prove he can do it, and I won't stand in his way."

"Just like that, you're turning everything over?"

She gasped when he nodded. "But, Clay, you've sunken years of your life into this operation! How can you just walk away?"

"Because I was only ever the caretaker. I see that now. The land has always been in his name, Maryann. Mom insisted on that—said his place as head of this house would always be waiting for him, no matter how long it took him to return. I can't go against her wishes."

"What will you do?" She could hardly bear to look at him. She could see the dream slipping away, bit by bit. She'd thought that sometime, maybe in the future, she might be able to marry Clay, to live here with him. After all, he wasn't dirt poor, as her parents had been. The farm was a going concern, and with the furniture business, she'd told herself they'd be fine…

"Maryann?" His hand moved over hers where it lay on the table. He lifted her ring finger, staring at the golden band that still encircled it.

"Yes?" she whispered.

"I waited years and years, hoping you'd come home again. I promised myself that when you did, I'd ask you to marry me. I wanted to show you that I could make a good living on the farm, that I had plenty of money put away for the future, that we could be happy together, if you'd just give us a chance."

She couldn't say anything for the fear that crowded her mind.

"I was sure that if you could see how well I was doing, that I could give you the things you always needed, you might consider my proposal." He smiled sadly, his eyes a liquid brown that touched her heart. "I was going to show you that you could have everything you need here in Oakburn. I can't do that now.

The money I have, the money I've saved, it was earned from the farm. It belongs to Willard. All I have are these two hands, and it will take me years to build anything up.''

"What are you saying, Clay?" she whispered.

"I'm telling you that I know you need more than that. I'm saying I won't be coming around anymore. It isn't right for me to court you, knowing that I can't support you and Amy as you should be.''

Court her. It was such a dear, old-fashioned way to phrase it. As if she were some precious jewel he had to treat just so.

"You've been telling me for months that you cared for me. Now you don't?" She felt the tears threaten at the futility of it all.

He tipped her chin up, one finger touching her lips as he stared into her eyes.

"I will always love you, Maryann MacGregor. Always." His voice was deep and sincere, the words spoken from the heart. "You're the most beautiful woman I've ever known. You're kind, generous, truthful—all the qualities I want in a wife. But I'm not what you need.''

Truthful. The word bit at her like lemon juice on a cut. She wasn't truthful. She was living a lie!

"I have money. Not a lot, but enough for us—" She stopped when he shook his head.

"I won't live on another man's money, Mare. It wouldn't be fair to either of us, but thank you for offering." His hands slid down her hair, his callused fingers snagging in the silky softness. "I won't come around anymore, Maryann. I can't. But I'll keep praying that God will answer this prayer too.''

He stood, drawing her into his arms. "If you need

me, you know you can always count on me. But for now, this is goodbye.'' He bent his head, his eyes intent on hers as his lips moved down. ''I'm sorry, Maryann. So sorry. More than you'll ever know.''

He kissed her so gently, so tenderly, that sadness welled inside her. He had poured out his heart to her, bared his soul until she was looking deep inside to the love and joy he found in her.

She couldn't bear it any longer. She didn't deserve love like that. She wanted it, oh, so badly. She wanted to grab at it, to hold him close and beg him never to let go. But if he knew the truth, Clay wouldn't even like her.

''Go with God, Maryann. Tell Amy I love her.''

He stood still and silent as she fumbled her way into her coat and tugged on her boots. Outside, Amy was still talking to Willard a mile a minute, her world the same as it had been five minutes before.

For Maryann, the earth however, had shifted on its axis. Nothing was the same. Clay, dear sweet Clay, whom she'd counted on for so long, as someone to talk to, as a friend—Clay wasn't in her life anymore.

''Goodbye, Clay,'' she whispered, staring at him as if to memorize each beloved feature. Then she turned and went out the door. Maryann thought she saw tears in his chocolate-brown eyes, thought she heard him say ''dear heart,'' but she must have been mistaken.

She called Amy, helped her into the car, bid Willard farewell, and drove back down the tree-covered driveway with an aching lump lodged in her throat.

And suddenly the knowledge hit her. The money didn't matter. She'd just let Clay send her out of his

life for a few measly dollars. The only love she would
ever know, and she had let it go.

"I love Clay, Mommy. Don't you?"

Did she? Did she love him enough to face the truth?

Chapter Eleven

Three weeks later, the Widows of Wintergreen met for coffee.

"Maryann, honey, if you do this, you'll be left with almost nothing." Caitlin's concerned face swam into view. "I know you've been wrestling with this ever since Clay's father came back, but are you really sure?"

"Terrence wanted it this way." Maryann shuffled the ugly papers back into their folder and let the folder drop to the desk. "I suppose to him it was only fair. I married him for money, after all. And while he lived, I had it. Now Amy's provided for. The rest is up to me."

"Yes, but it's so drastic to give so much away to this woman. And the letter says to split it. Are you sure there isn't another way around this? I don't think Clay would expect you to—"

Beth's quiet tones came from the window seat where she sat, peering out over Maryann's backyard view. "Leave her alone, Caitlin." She stood and walked over to Maryann, who sat curled up in her golden chair. "She needs to face this fear, see that she can manage her life. It's not about Clay, is it, Mare?"

"Not really." Maryann straightened as new energy seeped into her tired body. "It's about me. I'm not poor little Maryann anymore. Terrence's money won't solve all my problems."

Beth nodded encouragingly. "Go on."

"I'm twenty-nine. I've made some stupid mistakes, but I have a daughter and I need to learn how to support her. I can't continue to live off someone else's money, to expect them to shelter me. It's time to grow up." She smiled sadly at Caitlin. "Clay said my truthfulness was one of the things he most admired about me. I'm afraid I haven't been very truthful with myself."

"Depending on God and yourself isn't always easy, honey. You're doing fine." Beth sat herself at the desk and pulled out a pad and a pencil. "Now, what do you think you have to do?"

"First I'll see a lawyer, find out all the details, what to expect." Maryann stood and paced back and forth, running through it in her mind. "I have to make absolutely sure Amy's trust fund is secure. I don't need it, but she will. Anyway, it's a legacy from her father, and she shouldn't be deprived of it."

"What about Amy? Should she know her father has another daughter?" Beth was being practical now.

"I'll tell her." Maryann nodded. "But not just yet."

"And the money?"

"Goes to Miss Constein. All of it. What we need to live on, I will earn. I won't be kept anymore. Why,

I'm no better than her, bargaining my life for wealth.'' The insight astounded her.

"I knew you'd see the light,'' Caitlin said with a nod. "Okay, what next?''

"I can't wait. It's already October. If I dawdle, I'll think about Christmas and gifts for Amy, and I'll hesitate. I'm going to New York on Wednesday. Can Amy stay with you Caitlin?''

"Of course.'' Caitlin wrapped her in a hug. "You go.''

"This year my daughter's Christmas gifts will come from money that I earn. I'm going to start giving instead of taking all the time.''

Beth and Caitlin sat silently. She'd showed them the letter two days ago, and they'd been praying ever since. It felt good to know she had someone in her corner, and she intended to fulfill their faith in her.

"And Clay?'' Beth asked the question uppermost in all their minds.

"Clay has his hands full with his father right now.''

"I meant, do you *love* him?'' Beth's curious gaze searched for the answer.

"Yes.'' Maryann nodded. "I do. I know I've been a fool, putting him off for so long when he offered everything I've always dreamed of.''

"It's okay, Mare. We all have to learn.'' Caitlin's wry glance made the other two smile. "Some of us have to learn the hard way.''

"Are you going to tell him?''

Maryann thought about that. Should she go to Clay and tell him she loved him, that she probably always had? Or should she wait and let God lead her?

"You know, for most of my life I've asked God for help and then looked for my own answers. That's why

I've made mistakes. I think that this time I'm going
to wait on Him and see where He leads me.''

"Even if it takes a long time?" Beth asked.

Maryann was pretty sure Beth was thinking of her
own situation with Garret Winthrop. There was a lot
to work through there, she decided.

"Yes. Even if it takes a long time. The point is, I'm
not a scared little girl, running away from life anymore. I'm going to face the music this time. Maybe
then I can become what Clay thinks I am."

Clay groaned as he climbed down from the com-
bine, fingers stiff and unbending after the hours he'd
spent hunched over the wheel. Just over three-quarters
done. It was amazing considering this was mid-
November and there wasn't a hint of snow yet. Maybe,
just maybe, he could get this crop off.

"Why?" he asked again, silently staring up into the
darkened heavens. "Why did you send my father
home just to let him leave? What am I doing wrong?"

Cast all your cares upon Him for He cares for you.

He trudged across the yard toward the house, noting
the many chores he needed to do and hadn't found
time for. The past few days he'd come home to find
gifts of food laying on the table, waiting for him. One
night, a pie; another, fresh rolls; another, a dinner of
roast beef, potatoes and gravy with fresh coffee. All
were made by friendly neighbors who knew he was
hurting.

Tonight there was nothing.

Why, God? I thought this was Your will, to send
Dad here. What did I do wrong? Why did he have to
leave again?

And why, oh, why, did he have to take everything

with him? It wasn't the money Clay cared about. He'd been without that before. He'd manage.

But the ring! Why had Willard taken the ring? Clay had taken it out, night after night, and stared at it when he should have been asleep, dreaming of a life he couldn't have.

A slight sound behind alerted him to her presence.

"Maryann? What are you doing here?" He stared at her, noting the way her red wool sweater showed off her dark beauty to perfection.

"I, uh…that is, I wanted to deliver this." She set down the bowl she carried in gloved hands. "It's chicken potpie. I made it for you."

He frowned, remembering the clean sink, the fresh laundry, the vacuumed floors. "You've been here before?"

"I hope you don't mind." She flushed under his intense scrutiny. "I just wanted to help. I would have fed the horses, but I don't know how."

Clayton was so bone-weary that he just wanted to collapse before the alarm rang and he had to start another day. From somewhere he dredged up enough strength to frown at her. "You shouldn't be here, Maryann. You're not used to cleaning and stuff like that. I can manage." He leaned against the fridge, suddenly so tired he could barely keep his eyes open. "Go home and look after Amy. I'm fine."

"No, you're not fine, but you're too stubborn to admit it. Well, you're going to do exactly what I say tonight, Clayton. Now go wash up. I'll have dinner ready in a minute."

He glared at her while he took in the sight of her: the perfect blue of her eyes, the way her nose tilted up in that bossy manner, the sheen of her black hair.

"Move," she ordered, pointing to the bathroom.

He shrugged. "Okay, this one time we'll do it your way. But—" He had to stop to yawn.

"Go, Clayton." Her chin stiffened under his gaze, and he gave way.

By the time he returned, she'd set the table with a fresh green salad, the potpie, two slices of homemade bread he didn't remember seeing earlier, and a cup of freshly brewed tea.

"I thought the coffee might keep you awake," she murmured. "Sit down and eat. One of your neighbors is caring for the animals."

He was so hungry, and the food so tempting that Clayton dug in without another word. When he was finished, she brought out some steaming peach cobbler and topped it with whipped cream. He cleaned that up too, then leaned back with a sigh. "Thank you."

"You're welcome. Clayton, where's Willard? Why isn't he helping you?" Concern darkened her eyes to almost indigo. She sat across from him, a cup of tea in front of her on the table.

"You were away, weren't you? I guess you never heard. Willard's gone, run away as everyone told me he would." Clay said it out loud at last, avoiding her look as he acknowledged what he'd refused to believe until now. He knew what she'd say, knew what everyone would say once they found out. That Clay was a fool.

He couldn't bear for her to say it, couldn't bear to see the I-told-you-so in her eyes. He kept his gaze on the table.

"Yes, I went to New York. It took a little longer than I thought. I stayed there, hidden away so the press couldn't get to Amy. I got back two days ago. I'm so sorry, Clay.'' One soft hand covered his.

He stared at that hand. It wasn't as soft as it had been. There were rough spots on some of the knuckles as if she'd been scrubbing something. And the gold band was gone.

''It's okay,'' he muttered, removing his hands to his lap. That way her touch couldn't get to him, make him wish for those things he couldn't have. ''I'm fine.''

She ignored that. ''Why did he go?''

He shrugged carelessly, though it hurt like crazy to admit it. ''I don't know. One day I came home, and he was gone.''

''Without finishing the harvest?'' She frowned.

''He never even started it.'' Clay snorted, anger welling up inside. ''He left a note, said he couldn't take the cold and the wind anymore, that he wanted to retire in a warmer climate. He cleaned out the savings account, so I guess he'll be pretty comfortable.'' Bitterness surged up inside.

''Oh, Clay.'' She had tears in her eyes.

Tears for him. The very idea made him furious. He was the strong one here. Maryann had always needed him to lean on, and now he had nothing, not even hope to offer her. He shoved his chair back from the table and got to his feet.

''Why are you here, Maryann? To gloat?'' He wished he hadn't said it, but the words wouldn't stop. ''You said he was a lousy father, and I guess you were right. So now you can go home to your lofty apartment and laugh at me. Clay Matthews, the great dreamer! He actually thought his father wanted to live with him.''

Hurt dulled her eyes. ''I'm sorry, Clay. I just wanted

to help." She didn't look away, didn't flinch when he held out her coat.

"I don't have anything to offer anymore, Maryann. I haven't got a dime, not one thin dime to my name. Isn't that rich?" He pushed the coat into her arms. "By the skin of my teeth I might get this crop off without too much damage, to be able to pay some of the bills. If I'm really lucky I'll even have enough to pay off the taxes. What a loser, right?"

"Clay, I never thought you were a loser."

"Really?" He cocked one eyebrow, a bitter smile tugging at his lips. "Then why did you always run away from me?"

He stood there glaring at her as the silence stretched between them.

Finally she met his stare, her eyes filled with tears. "I was scared and stupid and I didn't know any better, Clay. I didn't realize what I was leaving behind."

He laughed. "Sure you did. You were smarter than all of us, Maryann. You went after what you wanted and you got it. Because of that you're sitting pretty right now. Good for you."

He stacked the dishes in the sink with a fury that he knew would have shocked his mother. When he turned around, Maryann was still standing by the table, her coat clutched in one hand. Her face was stark and white.

"Clay, I need to tell you something," she began quietly, but he couldn't stand to hear it.

"Find someone else to tell your troubles to, Maryann. I'm not the best person to give advice." When she would have spoken, he went to stand by the door, holding it open. "All that stuff I told you, that wasn't true. I wasn't really expecting my father to stay home. Why would he? What is there for him here?''

He slid her coat onto her shoulders, then walked across the floor that sparkled from a recent washing. Had she done it?

"I'm sorry, Clay. More sorry than I can ever say. I never wanted to see this happen. I know you loved your father. I know it must hurt like crazy to find out he betrayed you.''

She straightened her elegant shoulders, her eyes glowing with unshed tears. "But if you ever need someone to talk to, someone to rant at, someone to yell at, I'm here. I'd like to do whatever I can.''

He raked a hand through his hair. "Don't you see, Mare? There isn't anything you can do. There's nothing anyone can do. I'm finished. I haven't got anything left." *Especially not something worthy of someone like you,* his heart raged. "Just go and leave me alone.''

She shook her head.

"I'm not leaving you alone, Clay. Not a chance." She stood in front of him, toe to toe, her eyes steady as they met his. "You believed in me when no one else did. You held on, you told me you cared for me, and you kept on telling me when I really needed to hear it. If you think I'd wimp out on you now, you don't know me at all.''

Her eyes glittered.

"But you will," she promised. "You most certainly will.''

To his amazement, cool reticent Maryann MacGregor stood on tiptoe and kissed him thoroughly.

He followed her outside in a stupor, watching from the porch steps as she skipped over the lawn to her car.

"Good night, Clayton Matthews. Sleep tight. And don't give up," she chirped. Then with a grin and a wave she was gone, spewing a fine spray of gravel from her rear tires.

He stood watching until the cold north wind reminded him that heating his house cost money.

"She's up to something," he told himself as he washed the dishes and left them to dry. Then the blackness descended again. "It doesn't matter what, though. I haven't got one single thing to offer her."

Except love.

And if that hadn't been enough ten years ago, it certainly wasn't enough now.

Chapter Twelve

"Pastor Willoughby, please." Maryann shoved her hair out of her eyes, wondering, as she clung to the phone, what her oh-so-chic-stylist would think of these untamed locks now. She grimaced. Who cared about a little thing like hairstyles when Clay was hurting?

"Maryann? Can I help you?"

"Yes, Pastor, you can. Or rather you can help me help someone. Clay Matthews needs some friends." As she gave him the few details she thought he needed, Maryann watched Amy playing. Lately the child seemed captivated with her *Cinderella* book more than ever.

"Yes, that's the idea. I thought if a few men could show up with combines—you know, lend a hand—he wouldn't have to push himself quite so hard." She listened a moment, then nodded. "Wonderful. And I'll get a group together to supply supper out there tonight. Can you pass the word? Thanks, Pastor."

Maryann hung up, remembering again the agony she'd seen on Clay's face last night. Maybe he would hate her, but she was going to do everything she could to make sure he got his crop in.

"Mommy, is Clay going to take you away?" Amy's eyes were filled with fear. The book lay open on the floor, the ugly stepsisters staring up at them.

"Away? Honey, what are you talking about?" She lifted the little girl onto her knee and hugged her. "No one could take you away from me. You're my own dear little daughter. I love you."

"But in the story the daddy lets the mean lady have his girl to do all the hard jobs. He doesn't even care. Are you going to do that?"

Stunned by the apprehension and fear her daughter was now exhibiting, Maryann poked and prodded for the truth. "Amy, do you think Clay would make you do all those awful things if you were his little girl?"

Amy's brow furrowed. "I don't think so. But the other kids might."

"What other kids?" Maryann was totally confused. "Amy, what are you talking about?"

"The other kids that you and Clay would have. Clay said he likes kids, you know."

Had he? Maryann couldn't remember that.

"Sweetheart, Clay and I aren't even married!" Maryann said the words and then realized how much she regretted that fact.

"But he told me he wants us to be a family. But I don't want to be like Cinderella's family, Mommy. I don't care if I do get to marry a prince!"

As Amy buried her face in her mother's lap, Maryann couldn't help but smile. So that's what the intense dislike of Clay had been about. Stepfamilies. Amy had grown fond of Clay, and it was getting harder and harder to pretend she liked only his horses.

"Listen to me, darling." Maryann smiled down at the clear, trusting face. "You know that Clay loves you very much." Amy nodded as if that were only natural. "He would never do anything that he thought would hurt you. He's not like the stepmother in your story. He wants you to be happy. You know that, don't you?"

"Uh-huh." Amy nodded thoughtfully. "He said he wanted us all to ride in his sleigh, like a real family. I thought that he wouldn't care no more 'cause his dad came home, but now you said that man, that Mr. Willard, is gone away."

"Yes, I did."

"Then Clay's gonna be lonely, isn't he?"

Maryann smiled, her face hidden in Amy's glossy curls. "I guess he will be."

"Is that why you want to take some supper out there tonight? 'Cause he's lonely?"

"That's part of it, honey."

"What's the other part?" Amy tilted her head to one side, her eyes huge. "Is it a secret?"

"Not really. It's just that I want to show him that even though his dad isn't here, other people care about him. I thought we could show him that by taking out a nice hot supper so he doesn't have to cook."

"He eats pea soup," Amy told her, nose scrunched up in disgust. "I don't like pea soup and I never even eated it."

"Ate it," Maryann corrected automatically. "When did he tell you that?"

"When he was looking after me one night. He said he doesn't have anyone to eat dinner with him, so sometimes he watches TV instead. How come we don't do that?'' She looked delighted at the prospect, and Maryann had to smile.

"Because you and I have each other to talk to." She kissed Amy's button nose and set her down. "I think we should put the *Cinderella* book away for a while. You have lots of other books to read."

"Okay." Amy watched the book go on the highest shelf. "I think it's a silly book anyhow. I'd like to have a sister an' I wouldn't care if it was a stepsister or not. I'd love her."

So would I, Maryann decided privately.

"How would you like to run down and ask Aunty Caity if she could make some of those big round things with the holes in the middle that Clay loves?" She tickled Amy under the chin.

"Doughnuts, Mommy. They're doughnuts," Amy giggled.

"Of course. What a silly name. There aren't any nuts in them at all. Unless they're in the holes."

Amy scooted off, giggling at the little joke, and Maryann sat down to do some planning. Thank goodness it was Saturday and she had the day off.

"You did this, didn't you?" Clay demanded when he trooped into his house behind four other men, later that night. "You got these guys out here."

"Actually she didn't." The pastor stepped through the door behind Clay, grinning. "I did. So sue me."

"Don't bother," his wife advised as she followed, a huge chocolate cake in her hands. "He isn't worth a plugged nickel to anybody but me."

"Anyhow, we're glad to do it," Harvey Baxter called from his seat at the table. "We'd have come sooner if you'd let us know."

"Kinda silly to be so proud after all the times you helped us out, isn't it, Clayton?" His wife Harriet sliced ham and laid it on each plate that was passed to her. "I mean, we might never have seen our daughter married last year if you hadn't fetched the groom when that strike hit."

"And what about us? We'd have been hailed out for sure if you hadn't pitched in last year." Maury Pontica nodded his agreement. "No sense in being so stubbornly proud among friends."

"None at all," Maryann agreed, grinning from ear to ear. She watched Clay sink into his chair, and handed him a warm plate of ham. "Help yourself."

From time to time Maryann checked on Amy, but found the little girl totally engrossed in a video about baby animals.

The men talked seed and fertilizer prices, wheat markets and the price of hay. The ladies kept their plates filled and the coffee hot.

"Thanks for telling us he needed help." Evelyn Smith whisked another bowl of featherlight potatoes to perfection and then handed them to Maryann. "We should have noticed, but we get so wrapped up at harvest, we forget to look around."

"He'll be mad at you, of course," Tess Bailey mumbled. "They always are. It hides their embarrassment."

"Nothing to be embarrassed about! Everybody needs friends." Mrs. Willoughby sniffed.

Maryann nodded at the pastor's wife. "Yes, they do. And thank you for being one. Where are you going, Clay?"

He stopped immediately, his voice low. "I was just going to check the grain dryer," he mumbled.

"That thing works perfectly well, and you know it," Maury bellowed. "Sit down and have some of this chocolate cake. If I'd known you eat this well, I'd have been over here last month." The silly joke set the others laughing, and no one would let Clay escape.

An hour and a half later they were all gone, with promises to return early the next morning and finish. Maryann put the last of the clean dishes away and then got the broom.

"I wish you hadn't let them know." Clay spoke from the doorway where he stood looking troubled.

She stopped what she was doing and turned to face him. "Clay, they're your friends. They wanted a chance to repay you for the things you've done for them. Can't you accept that people need to give as well as receive?"

"It's just hard to be on the receiving end."

She burst out laughing. "That's something I learned a long time ago when we got those boxes full of charity clothes. Man, but I hated those boxes!"

"I'm sorry your dad went away, Clay." Amy stood by his side, her hand finding and curling into his. "Don't feel bad, okay?"

He hunched down, his face relaxing its stern lines. "Thank you, Amy. That's very nice of you." His hand gently smoothed the ruffled curls.

"Maybe if you asked my mom really nice, you could be in our family. Do you think?" She blinked at him innocently, with no idea of the pain she was causing her mother.

Maryann winced and turned away as Clay shook his head.

"It's really kind of you to think of me, Amy. And I'm sure you and your mom make a really good fam-

ily, but I think I have to be my own family for a while.
Is that okay?''

Amy frowned, obviously thinking hard. Maryann
watched the bow lips purse in thought. Finally the
child nodded. ''Okay. I guess. But if you change your
mind, could you come and ask my mom right away?
She likes you almost better 'n I do.''

Clay blinked up at Maryann, his face quizzical.
''Does she?'' He turned his attention back to the little
girl. ''But you didn't used to like me. You told me
once that you wanted me to go away.''

Amy sighed. ''I know. It's kind of silly why,'' she
owned.

''You can tell me,'' he encouraged quietly. ''I
won't make fun.''

''Okay,'' she agreed finally. ''But it's all kinda
mixed up.''

''That's all right.''

As Maryann pretended not to listen, Amy explained
that at first she'd thought her dad was coming back
from heaven right away.

''Mommy didn't 'splain it so good, and I didn't like
to ask questions in case it made her cry.''

''You should always ask questions if you don't understand something,'' Clay said quietly. ''What else?''

''Well, then I had that *Cinderella* book and the
daddy gave Cinderella to that awful mommy and the
mommy didn't care 'bout Cinderella at all and I
thought maybe if my mommy got another daddy, she
wouldn't care nothin' more 'bout me, 'specially if she
had other little girls. Ya know?'' she asked finally. Her
forehead pleated in a frown.

''I guess so,'' he mumbled, his cheeks reddening as
he realized where this was leading.

"But it's okay now 'cause I like you and you like me. So if you want to be my daddy, you can marry us."

Maryann smiled through her tears at the open trust her daughter had just placed in this man.

"I don't think I can do that, Amy," he told her softly.

"But you said..."

"Honey, I haven't got anything to give your mommy. She likes nice things and that's good because she's so wonderful, she deserves them. I haven't got any nice things left. Not now."

"Oh." Amy studied him for a while and then patted his cheek. "That's okay. You've got really nice horsies," she whispered loudly.

"Yes, I do. Thank you, Amy." His voice was soft, his eyes glowing. He brushed a kiss over her cheek, then straightened. "You're a special little girl."

"That's what my daddy said before he went to heaven." She looked proud of herself. But a minute later she couldn't stop the yawn from stretching her mouth wide.

"Come on, honey. It's time we went home. You need to get some sleep." Maryann held out her coat. "That's my girl." She buttoned her into it, handed her the mittens and helped her on with her boots. "You go to the car. I'll be there in a minute."

"Okay, Mommy. G'night, Clay. I love you." She tipped her head back, studying him seriously. "Can I talk to you another time?"

"Sure," he agreed readily.

But Maryann could tell from the hesitation in his eyes that it wouldn't be anytime soon.

"Go on, honey. I'm coming." Maryann shrugged

on her coat, murmuring her thanks when she felt his hands holding it. She fumbled for her shoes and slipped them on. Finally she was forced to look at him.

"Just relax, Clay. It'll all work out. We're in God's hands. Remember when you used to say that?"

He nodded, but stepped well away. Maryann guessed he didn't want another display of affection. That was okay. She could wait. She had faith that he'd come around. It was just a matter of time.

"Good night, Maryann. Thanks for everything."

"Good night, Clay." She gathered up her dishes and then stood, staring at him. "It occurs to me that I should have told you this a long time ago. I didn't, but I'm saying it now. I love you, Clayton Matthews."

He nodded. "I know. As a friend."

"Oh, it's much more than that." She smiled, letting him see it glow in her eyes. "Way, way more than a friend."

"I don't want pity, Maryann. I don't need it. I'm fine."

"I wasn't offering any," she returned, meeting the anger in his eyes with calm. "I was offering love."

"It's too late."

She shook her head, her eyes intense as they met his. "I certainly hope not," she whispered, and then whirled out the door before he could see the flicker of doubt that assailed her.

"Help him," she prayed on the way home, after Amy had nodded off. "Please help him."

Chapter Thirteen

"Please, Pastor? Just ask him. I know he's busy, but I think he'd help with the tree if you didn't mention that I'll be here."

Maryann poured her heart into her eyes, hoping the reverend would understand why she needed this small favor. There were only three weeks until Christmas, and Clay hadn't budged an inch. He still refused to see her or talk to her except at church when she walked right up to him and forced him to acknowledge her. Invariably, his answers to her questions were monosyllabic.

Pastor Willoughby frowned, clunking his toe against the pew. "In a way it's deceitful," he mumbled, peering up at her through the dimness of the old church.

"Okay, how about this. If he asks, you can tell him. But if he doesn't ask, you're not lying if you don't say I'll be here working on the tree too."

"Come on, Harold," his wife encouraged. "Give young love a break."

"All right, all right." The pastor sighed heavily and then grinned when Maryann flew across the aisle to hug him.

"Thank you, Pastor. You're a sweetie."

"He's an old bear, but I love him anyway." Mrs. Willoughby chuckled. "Now let's get those decorations out and see if we can use any of the old stuff. I declare, it must have been 1965 when this church last purchased tree lights. These things are old!"

Confident that Amy was too busy at her friend's birthday party to miss her mother, Maryann settled down to sort through the rest of the decorations, and didn't finish until long after Mrs. Willoughby left the church. She turned on the floodlight over the painting of Mary and baby Jesus and stared at it for a long time.

"I wonder if you knew what you were getting into?" she mused out loud. "Or did you have enough faith that God would work everything out?"

"What are you doing here?" a gruff voice asked from the back.

Maryann turned, her lips curving up at the sight of Clay. It had been two weeks since she'd made the meal at his house, two long weeks that she'd itched to pick up the phone and tell him about Amy's wonder at the angel costume she was to wear. Two weeks during which she'd ached to drive out and ask him if he thought a pony was too big a gift for a five-year-old child.

"I'm getting ready to decorate the tree. Would you like to help?" She stood, smiling, as she relished the thrill of seeing him again.

He looked good. True, his face was thinner, sharper,

the outlines of his cheekbones more defined, but he was still Clay. Her heart rejoiced.

He'd refused to spend Thanksgiving at Wintergreen, though Caitlin and Jordan had coaxed him relentlessly. He'd insisted that he'd be too busy to bother celebrating. Beth made sure he had a meal with all the trimmings, but it wasn't the same, and Maryann felt his absence from the big, boisterous house to the depths of her heart.

"How's the woodworking coming? Are you getting caught up?"

He stood where he was studying her for several moments. Finally, he walked forward, his sigh audible in the quiet room.

"Why do you keep doing this, Maryann? I've told you how I feel. Why must we go on playing this silly game?"

"It's not a game to me," she murmured, keeping her head high as she met his glance. "And I certainly don't consider loving you to be silly."

"Don't do that," he muttered, scuffing his toe against the huge wooden stand that held the twelve-foot blue spruce. "You don't have to pretend. It's not going to change anything."

Maryann set down the bundle of lights she was holding and marched over in front of him. She tilted her head back and glared at him.

"I'm not pretending anything. I do love you. If you weren't so pigheaded, you'd see that for yourself. Why else would I go to all this trouble?" Oh, oh, she hadn't meant to say that.

"What trouble?" His dark eyes narrowed.

"I asked the pastor to get you here so we could talk while we decorate the tree," she admitted, avoiding his eyes. "I wanted to see you, and I thought this was a good way."

"Is something wrong?"

Did he sound worried? Interested? Maryann couldn't decide.

"No, not wrong, exactly." She took a deep breath, straightened her shoulders and peered up at him. "I suppose you haven't read a paper lately?"

He shook his head. "Too busy."

"I gave the money away." It was a relief to say it, but she couldn't see any sign of relenting on his face.

"I suppose you could afford it." He turned away and pulled the ladder close to the tree. Then he climbed to the top, the star held in one hand. "If you hand me the lights, I'll connect them while I'm up here."

"Clayton Matthews, I just told you something important!" She glared up at him as he took the lights from her and strung them around the tree. "I handed over almost every dime my husband left me to the woman who bore him a child—the woman he really loved."

He jerked around to stare down at her, his eyes troubled.

"He left me a letter, you see." She explained the contents, and how she'd fought against doing as Terrence had asked because she was afraid of being poor.

Clay listened, but she could tell nothing from his expression. But a muscle twitched at the side of his jaw and his hands were holding the bulbs too tightly.

"It took me a long time, but eventually I had to accept reality. Terrence didn't love me. He never had. Neither, I'm sad to say, did I love him. Not the way I love you. He offered a way out, and I took it."

Clay climbed down the ladder, his face expressionless. "So you gave his money—the money that should have been used to raise Amy—to this other woman? His girlfriend?"

She nodded. "I did as he asked. With my work we'll have enough to get by on, and Amy still has her trust fund. It will be there when she's ready to go to college."

Clay worked fast, hanging garlands helter-skelter on tree limbs that bowed under the weight of too much tinsel, while other branches remained empty. His lips were pinched together in an angry line.

"Well, say something," she pleaded, watching as he grabbed the glass balls and began hanging those.

When he finally whirled around to face her, his empty hands clenched, then opened. His face was white and tiny lines radiated around his mouth.

"You fool!" he berated her. "How could you do that? He was your husband. He owed *you*, not some woman he'd taken up with." His eyes glittered like ebony shards. "Now you have nothing."

Maryann smiled, her heart light as she met his angry gaze. "I have everything," she whispered. "I have my self-respect, I have my dignity and I have the assurance of knowing that whatever happens, God will take care of me. It took me a long time to learn that lesson, Clay. The money doesn't matter. It was never mine to use anyway." She smiled again as the joy radiated through her.

"Why?" He shook his head, then raked his fingers through his hair. "I don't understand why you'd throw it all away?"

"It wasn't mine to keep," she murmured gently, her hand on his arm. "I made a mistake thinking that,

Clay. No one gets a free ride, no one. I suffered horribly, but I did it to myself because I wouldn't take responsibility for my own happiness. I thought things and people could make me happy, but even when I had them, it wasn't enough. The money was Terrence's and he'd want his daughters taken care of. I'll look after Amy—that's my job.''

She moved over to the tree and carefully rearranged the decorations she could reach, evening them out as she felt her way through the words. ''From now on, what I get will be mine because I earned it with my own two hands. If God blesses me with more, then I'll deal with that too. But for once I'm not afraid to face the future. I'm strong, I've grown, I've changed. I know what I want.''

She turned around and moved in front of him, her eyes welling with tears. ''You gave me the dearest gift there is when you told me you loved me. And I was so stupid. I tossed it away as if it didn't mean anything.'' She swallowed. ''Love means everything, Clay. Anything else comes in a distant second.''

As if in slow motion he stretched out a finger and lifted a tear from her cheek. He stared at that tear for a long time before speaking. ''You don't know what you're saying, Maryann. After you've juggled bills for a few months, come back and tell me that being flat broke is a bundle of laughs.'' He shook his head. ''I have nothing left, Mare. My dad took off with the money I'd socked away for the future.''

''But you got the crops off,'' she interrupted, eager for him to see how much she'd learned. ''That has to help.''

''Yes, thanks to you, they're off. But most of them were damaged, either from frost or from being left too long. They'll barely pay off the bills. If I'd known, I wouldn't have opened the store, but I did. And now I've got a lease that has to be paid up. I can't afford the wages I pay, and yet I can't afford not to pay them. It's a no-win situation."

"We could do it together," she murmured, pleading with him for some thread of hope.

"No, we couldn't. You'd lose what little you have. And take on my debts as well? I don't think so, Maryann."

She watched, heart breaking, as he walked away from her. He stopped partway down the aisle to button up his jacket and slap his cap on his head.

"But I love you," she whispered brokenly. "I love you."

"Love doesn't pay the bills, Honey." He smiled sadly. "Look, it's just not meant to be, or God would have shown us a better way."

"What could be better than two people working side by side for their future?" She stood, dashing the tears from her eyes. She'd make him see. She had to.

He shook his head, his laugh painful. "It sounds very romantic, kiddo. But I assure you, the reality would be misery. And I won't do it." His eyes swept her face, pausing as they came to her lips. "Goodbye, Maryann."

Then he turned and walked away, out of the church, out of her life.

"I can't be here for Christmas, Beth. You guys have been wonderful to me and I thank God for every one of you, but Clay's unreachable." Maryann's voice carried out into the big echoing hall of Wintergreen, and down to Clay's ears, as he stood on the downstairs landing.

She was leaving? Now?

"Mare, it's almost Christmas! Let Amy have Christmas here. We can share the day together, all of us, like a big happy family."

"It would hurt too much, Beth. I couldn't go through the holiday season knowing he was nearby but not being able to speak to him. It's been hard enough at church. No, I've already told Amy that we'll leave Saturday morning. She's finished school on Friday and we can spend some time with friends in New York. It's wonderful there at Christmas."

The door closed, and Clay didn't hear any more of the conversation. He stood where he was in the foyer, staring at the cheery red bows strategically lining the staircase. Above his head the old Waterford chandelier sparkled and glowed in the late-afternoon light. Was that mistletoe hanging from its center?

"Clay? What are you doing out here, man? You look like a two-ton truck just hit you." Jordan's booming voice rang through the hallway. "Need some help with that unit Caitlin wanted?"

"Oh. Yes. It's finished. Outside in the truck, actually. I'll need a hand to carry it in."

Clay felt poleaxed, stunned by the news that Maryann—*his* Maryann—was leaving Oakburn.

Could it be that she was leaving for good this time?

"Well, come on then. What are you waiting for?" Jordan grinned, his eyes twinkling as he caught sight of the mistletoe.

"Making notes for a later date, are you?" Jordan asked as he followed Clay out the front door and slipped the covering off the cabinet. "Wow! This is excellent. Caitlin's going to love you forever when she gets back and sees this.''

Clay blushed. ''She's not home?'' He'd thought she was upstairs with Beth and Maryann.

''Naw. She's over at the school, giving them a hand with the costumes. They're doing a dress rehearsal. The parents come on Friday.''

Clay untied the ropes, removed the rest of the covering and motioned Jordan into the truck.

''Don't slide it,'' he warned.

''This thing weighs a ton.'' Jordan huffed and puffed as he carried his end to the back of the truck box, then hopped down and resumed lifting.

''It's oak,'' Clay told him smugly. ''Solid oak. It'll probably outlast you.''

''No doubt. I think I'm about to have a heart attack from lifting.''

''I don't know CPR, so don't bother,'' Clay managed, heaving his own end up the stairs.

Carefully, with painstaking slowness, they maneuvered the big unit inside the door. Then Jordan found a scatter rug and they slid that under one end and pushed the other.

''Don't let it mark the floor,'' Clay warned. ''I haven't got the time or the energy to redo it.''

''And I haven't got the cash. You charge an arm and a leg,'' Jordan grunted as he shoved his end into position.

''But I'm very, very good.'' Clay grinned, satisfied that it fit exactly as he'd envisioned.

''Yeah,'' Jordan agreed, running one finger over the golden surface, ''you are. Thanks, bud. She's going to love this.''

''She'll like it more if that newspaper isn't on the

sofa,'' Clay teased, and then winked as the outer door slammed shut. ''Here she comes.''

But they both stopped what they were doing as Caitlin's worried voice rang through the old mansion. ''Maryann, come quick. Maryann!''

A pounding of feet up the stairs ensued.

''Come on, let's see what's going on!'' Jordan led the way out into the hallway. ''Caitlin?''

A scrabble of activity sounded upstairs, then three women came flying, one after the other, down the steps.

''Caitlin, what's wrong? What is it?'' Jordan's face grew tight. ''Is it Micah?''

''No! She's with the Brownleighs. It's Amy. She's gone.''

''Gone?'' Clay felt his heart squeeze tight with terror. ''But there's a storm forecasted for tonight. Snow and blowing snow. What do you mean 'gone'?'' He glanced from Caitlin's flushed face to Maryann's white one. ''Where could she have gone?''

''Nobody knows. Her teacher didn't even notice she was missing until the rehearsal was over. She took her boots and her jacket, though.''

''I wonder if she's gone to Addie's Glen.'' Maryann's white face sent a shaft of pain straight to his heart. ''She was asking me a lot of questions about it last night. I told her that once it was a very special place for me. I must have overdone it, Clay.''

''She might not have gone there.'' Clayton frowned. ''Maybe she was just interested in the old place because of the stories we told her about it.''

Maryann shook her dark head. He could see the certainty burning deep in those blue depths. ''No, Clay. That's where she went. She said she was going to ask God for a miracle. Something about a Christmas gift she wanted. I should have paid more attention, but I didn't think she was serious.''

Jordan's voice rumbled near Clay's ear. ''That place is like a marsh now. They've been trying to fill it to soak up the water. If she's there in this weather...'' His voice trailed away.

Clayton felt an icy wash move down his spine. No! He wouldn't even think of it. Amy was fine. God would take care of her, protect her.

Maryann put on her coat. She wavered on her feet, her cheeks paler than the snow that had started to blow outside. ''I have to find my daughter.''

''No, I'll go to the glen.'' Clayton spoke up loudly, knowing that he had to do this for her.

He loved her. He couldn't stand here and watch her go through this pain, not if he could do something about it.

''I'm going too.'' Maryann's voice was defiant, filled with worry. ''She's my daughter.''

He smiled, his hand gentle on her arm. ''I know she is. And you love her. I understand that.'' The others melted away as he gazed into the face he'd loved for years. ''I'll find her, Maryann. You can trust me to do that. But she may not be at the glen. She may have stopped along the way. You go to the town hall with Caitlin and Jordan. They'll get a search team started. If they find her before I do, you'll be there to welcome her.''

She studied his face intently, assessing each word with that careful consideration. ''I can't lose her, Clay. I just can't.'' Tears burned. ''She's my baby and I want her back.''

''God is there, Mare,'' he reminded. ''He'll keep

her safe. You just have to trust that 'all things work together for good.' Can you do that?''

He searched her face, implanting each detail in his memory, knowing that once Amy was home, he wouldn't see her again. He couldn't. Being near her like this, knowing his dream was dead, was sheer torture.

"Be careful," she whispered at last. One hand came up to cup his jaw, her touch featherlight against his skin. "Be very careful, Clay. Go with God. I love you."

It was nice of her to say that, even though she didn't mean it the way he wanted her to. He stood there, basking in the warmth of her blue eyes for just a moment before pulling on his boots.

"I have to get some gear, then I'll head out," he told Jordan. "You get a search party going and fan out all around the glen."

"You've got it. Be careful, man. That place is like a bog. You can sink in anywhere."

Clay nodded. "I'll be fine. I've been studying the area for ages." He glanced around the room one last time. "You'd better get things moving, Jordan. We don't have much time."

Then he turned and walked out the door, forcing himself to consider the path Amy might have taken, even as fear locked his jaw tight.

Please God, show me the way. Keep this child safe.

Chapter Fourteen

"Why hasn't he come back? What's taking so long?" Maryann walked back and forth across the worn hardwood floor, her eyes searching the doors for answers.

Though a few men trickled in and out, there was no sign of Clay.

"It's freezing outside. And he's been gone for hours. Why doesn't anyone know anything?" She stopped as a hand closed around her arm. "What?"

"Sit down, Maryann. You'll wear yourself out if you keep on. Here, drink this." Caitlin handed her a cup of coffee laced with cream. "They're fine. If anyone can find Amy in that place, Clayton can. He knows it like the back of his hand."

Maryann shivered as the heat of the coffee trickled down her throat to warm her frozen insides. She'd thought she was numb, but the icy grip of fear had hold of her now and she couldn't shake it off.

"Clayton's the one who's been bugging the town to return the area to its original state." Caitlin frowned as another man came through the door, snow covering his head. "Since the developers can't build on such marshy land, they've offered to turn it over to the town for a tax deduction."

"I didn't know." Maryann felt as if the whole world had moved on without her.

"He didn't want a lot of people to know. But he made sure the council understood that Addie's Glen has a lot of memories for the citizens of Oakburn. He spoke glowingly of his own memories of the place…"

A picture floated into Maryann's mind. It was late summer, and Clay had taken her and Amy for a walk through the bulldozed area. He'd explained the different species of trees, ferns and shrubbery that had been torn away, reminding her of the huge oak trees they'd sat under ten years before.

"It's the kind of place where you came to build memories," he'd murmured. "I'd like it to be like that again."

Clay wanted a chance to build memories, to erase the past by covering it with a future of happiness. She knew he'd planned to do that with her, she'd known it for years. Suddenly Maryann saw exactly how much her going away had hurt Clay. And she also saw the tremendous amount of faith he had to believe she'd come back.

"He loves me," she murmured. "I know he does. And he loves Amy too. Why won't he admit it?"

Caitlin smiled sadly, her eyes reminiscent. "He does love you, Mare. But I think he just couldn't hold on to his dream anymore when his father left. It was as if everything fell apart, and he didn't have the strength to pick it all up again."

Maryann nodded. "I know. I can see it in his eyes.

He's given up. He thinks he doesn't deserve us, or something silly like that.''

''Mostly, I think he's worried about how you would handle being poor.'' Beth winced, but said it anyway. ''Don't forget, he's had years to remember how much you hated your life here before.''

''But I didn't,'' Maryann told them, only then realizing what she said was true. ''I didn't hate my life here at all. What I hated was the…unsureness.'' The wonder of it made her open her eyes wide. ''I was afraid no one would ever love me, *me*, poor little Maryann MacGregor!''

''Finally!'' Caitlin sighed, rolling her eyes.

''But Clayton did love you,'' Beth murmured. ''We all knew that.''

''But I couldn't trust it. I thought it was just infatuation or something.'' Maryann let the tears well. ''That's why Amy is so precious. She doesn't care what I've done. She just loves me anyhow.''

''She's a gift, all right.'' Caitlin hugged Maryann, her own eyes watery. ''Even with all those hats she insists on!''

They grinned at each other, allowing the tears to fall unchecked.

''She has to come back,'' Maryann whispered. ''She has to.''

''She will. That's what we're praying for.''

Maryann huddled with them in the far corner of the big hall, her mind forwarding pleas of help heavenward. She wasn't aware of time passing, or of people coming and going. She was only aware of Clay's absence.

I'm not worth it, she prayed silently. *And I sure don't deserve it. But if You could just give me one more chance to show Clayton Matthews that I love him, I promise I won't throw it away. He's the best father Amy could ever hope for. He loves her almost as much as You.*

She visualized God's arms holding Amy safely out of harm's way until Clay could find the little girl. Slowly the pain eased from her mind, and assurance that her daughter would be fine flooded in.

Just then a *whoop* from the doorway drew her attention. Maryann jerked around, stunned to see Clay stumble through the doorway, Amy clutched in his arms, burrowed inside his coat. He wore only a quilted vest and flannel shirt—not nearly enough to protect him from the elements. His face was blue-tinged, his hands white.

"Amy!" Maryann cried and flew across the room. "Thank you," she whispered to Clay, her eyes telegraphing her love. "Thank you." She took Amy from him and set her on the floor, unzipping the big coat as she checked for damage. To her amazement the child seemed perfectly fine.

"Mommy, I saw the big tree! It's all knocked over now, but it was still there. That's where you and Clay studied, isn't it? It doesn't look so special now, but Clay said it was special like his sleigh because it was in his memory."

"Amy, are you all right? What happened?"

"I was looking for something an' I fell down a hole and I couldn't get out. Clay got a rope and pulled me out. I was all wet so he gave me his coat. Wasn't that nice?" Amy seemed remarkably untouched by her ordeal.

"It was wonderful, darling. Did you say 'thank you'?"

"Uh-huh. Lots of times."

"But, Amy, what were you looking for?" Maryann had to ask.

"I wanted to see what love looked like. You were talking about it in that place. You said that's where you found it. And I had to see if it was still there." She frowned, shaking her blond head. "It's all buried under trees and stuff." Amy, now free of the big coat, stepped over to Clay. "He's cold, Mommy. Can't you help him?"

"I'm fine, Amy." Clay swallowed the last of the coffee from the huge mug someone had handed him. His cheeks were turning red now, his hands ruddy, as the cold seeped away. "I can warm up in the truck anyway." He picked up his coat, his eyes avoiding Maryann's. "I'd better get going. I've got some chores to do."

A flood of certainty washed over Maryann. She knew what she had to do—it was all crystal clear. She let him walk away from her, just a few steps. But before she could say a word, Amy's voice broke through the silence that surrounded them.

"Mommy, Clay tol' me he'd like to be my daddy. He said he loved us. When can we marry him?" The little girl's eyes were round pools of inquiry as they flew between Maryann and Clayton. "When are you and Clay getting married, Mommy?"

Clay stopped mid-step, frozen in place by the child's strident voice.

He wouldn't give in, Maryann knew. He would never ask her to marry him again. It was up to her. As he started forward again, she spoke, her voice clear and firm.

"I don't know, Amy. I'd like to marry Clayton because I love him very much. But he hasn't asked me."

For a moment she thought he'd leave without saying anything. When he finally shifted his stance, it was to turn around. His eyes were dark and unrevealing as they met hers. Maryann knew it wasn't going to be easy.

"I'd like to be a farmer's wife," she offered, advancing toward him slowly. "I'd like to be a helpmate, the kind who will stand beside her husband through thick and thin."

It would have been easier if he'd come halfway to meet her, but when he stood where he was she kept moving, refusing to stop now. Clay said nothing, his jaw tight and unrelenting, but that didn't matter. Her life, her future, hung in the balance. Hers and Amy's. If there was any chance for her dream, she had to take it. She moved forward until she was directly in front of him, her eyes mere inches from his. And still she refused to look away.

"I've never tried it before, of course, but I think I could make a good farmer's wife." She ignored the ogling eyes and open mouths of people gathered in the big hall. Her eyes were focused on Clay, and she wouldn't look away. She willed him to see her love.

"I don't need much," she offered, voice dropping. "Just a man who loves me enough to forgive me when I make stupid mistakes. A man who loves me as much as I love him." She gulped. "A man who will love and care for my daughter as if she were his own. It's not too much to ask. Is it?"

Clay was stunned by her admission. He couldn't move, couldn't think, couldn't speak. This is exactly what he had longed for, and yet his jaw wouldn't unlock enough to tell her it couldn't be.

Maryann's eyes were soft as pansies, holding his so that he couldn't look away even if he'd wanted to. Her hand closed over his, soft against his roughness.

"Please, Clay. Will you marry me?"

He gulped, hating to see her humbled like this in front of the whole town. Maryann shouldn't have to beg. She was beautiful, dignified. She could have any man she wanted.

"I can't, Mare." He forced the words out, despising them even as he said them. "The farm is mortgaged to the hilt. My woodworking wouldn't support two church mice, let alone a wife and child."

She smiled that warm, all-encompassing grin that lit up her face like a thousand-watt lightbulb.

"That doesn't matter," she answered. "I have a job. Marry me, anyway."

He shook his head, willing her to see how impossible it would be. "You'd be poorer than you've ever been, Maryann. I'm in hock up to my eyebrows."

"But you love me. That's all I care about. That's all that really matters. Please, Clay. Marry me, anyway. Please?"

There were tears in her eyes, genuine tears that told him how much this meant. She'd sacrificed her pride, her privacy, bared her very soul for half the town to see. Her delicate perfume wafted around his head and he inhaled that scent, delighting in it as he had for years.

"We'd have God, and Amy and each other," she whispered, eyes brimming with love. "Isn't that more than enough?"

He couldn't help it. He couldn't let her go. Not this

time, not knowing she knew the worst and accepted it anyway.

His hand lifted, cupping her jaw as he searched her face. "Are you sure?" he whispered. "Absolutely positive?"

She nodded.

"There's no going back," he murmured, one thumb brushing against the flush of her cheek.

"I don't want to go back," she told him seriously. "I want to go ahead. With you."

He let his love shine out, bathing her in it, letting her see how much she meant now, had always meant, to his happiness.

"Clayton Matthews, are you going to marry that woman or not?" Jordan's booming voice oozed frustration.

Clay tore his eyes away from Maryann and let them rest for a moment on his friends, gathered around, watching. He didn't feel embarrassed in the least. He felt proud and happy and, yes, smug.

"Jordan," he said, clearly and concisely lest anyone not hear him, "mind your own business."

That settled, he bent down and kissed Maryann MacGregor the way he'd wanted to for ten long years. When he finally lifted his head, their friends and neighbors were happily congratulating each other.

Clay leaned over and whispered in her ear. "If you were proposing, I'm accepting."

She grinned, brushing her hand against his cheek. "I was," she assured him.

"Then I am," he smiled. "When can we get married?"

"Christmas," Amy squealed, her face wreathed in smiles. "I want us to get married on Christmas Eve.

Then we can all be together to open our presents on Christmas morning. But mostly I want to make a memory in Clay's sleigh.''

"You won't mind having a stepfather?" Clay hunched down to her eye level. "And maybe even stepsisters, like Cinderella?"

"Uh-uh." Amy beamed, her hat askew. "This is way better than some silly old fairy-tale."

Maryann accepted the cup of coffee someone handed her and clinked it with her new fiancé's.

"It sure is, Amy," she agreed. "Way better."

Chapter Fifteen

On Christmas Eve, Maryann stood in the foyer of the old stone structure, her heart overflowing with happiness. Caitlin and Beth had erected an archway at the front of the church, and in the middle of it Clay waited impatiently, his eyes searching hers in the glow of a hundred candles flickering throughout the sanctuary.

Beside the platform, the huge spruce tree twinkled, its tiny white lights highlighting the miniature white satin hearts that hung on its fragrant bows. Maryann could just make out the names *Clayton* and *Maryann* stitched in red on each heart. It was a lovely gesture, and she cherished the loving souls who'd taken the time from their Christmas preparations to do that for her. She wasn't "poor Maryann" anymore. She was rich with friends and love.

Maryann checked the front again, smiled when her eyes found Clay's, and saw his shoulders relax as he did the same. He'd been worried! Silly man. As if she'd let him go now that she'd found real love. A little glow started inside her heart, under the creamy velvet of her gown.

"Mommy, isn't it time for us to get Clay married to us?" Amy's bright voice chirped sweet and clear above the organist's soft prelude.

"Yes, Amy. It's exactly the right time." Beth stood in her red-velvet suit, holding a single white rose. "First, we've got a surprise for your mommy." She beckoned to someone behind them.

Maryann turned her head and saw Clay's father stumble forward, spruced up and handsome in a three-piece black suit.

"I, uh, they said you wouldn't mind if I escorted you down the aisle. And I couldn't stay away. Not anymore."

Willard's voice was penitent, careful not to offend. Maryann's heart softened as she looked into the tired old eyes. He'd missed out on his son's youth, just as she'd missed out on Clay's love. His error wasn't any different from hers. He'd merely focused on the wrong things. Wasn't this the perfect time to change all that?

"That depends, Willard." She smiled a welcoming smile. "Are you planning on hanging around to celebrate with us afterward? And maybe for the next forty or so years?"

"I reckon I can do that. I don't want to miss out on any grandchildren." Tears appeared, but his mouth cracked a grin. "I brought it all back," he mumbled, his cheeks a deep red. "I just couldn't take away Clay's dream. Not again."

Maryann threaded her arm through his and then nodded at Beth. She stood calmly as her old friend nudged Amy down the aisle. Ringlets bobbing, her daughter blithely tossed rose petals from her basket, her face beaming.

Beth followed seconds later, petite and lovely in her red-velvet jacket and long slim skirt. Even Garret Winthrop couldn't help but stare at her.

"Ready?" Caitlin checked one last time, then, at Maryann's nod, stepped out. Her eyes searched for Jordan, who stood at the steps next to Clay.

When Caitlin was almost at the front, Maryann took a deep breath. "Okay, let's go." Maryann felt a shiver of awareness trill down her spine as she glimpsed the love in Clay's eyes.

That love was for her!

"You'll make him happy," his father whispered. "He's been in love with you for a long time."

"We'll both make him happy," she promised, and took the first step along a path of happiness.

At the front of the church, Maryann waited silently as Willard Matthews lifted her hand and placed it gently in Clay's. Then he stepped back and took his place in the first pew.

"Dearly beloved, we are gathered here today to join this man and this woman in the bonds of holy matrimony."

Maryann checked once to be sure Amy was behaving. The little girl was listening attentively to the minister, head cocked to one side, her little red-velvet hat hanging by a hat pin.

"She's fine," Clay whispered. His fingers pressed hers, and she returned the gesture.

"Do you, Clayton, take this woman to be your lawfully wedded wife, to have and to hold, from this day forward, for better or worse, richer or poorer, to love and to cherish so long as you both shall live?"

Clay's eyes glowed with a love so powerful that Maryann could feel it burn through to her soul. His fingers grasped hers tightly as he repeated the vows, voice shaking just a little as he slid the gold band on her finger.

"I, Clayton, take thee, Maryann...With all my worldly goods I thee endow."

"I, Maryann, take you, Clayton, to be my wedded husband. For better or for worse, for richer or for poorer." She held his gaze, transmitting her promise through word and expression as she repeated the vows that had meant so little in the past.

"In sickness and in health. As long as we both shall live. With this ring and all my earthly goods, I thee endow."

"Isn't he going to kiss my mom?" Amy's question brought a laugh from the teary-eyed congregation.

"In a minute, Amy. I just have to say something first." The pastor smiled down at the child, his face glowing.

"But you already said a lot! I thought it was *their* wedding?" Amy finally caught her mom's eye and nodded as Maryann shook her head, one finger to her lips. "Sorry," she whispered theatrically.

"By the power vested in me by God, and by the state of Minnesota, I now pronounce you husband and wife. What God has joined together, let no man put asunder." The minister waited a minute, then nodded. "You may kiss your bride, Clay."

Without any hurry and with absolutely no sign that he was the least bit nervous, Clayton Matthews slid one arm around the former Maryann MacGregor's waist. With the other he tilted up her chin and stared into her eyes.

"I love you, Mrs. Matthews," he whispered, his mouth coming down over hers.

"I love you, Mr. Matthews," she had time to answer, before he kissed her soundly in front of God, the pastor and the entire congregation of Oakburn.

"Ladies and gentlemen, may I present Mr. and Mrs. Clay—" He stopped and glanced down at the little girl tugging on his robe. "Yes, Amy?"

"S'cuse me, Mr. Minister, sir, but I was just wondering what 'all my worldly goods I thee endow' means?"

The pastor's mouth drooped open, his eyebrows rising up to his shiny forehead. The entire church erupted into smothered laughter until one elderly gentleman, gray hair thinning, back bent with time, stepped out from his seat at the front and stooped down to the little girl's level.

"Amy, honey, the 'worldly goods' part isn't nearly as important as the 'I love you' part. The love, that's the important thing in any family." Willard's words rang through the sanctuary with heartfelt certainty.

Clay glanced at Maryann. She nodded. He let go of her hand, stepped over and lifted the child into his arms for a kiss on the cheek. Soberly he straightened her hat, then with one finger lifted her chin so he could see into her eyes.

"Listen to your grandpa, Amy. He's finally got his priorities straight. And so do we." He set her down, hugged his father and then pulled Maryann into the embrace. She searched Clay's face, smiled and nodded.

"Finally," she whispered.

The pastor triumphantly cleared his throat. "Now that we've explained things to Amy's satisfaction may

I present Mr. and Mrs. Clayton Matthews and their daughter, Amy..."

Amid the cheers of their friends, with confetti raining over them, Maryann and Clayton Matthews paraded down the aisle, arm in arm, as the recessional from Mendelssohn's "Wedding March" echoed triumphantly from the vaulted ceiling.

Outside, the sky was midnight blue. Tiny flakes of snow cascaded silently down, touching earth with a sparkling magnificence that marked this night of all nights. In the distance Maryann could hear the church bells chiming "Silent Night" and she tucked her arm more tightly into Clay's. She pressed her head on his shoulder as the well-wishers cheered them off on this, their first Christmas Eve together.

Maryann, wrapped in her red-velvet cloak, watched as Jordan drove up in a sleigh drawn by Clay's horses. She didn't protest one whit when her husband lifted her up and set her on the seat. And she only smiled and moved a little closer when Amy called out a reminder that she'd been promised a ride on Christmas morning.

"Have a blessed Christmas," Maryann called out, waving to her friends. "We'll see you tomorrow."

"Take the long way," Jordan whispered as he handed over the reins. "We'll have her asleep before you get home."

Maryann smiled. "Thank you."

Clay snapped the reins. Then they moved off into the night.

"The night of His birth." Clay shifted so his free arm could wrap around her shoulder. "Could there be a more perfect time to start our life together, Mare?"

"Hmm. I don't think so. It's even more perfect in this sleigh. Thank you for finishing it for us."

"You're welcome."

The horses clip-clopped across the street and set out for the farm, their breath forming clouds of white as they pulled the old-fashioned sleigh away from Wintergreen and into the night. Clay chose the long way, and Maryann couldn't fault his decision. The forest lay snug and quiet, boughs of pine gently balancing their pockets of snow. Gradually they emerged from the trees to find that the sky had cleared and the moon shone its brightness down, lighting the way.

"Look! The sky's full of stars. Thousands of them. Isn't it beautiful."

"It's a symbol of God's love on this special night," he told her softly. His gloved fingers urged the horses to stop at the end of the road that led to her new home. "And this is a symbol of mine." He took her hand from the fur muff, and selected one finger.

Maryann gasped as he slid on a ring to nestle beside her wedding band. "Clay, we can't afford this!" She stared at the glittering facets of a gorgeous diamond flanked by two sapphires. "We can't," she whispered, tears forming in her eyes. "You shouldn't have done it."

"I bought it long ago, Maryann." His fingers stopped hers from removing it. "After I heard that you weren't married any more, just after you came back to Oakburn."

She stared at him, searching his face, loving the planes and angles that made him Clay.

"When my dad took off, he took the ring with him. He knew he had to come back when the jeweler pointed out the inscription." He studied the two rings, side by side, the diamond guarding the plain gold band.

"Clay, don't tease," she pleaded, tears falling down her wind-reddened cheeks. "Tell me what the inscription says."

"You'll think I was cocky, too sure of myself," he warned, catching one of her tears on his fingertip. She shook her head, wishing there was enough light to read it herself.

"Just tell me. Please?"

"It says, Marry Me, Anyway."

Within the dark depths of his gaze, she saw the love glowing steadily, waiting for her to respond.

"Even then you loved me?" she whispered, humbled by his unfailing assurance.

"Always. Forever." He leaned down and kissed her, his arms warm and tender in the brisk evening air. "Cold?" he whispered when she tugged away and handed him the reins.

"No. When did your dad come back?"

"Late last night. He was pretty broken up, honey. He'd finally realized what he'd done by taking off. I guess it brought him to his senses. He came back to apologize, and I asked him to stay. Is it okay?"

"It's wonderful! Now we've got all our family." She settled back in her seat with a happy smile tipping up the corners of her mouth. "Don't you think we'd better get moving?"

"I like it out here," he grinned, snuggling against her.

"I do, too," she agreed. "But I'm anxious to get home, to *our* home."

He raised his eyebrows. "Oh? I thought you didn't

like farms," he teased, wanting to drag the moment out a little longer, to have her all to himself.

"I'm going to love this one."

The horses trotted as far as the front door and stopped obediently, even though Maryann was too busy kissing Clay to pull on the reins.

When he realized they were home, Clay climbed down, then lifted his wife out, holding her tenderly as he carried her across the threshold and into their home.

"Did I tell you that I love your take-charge attitude, Mrs. Matthews?" he murmured, shoving the door closed with his foot.

"Tell me again," she coaxed, wrapping her arms around his neck. In the back of her mind she thought she could hear bells chiming. And she knew those were stars in his eyes.

"I'm home," she murmured, relaxing into his embrace. "I'm finally home."

*   *   *   *   *

Watch for WEDDING ON THE WAY,
the next book in Lois Richer's
BRIDES OF THE SEASONS series,
coming soon to Love Inspired.

Dear Reader,

Thank you for choosing *Daddy on the Way*. Maryann's attempts to grapple with some bad decisions and face up to the way her life has changed forced me to question some of my own errors. But letting the problems of the past affect our future isn't the way life has to be. Isn't it wonderful to know that we can, with God's help, learn from those mistakes and make better decisions?

May all your solutions bring peace to your life. I wish you love, joy and peace. Merry Christmas.

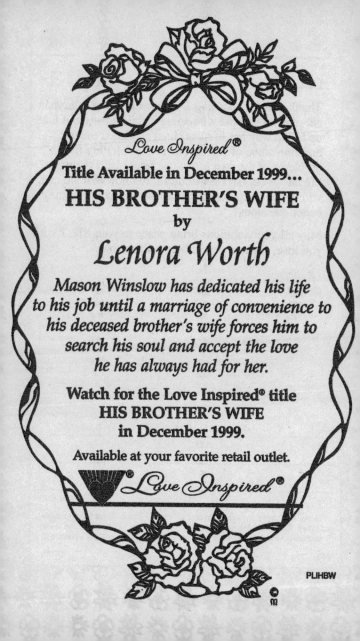